mainbook

ISBN 978-3-948987-67-1

Coverdesign und Umschlaggestaltung: Florin Sayer-Gabor – www.100covers4you.de unter Verwendung von Grafiken von i-Stock: Lewinn und Adobe Stock: andy, elxeneize

Auf der Verlagshomepage finden Sie weitere spannende Bücher: www.mainbook.de

Gerd Fischer
Stefan Schweizer

Seitenwende

Thriller

Autor Stefan Schweizer

Stefan Schweizer studierte, promovierte und lehrte an der Universität Stuttgart. Er lebt in Potsdam, bewegt sich gerne in fremden Kulturen, in exotischen subkulturellen Milieus und ist Grenzgänger zwischen den Scenes.
Veröffentlichungen (Auswahl): „Goldener Schuss" (Gmeiner 2015), „Die Akte Baader" (Gmeiner 2018), „Mörderklima" (Klimawandel-Krimi, mainbook 2020), „Götterdämmerung (Thriller, mainbook 2021), „Schall & Rausch" (Krimi, mainbook 2022), „Siegfried" (Thriller, mainbook 2022). „Tödliche Seilschaften", „Kaltes Metall" und „Querfront" (Trilogie, Edition Krimi 2020-2023).

Autor Gerd Fischer

Gerd Fischer wurde 1970 in Hanau geboren, ist in Altenstadt-Höchst in der Wetterau aufgewachsen, studierte Germanistik, Politologie und Kunstgeschichte in Frankfurt am Main, wo er seit 1991 lebt.
Fischer hat sich einen Namen gemacht mit seiner Frankfurter Krimi-Serie um Kommissar Andreas Rauscher. Bisher bei mainbook erschienen: „Mord auf Bali" 2006 (Neuauflage 2011), „Lauf in den Tod" 2010, „Der Mann mit den zarten Händen" 2010, „Robin Tod" 2011, „Paukersterben" 2012, „Fliegeralarm" 2013, „Abgerippt" 2014, „Einzige Liebe – Eintracht-Frankfurt-Krimi" Februar 2017, „Ebbelwoijunkie" Dezember 2017, „Frau Rauschers Erbe" 2018 und „Der Apfelwein-Botschafter" 2021. Zudem der Thriller „Rotlicht Frankfurt" 2019.

„Wenn man rauskam, standen die Streifenwagen an der Ecke, und ihre rotierenden Blaulichter schienen wie ein höhnischer Kommentar zu den explodierenden Collagen in deinem Kopf."

(Jörg Fauser, „Rohstoff", 1984)

Prolog

Das Video auf dem Huawei-Handy startet mit leichten Wacklern. In der rechten oberen Ecke Datum und Ort: 18. März 2022, Ukraine. Die Kamera fokussiert drei schwerbewaffnete Soldaten, die vor Waldbäumen stehen. Masken vor den Gesichtern, Hoheitszeichen auf den Schulterstücken, nicht zu entziffern. Kalaschnikows der neuesten Generation hängen über den Schultern, jederzeit griffbereit, Gürtel sind mit Eierhandgranaten gespickt. Überlebensmesser aus US-amerikanischer Produktion auf Schulterhöhe, Griff nach unten. Die kugelsicheren Westen machen aus den Soldaten Schränke. Bärte und Frisuren der Männer sind modischen Gesichtspunkten zufolge eine Katastrophe. Offensichtlich haben die Männer seit Längerem keine Körperpflege betrieben.

Vor den Soldaten kniet ein Mann auf dem Waldboden, der eine andere Uniform trägt. Sie hängt ihm in Fetzen vom Leib. Der ins Auge springenden Bekleidung nach handelt es sich um einen Piloten oder ein anderes Mitglied der Luftstreitkräfte, auf Oberarmhöhe prangt eine russische Flagge. Seine Augen sind verbunden mit orangefarbenem Tuch, die Lippen beben, als bete er zu Gott.

Mit jeder verstreichenden Sekunde zittert er mehr, bis er am ganzen Leib schlottert wie das sprichwörtliche Espenlaub.

Ein weiterer Mann kommt ins Bild. Es macht den Anschein, als würde er nach vorne geschoben. Knapp über einen Meter achtzig groß, die blonden Haare an den Seiten raspelkurz rasiert. Die restlichen Haare sind zu einer dynamisch wirkenden Sturmfrisur nach hinten gegelt, sodass er an die Helden billiger amerikanischer Action-Filme aus den 80er Jahren des 20. Jahrhunderts erinnert. Er hat keine Uniform an, trägt ein grün-braunes Hemd und graue Cargo-Hosen mit weitgeschnittenen Taschen auf Kniehöhe. Seine Füße stecken in braunen Armeestiefeln. Alles ohne Hoheitszeichen. In seiner Rechten hält er eine veraltete Pistole, die aber funktionstüchtig aussieht.

Der Mann nähert sich – widerwillig – dem Knieenden.

Für kurze Zeit kommt ein weiterer Soldat ins Bild, der den Lauf seiner Kalaschnikow auf den mit der Pistole bewaffneten Mann zu richten scheint und ihm einige unverständliche Brocken zuruft.

Der Mann zuckt mit den Achseln.

Der Körper des Gefangenen auf den Knien wird in unregelmäßigen Abständen von einem grauenhaften Schaudern erfasst, was bei den im Halbkreis stehenden Soldaten für herzhaftes Gelächter sorgt. Nur mit übermenschlicher Anstrengung kommt der Gefangene wieder runter und kann seinen sich erratisch bewegenden Körper beruhigen.

Der Zivilist, der die Pistole in der Rechten hält und dessen Gesicht noch nicht von der Kamera eingefangen worden ist, beugt sich zu dem Gefangenen herunter und adressiert einige Worte an ihn.

Der Pilot scheint daraufhin in eine Art Schockstarre zu fallen. Das Gesicht kreidebleich, die Lippen zittern unaufhörlich. Plötzlich färbt sich die Khaki-farbene Hose des Gefangenen dunkel. Er hat nicht länger dichthalten können. Scheint das folgende, unvermeidliche Drehbuch endgültig zu antizipieren.

Der Zivilist streckt den Arm nach vorne, hebt die Pistole bedrohlich nah an die rechte Kopfhälfte des Gefangenen, spannt die Muskeln an und entsichert die Pistole. Zwischen Pistolenaufsatz und Kopf lässt er drei Zentimeter Abstand.

Der Schuss kracht. Aus dem Lauf der Pistole kommt ein Feuerstoß, zeitgleich explodiert der Kopf des Gefangenen. Noch bevor der Pilot nach links wegkippt, benetzen Teile seines Gehirns den unter ihm befindlichen Sand. Der Oberkörper fällt nach Sekundenbruchteilen zur Seite.

Aus den Kehlen der Wachen ertönt Siegesgebrüll, Freudenschüsse aus einer Kalaschnikow.

Der Exekutor, der den Todesschuss abgegeben hat, wird von den Wachen sofort entwaffnet und unsanft zur Seite geschoben. Weitere Soldaten gehen zu dem Erschossenen, spucken auf ihn und treten den Körper mit Füßen, besonders in die Weichteile.

Kapitel 1

Berlin, etwa 14 Monate zuvor, Jahresanfang 2021

1.

Die deutsche Bundeshauptstadt lag träge im schönsten Dunkelgrau, schlummerte vor sich hin und kam zu ihrem wohlverdienten Schönheitsschlaf. Der Tribut, den die wilden Sommer und langen Nächte forderten.

Alex hasste Berlin im frühen Januar. Heute musste er in die Stadt fahren, um das vielleicht wichtigste Geschäft seines bisherigen Lebens über die Bühne zu bringen. Ein leichtes Magengrummeln verriet ihm, dass viel auf dem Spiel stand. Wenn nicht alles.

Im untersten Stockwerk des Parkhauses beim Berliner Hauptbahnhof fand er einen freien Platz, was ungewöhnlich war. Die Straßen waren wie leergefegt gewesen, geradezu verwaist. Die Pandemie hatte in ihrem ersten Winter Spuren hinterlassen, kaum jemand war unterwegs, die meisten im Homeoffice. Für die Angestellten war das Fluch und Segen zugleich. Im Büro mussten sie sich nicht mit den Kollegen abgeben, dafür wurden sie häufiger in häusliche Angelegenheiten der Familie involviert. Oder sie saßen allein zu Hause und wussten nichts mit sich anzufangen. Für viele wog die Einsamkeit schwer.

Einsamkeit. Bei diesem Stichwort musste Alex unwillkürlich an seine Großmutter Emma denken. Seit einigen Jahren hatte er es sich zur Regel gemacht, wenn er in Berlin war, sie in der alten Heimat, Belarus, anzurufen, wo sie in einem kleinen Dorf bei Minsk wohnte.

Ein kurzer Anruf war zeitlich noch drin, verriet ihm ein Blick auf die blau-goldene Rolex, bevor er das Geschäft seines Lebens durchziehen würde.

Er drückte die Kurzwahltaste. Während das Handy tutete, spürte er eine Vorfreude, die sein Herz schneller schlagen ließ.

„Hallo“, meldete sich die ihm bekannte Stimme und sofort hatte er das Gefühl, bei seiner Großmutter in der zugigen Holzhütte in der guten Stube, wie sie ihr Wohnzimmer nannte, zu sitzen.

„Hallo, Oma“, begrüßte er sie und sie wusste sofort Bescheid.

„Alexander! Schön, dass du dich meldest. Wie geht es dir und deiner Familie?“

Für Alex gab es eine klare Hierarchie, wem seine Liebe galt. Zunächst seiner innig geliebten Frau Natascha, die für ihn die schönste und liebste Frau mit der größten Seele überhaupt war. Bei ihr fühlte er sich zu Hause und als ganzer Mensch. Dann kamen seine drei Söhne Dimitri, Wassili und Alexej.

Direkt danach stand seine Großmutter in seiner Gunst. Sie hatte ihn als Kind beschützt und behütet. Sie hatte ihm Zeit geschenkt und zugehört. Sie hatte ihm immer die besten Speisen zukommen lassen und war nie um einen guten Ratschlag verlegen, wenn er einen Streich gespielt hatte. Außerdem wusste sie für jede Lebenssituation eine Lebensweisheit, die ihm schon häufig geholfen hatte. Emma hatte ihn immer als ihren Goldjungen bezeichnet. Oder als Sonntagskind, als Glücklichen, der die Welt erobern würde. So viel Vertrauen und Vorschusslorbeeren hatten ihm in seinen schlimmsten Stunden immer wieder Mut verliehen und sein Rückgrat gestärkt. Aber die gute, alte Babushka hatte den goldenen Westen niemals sehen dürfen und manchmal träumte Alex davon, dass sie doch noch nachkommen und seinen Erfolg als Geschäftsmann mitbekommen würde. Aber Babushka blieb hart. Was sollte sie im Westen? Alte Bäume verpflanzte man nicht.

„Bestens, danke. Uns allen geht es gut. Wir haben ein wunderschönes Heim, klasse Autos und sind sehr glücklich zusammen.“

„Das ist das Wichtigste. Genießt das Leben. Ich bin glücklich, wenn ihr es seid.“

So war sie immer gewesen, seine Großmutter. Voller Liebe für andere und immer bereit, ihr letztes Hemd für ihn zu geben. Er seufzte laut.

„Was hast du, Goldjunge? Bedrückt dich etwas?“

„Das weißt du doch, Oma. Wir alle wären glücklicher, wenn du bei uns leben würdest. Wir haben ein Haus in einem schönen Viertel. Alles vom Feinsten. Richtig vornehm.“

„Ich will niemandem zur Last fallen. Außerdem ist meine Heimat hier, nicht in Deutschland."

„Willst du es dir nicht noch einmal überlegen? Ich vermisse dich …"

Er musste sich Mühe geben, um seine seelische Beklommenheit zu verstecken. Kurz dachte er, er würde zu weinen beginnen.

„Ich bin noch nie geflogen und werde im hohen Alter nicht damit anfangen. Aber ich freue mich sehr, wenn ihr mich besuchen kommt."

Da war sie wieder, die wohlbekannte Sackgasse. Es schmerzte ihn in der Seele. Er wollte seiner Oma unbedingt seinen Erfolg zeigen. Wollte, dass sie mit ihnen lebte. Es war für beide Seiten besser, das Gespräch zu beenden.

„Oma, ich muss zu einem wichtigen Geschäftstermin, der nicht wartet. Ich liebe dich."

„Ich dich auch. Pass auf dich auf, Goldjunge."

Alex stieg aus in die Kälte.

Mit ihrer Stimme im Herzen warf er seinen dunkelblauen Burberry-Steppmantel aus Baumwollgabardine über. Schnell umfing ihn die wohlige Wärme, die sein in der Savile Row maßgefertigter grauer Anzug nicht zu geben in der Lage war. Darunter trug er ein weißes Hemd von Dior, das nur als solches identifiziert werden konnte, wenn sich jemand die Mühe machte, das Etikett anzuschauen, was aber aufgrund der Treue zu seiner Gattin Natascha niemals vorkam. Zu diesem Ensemble trug er braune Oxford-Schuhe.

Trotz der exklusiven Kleidung machte er einen verlorenen Eindruck und wirkte ein wenig linkisch, als könne er seine Herkunft nicht abschütteln oder als ließe ihn die Heimat niemals los.

Er beugte sich noch einmal ins Auto hinein und griff sich den silbernen Koffer von Alu-Max. Scheußliches Ding. Er hielt ihn wie einen Fremdkörper weit von sich. Billige Alltagsgegenstände mochte er überhaupt nicht. Nun gut, es war nicht seine Wahl gewesen. Er hätte ein Modell mit exklusivem Leder und weniger Volumen gekauft. Schließlich transportierte der Koffer eine durchaus wertvolle Fracht und in diesem Fall war entscheidend, dass sie beim Adressaten ankam.

Hoffentlich fotografierte ihn niemand mit dem hässlichen Ungetüm. Er hatte keine Lust, sich Überwachungsfotos auf dem Bundeskriminalamt anschauen zu müssen, auf denen er mit dem potthässlichen Ding abgebildet war, und nach dessen Herkunft, Bestimmungsort und Inhalt gelöchert zu werden.

Mit einem entschiedenen Klick auf den Autoschlüssel verschloss er den metallicgrauen 5er-BMW. Es war kurz vor 10 Uhr. Die Fahrt von Frankfurt hierher hatte ihn ein wenig angestrengt, wovon die unzähligen Red Bull-Dosen zeugten, die er achtlos auf den hinteren Fußboden geworfen hatte.

Da es seit Beginn der Corona-Krise selbst für Geschäftsmänner schwierig war, irgendwo ein Hotelzimmer ohne viel Aufhebens zu erhalten, hatte er beschlossen, die Strecke ohne Unterbrechung in einem Rutsch zu fahren.

Natürlich kannte er genügend Personen in Berlin, bei denen er jederzeit hätte unterkommen können. Aber ihm war weder nach Feiern noch nach Wiedersehensfreude zu Mute. Er wollte nichts als den Deal in trockene Tücher bringen und postwendend zu seiner Familie nach Frankfurt zurückkehren. Sein Verhältnis zu Berlin war ambivalent, lauter gemischte Gefühle. Was nicht schlimm war, aber zeigte, wie unsicher er sich manchmal fühlte.

In der Tiefgarage herrschte beinahe Grabesstille. Keine hektischen Geräusche von aufheulenden Motoren, zugeschlagenen Türen oder Schritten von hastig zu den Autos eilenden Menschen. Alex wusste nicht recht, was er von der Pandemie halten sollte. Aber eines war gewiss: Deutschland benötigte in absehbarer Zeit wieder Bewegung. Sonst drohten die Lichter auszugehen. Bei ihm persönlich, aber auch im ganzen Land.

In den eigenen vier Wänden der meisten Berliner hingegen, das wusste Alex aus Erfahrung, ging es anders als im tristen Draußen der winterlichen Bundeshauptstadt zu. Die Berliner hatten sich zwar vornehm zum Winterschlaf zurückgezogen, dennoch blieb kaum eine Kehle trocken, kaum ein Joint wurde weniger geraucht und auch sonst ließen sie nichts anbrennen. Laster blieb Laster, ob in den eigenen vier Wänden oder in einem der vielen Parks oder angesagten Elektro-Tempel.

Das gefiel ihm, stand völlig im Einklang mit seiner Seele. Nur, dass ihm persönlich Drogen und Alkohol nichts gaben. Nicht, dass er prüde oder ängstlich war, schon gar nicht aus moralisch-ethischen Gründen hatte er etwas dagegen. Seinem Leben schien aber das zu fehlen, was manche Anthropologen als menschliche Grundkonstante bezeichneten: die Sehnsucht des Homo Sapiens nach Rausch. Er persönlich war gegen jeglichen Drogenrausch gefeit. Solange der Substanzen-Konsum einen gewissen Stil bewahrte und nicht in zwanghafte Verhaltensweisen ausartete und solange die Menschen ein gewisses Maß an Klarheit behielten, scherte er sich nicht darum und gönnte jedem das Seine.

Klarheit im Kopf war eine seiner obersten Maximen. Grundlage für seinen ökonomischen Erfolg. Nur so konnte er an die Spitze der Nahrungskette gelangen, was sein dringlichster Wunsch war. Wobei er selbst kaum im Stande war zu definieren, was ganz oben bedeutete. Jedes Oben implizierte, dass es noch weiter nach oben gehen konnte. Auf jeden Fall wollte er die vollkommene Freiheit von jeglichen finanziellen Sorgen.

Auch und gerade für seine Familie. Es schmerzte ihn, für die Gattin und Kinder wenig Zeit übrig zu haben, weil er viel unterwegs war. Und wenn er mal zu Hause blieb, war er ein Workaholic in Reinkultur. Das war auch notwendig, seine vier Lieblinge hatten sich sehr schnell an den angenehmen Lebensstandard inklusive täglicher Feinkost-, Beauty- und Spa-Routinen für die Gattin und exklusive Hobbys der Söhne gewöhnt. Dimitri, der Älteste, war ambitioniert-passionierter Tennisspieler beim FTC Palmengarten. Wassilis Hobby war die Musik. Alex ermöglichte ihm Privatstunden bei einem emeritierten Musikprofessor, war bei den seltenen Gelegenheiten, bei denen er seinen Sohn spielen hörte, stets ergriffen und musste ein wenig mit den Tränen kämpfen. Die Töne der überwiegend russischen Komponisten rührten eine Saite in seinem Inneren an, die selten zum Vorschein kam. Der Kleinste, Alexej, hatte hingegen nur ein Interesse: Nintendo in allen Farben und Formen. Ein Spiel löste das nächste ab. Alex erkannte sich nicht nur im Namen des Kleinen wieder. Die Rastlosigkeit, mit der Alexej von einem Spiel zum nächsten hetzte, erinnerte ihn an sich selbst. Kurzum, es war undenkbar, auf eine andere Spur zu wechseln. Außerdem gefiel sich Alex in der Rolle des Tausendsassas, der jede freie Minute für die Familie opferte.

Wie auch heute wieder. In diesen Situationen fühlte er sich am wohlsten. Hierbei geriet er nie ins Schlingern. Im Gegenteil, er war stolz, sein Geschäftsgebaren als kühn zu bezeichnen.

Zügig durchquerte Alex den Berliner Hauptbahnhof. Auch hier war kaum eine Menschenseele unterwegs. Dafür waren umso mehr Lautsprecherdurchsagen zu hören, die die wenigen Passagiere der Deutschen Bahn charmant, aber nachdrücklich auf die Maskenpflicht hinwiesen. Die trotz der Passagierflaute im Überschuss vorhandenen Polizisten und ein paar Mitglieder des DB-Sicherheitspersonals kontrollierten, ob die Passagiere vorschriftsmäßig ihre Masken trugen. Was sie ausnahmslos taten, genauso korrekt wie er.

Eine bessere Zeit, um krumme Dinger abzuziehen, würde sich so schnell nicht bieten. Dachten sich auch die Bettlereinheiten, die vornehmlich aus Sinti und Roma bestanden. Sie hielten hartnäckig die Stellung und suchten sich unter den wenigen Fahrgästen Opfer aus, die ihnen profitabel erschienen.

Die meisten Menschen trugen Stoffmasken, schlicht und unauffällig einfarbig, nur manchmal leuchteten knallbunte Stoffe im grauen Berliner Einerlei. Firmen, Parteien und weltbekannte Marken hatten bereits Masken mit ihren Logos herstellen lassen. Marktpotenzial ohne Ende. Als potenzielle Geschäftsinspiration fand Alex das hinreißend. Masken auf Bestellung mit eigenem Logo. Vielleicht sogar ein Adelssegment: hochwertige Masken mit Familienwappen.

Er schaute sich routinemäßig nach den vielen Überwachungskameras um, was ihm inzwischen in Fleisch und Blut übergegangen war. Im Hauptbahnhof der deutschen Bundeshauptstadt schien jeder Quadratzentimeter von den Kameras erfasst zu werden. Insofern war es sicher besser, auf dem Rückweg außen zum Parkhaus zurückzulaufen. Das kostete zwar ein paar Extraminuten, dafür war er aber nicht für die Ewigkeit auf CCTV gebannt.

Voller Vorfreude umklammerte Alex den Koffer fester und beschleunigte seinen Schritt. Jede Krise bot bekanntlich Chancen. Ausgerechnet Corona, die neue Geißel der Menschheit, war seine Jackpot Möglichkeit, sich nachhaltig finanziell zu konsolidieren und aus allen Kalamitäten herauszukommen. Eine attraktive Option für den goldenen Rubel, die unter normalen Umständen nie zustande gekommen wäre.

Zum Glück war die Brücke am Washington-Platz Richtung Bundestag nicht wegen Eis, Schnee oder Demonstrationen gesperrt. Das hätte nämlich einen nicht unerheblichen Umweg bedeutet, den er sich laut Rolex nicht mehr leisten konnte. Ein Bettler saß in mehrere Schichten eingepackt auf der Brücke und hatte einen braunen Kaffeebecher vor sich stehen. Fror sich den Allerwertesten ab und erhielt bestenfalls Mitleid von seinen Mitmenschen. Alex nestelte einen 100-Euro-Schein aus seiner Manteltasche und stopfte ihn in den Becher.

„Gott beschütze Sie und Ihre Familie", war der Bedürftige kaum zu bremsen, als er realisierte, wie reich ihn der Fremde beschenkt hatte. „Haben Sie vielen, vielen Dank."

Die Wünsche des Obdachlosen rührten Alex. „Gern geschehen", antwortete er, drehte sich noch einmal um, nickte ihm zu und setzte seinen Weg euphorisch fort. Wie er dem Obdachlosen für einen Moment alle materiellen Sorgen dieser Welt genommen hatte, so sah er sich selbst im größten Glück, diesen Zustand die ganze Zeit sein eigen nennen zu dürfen. Er hatte ein gutes Gefühl für das bevorstehende Geschäft. Im Moment lief alles nach Fahrplan. Er wusste nicht, was ihn hätte stoppen können. Nur wenige Schritte am Bundeskanzleramt vorbei und er war an der U-Bahn-Haltestelle Bundestag angelangt, dem vereinbarten Treffpunkt. Der nicht seine Idee gewesen war, aber was sollte er machen? Wer den Deal vermittelte, durfte auch die Parameter der Transaktion bestimmen.

In der Ferne sah er Polizeiautos, was ihn intuitiv nervös werden ließ. Ein genauer Blick beruhigte ihn allerdings. Die Beamten, die zum Schutz der Volksvertreter und ihrer Gebäude abgestellt waren, vertrieben sich ihre Schicht damit, heißen Kaffee zu trinken und in ihre Handys zu blicken.

Natürlich war er als erster da und musste warten. Das schätzte er zwar nicht, war aber nicht zu ändern. Sollte sein Geschäftspartner länger als fünfzehn Minuten fernbleiben, würde er sich ein wenig bewegen müssen, um den Gesetzeshütern nicht doch noch aufzufallen. Er machte sich vor allem Sorgen, wie er im Notfall den brisanten Inhalt des Koffers erklären sollte. „Ich trage gerne mein hartverdientes Geld in der Nähe des deutschen Parlaments spazieren", würde als Erklärung kaum jemanden zufriedenstellen.

Nur wenige Angestellte der Ministerien und des Bundestags waren unterwegs und huschten angesichts der kühlen Wetterlage von einem Gebäude zum anderen, auch wenn Alex wusste, dass es interne Verbindungsgänge gab. Vielleicht wollten sie frische Luft schnappen, um dem Büro-Mief zu entfliehen. In der Ferne drehte eine junge Joggerin in roter Signalfarbe ihre Runden an der Spree.

Er fokussierte den Bau, der als Wahrzeichen der deutschen Demokratie galt und wunderte sich einmal mehr über die Inschrift „Dem deutschen Volke" und der damit einhergehenden, befremdlichen Bezeichnung als „Reichstag". An beiden Dingen stimmte für ihn einiges nicht, was aber letztlich keinen Unterschied machte, da er eine Gesellschaft nicht nach deren Demokratiegehalt, sondern nach ihren Möglichkeiten, Geschäfte betreiben zu können, maß. In dieser Hinsicht herrschten in Deutschland gute Verhältnisse. Zwar nicht das Paradies, aber nicht weit davon entfernt.

Im Bundestag saßen die entscheidenden Türöffner für die Art von Geschäften, die ihm vorschwebten. Geschäfte, die Wohlstand für ihn und seine Familie bedeuteten. Und die er dringend benötigte, denn finanziell stand ihm das Wasser bis zum Hals, vielleicht sogar darüber hinaus. Die Situation würde sich innerhalb der nächsten paar Minuten drastisch zum Guten ändern. Davon war er felsenfest überzeugt.

Endlich sah er seinen Kontaktmann. Natürlich nicht der Stellvertretende Sprecher des Bundesgesundheitsausschusses in persona. Auch nicht der zuständige Minister oder Staatssekretär. Den hochrangigen Abgeordneten der Christkonservativen hatte er nur einmal persönlich gesprochen. In der „Ständigen Vertretung" am Schiffbauerdamm in der Nähe der Friedrichstraße hatte ihm dieser bei einem feinen Grauburgunder die Umrisse des Deals skizziert, was ihn beinahe ernüchtert hatte, so banal klang er: Masken gegen Geld. Viel Geld. Dank Alex' hervorragenden Verbindungen zu günstigen Produktionsstätten für Mundschutz-Masken in Belarus sogar äußerst viel Geld. Ein schönes Startkapital für neue Projekte. In seinem Kopf hatte er sich einige Möglichkeiten zurechtgelegt, wie er danach durchstarten wollte. Aber einen Schritt nach dem anderen, wie ihm seine Großmutter immer wieder gesagt hatte. Sie hatte die unbändige Energie des Jungen gespürt, aber auch erkannt, dass er besonnener werden musste. Was ihm in seinem bisherigen Leben leider nicht immer geglückt war. Die arme Großmutter, die von den eigenen Kindern in der poststalinistischen Diktatur allein gelassen worden war, während ihre Kinder und ihr Enkel sich auf zu neuen Ufern in die Heimat der Urahnen machten, um der in der sowjetischen Einflusszone herrschenden Armut zu entkommen. Den Begriff ‚Spätaussiedler', den sie dadurch in Deutschland als Stempel auf der Stirn trugen, hasste Alex. Als Spätaussiedler hing ihm ein Makel an. Er hatte die Heimat im Stich gelassen, weshalb er dort nicht mehr dazu gehörte. Aber auch in der neuen Heimat hatte es unglaublich lange gedauert, bis er heimisch geworden war. Voller Zorn und Verzweiflung erinnerte er sich an seine ersten Kleidungsstücke in Deutschland, die aus einem Sack des Roten Kreuzes stammten. Die deutschen Kinder hatten ihn deswegen und wegen seines komischen Dialekts gehänselt. Hatten ihn in Raufereien verwickelt, aus denen er nicht selten mit Schrammen im Gesicht und zerrupften Klamotten herauskam. Mehr aber hatte er die psychischen Sticheleien gehasst. Denjenigen, die an seiner Aussprache herumgemäkelt hatten, hatte er es durch sein erfolgreich absolviertes Studium der Germanistik gezeigt, den anderen durch seinen Status quo, denn er bezweifelte, dass es einem der Quälgeister von früher heute materiell besser ging als ihm. Den innerlichen Preis, den er für seinen Erfolg hatte zahlen müssen, konnte niemand sehen und beziffern.

Ah, da hinten kommt er endlich, dachte Alex erleichtert und zündete sich eine Zigarette mit weißem Filter der Marke Davidoff an.

Dr. Reischle war nur noch wenige Meter entfernt und deutete durch ein Nicken an, dass er ihn bereits gesehen hatte und dass Alex sich entspannen sollte. Der Typ war im Gegensatz zum letzten Mal kaum wiederzuerkennen, so sehr hatte er sich Mühe gegeben, sich zu verkleiden.

Er trug eine graue Baumwollmütze mit Bommel, die er tief ins Gesicht und weit über die Ohren gezogen hatte. Direkt darunter hatte er eine verspiegelte Ray-Ban-Sonnenbrille aufgesetzt und eine grüne Stoffmaske, die beinahe sein restliches Gesicht bedeckte. Die grüne Maske legte zumindest im politischen Sinn eine falsche Fährte, was Alex gefiel. Der Mantel und die restliche Kleidung waren ohne Frage von der Stange eines mittelpreisigen Bekleidungsgeschäfts, wie er schnell erkannte und was seinen Eindruck vom ersten Treffen bestätigte. Dafür bedauerte Alex den werten Herrn Doktor beinahe. So kleidete sich kein Mann, der in einer staatsrelevanten Position saß und öffentlich auftreten musste. Das war peinlich, eine Katastrophe, aber nicht sein Problem. Sollte sich der Idiot doch zum Affen machen.

„Hallo, schön Sie zu sehen", begann Dr. Reischle das Gespräch, als dieser neben ihm stand und ein seinem Koffer identisches Exemplar vorsichtig auf dem Boden abstellte. Direkt neben seinem Koffer. Kein Händeschütteln, lediglich zwei Männer, die sich zufällig trafen und ein paar Worte miteinander wechselten, wobei sie parallel zwischen dem Bundeskanzleramt und dem Reichstag hindurch starrten, aber dort war keine der gängigen Touristenattraktionen zu sehen. Ein solch beliebiges Treffen gab es an diesem Ort täglich unzählige Male. Kein Grund, sich Sorgen zu machen, redete sich Alex immer wieder ein.

„Die Freude ist ganz meinerseits."

Freundlich sein, aber niemals schleimen, auch das hatte ihm die Großmutter beigebracht. Beim Schleimen würde immer Angst durchscheinen und die anderen würden ihn zerfleischen wie die Hyänen.

„Ja, schön, dass alles funktioniert", fuhr der persönliche Assistent des Bundestagsabgeordneten fort. „Ich gehe davon aus, dass ich das nicht nachzählen muss. Oder täusche ich mich?"

Alex grinste. Auf dieser politischen Ebene lief alles unter dem Begriff Gentleman's Agreement, aber wehe am Ende fehlte ein Euro, dann gab es richtig Ärger. Das Arrangement war dennoch besser als Geschäfte mit piefigen Erbsenzählern zu machen, die jeden Fünf-Euro-Schein mit der Hand nachzählten und beleidigt waren, wenn die Summe tatsächlich stimmte.

„Das Geld ist korrekt abgezählt. Bis auf den letzten Cent. Das wird Ihnen die Zählmaschine im Schnelldurchlauf bestätigen."

Dr. Reischle hüstelte und gackerte. Der Akademiker zog an seiner affigen E-Zigarette und stieß Rauchwolken in kurzem Stakkato aus. Noch so eine Unsitte, diese Elektrozigaretten. Alex präferierte exklusive Filterzigaretten. Die pietätvoll zu Ende gerauchte Davidoff warf er auf den Boden und trat sie sorgfältig aus. Mit dem restlichen Rauch versuchte er im Übermut Ringe zu formen, was aber misslang.

„Gut, dann würde ich vorschlagen, dass wir nicht allzu lange hier stehenbleiben. Es sei denn, von Ihrer Seite aus besteht Gesprächsbedarf."

Die vorsichtige Herangehensweise und gleichzeitige Direktheit seines Geschäftspartners gefielen Alex. Allerdings spürte er, dass er dem Mann sicherheitshalber noch ein oder zwei Fragen stellen musste. Und seien die Fragen nur zur Beruhigung seiner Nerven, vor allem aber, um eine professionelle Fassade aufrechtzuerhalten.

„Klar", stimmte er dem Schein nach zu. „Ich möchte von Ihnen persönlich Ihr Wort haben, dass wirklich alles in trockenen Tüchern ist. Alles! Es wäre nicht das erste Mal, dass ich ein böses Erwachen erlebe, allerdings das erste Mal auf dem Feld der hochseriösen Politik. Das würde mein Verständnis als demokratischer Bürger und friedliebender Demokrat stark tangieren."

Mist, jetzt hatte er bereits zu viele Informationen über sich preisgegeben. Warum konnte er nie an der richtigen Stelle mit dem Erzählen aufhören? Auf der anderen Seite hatten diese Politiker-Schweine seine Person sicher bereits zigmal gecheckt, also, warum sollte ihm Bange sein? Und vielleicht hörte seine Aussage sich ja wie eine vorsichtige Warnung an, was ihm nicht unrecht war.

Zum ersten Mal wandte der Mann mit der Fliegersonnenbrille und den blauen Gläsern den Kopf direkt in seine Richtung.

„Sind Sie verkabelt?"

Alex schüttelte wahrheitsgemäß den Kopf – auf diese Idee wäre er gar nicht gekommen.

„Dann schalten Sie bitte Ihr Handy aus. Ganz herunterfahren, meine ich."

Auch das noch. Aber immerhin verlieh es Alex das Gefühl, wichtig zu sein und auf ganz hohem Niveau zu pokern, was ja tatsächlich der Fall war. Wegen der kalten Hände holte er umständlich sein vergoldetes iPhone der neuesten Generation aus seiner Jackentasche und schaltete es so aus, dass Reischle dabei zusehen konnte. Dann packte er es wieder weg.

„Danke", meinte daraufhin der Angestellte des Deutschen Bundestags. „Better safe than sorry, you know. Wobei das, was wir hier machen, im Wortsinn des Gesetzes nicht illegal ist."

Er hüstelte erneut affektiert und schob die Sonnenbrille nach oben. Alex überlegte, ob das als Witz gemeint war.

„Hören Sie, ich verstehe Ihr Misstrauen. Aber Fakt ist: Deutschland befindet sich in einer der schlimmsten Krisen seit dem Ende des zweiten Weltkriegs. Die Corona-Pandemie grassiert und täglich sterben Menschen daran. Das Ziel unserer Politik muss es sein, die deutsche Bevölkerung bestmöglich vor dem Virus zu schützen. Das funktioniert präventiv am besten mit Stoffmasken. Da kommt der Steuerzahler ins Spiel. Wir sind nämlich in seinem Sinne verpflichtet, sichere Masken für möglichst wenig Geld zu organisieren. Ihr Angebot ist dabei unschlagbar. Es liegt deutlich unter den Beträgen anderer Anbieter."

Alex biss sich auf die Zunge, um ja keine Regung zu zeigen. Hätte er doch nur von Beginn an einen höheren Preis verlangt. Aber jetzt war es zu spät. Dennoch würde der Gewinn seine Rettung bedeuten. Es brachte nichts, sich über vergebene Chancen zu ärgern, auch das hatte ihm seine Großmutter gesagt.

„Dass der Herr Abgeordnete für die Sicherstellung, Durchführung und Flankierung des Masken-Deals ein kleines Entgelt, sozusagen eine Art … Vertrauensvorschuss … von Ihnen verlangt, fällt nicht weiter ins Gewicht, sondern ist im Sinne seiner Fürsorgepflicht für das deutsche Volk zu verstehen. Es geht schließlich um nicht weniger als die deutsche Staatsräson, zudem um die Rettung von Menschenleben. Wir dürfen uns in dieser Pandemie keine Fehler erlauben, sonst haben wir mehr Tote auf dem Gewissen, als uns lieb sein kann, und sind bei den nächsten Wahlen weg vom Fenster. Das darf unter keinen Umständen passieren."

Die Doppeldeutigkeit dieser Aussage und die darauf einsetzende Pause störten Alex. Doch er wartete, wollte noch weiteres hören.

„Hinzu kommt", fuhr der Parlamentsmitarbeiter, der die Zeichen richtig zu deuten wusste, folgerichtig fort, „dass Ihr Geld nicht für Privatzwecke verwendet wird. Es wird für die Allgemeinheit, also unser Volk, verwendet. Daran ist nichts Ehrenrühriges. Natürlich würden böse Zungen behaupten, unser Geschäft sei nicht ganz astrein, aber die denken auch, sie persönlich würden die Regierung durch ihre Wahlstimme bilden können."

Alex überlegte, ob er lachen sollte, ließ es aber bleiben und nickte zustimmend, wobei er ihm kein einziges Wort über die Verwendung des Geldes glaubte. Das Schmiergeld diente entweder dazu, das Liebesnest des Politikers zu finanzieren oder aber es floss direkt in die schwarze Parteikasse, wovon der Abgeordnete sich Wettbewerbsvorteile für die Zukunft versprach. Vielleicht machte er, wenn er einen Funken Anstand im Leib besaß, faire fifty-fifty. Dann hatten sowohl die Partei als auch die Geliebte etwas davon.

„Genau das wollte ich hören", sagte er stattdessen. „Ich möchte nur sichergehen, dass unser Deal nicht in letzter Sekunde platzt."

Der Promovierte lachte kurz auf.

„Allgemein würde ich Ihre Bedenken beinahe teilen. Aber in dieser Sache sind jegliche Zweifel ausgeschlossen. Ich kann Sie da wirklich beruhigen. Wir haben eine pandemische Notsituation ungekannten Ausmaßes. Wissen Sie, wie dringend Masken benötigt werden? Wir müssen sicherstellen, dass jeder Bundesbürger eine erhält, auch wenn er sie sich nicht von seinem eigenen Geld leisten kann."

Bei diesen Worten verzog Alex sein Gesicht. Diese armen Kreaturen waren von der Gesellschaft ausgestoßen. Waren häufig ohne eigene Schuld in prekäre Notsituationen geraten. Menschen, die es aus eigener Kraft nicht mehr schafften, sich selbst zu befreien. Dieses Land bot jedem die Chance, es ganz nach oben zu schaffen. Theoretisch. Es kam natürlich auf den Willen und die Bereitschaft an, sich anzustrengen.

„Habe ich damit Ihre Fragen beantwortet?", hakte sein Gesprächspartner nach. „Falls nicht, zögern Sie nicht, mir weitere zu stellen."

Eigentlich hätte er noch die eine oder andere Frage gehabt, aber sein Stolz verbot es ihm, den Bundestagsfuzzi wie eine Memme zu löchern. Der Form hatte er Genüge getan, alles andere würde sich finden.

„Alles klar", sagte er deshalb und reckte den Daumen senkrecht in die Höhe.

„Gut", meinte Dr. Reischle, bückte sich und griff mit einer organisch aussehenden Bewegung nach dem Koffer, den Alex auf den Boden gestellt hatte, und ignorierte dabei seinen eigenen. „Die Überweisung für die Masken wird spätestens zwei Wochen nach dem Erhalt derselben angewiesen werden. Verlassen Sie sich dra..."

„Falls nicht", fuhr ihm Alex ins Wort, „wissen Sie ja, was passieren wird. Ihr Name erscheint in der wundervollen Zeitung mit den vier großen Buchstaben, und zwar fett auf der ersten Seite. Und nicht nur der, sondern auch die Worte ‚Maskendeal', ‚Schmiergeld' und ‚Skandal im Bundestag'. Außerdem weiß ich inzwischen, wo Sie wohnen." Alex war versucht zu schmunzeln, dem Bürohengst war leicht Angst einzujagen, beherrschte sich aber, denn er wollte zur Schau stellen, dass es ihm bitterernst mit der Ankündigung war. Daher setzte er einen Blick auf, der keinen Zweifel daran lassen konnte, dass er seiner Drohung Taten folgen lassen würde.

„Selbstredend. Ich gebe Ihnen mein Wort, versprochen."

„Gut."

„Ich wünsche Ihnen alles Gute!"

Mit diesem beruhigenden Satz drehte er sich um und lief Richtung Bundestag, wobei Alex bezweifelte, dass er sich in diesen zurückbegeben würde, da das mit dem Koffer voller Geld angesichts der vielen Sicherheitsschleusen in den Bundestagsgebäuden nicht empfehlenswert war. Er schaltete sein Handy wieder ein. Jetzt hieß es Nägel mit Köpfen zu machen. Als es hochgefahren war, gab er seinen persönlichen PIN ein und drückte eine Kurzwahltaste.

„Wir liefern jetzt", sagte er seinem engsten Mitarbeiter bei diesem Projekt. „Gut", meinte er abschließend, legte auf und blickte sich noch einmal um.

Im Bücken nahm er den übriggebliebenen Koffer und ging zurück über die Brücke. Die Spree floss träge dahin. Er überlegte, ob er doch die wärmere Abkürzung durch den Berliner Hauptbahnhof nehmen sollte, entschied sich jedoch aus Sicherheitsgründen dagegen. Auch wenn er gerade erst bestätigt bekommen hatte, dass nichts Illegales an dem Geschäftstransfer war. Klar, man konnte sich auch den Berliner Winter oder eine Leberzirrhose schönreden.

Als er die Uhr des Bundesfinanzministeriums passierte, die in einer sekundengenauen Simulation die stetig wachsende Schuldenlast der BRD zeigte, hielt er seine innere Unruhe nicht länger aus. Er fragte sich, was seine Partner wohl in den Koffer hineingetan hatten. Die schlichte kindische Neugier brach einfach durch.

Er stellte sich also so geschickt hin, dass ihn keine der am Gebäude installierten Kameras aufnehmen konnte und ließ die auf die 0000-Kombination eingestellten Schlösser aufschnappen. Im Koffer befanden sich auf die Größe von Geldscheinen zusammengeschnittene Papierfetzen, die aus Werbeprospekten stammten. Von einem der billigen Discounter, die Alex wie die Pest mied.

Kurz lachte er auf. Klar, was hatte er erwartet? Die Koffer waren nicht nur identisch, sondern besaßen sogar in etwa dasselbe Gewicht. Nur, dass sich in seinem Koffer echtes Geld befand. Es war immer vorteilhaft, mit Profis zusammenzuarbeiten. Da gab es die wenigsten Überraschungen.

Gut gelaunt ging er pfeifend vor sich hin. Nun, da er aus dem gröbsten finanziellen Schlamassel raus war, konnte er sich und seiner Familie die dringendsten Wünsche erfüllen. Kurz, Alex war voll in seinem Element und lebte sein Leben, wie er es immer hatte leben wollen. Und das war etwas, das er angesichts seiner einfachen Herkunft nicht als selbstverständlich betrachtete, auch wenn ihn manchmal das Gefühl beschlich, dass gerade seine Familie dies bereits tat. Aber darauf hatte er es schließlich angelegt. Allerdings fehlte ihm mitunter die Wertschätzung für das bisher Erreichte.

Geschenke und Mitbringsel fielen ihm plötzlich ein. Doch inzwischen hatten die meisten Geschäfte wegen der Pandemie geschlossen. Er dachte an die beeindruckende Patek Phillipe, die er bei seinem letzten Besuch bei Wempe in Berlin entdeckt hatte. Und an die wunderschöne Goldkette mit eingefasstem Diamanten, die Natascha fasziniert hatte. Beides musste warten. Vielleicht wäre ein Besuch bei Curry 36 im Hauptbahnhof eine Idee. Er könnte ein Dutzend Original-Berliner-Currywürste und die hausgemachte Currysauce einkaufen, die seine Jungs so liebten. Aber da war es wieder – das verflixte Gewissen. Was wog mehr? Den Kindern eine Freude zu machen oder die Vorsicht? Er entschied sich für Letzteres. Wenn die Kinder keinen Vater mehr hatten, weil irgendwas schieflief und er sich bei Vater Staat einmieten musste, war alles furchtbar. Ohne Frau und Kinder würde er im Gefängnis eingehen wie eine Primel. Die entgangenen Geschenke würde er in Frankfurt wieder gutmachen.

Als er in sein Auto stieg, fiel ihm ein, dass er den hässlichen Koffer mit dem Papier unterwegs entsorgen musste. Solch ein Ding wollte er unter keinen Umständen bei sich zu Hause aufbewahren. Weder im schicken Haus noch in dem kaum weniger schicken Keller oder auf dem Dachboden. Guter Geschmack war schließlich eine Sache des Prinzips.

2.

Frankfurt, Ende Januar 2021

Alex liebte das erhabene Gefühl, sich morgens im Arbeitszimmer an seinem Mahagonischreibtisch, der gigantische Ausmaße besaß, niederzulassen, mit der Hand über das edle Holz zu streichen und den Geruch zu schnuppern, der auch nach Jahren nicht nachgelassen hatte. Der heimische Weimaraner Giorgi machte sich schnell aus dem Staub, da er wusste, bei Herrchen gab es die wenigsten Streicheleinheiten.

Heute hatte Alex weder für sein Arbeitszimmer noch den edlen Hund einen Blick. Er hielt einen Brief in den Händen, der mit dem Kopf des Bundesgesundheitsministeriums versehen war, und starrte ihn bereits seit einer Weile ungläubig an. Am liebsten hätte er das verdammte Teil genommen und in tausend Stücke gerissen. Das staatliche Hoheitszeichen der Bundesrepublik auf dem Briefkopf machte alles noch schlimmer.

Seine Hände verkrampften sich. Er schwitzte, obwohl die Klimaanlage präzise auf 21° Grad Celsius eingestellt war. Zudem schwindelte ihn. Er hatte das Gefühl, die Erde würde aufklaffen und ihn verschlingen. Das wäre es dann. Für immer. Aber er klammerte sich vorsichtshalber an der Tischkante fest.

„Verdammt!", schrie er in voller Lautstärke und versetzte dem Holztisch einen kräftigen Fausthieb. Der aber stand fest wie eine Eiche.

Warte, sagte ihm eine innere Stimme. Warte einfach ein wenig. Seine Großmutter sprach immer: Pospeschisch – lydei nasmeschisch – Wer eilt, wird ausgelacht.

Vielleicht kommt einmal die Gelegenheit, ihnen alles heimzuzahlen, dann wäre es sicher nicht verkehrt, den Brief als Beweismittel vorliegen zu haben. Ein gefundenes Fressen für seine Anwälte, soufflierte die ihm wohlbekannte Stimme, die ihn in Notzeiten noch nie im Stich gelassen hatte.

Alex suchte die Tasche seines frisch gestärkten weißen Hemdes ab. Wo waren diese verdammten Zigaretten? Wenn er die Sargnägel einmal dringend benötigte, waren sie verschwunden. Mit einem Seufzer der Erleichterung fand er sie, ebenso wie das Feuerzeug, in den Taschen seiner Stoffhose und holte sie schnell hervor.

Er entnahm der Magnum-Packung eine Davidoff, versäumte es nicht, den Tabak auf der Schreibtischplatte festzuklopfen, und zündete sie mit dem vergoldeten Sturmfeuerzeug an, in das sowohl sein Name als auch sein Geburtsdatum eingraviert waren. Mit einem Seufzer der Erleichterung zog er genussvoll an der Zigarette, bis das Nikotin in seinen Lungen gelandet war und ihm bodenständige Sicherheit vorgaukelte. Immer, wenn der Rauch seine Lungen füllte, kam es ihm wie eine Erlösung vor. Nach exakt siebenundneunzig Sekunden war die Zigarette bis zum Filter heruntergeraucht. Erstaunt über sein eigenes Tempo runzelte er die Stirn. Was war los mit ihm? Keine Frage, dieser verdammte Brief würde ihn Kopf und Kragen sowie den Verstand kosten ...

Was normalerweise half, ihn zu besänftigen, hielt dieses Mal nur wenige Sekunden an, bevor der Zorn in gesteigertem Ausmaß zurückkehrte. Schnell zündete er eine neue Zigarette an und legte diese nach zwei Zügen in den El Casco Aschenbecher Shiny Chrome, dessen Farbe gut zum mit Marmor ausgekleideten Fußboden passte, sich aber mit den schweren und dicken Teppichböden in den wildesten Farbmustern ein wenig biss. Besonders stolz war er auf diese Teppiche seiner Heimat, die dort noch traditionell hergestellt wurden. Immerhin hatte er sich im Vergleich zu seinen Vorfahren weiterentwickelt. Die Weißrussen hängten die Teppiche immer noch an die Wand, wie er von einem der wenigen Besuche in seiner alten Heimat wusste. Er hingegen fand den Fußboden als Aufbewahrungsort besser geeignet. Es waren immer die Jungen, die mit den Traditionen ihrer Ahnen brachen und zugleich für neue sorgten. Im Aschenbecher glomm die Zigarette eine Weile vor sich hin und sendete Rauchzeichen ins Nichts. Momentan war ihm alles ein Rätsel. Er wünschte sich, eins zu werden mit dem Rauch, um all seine Probleme schlagartig in Luft aufzulösen.

Er konnte nicht anders und griff erneut nach dem Brief. Die Buchstaben begannen sofort vor seinen Augen zu tanzen, so sehr irritierte ihn das erhaltene Schreiben. Mit aller ihm zur Verfügung stehenden Kraft stellte er den Blick scharf. Fokussierte das Blatt. Die Buchstaben hielten still.

„… aufgrund der allgemeinen, die Bevölkerung stark bedrohenden, neuen Pandemielage sehen wir uns gezwungen, den Schutz vor dem SARS COV 2-Virus durch die Verwendung von ausschließlich *bereits im Gesundheitssystem gängigen FFP2-Masken auf ein Maximum zu erhöhen …"*

Die wenigen Worte reichten aus, um in ihm einen Brechreiz hervorzurufen.

Sie bedeuteten nichts weniger als sein endgültiges finanzielles Aus. Das Ende als Geschäftsmann. Sein Schlusspunkt als mustergültiger Bürger in einer der wichtigsten Finanzmetropolen Europas. Zudem war er als geliebter und bewunderter Familienernährer passé. Mit ein wenig Glück würde seine Familie noch eine Zeit lang zu ihm halten.

Es war nichts zu machen. Es war eben, wie es war. Er musste sich der Situation stellen. Hart sein. Stärke zeigen. Und Präsenz suchen. Sich nicht wegducken. Diese dummen Schweine wollten ihn mit allen Mitteln vernichten.

Aber er würde da nicht mitspielen. Auf keinen Fall. Sich nicht geschlagen geben wie ein dummer Verlierer. Denn das würde bedeuten, er müsste aus dem wunderschönen Haus ausziehen, mit seiner Familie staatliche Leistungen beziehen und würde obendrein auf seinen Krediten, in nicht unbeträchtlicher Höhe, die ihm bislang ein Luxusleben ermöglicht hatten, sitzenbleiben.

Das ging nicht. Überhaupt nicht. Niemals.

Eine Sache hatte er sich bereits seit seiner Kindheit geschworen: niemals auf den Staat oder jemand anderen angewiesen sein. Und jetzt wollten die Schweine ihn dermaßen ficken? Sodass er sich nicht nur eidlich vor dem Staat offenbaren musste, sondern sogar Gefahr lief, sich beim Amt in die Schlange der Bedürftigen einreihen zu müssen.

Nein, das konnte, das durfte und wollte er auf keinen Fall zulassen. Dafür hatte er bereits zu viel in die Sache investiert. Aber was sollte er jetzt tun? Für einen Augenblick lang tauchte die Idee in seinem Kopf auf, sich zu erschießen. Dafür gab es eigentlich die Pistole aus dem 2. Weltkrieg, von der Natascha ab und zu erzählt hatte. Ihr Opa hatte erfolgreich den Kessel um Stalingrad schließen helfen und damit nicht unwesentlich dazu beigetragen, die faschistischen Wichser in ihre Grenzen zu verweisen.

Irgendwie hatte Nataschas Familie die Waffe aus St. Petersburg an der Ostsee nach Frankfurt am Main geschmuggelt, bevor sie in ihren – und damit auch in seinen – Besitz übergegangen war. Der genaue Verbleib der Handfeuerwaffe war aber ungewiss. Ihm fiel bei noch so genauem Nachdenken nicht ein, ob das Artefakt sich im Haus befand und falls ja, ob es überhaupt funktionstüchtig war.

Voller Widerwillen stellte er sich vor, wie er seine geliebte Gattin ausfragen müsse.

„Sag mal Schatz, wo ist denn eigentlich die Pistole von Dedushka?"

„Äh, warum?"

„Weißt du, die Geschäfte laufen gerade nicht so dolle und ich habe beschlossen, es wäre das einfachste für uns alle, wenn ich mich erschieße."

„Liebling, was lastet auf deiner Seele, das deine Natascha nicht im Handumdrehen wieder wegzaubern kann?"

Irrsinn! Seine Frau konnte er auf keinen Fall fragen, brauchte er auch nicht. Schließlich konnte er sich jederzeit eine moderne Waffe besorgen. Wenn er schon den Abgang machen musste, dann aber bitte mit Stil. Am besten mit einer vergoldeten Pistole. Drunter würde er es nicht machen.

Natürlich würde Natascha das alles nicht verstehen. So, wie sie viele Dinge der ihr stets fremden Männerwelt nicht verstand, aber das war vollkommen in Ordnung. Nein, undenkbar, Natascha um Hilfe zu bitten. Was für ein bitterböser Feigling war er eigentlich? Sich ins Jenseits zu verabschieden, wenn das kleinste Problem auftauchte. Wobei er sich überhaupt nicht vorstellen konnte, dass es ein Jenseits gab. Wenn er schon freiwillig aus dem Leben scheiden wollte, mussten alle hierfür erforderlichen Schritte in seiner Hand bleiben. Das erforderte seine Ehre. Also würde er im Notfall zum Strick oder zur Hundeleine greifen und sich, wie ein aufrechter Mann dies in Notsituationen tun musste, aufhängen.

Selbstverständlich gab es angenehmere Arten, sich den Saft abzudrehen, aber auf diese Weise sich selbst aus der Welt zu verabschieden, schien ihm angemessen. Mannhaft. Es war doch nur im verweichlichten Westen so, dass Männer beim Gedanken an Suizid zu schluchzen begannen und die Nummer ihres Psychiaters oder einer Notfall-Hotline raussuchten. Dabei waren ganze Generationen von Ahnen bereits am Galgen gelandet. Ob in der UdSSR, Hitler-Deutschland oder im 30-jährigen Krieg.

Also entweder wie ein richtiger Mann sterben oder bleiben und kämpfen. Dazwischen gab es nichts. Punkt, aus und fertig.

Obwohl er dem Alkohol äußerst selten zusprach, da er seiner Einschätzung nach nur für Feiglinge ein Mittel darstellte, sich den Realitäten des Lebens zu entziehen, spürte er jetzt das brennende Verlangen nach einem ordentlichen Schluck Wodka. Selbst hier in Frankfurt, wo die Leute hauptsächlich dieses saure Stöffche, das einem die Zehennägel hochrollte, tranken, wofür er – obwohl er die Stadt mochte – nicht den Hauch von Verständnis aufbrachte, gab es durchaus brauchbaren Wodka zu kaufen. Auf der Leipziger Straße in Bockenheim lag ein Laden mit polnischen Spezialitäten, der einige feine Wässerchen aus der Heimat führte. Und auch wenn es ihm innerlich wehtat, musste er sich eingestehen, dass der polnische dem russischen mindestens gleichwertig war.

Ja, entschied er, in einer solchen Situation war es durchaus legitim, sich ein wenig den Frust von der Seele zu spülen und seine Nerven zu beruhigen. Wo war das verdammte Scheißzeug?

Das Silbertablett voll erlesener Spirituosen stand nur einige Meter von seinem Schreibtisch entfernt. Er stand auf, drehte eines der schweren Kristallgläser um und füllte es bis zur Hälfte mit Crystal Head Wodka. Zwar aus Kanada, aber das Besondere an dem sündhaft teuren Schnaps war – abgesehen vom unglaublich hohen Preis – die Flasche in Totenkopfform. Also passend zu seiner Situation.

Doch der Wodka beruhigte seine Nerven keineswegs wie gewünscht. Zu sehr wühlte ihn der beschissene Vorgang auf. Dieser verdammte Brief hatte den Wurm reingebracht.

Was tun? Nicht nur der große Revolutionär und Staatsmann Lenin hatte sich diese Frage gestellt. Auch für ihn galt die Losung in Frageform als Dauerschleife.

Erinnerungsfetzen an das Gespräch mit dem Bundestagsabgeordneten stiegen in ihm hoch. In der Gastwirtschaft „Ständige Vertretung" waren damals nur wenige Gäste gewesen, da die meisten es vorzogen, bei dem sonnigen Wetter draußen am Spreeufer zu sitzen. Der Assistent des Abgeordneten hatte noch im Spaß gefragt, ob er Alex „nach Wanzen durchsuchen solle", doch der Abgeordnete hatte nur gelacht und gesagt, das sei bei zwei Ehrenmännern unnötig. Das hatte ihm auf Anhieb gefallen. Genauso wie das edle Spendierverhalten, das der Bundestagsabgeordnete auf Kosten der Steuerzahler an den Tag legte.

Von wegen Ehrenmann. Er hatte noch nie solch einen miesen, verschlagenen Typen wie diesen Volksvertreter kennengelernt. Das war für ihn der Bodensatz der Gesellschaft, dieses Politikerpack. Die alles und jeden aufs Kreuz legten und lediglich auf den eigenen Vorteil bedacht waren.

„Sie können also kurzfristig zweieinhalb Millionen Masken liefern? Ganz wunderbar. Welchen preislichen Rahmen stellen Sie sich denn vor?"

Alex hatte das Schulfach Mathematik immer gehasst, aber bei Aufgaben mit Praxisbezug sah er die Notwendigkeit genauer Kalkulation durchaus ein. So hatte er sich insbesondere im Erwachsenenalter die Fähigkeit antrainiert, schnell und vor allem zuverlässig im Kopfrechnen zu werden, um bei Geschäftsanbahnungen seine Partner beeindrucken zu können. Im Kopf überschlug er deshalb die Material- und Transportkosten, schlug einen generellen Aufschlag von vierzig Prozent drauf und kam auf eine Summe.

„Einfach angenähter Gummisaum kostet einen Euro fünfzig pro Maske, doppelt genähter …"

Aber der Angeordnete hatte bereits mit breitem Grinsen abgewunken.

„Die Masken sind vor allem für unsere armen Bedürftigen bestimmt", hakte er ein. „Einfach genäht reicht vollkommen. Wir wollen ja nicht noch mehr dieser Sozialparasiten heranziehen, als wir ohnehin schon haben."

Beim letzten Satz konnte er sich ein Schmunzeln nicht verkneifen. Hochnäsiges Arschloch. Hatte seinen Hintern schön im Warmen und schimpfte auf arme Würste, die es nicht so gut hatten. Politiker ekelten ihn an, die Ärmsten der Armen taten ihm hingegen leid. Letztlich fühlte er sich ihnen verbunden, da auch er aus deren Verhältnissen stammte.

Es folgte einiges Hin und Her wegen des Preises. Klar, Alex würde in seiner Heimat Belarus sehr günstig produzieren lassen können. Dafür hatte er bereits im Vorfeld alle notwendigen Weichen gestellt und Kontakte akquiriert. Auch eine sichere, aber preisgünstige Transportmöglichkeit besorgt.

„Sagen wir der Einfachheit halber glatt drei Millionen Euro", versuchte der Abgeordnete in die Zielgerade einzubiegen und den Preis noch einmal ein wenig nach unten zu drücken. „Das rechnet sich besser und geht leichter durch alle Instanzen, was wichtig ist. Von diesem Betrag nehmen wir hunderttausend Euro in bar als Anzahlung, die später in den Büchern nicht mehr, aber im Endeffekt im Endpreis wieder auftauchen werden. Nehmen Sie das Ganze einfach als kleine persönliche Wertschätzung meiner Person, dass der Deal überhaupt zustande kommt und dass die demokratischen Parteien …"

Bla, bla, bla.

Das Ganze hatte ihn bereits damals unglaublich angewidert. Die deutschen Politiker glaubten, die Lufthoheit in Sachen moralisch-ethischer Urteilskompetenz innezuhaben, waren aber selbst bis aufs Mark korrupt. Nur, dass sie es so nicht nannten. Sondern den Sachverhalt mit blumigen Metaphern ausschmückten und sich dann noch dafür rühmten, die Bestechung sei in diesem Fall ausnahmsweise unausweichlich, da nur so die Aufrechterhaltung der Demokratie gewährleistet sei. Hahaha. Es war doch für alle Beteiligten deutlich besser, Klartext zu reden. In seiner alten Heimat wurden solche Vorgänge offener gehandhabt, ohne dass sich jemand daran störte. Bei jeder Berichterstattung über Belarus oder die angrenzenden Nachbarrepubliken wurde das deutsche Reporter-Team nicht müde, die vor Ort herrschende Korruption hervorzuheben, eine Schimpfkanonade nach der anderen über die politischen Zustände loszuwerden und eine „Demokratisierung" der Gesellschaft einzufordern. Demokratisierung bedeutete in diesem Fall, dass das Geld bei den richtigen Volksvertretern ankam. Politik war ohnehin nur etwas für Hartgesottene. Da blieb er lieber bei banalen, zwielichtigen Geschäften, das schien ihm ehrlicher zu sein.

Doch, was oder wem nützten schlechte Gedanken? Niemandem.

„Deshalb sehen wir uns gezwungen, den Gegenstand des vorvertraglich geregelten Handels von zweieinhalb Millionen Masken hiermit als gegenstandslos zu betrachten …"

Da stand er: sein persönlicher Offenbarungseid. Sein Entree in die Privatinsolvenz. Alex wollte aus Frust den verdammten Brief am liebsten in Wodka tränken und als brennende Fackel in die beinahe noch volle Flasche stecken, um mit dem Totenkopf-Molotow-Cocktail das ganze mondäne Holzhausenviertel abzufackeln, in dem er nie wirklich heimisch geworden war. Nicht einmal der Blick von seinem Schreibtisch aufs Holzhausenschlösschen, das in Sichtweite des Hauses über den Baumwipfeln aufragte, vermochte ihn zu besänftigen. Aber durch einen Amoklauf war niemandem geholfen und die nächsten Jahre Vollpension bei Väterchen Staat waren auch nicht gerade eine verlockende Aussicht. Dennoch war der Grundgedanke richtig. Lieber zum Amokläufer werden, als sich selbst zu entleiben.

„Schluss jetzt!", ermahnte er sich laut und verdrängte die negativen Ideen. Her mit konstruktiven Ansatzpunkten. Vielleicht würde es ihm gelingen, durch juristische Zaubertricks aus den Vertragsverpflichtungen mit seinen belarussischen Vertragspartnern herauszukommen. Er musste ein ausgezeichnetes Team von Anwälten zusammenstellen. Die ihn ein Vermögen kosten würden, aber durchaus seinen Kopf retten konnten.

„Gemäß §37, Absatz 3, Satz 4 des Vorvertrags sehen wir uns deshalb leider gezwungen, hiermit den Vertrag einseitig zu kündigen und damit als gegenstandslos zu betrachten …"

Vielleicht konnte er von diesen sauberen Volksvertretern sogar etwas lernen. Vielleicht würde das Anwaltsteam ähnliche Formulierungen benutzen, um ihm Exit-Options aufzuzeigen. Vielleicht würde er „nur" auf den hunderttausend Euro Schmiergeld und den exorbitanten Anwaltskosten sitzenbleiben.

Auf jeden Fall ein deutlich besseres Szenario, als seinen Partnern die vereinbarte Summe mir nichts dir nichts zukommen zu lassen, um eine Lagerhalle für zweieinhalb Millionen Masken anzumieten oder deren fachgerechte Entsorgung zu bezahlen, was beides in etwa auf dasselbe hinauslief, wobei die Stoffmasken eventuell noch in arme Staaten exportiert werden konnten. Hoffentlich bestellten die belarussischen Partner für ihn keinen tschetschenischen Killer, denn dann sähe es düster aus …

Vielleicht war es sogar sicherer, präventiv zu arbeiten. Er könnte demnächst im Frankfurter Rotlichtviertel seine Bekannte Nok, die als gute Mutter und Repräsentantin der Thai-Mafia aus Bangkok für ihre asiatischen Mädchen fungierte, ansprechen und erste Vorkehrungen dafür treffen, einen Killer aus Bangkok anzuheuern, der sich um seine Geschäftspartner in Belarus kümmern würde. Dann hätte er diese Front begradigt. Auch wenn es zwei Menschenleben kosten würde.

Leider wusste er nicht, in welchem Laden Nok derzeit arbeitete, weil er seit Längerem keinen Kontakt zu ihr hatte. Ein solcher Schachzug wäre zudem reine Notwehr. Die Mehrkosten für den Killer oder gar ein ganzes Hit-Team würde er berappen können. Der Killer selbst kostete angeblich tausend Euro plus tausend für Nok – und die Spesen obendrauf. Auf jeden Fall eine günstige Option im mittleren vierstelligen Bereich, über die es sich Gedanken zu machen lohnte.

Eine Option allerdings, die Zeit brauchte. Und genau die hatte er nicht. Wenn sich nicht schnell etwas tat, würde er unvermeidlich der Insolvenz entgegenschauen. Das war so sicher wie der lange russische Winter, an den er sich kaum noch erinnern konnte, aber intuitiv wusste, dass er ganz anders war als in hiesigen Breiten.

Vielleicht ist es das Beste, schlussfolgerte er ein wenig resigniert, wenn ich mich mit dem Drecksack von Politiker verbünde? Ihn durch meine Anwälte um ein Gespräch ersuche. Vielleicht könnte er mir via Ministerium helfen, die Verträge mit Belarus zu annullieren. Die hundert Riesen wären zwar weg, aber ich käme von den anderen Vertragskosten runter, was die deutlich bessere Lösung wäre.

Unzufrieden mit sich und dem Gang der Welt drehte er das schwere Kristallglas im Kreis, was seltsame Geräusche hervorbrachte. Nein, die letzte Möglichkeit kam nicht in Frage. Wer mit ihm Geschäfte machte, musste sich warm anziehen, wenn er ihn anschiss. Ihn, Alex Schutz, den Spätaussiedlersohn, dem in der Bundesrepublik alle möglichen Steine in den Weg gelegt worden waren und der sich aus eigener Kraft von unten nach oben gearbeitet hatte …

Er stieß einen tiefen Seufzer aus, schenkte sich reichlich Wodka nach, der ihm trotz der mehrfachen Brennung nicht sonderlich mundete, und ging zu seinem Schreibtisch zurück.

Er hob den Telefonhörer von einer extra für ihn angefertigten Nachbildung ab, die ein halbes Vermögen gekostet hatte. Nachdem er den Film „Scarface" in seiner Jugend mindestens fünfzig Mal gesehen hatte, war sein Entschluss gefallen, sich ein Telefon für das eigene Heim zuzulegen, das demjenigen von „Scarface" nicht nur ähnelte, sondern eine exakte Kopie davon war. Allerdings vermochte ihn dieses Telefon nicht einmal annähernd in die finanziellen Sphären zu lupfen, in denen sich Pacino aka Scarface in dem berühmten Hollywood-Streifen bewegte.

Das Telefon tutete unablässig, bis der automatische Anrufbeantworter ansprang. Was in ihm neue Hassgefühle aufsteigen ließ. Was bildete sich dieses Rechtsverdreher-Pack eigentlich ein? Während seines Studiums war er hin und wieder mit Jurastudenten in Kontakt gekommen, und er hatte diese Brut gehasst. Fuhren im dicksten Daimler, natürlich das häusliche Drittauto, vor der Juristischen Fakultät vor, zogen sich an, als seien sie bereits Senior-Partner in einer der größten Kanzleien der Stadt und trugen ihre seltsamen braunen Lederkoffer wie wahre Schatztruhen durch die

Gegend. Im Vorlesungssaal an ihrem Platz holten sie modernste Laptops heraus, mit denen sie jedes Wort des Ordinarius wie hörige Hunde mitschrieben und sich nicht entblödeten, hin und wieder eine Frage zu stellen, die lediglich darauf abzielte, die Aufmerksamkeit des Professors auf sich zu ziehen.

Endlich hatte das Martyrium ein Ende und es ging jemand ran.

„Mayerhofer und Partner, Möhwald am Apparat, was kann ich für Sie tun?"

Die Stimme, die mindestens halbseiden klang und den Chefs vermutlich viel Freude bereitete, brachte ihn nur noch mehr auf.

„Alexander Schutz hier. Verbinden Sie mich umgehend mit Mayerhofer Senior."

„Wwwie … bitte?"

Er konnte den extravaganten Tonfall der Vorzimmerdame kaum ertragen. „Ich glaube, Sie haben mich verstanden. Mayerhofer Senior, und zwar zügig. Es geht schließlich um eine Stange Geld."

Er hörte, wie seine Gesprächspartnerin ein paarmal scharf ein- und ausatmete. Das war genau die Reaktion, die er erhofft hatte.

„Dddd … das geht nicht, da Herr …"

Er unterbrach sie durch eine exakt eine Minute und vierzig Sekunden dauernde Schimpftirade, während welcher er alle Register zog, die ihm einfielen, ohne dass er sich zu sehr auf der falschen Seite des Gesetzes bewegte. Das Resultat konnte sich sehen lassen.

„Äh … äh ja … also, einen Augenblick bitte, ich muss … nachschauen, was ich machen kann."

Zufrieden lehnte Alex sich in seinem extravaganten Sessel zurück, klopfte eine neue Davidoff auf der Schreibtischplatte fest und lauschte der Stille, die in der Leitung herrschte. Der doofen Tante hatte er es gegeben.

Er atmete den Rauch scharf aus und schaute ihm hinterher, wie er sich im Zimmer verteilte. Mit mir, Alex Schutz, legt sich niemand ungestraft an!

3.

Berlin, Ende Januar 2021

Alex tummelte sich seit einer Stunde vor dem Bundestag und vertrieb sich die Zeit mit Kippen rauchen. Jede Minute nagte an ihm. Es war frisch, die Kälte zog ihm durch Jacke und Anzug. Scheiß Berliner Wind, dachte er. Wann kommt der Arsch endlich? Dass Dr. Reischle noch in dem Gebäude war, hatte ihm ein Mitarbeiter anvertraut. Konnte nicht mehr lange dauern.

Kurzentschlossen hatte sich Alex vom Schreibtisch im Holzhausenviertel aufgeschwungen und war nach Berlin gedüst. Nach Absprache mit seinem Rechtsverdreher erschien Reischle allem Anschein nach als der vernünftigste und erfolgversprechendste Ansatzpunkt, um dem Abgeordneten Feuer zu machen. Alex konnte nicht in Frankfurt tatenlos verweilen und so tun, als sei nichts geschehen, während in der Hauptstadt der korrupte Abgeordnete seinen mit 100.000 Euro vergoldeten Hintern weiterhin im Bundestag plattsaß. Er wollte Reischle zur Rede stellen. Wollte ihn konfrontieren mit seinen Verlusten. Ihn bitten, die Kontakte ins Gesundheitsministerium anzuzapfen. Wollte sein Geld zurück. Und am liebsten hätte er ihm den Ha…

Weiter wollte Alex nicht denken, kam auch nicht mehr dazu, denn tatsächlich, kaum hatte er die nächste Kippe ausgetreten, sah er den Assistenten im altertümlichen Trench-Coat aus dem Bundestag herauskommen.

Alex schüttelte über so wenig Modebewusstsein den Kopf. Aber jetzt hatte er andere Sorgen.

Reischle sah ihn schon von Weitem, stoppte abrupt seine Schritte, drehte auf dem Hacken um und änderte die Richtung. Er wollte ihm ausweichen, aber da musste er sich einen anderen suchen. Alex wollte die Konfrontation, hier und jetzt. Alles andere kam nicht in Frage.

Er nahm die Beine in die Hand und rannte Reischle hinterher.

„Hey, bleiben Sie gefälligst stehen!“, rief er ihm aus einiger Entfernung zu und beschleunigte seine Schritte.

Reischle drehte sich um, sein Gesicht wirkte verkniffen. Kein Wunder, sicher wollte er Alex weder sehen noch sprechen und sich auch die Überraschung aufgrund seiner Anwesenheit nicht anmerken lassen.

„Stehen bleiben!“, brüllte Alex noch einmal und jetzt schien der Herr Doktor einzusehen, dass er keine Chance haben würde, ihm zu entkommen. Er stoppte seinen Lauf, schien innerlich durchzuatmen, bevor er sich Alex zuwandte.

„Herr Schutz! Wie schön, Sie in Berlin begrüßen zu dürfen. Was verschafft mir die Ehre?“

„Sparen Sie sich die Floskeln! Glaubt Ihnen sowieso kein Mensch“, platzte Alex heraus. „Und jetzt mal Tacheles.“ Alex stand dem Mann nun etwa 50 Zentimeter gegenüber und fixierte seine Augen. Der Beamte versuchte, seinen Blicken auszuweichen, was ihm aber misslang. Er wirkte ängstlich, fast scheu.

„Sie haben mich aufs Kreuz gelegt!“, begann Alex, nachdem er Luft geholt hatte. „Ich will die 100.000 zurück. Außerdem möchte ich, dass Sie meine Stornokosten und weitere Kosten übernehmen, die durch den Geschäftsausfall entstanden sind. Immerhin haben wir einen Vertrag. Falls Sie darauf nicht eingehen, brennt die Hütte. Darauf können Sie Gift nehmen.“

Dr. Reischle sah sich pikiert um, als fürchte er, die Szene könne Aufmerksamkeit erregen, aber weit und breit war keine Menschenseele zu sehen. „Herr Schutz, jetzt beruhigen Sie sich erst mal.“ Seine Stimme wirkte sanft, geradezu sedierend.

„Ich will mich aber nicht beruhigen. Sie haben mich abgezogen …“ Er trat ein, zwei Schritte auf Reischle zu, sodass sich dieser mit einem Male bedroht fühlte. Es war ihm deutlich zu dicht, seine Augen blitzten auf.

Die rechte Gerade, die Reischle nach vorne donnerte, sah Alex nicht kommen, geschweige denn hätte er sie abfangen können, so unerwartet schoss sie auf ihn zu. Sie traf ihn direkt aufs linke Auge.

„Autsch! Verdammt!“ Alex fasste sich instinktiv an die getroffene Stelle. „Was …? Ich meine … Sind Sie irre?“ Entsetzen stand ihm ins Gesicht geschrieben.

„Halbweltergewicht“, antwortete Reischle wie aus der Pistole geschossen. „1990 bis 1997 beim Spandauer Box Club. Bin zwar nicht mehr der Jüngste, aber was man einmal in Perfektion gekonnt hat, verlernt man so schnell nicht. Wollen Sie meinen linken Haken auch kennenlernen?"

Alex zuckte zusammen, brachte keinen Pieps mehr über die Lippen und schien vollkommen konsterniert. Sowas hätte er sich im schlimmsten Albtraum nicht ausmalen können. Der Bundestagsmitarbeiter hatte auf ihn bislang einen unbedarften, harmlosen Eindruck gemacht.

„Machen Sie sich nichts draus!", kommentierte Reischle. „Sind schon ganz andere vor mir in die Knie gegangen. Und jetzt sehen Sie zu, dass Sie verduften, sonst setzt es noch mehr!"

Aus dem rechten Auge sah Alex noch den Rücken des ehemaligen Boxers, der sich bereits umgedreht hatte, den Trench-Coat glattstrich und seinen Weg wieder aufnahm.

4.

Frankfurt, am Abend desselben Tages

Natascha schrie auf, als sie Alex die Wohnzimmertür hereinkommen sah.

„Was … was ist denn mit dir pass…?" Sie hielt sich unwillkürlich die Hand vor den Mund.

Alex' Veilchen leuchtete in mindestens drei verschiedenen Farben: blau, lila, rot. Zudem war das Auge geschwollen und pochte ununterbrochen. Er war von Berlin nach Frankfurt zurückgefahren, hatte den BMW dressiert und kaum dreieinhalb Stunden gebraucht, solche Wut trug er in sich. Die löste sich im Nu in Luft auf, als er sein Zuhause betrat, und Sanftheit legte sich auf sein Gemüt.

Natascha sprang von der Couch auf und rannte auf ihn zu. „Hast du dich geprügelt?" Sie legte ihre Hand auf seine Wange, streichelte sie und tupfte zart mit den Fingerspitzen am Auge entlang.

„Autsch!", rief Alex und wischte ihre Hand weg. Sein gesundes Auge flatterte, wie immer, wenn er angespannt war. Die Situation war ihm sichtlich unangenehm. „Quatsch! Bin … Bin aus Versehen gegen ne offene Schranktür gerannt."

Sie blickte ihn mit Fragezeichen in den Augen an und legte eine Hand an die Schläfe, als glaube sie ihm kein Wort. Ihr Gesichtsausdruck sprach Bände.

„Doch, echt. Tut verdammt weh. Hast du einen Cool-Pack im Eisschrank?"

Natascha stemmte die Hände in die Hüfte und baute sich breitbeinig vor ihm auf. „Alexander Schutz! Wenn du mir jetzt nicht schnellstens erzählst, was geschehen ist, kriegen wir Stress. Und wenn ich Stress sage, meine ich Mörderstress. Du kennst mich." Ihre Augen verengten sich zu Schlitzen und warfen ihm Blitze entgegen. Er hatte das Gefühl, in einer Sackgasse gelandet zu sein.

„Also noch mal von vorne: Woher kommst du jetzt?" Ihre Stimme klang, als sei es ihr verdammt ernst.

Alex fühlte sich in die Enge gedrängt und sah rasch ein, dass ihm nichts als die Wahrheit blieb. Anders würde er aus dieser Nummer nicht herauskommen. Er musste ihr Fakten liefern, glaubwürdige Fakten. Allerdings wollte er versuchen, einige alternative Fakten einzustreuen.

In diesem Moment kam sein Jüngster, Alexej, zur Tür herein. Als er das Veilchen bemerkte, fing er augenblicklich an zu kichern und deutete mit dem Zeigefinger auf ihn. „Papa hat ein blaues Auge! Papa hat ein blaues Auge!", schrie er quer durchs Haus und rannte hinaus, womöglich um seine beiden Brüder zu suchen und ihnen das Unglaubliche brühwarm zu berichten. Was Alex umso mehr schmerzte. Er wandte sich wieder seiner Gattin zu und antwortete ihr zaghaft: „Aus Berlin …"

„Und was hast du in Berlin gemacht?"

Er zögerte.

„Jetzt lass dir doch nicht alles aus der Nase ziehen."

„Jetzt sei doch nicht so streng mit mir. Du weißt genau, dass ich geschäftlich unterwegs war."

„Und bei welcher Art von Geschäften kommt man nach Hause mit einem blauen Auge, das so geschwollen ist, dass es bald aus dem Gesicht fällt?"

Sie würde nicht lockerlassen. So viel war klar.

„Sachte, sachte. Sieht schlimmer aus, als es ist. Wenn du mir einen Cool-Pack aus der Küche holst, erzähl ich dir alles." Bevor sie antworten konnte, umfasste er ihre Hüfte, zog sie an sich und drückte sie an seine Brust. „Okay, mein Goldstück?"

Keine Millisekunde später wand sie sich aus seinen Armen und schritt Richtung Küche. Als sie wieder vor ihm stand, wickelte sie ein Handtuch um das Cool-Pack und legte es auf Alex' Auge.

„Autsch!", rief er wieder, denn Natascha hatte ein wenig zu fest gedrückt.

„Strafe muss sein." Sie ließ ein Lachen vernehmen, als ergötze sie sich an seinem Leid. „Und jetzt will ich was hören." Der letzte Satz klang, als gäbe es kein Entrinnen.

Alex seufzte. Er saß in der Patsche. Er musste sie einerseits aufklären, andererseits besänftigen. Also begann er in allen Schattierungen zu erzählen, um welchen Deal es sich gehandelt hatte, wieso er geplatzt war und dass er ihn eine Stange Geld kosten würde.

„Alexander Schutz!", hob sie an. „Ich hoffe, du hast einen Plan, um uns aus dieser Bredouille herauszubringen."

„Keine Sorge, mein Goldstück. Ich hab die Scheiße aus dem Drecksackpolitiker geprügelt. Beim Handgemenge hat er mich leicht am Auge erwischt. Aber er weiß jetzt, dass niemand so mit Alex Schutz umspringt. Die 100.000 sind spätestens nächste Woche auf meinem Konto, ansonsten …"

Weiter sprach er nicht, ließ die letzten Worte wirken. Diese alternative Erklärung verbuchte er unter Notlüge, um sein Gesicht zu wahren vor seiner großen Liebe, die er nicht enttäuschen wollte, nicht enttäuschen durfte. Unter keinen Umständen.

„Den Schlaumeier hab ich im Sack, keine Angst. Die nächsten Geschäfte laufen wie Butter." Er setzte sich auf, näherte sich ihren Lippen. „Alles wieder gut?"

Sie verzog den Mund. Er gab ihr einen zarten Kuss. „Alles gut?", wiederholte er.

Sie presste ihre Lippen auf seine. Schien ihm verzeihen zu wollen, doch Natascha wäre nicht Natascha, hätte sie nicht noch etwas in petto.

„Nicht so schnell!“, sagte sie, löste sich von ihm, sprang auf und rannte aus dem Raum. In Richtung Schlafzimmer, wenn er sich nicht täuschte.

Nataschas Gedankensprünge machten ihn konfus.

Nur eine Minute später kam sie zurück und stellte sich demonstrativ vor ihn. In der Hand hielt sie eine viereckige, rote Schachtel mit einem alten Sowjet-Stern drauf.

„Das habe ich beim Aufräumen auf dem Dachboden gefunden.“ Ihre Stimme nahm einen bitterernsten Klang an.

„Ein Geschenk?“ Alex wusste ums Verplatzen nicht, was sie von ihm wollte.

Sie übergab es ihm. „Blödsinn. Öffne es!“

Als er den Deckel lupfte, blieb ihm vor Schreck beinahe das Herz stehen. In der Schachtel lag eine in Öl-Lumpen eingewickelte Tokarev. Es musste sich um jene Pistole handeln, die Nataschas Großvater bei der Einkesselung der 6. Armee von Generaloberst Paulus als Polit-Offizier bei sich getragen hatte, um zurückweichende Sowjet-Truppen ohne einmalige Verwarnung zu erschießen und damit den Angriffsschwung aufrechtzuerhalten.

„Eigentlich wollte ich sie entsorgen, ich mag sowas nicht im Haus haben“, gab sich Natascha ein wenig ängstlich, was er gar nicht von ihr kannte. „Unsre Jungs kommen in ein Alter, in dem nichts vor ihnen sicher ist.“ Ihr besorgter Gesichtsausdruck sprach Bände.

„Und was soll ich damit?“

„Dich schützen.“

Alex’ Augenbrauen hoben sich. „Natascha, du … du brauchst dir keine Sorgen zu machen. Es ist alles gut.“ Sie schauten sich eine Weile forschend an und Alex tat so, als grüble er. „Weißt du, wenn dir nichts an dem Erbstück liegt, kann ich das Teil beim Schrotthändler entsorgen lassen. Ich bitte ihn, die Waffe in eine seiner Pressen zu werfen und schwupp bleibt nichts von ihr übrig als ein Klumpen Metall.“

Er nahm sie sachte in den Arm und streichelte ihr über den Rücken. Vorsichtig, weil er nicht einschätzen konnte, ob sie Nähe gerade gut fand.

„Bitte tu mir den Gefallen und trage sie bei dir, wenn du geschäftlich unterwegs bist“, säuselte sie. „Es … es würde mich sehr, sehr beruhigen." Sie schmiegte sich an ihn. „Und lass dich auf solche Geschäfte nie wieder ein, hörst du?", flüsterte sie ihm ins Ohr. „Nie wieder!"

Kapitel 2

5.

In den nächsten Wochen setzte Alex alles daran, wieder in die Spur zu kommen. Er gab mehr Gas denn je. Er musste Natascha beweisen, dass er es draufhatte. Seit dem blauen Auge war sie etwas misstrauisch geworden. Und nicht zuletzt musste er die Familie aus den roten Zahlen holen. Das luxuriöse Leben wollte finanziert werden. Ohne Cash, keine Familie. Diese Formel war in seinem Schädel eingebrannt.

Während das Virus weiter wütete und die Pandemie die Schlagzeilen beherrschte, machte sich bei einigen Trübsinn breit. Nicht so bei Alex, der vor Tatendrang überquoll. Er arbeitete fortan noch härter und verbrachte jeden Tag mindestens zwölf Stunden am Schreibtisch.

Gerade hatte er seinen Kollegen Oleg aus Berlin an der Strippe, der beste Kontakte zum Clan-Milieu pflegte. Alex war zu Ohren gekommen, dass sich ein neues Geschäftsfeld aufgetan hatte. Staatshilfen.

„Du gründest eine Import-Export-Firma, die sich auf Delikatessen aus Belarus spezialisiert", sagte Oleg gerade.

„Wie bitte?", wunderte Alex sich. „Kein Schwein isst eingelegtes Gemüse oder Stör-Konserven-Fisch aus Belarus", ereiferte er sich weiter. „Wenn die Deutschen Kohl fressen, furzen sie, fühlen sich schlecht, ekeln sich und rühren das Zeug nie wieder an. Das ist eine Schnapsidee. Oleg, hast du nichts Besseres auf Lager?"

„Mann, Alex. Du sollst doch den Plunder nicht wirklich importieren, es muss nur in den offiziellen Papieren stehen. Und wenn du die Gründung der Firma vordatierst, was sich mit einem kleinen Bakschisch auf dem Gewerbeamt machen lässt, beantragst du Staatsknete, denn durch Corona ist von einem auf den anderen Tag dein Millionengeschäft komplett zum Erliegen gekommen. Keine Nachfrage mehr, keine LKW-Fahrer mehr, rein gar nichts mehr. Das zweifelt niemand an. Verstehst du, Bruder?"

Alex erinnerte sich an die „Bazooka"-Rede des Finanzministers, der stets wie ein Schlumpf wirkte, und es machte Klick.

„Genial!", meinte er, bedankte sich bei Oleg und versprach, ihn auf dem Laufenden zu halten.

Akribisch setzte Alex diesen Plan in die Tat um und als die ersten Staats-Euro auf seinem Konto landeten, konnte er es selbst kaum glauben. Geld, und nicht wenig. Sogar in rauen Mengen. Wenn er ehrlich war, hatte er nicht im Traum an solche Summen gedacht. Umso besser. Er war wieder im Geschäft, angefixt und wollte unbedingt mehr.

Und da es jetzt wieder lief, wollte er sich von den Altlasten befreien und kontaktierte seine Geschäftsfreunde in Belarus, die bei dem geplatzten Maskendeal leer ausgegangen waren. Er beschwichtigte sie und einigte sich gütlich, indem er ihnen vorbehaltlos eine gewisse Summe in Aussicht stellte, die er zu gegebener Zeit überweisen würde. Er verbuchte das unter Stornogebühren, die er vollumfänglich durch die Staatshilfen begleichen konnte. Reischle, den Boxer, wollte er nicht wieder kontaktieren. Die hundert Riesen schrieb er ab. Man musste auch mal fünf gerade sein lassen. Summa summarum hatte ihm der Deal nicht in dem Ausmaß das Genick gebrochen, wie zu Beginn der Affäre befürchtet.

Er wollte sich auf wesentlichere Dinge konzentrieren. Mit der Pandemie wuchsen die Chancen. Praktisch täglich bekam er durch seine belarussischen Kollegen aus Berlin neue Geschäftsmodelle auf den Tisch. Inzwischen liebte er die Pandemie.

Kaum waren also der Maskendeal versenkt und die staatlichen Hilfen für seine Import-Export-Firma abgegriffen, hatte er wieder Oleg am Telefon: „Weißt du eigentlich, wie viel Geld auf der Straße liegt, Mann?", fragte er ihn. „Die Bürgersteige sind aus Gold gepflastert. Du musst nur zugreifen. Die ganze Welt dämmert in der Viruskatastrophe, und wir machen fett Cash. Besser als jeder Goldrausch!"

In den nächsten Minuten entwickelten sie ein neues Geschäftsmodell: Corona-Tests als Gelddruckmaschine.

„Weißt du", erklärte Oleg. „Die tatsächlich durchgeführten Tests decken gerade mal deine laufenden Kosten für den Stand. Zum Glück hat der Staat keine Mittel und keinerlei Kapazitäten, die geleisteten Tests nachzuzählen. Also rechnen wir einfach mehr ab. Ist doch logisch, oder?"

In dieser Zeit gehörten Tests zum Gebot der Staatsräson. Überall wurde wie blöd getestet. Tests hier, Tests da, Tests an jeder Ecke. Wer nicht getestet war, durfte weder öffentliche Veranstaltungen besuchen noch Restaurants betreten. Quasi sämtliche Lebensbereiche waren von der Testpflicht betroffen. Ob Pflegeheim oder Laufhaus, wer nicht tagesaktuell getestet war, blieb draußen.

Alex reagierte blitzschnell. Innerhalb von nur sieben Tagen eröffnete er drei Test-Stationen: im Frankfurter Bankenviertel, auf der Elbestraße im Rotlichtmilieu und an der S-Bahn Gallus.

Von da an ging es richtig ab. Ein wahrer Geldsegen überschwemmte ihn.

Allerdings machte Alex von den getürkten Abrechnungen so vollumfänglich Gebrauch, dass die Frankfurter Behörden bald misstrauisch wurden. Die Behördenvertreter unterzogen seine Unterlagen einer eingehenden Analyse, fanden jedoch keinen hieb- und stichfesten Anlass, seine Test-Zentren zu schließen oder ihn wegen Betrugs anzuzeigen. Eventuell hatte dies etwas mit den kleinen Annehmlichkeiten, wie einen VIP-All Inclusive-Tagespass für einen der hippen Frankfurter FKK-Clubs für die Kontrolleure, zu tun. Wie erwartet wurde keiner dieser Umschläge an ihn retourniert und keinerlei Beschwerden respektive Strafanzeigen gingen ein. Aber auf diese städtische Intervention hin angesprochen, hielt Oleg noch einmal Rücksprache mit seinen arabischen Freunden aus der Bundeshauptstadt.

„Du solltest nie einen gewissen Rahmen überschreiten, auch nicht bei deinen Gratis-Zuwendungen. Dann denken sie, du hast wirklich was Großes am Laufen", gab dieser Alex einen wohlgemeinten Rat. „Manche deiner Mitbewerber auf dem Corona-Markt haben es ein wenig übertrieben. Die Behörden sind für den Abrechnungsbetrug inzwischen sensibilisiert. Zum Glück gibt es andere Wege, um das heimische Einkommen aufzubessern."

Oleg legte ihm unverblümt dar, wie viel Geld mit gefälschten Testergebnissen zu verdienen war. Ein Geschäftszweig, der zudem unabhängig von der Anzahl der tatsächlich getesteten Personen war.

„Was glaubst du, was die High-Society macht, die Karten für ein Event haben, sich aber weder testen noch impfen lassen will? Na, klingelt's? Nicht zu vergessen die ganzen Film- und TV-Stars, die nur dann eine Dreherlaubnis erhalten, wenn sie Tests, Impfungen oder am besten beides nachweisen können. Eine Menge extrem reicher Menschen wollen nicht einsehen, warum sie wegen einer kleinen Grippeerkrankung nicht nach Sansibar, auf die Malediven oder zur Testamentseröffnung nach Monaco fliegen sollen. Verstehst du, was ich meine?"

Natürlich verstand Alex. Und zwar nur zu gut. Er ging All-in und holte mehr denn je raus.

Parallel zu den beiden florierenden Geschäftsfeldern eröffnete sich ihm ein weiteres: gefälschte Impfzertifikate. Zu seiner Kundschaft zählten insbesondere Bürger, welche im Volksmund als „Schwurbler" bezeichnet wurden, die vor allem aus dem tiefen Süden der Bundesrepublik Deutschland stammten und die eine angeborene Aversion gegenüber jeglichen staatlich verordneten Maßnahmen zu besitzen schienen. Diese kratzten lieber ihre mühsam ersparten letzten Cents für einen gefälschten Impfpass zusammen, als sich eine Impfdosis verpassen zu lassen. Deutschland war ein freies Land, Alex bediente lediglich die steigende Nachfrage eines in der Coronazeit unterkühlten Marktumfeldes.

Zum Glück gab es nicht nur die Querdenker. Auch zahlreiche Rechtsradikale und bekennende Hooligans – „Wir sind keine Fußballfans, wir sind deutsche Hooligans!" – waren bereit, beinahe jeden gewünschten Betrag für eine solide Impfpass-Fälschung hinzublättern.

Klagen hörte er selten. Unangenehm wurde es erst dann, wenn einer der Rechten, da ihm ohnehin die volle Aufmerksamkeit des Staats gebührte, mit einem falschen Impfpass erwischt wurde. Die Verantwortung lag Alex zufolge bei den Personen selbst und nicht an seinen gefälschten Pässen, da die Staatsmacht diese Personen bei jeder Zufalls- oder anderweitigen Kontrolle wegen ausstehender Straf- und Haftbefehle genau unter die Lupe nahm und selbst seine besten Fälschungen einer Überprüfung nicht standhalten konnten.

Sobald er von dieser Front Gefahr schnupperte, bezahlte er einige Jungs des russischen Motorradclubs in Frankfurt, um die nach Rache gierenden rechtsextremistischen Zeitgenossen fernzuhalten. Das funktionierte passabel. Die Rechtsextremen erkannten schnell, dass Onkel Wladimirs Neffen, wie sie sich selbst gerne nannten, es in Sachen Kampfsport, Bewaffnung und Rückgrat durchaus mit ihnen aufnehmen konnten. Bei dieser Ausgangskonstellation zuckten die rechtsextremen Penner zurück, ließen ihrem Frust nur verbal freien Lauf und trollten sich zügig wie geprügelte Hunde. Wladimirs Neffen mochten Alex fortan als zuverlässigen Geschäftspartner, der bei ihnen niemals an etwas sparte. Diese Einstellung zahlten sie ihm mit Loyalität zurück. Und Loyalität war etwas, auf das Alex beinahe genauso viel Wert legte wie auf geschäftlichen Erfolg, eine hübsche Frau und glückliche Kinder. Allerdings hielt er es mit der Loyalität flexibel. Wichtig war, dass sie ihm entgegengebracht wurde. Seine eigene Loyalität hingegen galt in der Hauptsache seinen für immer festgeschriebenen Kernwerten: Familie und Reichtum.

Im Laufe der Corona-Krise stellte Alex fest, dass die Möglichkeiten bei weitem noch nicht erschöpft waren. Alex nutzte die vorhandenen Kontakte in die alte Heimat und stellte eine Film-Crew auf die Beine, denen er aus Tarnungsgründen sogar eine eigene Firma widmete, die „Freedom-Productions". Diese Firma nahm insbesondere Aufträge der sogenannten Querdenker an. Keine seriöse Produktionsfirma und kein Filmteam wollte offiziell mit dieser Gruppe in Verbindung gebracht werden, um das eigene Image nicht für alle Zeiten zu beschädigen und Folgeaufträge, insbesondere von regierungsnahen Sendeanstalten, zu gefährden. In dieser Hinsicht hatte Alex überhaupt keine Bauchschmerzen, da er nur wenig Geld in die Firma investieren und diese nach Abschöpfung des produzierten Gewinns sofort wieder schließen konnte.

So kam es, dass seine Filmfirma bei einigen großen Events der Querdenker vor Ort war und in deren Auftrag gegen eine stattliche Entlohnung die Auftritte derselben professionell aufnahm. Dabei legte Alex Wert auf „Hollywood"-Optik, auch wenn diese Mehrkosten verursachte, passende musikalische Untermalung und eindringlich gesprochene Begleittexte à la National Geographic, die in enger Koordination mit dem Führungspersonal der Querdenker erstellt wurden und tatsächlich den ein oder anderen Mitbürger in Sachen Corona „wachrüttelten“.

Als eine weitere sichere Einnahmequelle entpuppte sich die Bereitstellung von professionellem Sicherheitspersonal für Querdenkerveranstaltungen. Auch dafür gründete er eine Firma und zog einige der russischen Rocker, Rotlichtgrößen und Rausschmeißer aus den schlimmsten Frankfurter Kaschemmen heran. Diese verrichteten ihre Arbeit unaufgeregt und solide und wurden deshalb bei jedem weiteren Event erneut gebucht. Hin und wieder steckte er einem Sicherheitsmann ein paar Hunderter zu, damit dieser einen Kameramann der öffentlich-rechtlichen Sendeanstalten öffentlichkeitswirksam ein wenig anmachte oder schubste, was dann – einmal sogar im TV zur besten Sendezeit – im Netz für Furore sorgte. Eine solche Live-Performance, die authentisch rüberkam und enorme Effekte erzielte, wurde von seiner zahlenden Kundschaft gerne gesehen.

Kurzum, es war eine prickelnde Gemengelage, sodass Alex im zweiten Halbjahr 2021 – dasselbe Jahr, das so schlecht für ihn begann – nicht unbeträchtliche Vermögenswerte angehäuft hatte. Die Tokarev, die ihm Natascha so dringend ans Herz gelegt hatte, spielte keinerlei Rolle mehr, er bediente seine zahlreichen Schuldenraten ordentlich, das übrige Geld investierte er in den Alltag und einige Luxusgüter, legte aber gleichzeitig immer einen kleinen Teil als neues Investitionskapital zur Seite. Denn eines hatte er gelernt: Es war nie verkehrt, eine kleine Summe für einen Neubeginn parat zu haben.

6.

Frankfurt, Oktober 2021

Inzwischen war es Herbst geworden. Alex' neue Devise – niemals klagen, sich noch härter reinhängen und an der Unbill des Lebens wachsen – hatte ihn ans rettende Ufer gebracht. Durch seine unnachahmliche Tatkraft war es ihm gelungen, das ökonomische Ruder herumzureißen. Er hatte sich sein staatlich gefördertes Corona-Engagement mehr als vergolden lassen. In den wenigen ruhigen Momenten seines Lebens gestand sich Alex jedoch ein, dass der ständige Kampf an ihm nagte. Er hoffte inniglich, alle kommenden Geschäfte mochten mit Glück gesegnet sein und es entwickelte sich bei ihm das Gefühl, ein wenig zwischen allen Stühlen zu sitzen.

Und eine Frage blieb: Wie mit dem schwer erarbeiteten Geld weiter agieren und wohin mit all seiner Energie? Auf zu neuen Ufern, das war klar. Doch welche das sein sollten, stand in den Sternen.

Zu diesem Zeitpunkt schien ihm das Glück weiter hold zu sein, was er dem Umstand zuschrieb, dass er ein Goldjunge war, wie ihn seine Großmutter immer genannt hatte. Apropos: Er wünschte sich nichts sehnlicher, als sie in den Arm schließen zu können und ihr seine Erfolge präsentieren zu dürfen. Doch bis dahin würde noch viel Wasser den Dnjepr hinunterfließen.

In diesen Tagen begegnete Alex auf der Eschersheimer Landstraße vorm Alnatura Valentin, ein belarussischer Freund, mit dem er gemeinsam an der Frankfurter Goethe-Universität Soziologie-Seminare besucht hatte. Sie vereinbarten ein Treffen, um der alten Zeiten zu gedenken.

Ende des Monats fand das Wiedersehen statt. Sie trafen sich in der „Leiter" in der Kaiserhofstraße in der City, oberhalb der Fressgass, wo Alex einen Tisch für zwei Personen reserviert hatte.

Der Edelitaliener wurde überwiegend von Börsenmaklern, Bankern und anderem zwielichtigen Geschmeiß aufgesucht. Die Tische im schlauchartigen Raum waren maximal zur Hälfte mit Gästen besetzt. Auch hier schienen die Nachwirkungen der Zwangspause noch nicht gänzlich überwunden.

Alex war seit dem Ausbruch der Pandemie nicht mehr hier gewesen, und schon beim Eintreten stürmte Luigi auf ihn zu und begrüßte ihn überschwänglich wie einen alten Freund.

„Signore Alex!“ Das Grinsen des Kellners zog sich bis zu den Ohren. „Ich ganz vergessen, wie gut du aussehen.“

Alex winkte ab, obwohl er sich geschmeichelt fühlte.

Sie nahmen am zugewiesenen Tisch Platz und kaum saßen sie, standen auch schon zwei Aperitif vor ihnen – Alex trank hier immer einen trockenen Martini Rosé.

Luigi drängte sich an seine Seite. „Wenn isch darf empfählen: Wir heute habe Wolfsbarsch. Frischer gehen nicht.“

Alex nickte ihm dezent zu, ohne einen Ton zu sagen. Damit war die Essensbestellung erledigt, auf Luigi konnte er sich blind verlassen.

„Einen Antinori, Castello della Sala dazu?“

Wieder nickte Alex. Luigi verbeugte sich fast bis zum Boden und Valentin staunte nicht schlecht.

Bereits nach dem ersten Schluck Martini konnte Valentin seine Neugier nicht mehr zügeln: „Du wirkst, als sei es in letzter Zeit super gelaufen.“

Alex setzte ein fettes Grinsen auf und begann, die Projektergebnisse der letzten Monate zu referieren.

„Nicht schlecht!“, kommentierte Valentin. „Wirklich nicht übel.“

Alex schien dessen Einschätzung ein wenig einsilbig, kurz ärgerte er sich angesichts seiner beeindruckenden Bilanz, die er ihm offenbart hatte. Doch plötzlich kippte etwas in Alex. Hatte er es nötig, vor Valentin zu prahlen? Warum? Wofür? Jedes Wort erübrigte sich.

„Was hast du denn in letzter Zeit so getrieben?“, konterte Alex mit einem süffisanten und anerkennenden Augenaufschlag.

Valentin blickte sich verschwörerisch um, als habe er den Verdacht, sie könnten belauscht werden. Aber die wenigen Gäste waren so von sich selbst eingenommen, dass keine Gefahr bestand.

Alex durchschaute Valentins Gebaren sofort als Trick, um sich wichtig zu machen.

„Ach weißt du, mal dies, mal das. Die meiste Penunze habe ich am Markt verdient."

Natürlich wusste Alex sofort, dass er damit nicht einen Stand auf einem der Frankfurter Wochenmärkte meinte, auf dem er Kaviar oder Krimsekt verkaufte. Aber er gab sich nicht die Blöße, genauer nachzufragen, sondern runzelte lediglich die Stirn. Allerdings war sein Interesse jäh geweckt. Immer wenn es um sein Lieblingsthema ging, wurde er hellhörig.

„Natürlich nicht die herkömmlichen Finanzmärkte, Alter", schaltete Valentin schnell. „Wir alle wissen doch, dass die Börsen einem noch den letzten Cent aus den Rippen leiern. Da bist du hoffnungslos verloren, ich bin da vollkommen bei dir. Schau dir diese miesen Schleimer an!" Er blickte theatralisch in die Runde. „Die wären nicht einmal in der Lage, die Margarine für ihr eigenes Butterbrot zu finanzieren, wenn sie nicht genügend Deppen finden würden, die ihr Geld ‚arbeiten lassen' wollen und denen sie ihre überteuerten Finanzprodukte andrehen. Damit habe ich ein für alle Mal abgeschlossen."

Jetzt war Alex in der Tat gespannt, welche neuen Märkte Valentin denn meinte.

„Leerverkäufe? Wetten auf Weizenknappheit? Oder eine Hungerkatastrophe?", hakte er nach.

Nach Alex' Vermutungen schoss Valentin das Blut in den Kopf.

„Sag mal, denkst du meine Entwicklung ist in einem verkackten Kaff bei Minsk oder im rechtsethischen Proseminar aus dem ersten Semester stehengeblieben? Vielleicht haben wir uns zu lange nicht mehr gesehen, aber deine …" Er schüttelte mit dem Kopf und verzog das Gesicht, als sei er angeekelt. „… Nein wirklich, lass stecken, Alter! Ich behandle dich schließlich auch mit Respekt, wobei ich einiges über die Herkunft deiner Familie weiß, was ich aber um des lieben Friedens willen für mich behalte."

Der letzte Satz bezog sich darauf, dass die Donauschwaben einen internen Kodex besaßen, sich niemals mit der belarussischen Bevölkerung einzulassen, was aber kaum eine der Familien über die Jahrhunderte hinweg durchhielt. Natürlich ging es Alex in dieser Hinsicht nicht anders. Auch er hatte einiges an Tratsch über Valentins Familie im Hinterkopf gespeichert. Doch darum ging es jetzt nicht. Schnell beschwichtigte Alex ihn.

„Jaha", setzte Valentin geheimnisvoll nach, „ich weiß genau, wo die Kühe am meisten Milch geben."

Nun war Alex endgültig gefangen und wollte ums Verplatzen mehr wissen.

In der Zwischenzeit hatte Luigi den Hauptgang aufgetischt. Der Fisch war exquisit, der Weißwein wohltemperiert. Beide ließen sich das Menü munden und ein Lob aus Alex' Mund entzückte Luigi.

„Wäre es für mich möglich, auch ein wenig von der Milch abzubekommen?", knüpfte Alex rasch am vorherigen Wortwechsel an.

„Aber natürlich", antwortete Valentin. „Wo reichlich Milch fließt, ist doch für alle was da. Ganz besonders für Freunde aus der alten Heimat."

Kurz dachte Alex, Valentin sei vielleicht mit einer neuen Substanz ins Drogenbusiness eingestiegen, da vor allem in den Vereinigten Staaten Milch als Codewort für ein Betäubungsmittel fungierte, das bereits einige Hollywoodstars und millionenschwere Entertainer ins Jenseits befördert hatte. Michael Jackson, dessen Reichtum er in seinen Hochzeiten geradezu sagenhaft fand, war eines dieser Opfer.

Angesichts der Empfindlichkeit seines Gesprächspartners biss er sich auf die Zunge, wobei er selbst schon einige Male mit der Installierung eines Drogenlabors im Großraum Frankfurt geliebäugelt, dies aber aus Furcht vor drakonischen Strafen des Staats und mehr noch aus Angst vor dem heiß umkämpften Markt gelassen hatte. Der Gedanke daran kam immer hoch, wenn er sich, was selten vorkam, im Frankfurter Bahnhofsviertel aufhielt und mitansehen musste, wie die armen Junkie-Schlucker aus dem puren Nichts heraus einiges an Kohle zusammenkratzten, nur um sich irgendeinen Scheißdreck in die Venen zu jagen. So ein Labor wäre sicher eine Gelddruckmaschine, aber eben viel zu gefährlich für seinen Geschmack. Außerdem mochte er nicht die Judas-Mentalität der Drogengeschäfte, wo sich jeder selbst der nächste war.

„Was ich mache, ist vollkommen legal, mein lieber Alex", begann der alte Studienfreund, die Katze aus dem Sack zu lassen. „Die Gewinnmargen sind teilweise größer als bei illegalen Geschäftsmodellen."

Beinahe hätte Alex seine Ohren auf Durchzug gestellt, da er solchen vollmundigen Versprechungen von Natur aus misstraute. Sicherlich wollte Valentin ihm eine unglaublich klingende Story unterjubeln, um Eindruck zu schinden.

„Vergiss Drogenhandel, Menschenhandel, Organhandel, Schleusen und den ganzen Scheiß. Peanuts! Die Zukunft heißt … Bitcoin!"

Valentins Gesicht strahlte. Schlagartig hatte er wieder Alex' vollumfängliche Aufmerksamkeit. Die sagenhaften Renditen der digitalen Kryptowährung waren bereits mehrfach bis zu Alex' Ohren durchgedrungen, er hatte sie bislang jedoch zutiefst in Verdacht, sich irgendwann als virtuelle Seifenblase in Luft aufzulösen. Haptisches Geld war ihm tausendmal lieber, physisches Gold liebte er noch mehr.

„Schau mal, Alter", fuhr Valentin fort und beide schoben ihre beinahe leeren Teller zur Seite. „Hier habe ich einige Statistiken, die belegen, dass ich keinen Müll erzähle."

Beinahe elektrisiert studierte Alex die ihm vorgelegte Bitcoin-Kurs-Entwicklung seit 2017. Tatsächlich hatte der Kurs gerade im Herbst 2021 einen neuen Höchststand erreicht. Ein Bitcoin kostete inzwischen über 50.000 Euro, allerdings waren in den Vorjahren erhebliche Kursschwankungen erkennbar, was Valentin zufolge den unterbleibenden staatlichen Versuchen, den Handel unter Kontrolle zu bringen, zuzuschreiben war.

„Man sollte nie bei einer Hausse kaufen", sagte Alex mehr zu sich selbst, spülte den Mund mit einem Schluck des feinen Weißweins aus und dachte intensiv nach, denn die Kurven hatten durchaus Eindruck hinterlassen.

„Hier gibt es kein Limit nach oben, Mann", hakte Valentin schnell ein. „Natürlich ist das momentan ein Höchstwert, aber die Prognosen besagen eindeutig, dass in den nächsten Monaten siebzigtausend oder sogar fünfundsiebzigtausend Euro pro Bitcoin drin sind. Und das sind konservative Schätzungen."

Alex lächelte zweideutig.

„Diese Prognosen sind dazu da, den Anlegern das Geld aus der Tasche zu locken", erwiderte er. „Ich habe etliche Erfahrungen an der Börse gesammelt. Dort hieß es auch immer, der Kurs könne gar nicht fallen und hinterher verlor die Aktie über fünfzig Prozent. Mir blieb dann nur noch übrig, die Krümel einzusammeln."

Beleidigt verzog Valentin das Gesicht.

„Mon vieux! Ich verfüge über Insiderinformationen. Das Großkapital steht kurz davor, in großem Umfang einzusteigen."

Sie tauschten einen langen Blick aus.

„Wirklich belastbare Insiderinformationen oder bloß heiße Luft, wie in diesem Bereich üblich?"

Valentin riss sich zusammen und lächelte freundlich.

„Alex, wenn du heute, sagen wir mal, eine Million investierst, wirst du in drei Monaten eine Viertelmillion Gewinn erwirtschaftet haben."

Das hörte sich in der Tat gut an.

„So viel habe ich nicht auf der hohen Kante", baute Alex wohlweislich vor.

Valentin wedelte den Einwand weg.

„Dann leih dir zur Not was. Das ist eine todsichere Sache. Und wenn du so ein Angsthase wie während des Studiums geblieben bist, dann leih dir noch einmal zweihunderttausend Euro extra und investiere sie ganz solide und stockkonservativ in Nordstream 2-Aktien. Dann hast du eine doppelte Absicherung. Glaubst du wirklich, dass eine Aktie, bei der die Bundesregierung, verschiedene Landesregierungen und außerdem die halbe Welt drinhängt, abschmieren würde? Mann, kein Mensch legt sich mit dem russischen Staat an, oder glaubst du das ernsthaft? Denkst du, die Deutschen werden sich im Winter den Arsch abfrieren oder ökologisch mehr als zwielichtiges Fracking-Gas aus den USA importieren?"

Natürlich glaubte er das nicht. Dennoch hegte er prinzipiell tiefes Misstrauen den Amerikanern gegenüber, welche das Gasleitungsprojekt mit Russland torpedieren wollten. Und trotz aller Verlockungen schockte ihn die erneute Aussicht auf Aktienkäufe, wobei er die Idee der Doppelinvestition am alten und am neuen Markt durchaus reizvoll fand.

„Wie viel hast du denn locker?", kam Valentin schließlich zur Sache und zeigte sein schönstes Hollywood-Lächeln, das er einem Gebiss verdankte, das teurer als ein Jahreswagen der E-Klasse war.

„Nicht so hastig“, bremste Alex. „Was mich abschreckt, sind die hohen Gebühren. Du weißt schon: Einkauf, Verkauf, Verwahrgebühren, vor allem aber Vater Staat, der jeden Gewinn besteuert.“

Jetzt lief sein Freund zur Hochform auf. Er erzählte ihm – unter der Bedingung strengster Geheimhaltung – von einem von ihm und einigen anderen entwickelten Geschäftsmodell, das die hohen Gebühren und die staatliche Besteuerung zielgenau umgehen konnte. Das System, hinter dem eine anonyme Gesellschaft mit einem im Prinzip nicht nachvollziehbaren Sitz auf den Cayman-Islands als Filetstück stand, leuchtete Alex in der Tat ein, nachdem Valentin mehrere kritische Fragen seinerseits souverän beantwortet hatte.

„Und, Alter, bist du dabei?“

Valentins Euphorie steckte Alex an. Er erinnerte sich daran, wie sie ab und zu während der Studienzeit reiche Bräute abgeschleppt hatten, die sie später aus Geschäfts-, Finanz- und sozialen Aufstiegsinteressen heraus zu ehelichen gedachten. Jedoch hatte sich der Frankfurter Geldadel resistent gezeigt gegen das Eindringen von Personen, die nicht dazu gehörten.

„Ich weiß nicht“, antwortete er ehrlich.

Valentin öffnete beide Hände.

„Komm schon, um der alten Zeiten willen.“

„Das klingt alles beinahe zu gut, um wahr zu sein.“

Einen Augenblick lang dachte Alex, Valentin würde den Tisch umrunden und ihn in den Arm nehmen, was dieser aber wohl aufgrund der Etikette unterließ.

„Gib mir eine Million, ich kümmere mich persönlich um alles und in einem halben Jahr wirst du anderthalb Millionen haben. Ehrenwort, mein Lieber.“

Während des Desserts, Tiramisu mit sizilianischen Pistazien, wollte Alex immer noch nicht einschlagen. Dafür hatte er in den letzten Monaten viel zu viel geknechtet, um das Gewonnene auf einen Schlag zu riskieren. Mehr noch: Für eine Million Startkapital, drunter schien es Valentin nicht machen zu wollen beziehungsweise die avisierten Renditemargen garantieren zu können, musste er Kredite auftreiben. Auf keinen Fall würde er den alten Freund um Bezuschussung bitten. Das verbat ihm seine Würde.

Auf der anderen Seite sah er durchaus, dass seine Geschäfte stagnierten, mehr noch, sie waren im Rückgang begriffen, was mit der Entwicklung der Pandemie und vor allem der neuen politischen Richtung Deutschlands in Sachen Pandemiebekämpfung zusammenhing. Die Deutschen hatten immer weniger Nerven, sich mit dem Thema Corona noch länger beschäftigen zu müssen. Es galt also, Initiative zu zeigen, um andere Geschäftsfelder erschließen zu können.

„Gib mir ein wenig Bedenkzeit", bat er folgerichtig seinen Freund, als sie zehn Minuten später vor der „Leiter" standen, beide mit einer angezündeten Davidoff im Mundwinkel.

Beinahe erweckte Valentin inzwischen den Eindruck, als sei es ihm unrecht, so viel über seine Geschäftsgeheimnisse verraten zu haben. Als befürchte er, Alex würde die Ideen aufgreifen und ohne ihn realisieren.

„Wie du willst, mein Freund. Aber überleg nicht zu lange, sonst vergebe ich den Platz an der Sonne an jemand anderen."

Nachdem sie sich verabschiedet und getrennt hatten, saß Alex bis tief in die Nacht in seinem Arbeitszimmer am Computer. Er hatte mehrere Finanzsimulationsmodelle gleichzeitig auf verschiedenen Bildschirmen laufen und fütterte diese ständig mit neuen Daten. Unterschiedliche Investitionssummen, verschiedene Laufzeiten. Bitcoin-Trades und erwartete Gewinnspannen der Nordstream 2-Aktien. Wie auch immer er die Modelle mit Daten fütterte, das Ergebnis war stets ein satter, garantiert zu erwartender Gewinn. Und dabei waren noch die Steuern und Gebühren für An- und Verkauf einberechnet, die laut Valentin durch einige schlaue Tricks wegfallen würden.

Um vier Uhr nachts fuhr er endlich den Computer herunter, reckte und streckte sich. Er war immer noch unentschlossen, ob er alles auf Bitcoin oder doch einen Teil auf die sichere Aktie Nordstream 2 setzen sollte.

Wer nicht wagt, der nicht gewinnt, dachte er. Ein ausführliches Gähnen folgte.

7.

Der Bitcoin-Kurs ging ab wie Schmidts Katze und erreichte Anfang November deutlich über 70.000 Euro, eine bis dato ungeahnte Höhe. Alex war mehr als zufrieden und frohlockte über sein Investment. Valentins Prognosen schienen vollends aufzugehen.

Da konnte er mehr als verschmerzen, dass Vater Staat längst aufgewacht war. Test- und Impfstellen unterlagen inzwischen einer strengen Kontrollaufsicht, da das Unwesen mit falschen Abrechnungen und gefälschten Zertifikaten Blüten getrieben und den Steuerzahler eine Menge Geld gekostet hatte. Betreiber von Testzentren fanden sich vor dem Kadi wieder und wurden mit hohen Geld- und manchmal auch Freiheitsstrafen belangt. Allein das Bundesland Berlin bezifferte den Betrag im Milliardenbereich.

Alex war heilfroh, dass er trotz mehrerer Überprüfungen mit einem blauen Auge davongekommen war, haderte aber andererseits ein wenig mit dem Schicksal, da er noch mehr Rahm hatte abschöpfen wollen.

Das Geschäft mit den Corona-Begleiterscheinungen ging immer weiter zurück. Es wurde weniger geimpft und die Nachfrage nach gefälschten Impfpässen sank rapide. Später achteten die Leute auch immer weniger auf Inzidenzen, die Maskenpflicht wurde gelockert und die Nachfrage nach gefälschten, tagesaktuellen Tests brach ein. Wie insgesamt die Bereitschaft der Bevölkerung, sich überhaupt weiter testen zu lassen. Unvoreingenommene Beobachter kamen nicht umhin zu konstatieren, dass die deutsche Gesellschaft sich müde getestet hatte.

So schnell wie die Pandemie gekommen war, schien sie auch wieder zu verschwinden. Die logische Konsequenz für Alex war, alle Geschäftsbereiche, die Corona betrafen, nach und nach zum Höchstpreis abzustoßen. Zumal er Angst hatte, dass ihm die Strafverfolgungsbehörden doch einmal auf die Schliche kommen würden. Zum Glück suchten seine Nachfolger gezielt nach Investments, mit denen sie rote Zahlen schrieben, damit sie bei ihren anderen Firmen weniger Steuern zahlen mussten oder aber bei Vater Staat vorstellig werden konnten. Das Modell des Gewinns und gleichzeitiger Abschreibungen war ein gutes Modell, fand er, vorausgesetzt man verfügte über mehrere Standbeine.

Die fehlten ihm, nachdem er alles, was mit Corona in Verbindung stand, gewinnträchtig abgestoßen hatte. Neue Geschäftsbereiche gab es keine, wohin er auch schaute. Die deutsche Gesellschaft schien paralysiert, jegliche unternehmerische Initiative umsonst. Am Ende des Tages war er glücklich, auf Valentin gehört zu haben.

Bis zum Ende des Jahres 2021 gab es lediglich eine kleine Irritation, als der Bitcoin-Kurs einmal kräftig absackte.

„Der Markt ist sehr volatil. Es geht mal rauf und auch mal ein wenig runter. Aber die generelle Richtung stimmt, und die heißt: nach oben. Vertrau mir!"

Das tat Alex. Die von Valentin avisierten Zahlungen trafen regelmäßig auf seinem Konto ein, alle weiteren Fragen erledigten sich somit. Es genügte ihm, die Zahlungseingänge zu konstatieren, im Anschluss seine Ratenzahlungen vorzunehmen und den Rest für die Erhaltung des Lebensstandards seiner Familie zu verwenden. Wobei er nie vergaß, einen Zehnten für neue Investitionen zurückzulegen.

Anfang Februar 2022 blieb zum ersten Mal Valentins Rate aus unerfindlichen Gründen aus. Alex schwang sich umgehend ans Telefon und versuchte, seinen Freund zu erreichen. Was ihm verwehrt blieb. Dessen Angestellte versicherten, er sei im Moment in einem Meeting oder einem anderen Gespräch. Der Frust stieg. Bis es ihm schließlich gelang, den Bitcoin-Trader an den Hörer zu kriegen, hatte Alex bereits einige Nerven gelassen.

„Hör mal, mein Lieber, kein Grund zur Aufregung", begann Valentin am Telefon. „Das Defizit haben wir in einem Monat wieder ausgeglichen. Sieh es mal so: Das sind Einstiegskurse. Wenn du klug bist, kaufst du genau jetzt günstig nach und wirst hinterher umso mehr Gewinn machen."

8.

Am 24. Februar 2022, es war ein Donnerstag, saß Alex im Kreise seiner Liebsten am Frühstückstisch, wie er es am liebsten mochte. Alle beisammen, das hatte etwas Heimeliges. Er kostete diese Stunden und Minuten aus.

„Isst du auch mal was anderes als Cornflakes?“, fragte Natascha ihren Jüngsten. Doch Alexej schüttelte nur den Kopf.

Alex schmunzelte und wuschelte ihm durch die Haare. Von seiner Warte aus konnten die Kinder essen, was sie mochten. Neben ihm lag ein Tablet auf dem Tisch, auf dem ein News Live-Stream lief. Es stand viel auf dem Spiel. Durch kleine Unregelmäßigkeiten im Bitcoin-Chart war die Saat des Zweifels in ihm angelegt. Er konnte sie nicht mehr unterdrücken, schlief schlecht, machte sich Sorgen. Es war ihm gelungen, hier und da bei Bekannten und Kredithaien noch etwas Cash flüssig zu machen und dieses gemäß Valentins erneutem Insider-Tipp nachzuschießen. Allein von seinem Kumpel Andrej Koschinsky, genannt Blochin, hatte er sich 120.000 € geliehen.

Valentins nächste ausgezahlte Rate war tatsächlich höher ausgefallen als die vorigen. Alles schien sich in Wohlgefallen aufzulösen.

Aber es ging nicht nur um Geld. Die Geopolitik drohte ihm ins Glas zu spucken. Am östlichen Rand Europas zogen sich düstere Wolken zusammen. Alex verfolgte die politischen Entwicklungen akribisch. Putins Mobilmachung der russischen Armee an der Grenze zur Ukraine hatte ihn schockiert, er hielt es aber für Säbelrasseln. Leider konnten die Entwicklungen für seine Investments verheerend sein. Pures Gift. Er war zusehends ein Nervenbündel, was sich auch im Familienleben negativ zu Buche schlug. Er war sogar einige Male mit Natascha aneinander gerasselt. Ansonsten herrschte zwischen ihnen Eiszeit, ohne dass er konkrete Gründe dafür benennen konnte. Sie sah nach wie vor fantastisch aus und entsprach in allen Belangen seinen Vorstellungen einer Traumfrau. Aber sobald sie einmal tatsächlich Zeit füreinander fanden und sich einander körperlich zuzuwenden begannen, verflogen die anfänglichen Signale der Lust. Er schrieb es seinem angespannten Nervenkostüm und Nataschas feinen Antennen zu.

In diesem Augenblick realisierte er ein Laufband, das sich fett übers Display seines Tablets zog und zwei Worte enthielt: *Breaking News*.

Und dann kam die Sekunde, die alles über den Haufen warf: Er las zum ersten Mal das Wort ‚Krieg'. Russland war tatsächlich in die Ukraine einmarschiert und überfiel zahlreiche Städte. Mit Artillerie und Luftwaffe. Bombeneinschläge im Norden des Landes, Charkiw, sogar in Kiew.

Alex drehte sich augenblicklich der Magen um, ihm wurde schlecht. Mit vorgehaltener Hand vor dem Mund sprang er auf und rannte ins Bad, wo er sich im Waschbecken übergab, bis nichts als eklig schmeckende Spucke zurückblieb.

„Alles klar bei dir?", rief ihm Natascha hinterher, doch er hörte sie kaum. Fühlte sich wie in einem Kokon, bekam nichts mehr von außen mit. In seinem Kopf summten ganz andere Dinge. Worte wie Krypto, Nordstream, Crash flatterten durch sein Hirn und zogen ihn mit in die Tiefe. Schweiß brach ihm aus. Er spülte sich den Mundraum mit antibakterieller Minze-Mundspülung aus, um den Geschmack von Abstieg und Angst loszuwerden. Vergeblich. Er haftete noch an ihm, als er sich wieder an den Frühstückstisch setzte.

Nataschas fragende Blicke ignorierte er zunächst, bis sie auf den Tisch haute. „Was ist los mit dir?" Ihre Augen sprühten Feuer.

„Vielleicht was Falsches gegessen." Es klang wenig überzeugend.

Natascha schüttelte den Kopf. „Ich erkenne dich nicht wieder."

„Können wir aufstehen?", unterbrach Dimitri den beginnenden Dialog.

„Ja, beeilt euch!", antwortete Natascha und wandte sich ihrem Ältesten zu. „Zähneputzen und dann raus mit euch. Der Bus zur Schule fährt in zehn Minuten."

Natascha wandte sich wieder Alex zu. „Willst du mir nicht erzählen, was passiert ist?" Sie klang ein wenig resigniert, ein wenig hoffnungslos, als erwarte sie von ihm schon gar keine Antwort mehr.

„Alles gut", sagte Alex und stand auf. „Ich muss mich um ein paar geschäftliche Sachen kümmern." Er hechtete aus dem Raum und in seinem Rücken konnte er die eine Träne nicht mehr sehen, die sich aus Nataschas linkem Auge gelöst hatte.

9.

Hektisch setzte Alex sich an den Schreibtisch und fuhr seinen Laptop hoch. Er checkte die Aktien- und Bitcoin-Charts und Blässe überzog schlagartig sein Gesicht. Binnen weniger Minuten sah er aus wie eine weiße Wand. In diesem Augenblick realisierte er, dass der Verlust herb war. Ja, dass es sogar zu einem Totalverlust kommen konnte, wenn es so weiterging. Der Bitcoin-Kurs war inzwischen um sage und schreibe 17.000 € gefallen. Alex war außer sich. Das war nicht mehr mit einer normalen Volatilität zu erklären.

Er prüfte sein Konto. Es war keine weitere Zahlung von Valentin eingegangen. War das schon das Zeichen, dass es aus und vorbei war? Er musste es herausfinden und griff postwendend zum Telefonhörer. Jeglicher Versuch, ihn auf dem Festnetz und dem Handy zu erreichen, scheiterte. Alex probierte es den gesamten Vormittag. Valentin blieb wie vom Erdboden verschluckt. Auch zwanzig WhatsApps las er nicht einmal. Es herrschte Funkstille.

Ab 13 Uhr wurde es noch schlimmer.

„… please hold the line … please hold the line …“ Die automatischen Ansagen raubten Alex den letzten Nerv, aber da musste er durch.

„… please hold the line … please hold the line …“

Dazwischen Beethovens 5. Symphonie. Was für eine verdammte Ironie.

Es fiel Alex schwer, nicht völlig auszuflippen, da ihm Böses schwante, er dies aber nicht zu akzeptieren in der Lage war. Wie konnte ein Mensch, dem er vertraut hatte, bloß so niederträchtig sein? Es war, als sei seine gesamte Existenz auf einen Schlag zerstört.

„… please hold the line … please hold the line …“

In solchen Momenten, ein Stück überm Abgrund, dachte er oft zurück an seine Kindheit in Belarus. Sein Vater war das gewesen, was heute wohlwollend als Haustyrann bezeichnet wurde. Immer, wenn Alex etwas ausgefressen hatte, musste er die harte Hand seines Vaters kennenlernen. Auch wenn er nichts verbockt hatte, tickte sein Vater in regelmäßigen Abständen aus und züchtigte ihn, was in ihm stets dasselbe Gefühl auslöste, das ihn jetzt auch beherrschte: das völlige Ausgeliefertsein, ohne die geringste Möglichkeit, etwas daran ändern zu können.

Schnell versuchte er die negativen Vibes, welche die Erinnerungen an seinen Vater auslösten, zu vertreiben. Endlich, um 14 Uhr, hatte er eine Idee und fragte bei den russischen Rockern im Westend um freundschaftliche Unterstützung an.

Um 16 Uhr flatterte die erste Antwort rein. „Wir haben sämtliche Kontaktleute in Frankfurt und Umgebung aufgescheucht", berichtete ihm sein Verbindungsmann der Gruppierung. „Von Valentin keine Spur. Niemand weiß, wo er sich aufhält. Falls er noch im Rhein-Main-Gebiet ist, muss er ins allerletzte Rattenloch gekrochen sein."

Nach dieser niederschmetternden Nachricht war er bereit, sein hart verdientes Geld wohl oder übel abzuschreiben. Es blieb eine letzte Hoffnung, doch die ruhte auf der Staatsmacht in Person von Vitali, der bei der Bundespolizei arbeitete und dem er hin und wieder ein kleines, aber lukratives Geschäft zugeschoben hatte und der ihm dadurch einen Gefallen schuldig war.

„Weißt du, dass ich meinen Arsch riskiere?", begrüßte ihn Vitali auf einer sicheren Leitung, die angeblich nicht rückverfolgbar war. „Wenn es dumm läuft, kommen mir meine Kollegen auf die Schliche."

„Dafür zeige ich mich erkenntlich", konterte Alex geschickt, der Vitalis Masche, den Preis nach oben zu treiben, kannte.

„Neulich erst ist Katharina geflogen", meinte Vitali, „weil sie für einen rechten Kameraden mehrere unautorisierte Abfragen von PKW-Kennzeichen vorgenommen hat. Jetzt zieht sie Nummern aufm Jobcenter."

Etwa eine Stunde später, Alex zählte in der Zwischenzeit nicht nur jede Minute, sondern jede Sekunde, meldete sich Vitali.

„Wir haben Hinweise, dass Valentin über Stockholm nach Belarus geflogen ist. Seit seiner Ankunft am Minsker Flughafen gibt es allerdings keine Spur mehr von ihm. Es scheint beinahe, als wäre er verschwunden. Und zwar … absichtlich."

Alex fiel der Hörer aus der Hand.

„Hey, Alex?", hörte er wie durch eine Nebelwand von der Schreibtischoberfläche. „Bist du noch da? Alex?"

Danach Stille. Atemlose Stille. Alex konnte und wollte nicht glauben, was er gerade gehört hatte. Hatte diese miese, kleine Ratte, mit der er vor einigen Wochen noch Brüderschaft getrunken hatte, was unter Russen eine nahezu heilige Handlung war, sich tatsächlich mir nichts dir nichts aus dem Staub gemacht? Doch wieso sollte Valentin so etwas tun? Eigentlich undenkbar, Freunde waren Freunde. Und sie beide waren sogar Freunde, die eine lange, lange Zeit verband. Außerdem stammten sie beide aus der alten Heimat. Solch eine gemeinsame Geschichte war etwas wert. Oder war Valentin bloß ein skrupelloses Schwein wie Tausende andere auch?

10.

Am Ende des Tages saß Alex am Boden zerstört in seinem Arbeitszimmer und trank zwei große Gläser Crystal-Wodka. Dazu rauchte er unglaublich viele Kippen, sodass der Feuermelder losging, was aber niemanden störte. Außer ihn. Natascha und die Kinder waren nicht zu Hause, womöglich shoppen. Aber auch das war mittlerweile egal, belanglos. Es hatte sich im Laufe des Abends herausgestellt, dass Valentin offensichtlich vollen Zugriff auf seine Depots erlangt hatte. All seine wohlgemeinten Investitionen hatten sich mehr oder weniger in Luft aufgelöst. Detaillierte Recherchen ergaben, dass Valentin – während er pünktlich die versprochenen Raten überwies – Alex' Vermögen Schritt für Schritt auf eigene Konten abgeführt hatte.

„Oiiiing! Oiiiing! Oiiiing!" Der schrille Ton des Feuermelders fuhr ihm durch Mark und Bein. Entnervt nahm er einen Stuhl, stieg hinauf und drückte den Ausschaltknopf. Und da er nun schon mal dabei war, schraubte er den Feuermelder heraus, entnahm die Batterie und inspizierte ihn. Doch auch bei noch so genauem Hinschauen konnte er keine Abhörelektronik ausmachen, wie es ihm ein paranoider Rechtsextremer einmal hatte weismachen wollen.

Schwermut legte sich auf seine Seele. Er war materiell erledigt. Fix und fertig. Bankrott. Die Insolvenz drohte – zum wiederholten Male – mit Riesenschritten. Er hatte all seine ökonomischen Reserven, und weit darüber hinaus, aktiviert. Momentan fiel ihm niemand, aber auch wirklich niemand ein, der bereit war, ihm auch nur achtzig Cents für eine Briefmarke zu leihen.

Wieder einmal hatte er sich verzockt. Wieder einmal hatte er berauschend klingenden Versprechungen geglaubt. Wieder einmal hatte er Freundschaft und Geschäft nicht ausreichend getrennt.

Er stieg vom Stuhl herab und schlug völlig unvermittelt sein Haupt dreimal kräftig gegen die Zimmertür. Statt der erhofften Befreiung spürte er trotz des Wodkas starke Schmerzen. Also ließ er diesen Unfug. Er fühlte seit Langem wieder mal den Drang, sich die Hundeleine ihres Weimaraners zu schnappen und damit allem weltlichen Unbill adieu zu sagen.

Doch dann verwarf er den Gedanken. Vorher wollte er zumindest noch einen richtigen Rausch und das pralle Leben erleben. Zum Strick greifen konnte er immer noch. Außerdem tröstete er sich, aus reinem Selbsterhaltungstrieb, mit Rachegelüsten. Valentin, mein Freund, man sieht sich immer zweimal im Leben. In grellen Farben malte er sich aus, was er mit seinem ehemaligen Freund anstellen würde.

„Was soll's?", sagte er schließlich laut und schnappte sich die Kippen von der Tischplatte. „Ein Mann muss tun, was ein Mann tun muss."

11.

Die Sperrstunde war längst über Frankfurt hereingebrochen, als Alex das „Moseleck" im Frankfurter Bahnhofsviertel betrat. Obwohl Alex gerne rauchte und das Nikotin zu seinem ständigen Wegbegleiter geworden war, hatte er beim Betreten der Kneipe den Eindruck, gegen eine Wand aus Zigarettenrauch zu laufen.

Im Inneren der Kaschemme war einiges los. Es roch nach Alkohol und menschlichen Ausdünstungen. Aus Richtung Klo wehte ein Duft herüber, der ihm einen Brechreiz verursachte. Die Jukebox spielte „Griechischer Wein“ von Udo Jürgens. Ein paar betrunkene Stimmen grölten den Refrain mit.

Alex war fast dankbar, die nikotingeschwängerte Luft atmen zu dürfen, obwohl ihm im Inneren der Kneipe eindeutig zu viele Rauchzeichen waren. Erst nach einigen Sekunden konnte er mit Mühe seine Augen justieren. Ein Blick in die Runde und er stellte fest, dass es nicht wenige Menschen gab, denen es noch schlechter ging als ihm.

Die Kakophonie der lauten Geräusche irritierte ihn, aber er hatte inzwischen einen Alkohol-Pegel erreicht, dass ihn die herrschende Atmosphäre eher faszinierte als abstieß. Kurzum, er hatte das Gefühl, in den Tiefen seiner Seele angelangt zu sein und endlich Menschen zu treffen, denen das Leben mindestens so heftig mitspielte wie ihm. Oder frei nach Johann Wolfgang von Goethe: ‚Hier bin ich Mensch, hier darf ich's sein‘. Wobei er den deutschen Dichterfürsten nie gemocht hatte, auch wenn er dessen subversive Seiten verstanden hatte, welche die Germanistik-Ordinarien gerne verschwiegen.

Alex war durch fünf Bars gezogen, angefangen mit der „Roten Bar“, einer stylishen Cocktail-Bar, wo der Mai Tai 14,50 Euro kostete, über den Klassiker „Helium“, das „Sullivan“ und das „Hunky Dory“ bis hin zum „Dauth-Schneider“, einer Apfelwein-Kaschemme, wo das Rippsche mit Kraut den Alkohol in seinem Magen fast vollständig aufgesaugt hatte. In den vier Bars hatten ihn alle Gäste an Valentin erinnert, topp geschniegelt und gestriegelt in ihren Business-Anzügen von BOSS oder Armani. Er hätte beinahe übern Tresen gekotzt und musste schleunigst flüchten. In der letzten Bar, dem „Hunky Dory“, hatte er die Zeche geprellt, zum ersten Mal in seinem Leben, war stante pede hinausgerannt, keine Sekunde länger hätte er es darin ausgehalten. Als die Apfelweinkneipe zugemacht hatte, was in Frankfurt spätestens um Mitternacht der Fall war, entschied er sich für einen Trip ins Rotlichtmilieu. Aber die jungen rumänischen und bulgarischen Nutten auf den Bordsteinen vorm „Platinum“ und anderen Tabledance-Bars und Nepp-Schuppen ernüchterten ihn dermaßen, dass ihm angst und bange wurde, er würde tatsächlich nüchtern werden. Um Abhilfe zu schaffen, hatte er die Kultkneipe „Moseleck", Ecke Münchner-/Moselstraße, angesteuert, von der er wusste, dass sie bis 4 Uhr morgens offenblieb.

Alex drängte sich durch das seltsame Gemisch von Drogen-Usern, Alkoholikern und anderen zwielichtigen Gestalten wie Zuhälter, Vereinsamte und Leute, denen das „Moseleck" längst zum Wohnzimmer geworden war. Und in Abwandlung von Tolstois berühmtem ersten Satz aus „Anna Karenina" formte er für sich die Worte: Alle glücklichen Trinker gleichen einander. Jeder unglückliche Trinker ist unglücklich auf seine Weise. Hier im „Moseleck" war jeder Gast auf seine Weise abgerutscht, heruntergekommen, versifft, desillusioniert oder ein polytoxischer Mix aus mehreren dieser Faktoren. Die stumpfen Gesichter, in deren Augen noch ein allerletzter Wille aufflackerte, in der Bahn zu bleiben, die letzten Groschen für ein weiteres Bier zusammenzukriegen und nicht vollständig an den Rand gedrängt zu werden, faszinierten ihn und widerten ihn gleichzeitig an. Zweifelsfrei nicht die schlechteste Location, um sich dem reinen Rausch hinzugeben.

An der Bar war ein einziger Platz frei. Mit Mühe und Entschuldigungen murmelnd, kletterte er ein wenig umständlich auf den einfachen Barhocker aus Pressholz und versuchte seinen teuren Mantel so zu hängen, dass er ihn in Sichtweite hatte, was er allerdings nach wenigen Minuten komplett vergaß. Der Wirt, schlanker Typ, Glatze, Tattoos am Hals und Frankfurter Urgestein, fragte geschäftstüchtig nach seinen Wünschen.

„Wodka mit Eis."

„Ein Doppelter?"

„Eine Flasche!"

Das Lächeln des Wirts war vielsagend.

„Kommt sofort."

„Welchen Wodka habt ihr?"

„Also, wir haben …" Der Wirt drehte sich um und deutete auf einige Flaschen im Regal. Immerhin gab es zwei Sorten, einen russischen und einen ukrainischen. Die Antwort fiel Alex leicht. Er entschied sich für Letzteren, auch wenn der billiger war. Alkoholrausch war und blieb Alkoholrausch.

Eine Weile später servierte der Wirt das Gewünschte in einem Eiskübel und platzierte vor ihm ein Glas auf dem Tresen.

Alex schenkte ein und verschaffte sich einen Überblick über die Trinkgemeinde. Der Typ links neben ihm kriegte nichts mehr mit, sein Kopf schlief auf der Theke in einer Apfelwein-Pfütze. Sein rechter Sitznachbar war ein Mann, der äußerlich nicht hier reinzupassen schien. Er war ein paar Jahre jünger als er und trug lange, aber gepflegte Haare, die er zum Zopf zusammengebunden hatte. Dazu hatte er einen passenden Vollbart und machte insgesamt den Eindruck, eher in eine Hippie- oder Surfer-Kommune im südlichen Kalifornien als ins Frankfurter Milieu zu gehören. Auch in einem Ashram in Israel konnte er sich ihn vorstellen.

„Cheers", sagte der Typ mit den fuchsroten Haaren, dem Vollbart und gigantischen Koteletten, wie sie in den 70er Jahren in gewesen waren.

Im Gegensatz zu den meisten Hipstern war dieser Typ nicht in irgendeine Schublade zu stecken. Alex grübelte, kam nicht drauf und ergriff sein Glas.

„Vashe zdorov'ye", antwortete Alex, erhob das Wodkaglas und stieß mit dem ihm offerierten Henninger-Bierglas an.

„Russe?", fragte der Typ interessiert und Alex nahm ein kurzes Aufblitzen in den grau-grünen Augen wahr. „Na dann, vashe zdorov'ye!"

Trotz seines angeheitert-umnebelten Zustands nahm Alex einen ungewöhnlichen Akzent wahr. Sowohl was das Deutsche als auch das Russische betraf. Keine Frage, der Typ war kein Deutscher, aber auch kein Russe.

„Woher kommst du?", fragte er ihn unverblümt.

Der Rothaarige lächelte. Offen, lebenslustig und durstig. Der Typ schien in Ordnung zu sein.

„Meine Mutter ist Ukrainerin", fuhr der Vollbärtige mit seiner hohen Stimme fort.

Alex runzelte die Stirn.

„Meine Familie stammt aus Belarus", erwiderte Alex und sie stießen erneut an.

Mit dem rechten Zeigefinger deutete er auf sein halbleeres Wodkaglas.

„Auch einen?"

Für wenige Sekunden schien sein Gesprächspartner nachzudenken.

„Gerne."

Mit etwas Mühe, aufgrund der Belagerung des Tresens, organisierte Alex ein zweites Glas und schenkte großzügig ein.

„Vashe zdorov'ye!"

„Vashe zdorov'ye!"

Beide Männer tranken die Gläser auf Ex.

Auf ein erstes „Ah!" folgte ein „Uhhh!"

Beide schüttelten sich und lachten. Alex ließ keine Zeit verstreichen und schenkte nach. Das Schauspiel wiederholte sich.

„Wenn ich schon einen entfernten Landsmann treffe, brauchen wir bessere Musik", verkündete der Rotschopf, erhob sich erstaunlich flink von seinem Hocker, bahnte sich, begleitet von Flüchen und einer Menge verschütteter Getränke, eine Schneise zur Jukebox und fütterte diese ausgiebig mit Münzen.

Als er zurückkam, strahlte er.

„Was hören wir?"

„Helene Fischer, sobald die anderen Lieder durch sind."

„Großartige Künstlerin", antwortete Alex, obwohl er ihre Musik verachtete. In der jetzigen Stimmung schien sie ihm genau die richtige Wahl zu sein. „Sie versucht, den Deutschen die Tiefen der russischen Seele nahezubringen."

„Auf die Seele!"

„Auf die Seele!"

Gefolgt von der Trinkformel.

„Vashe zdorov'ye!"

„Vashe zdorov'ye!"

Erneut legten beide tapfer den Kopf in den Nacken und tranken die Gläser auf einen Zug leer.

Alex war kein Kampftrinker. Aber er hatte den Vorsatz gefasst, sich den Rest zu geben, und den würde er auch umsetzen. Der Bärtige schloss sich wie natürlich an.

„Ich heiße Alex", stellte er sich vor und reichte dem anderen ungefragt die Hand.

„Bill", antwortete dieser mit angenehmem, trockenem Händedruck.

„Bill?", hakte Alex nach einer Weile nach.

„Bill Fox aus St. Pete."

Kaum war der Name ausgesprochen, erinnerte sich Alex an einen Urlaub mit Natascha. Sie hatten die Keys in Florida bestaunt und auch St. Petersburg am Golf von Mexico einen Besuch abgestattet. Überall traumhafte weiße Strände, Palmen vom Feinsten, Delphine an der Küste und Sonne satt.

„Nice", kommentierte er deshalb. „St. Pete ist eine coole Stadt. Vor allem nicht so abgefuckt wie Tampa. Was machst du hier?"

Der Ami runzelte die Stirn.

„Ich schreibe gerade meine Thesis", antwortete Bill. „Es geht um revolutionäre Guerilla-Bewegungen in West-Deutschland während der 70er und 80er Jahre. Bis heute nicht ganz ohne."

Ein wenig ungläubig runzelte Alex die Stirn.

„Du meinst die RAF?"

„Unter anderem."

Alex wollte gerade etwas erwidern, als sein Handy vibrierte, zum gefühlt zwanzigsten Mal heute. Ein Blick aufs Display: Natascha. Natürlich. Wieder eine WhatsApp. Die Lautstärke hatte er schon vor Stunden auf null gestellt, damit er ihre Anrufe nicht mitbekam. Die reichlich eingegangen waren. Aber er konnte nicht mit ihr reden. Nicht jetzt. Die richtige Zeit würde sich finden.

Die WhatsApp ignorierte er, auch weil ihn interessierte, was Bill mit seiner Aussage gemeint hatte.

„Geschichte oder Politik?", fragte er daher.

Fox strahlte ob des an den Tag gelegten Interesses.

„Soziologie. Es geht vor allem um die gruppeninternen Prozesse, du weißt schon: Aus welchen Elternhäusern stammten die Terroristen? Welche akademische Laufbahn haben sie absolviert? Wann gab es die ersten nachgewiesenen Kontakte zu den Radikalen und so weiter?"

Langsam spürte Alex, wie die Glut des Alkohols sich in ihm ausbreitete und nickte dementsprechend wie eine Diddel-Maus.

„Ungewöhnliches Thema. Hast du mit Terroristen von damals gesprochen?", fasste Alex nach, während die ersten Klänge von „Atemlos durch die Nacht" ertönten und eine Welle der Euphorie durchs „Moseleck" schwappte, vergleichbar mit La Ola im Stadion.

„Vergiss es!“, antwortete Bill. „Sind alle steinalt. Und starrköpfig. Manche haben immer noch Flausen im Kopf und hassen ‚das System‘.“

„Wirrer Haufen“, tat Alex seine Einschätzung kund und prostete Bill zu.

„Weißt du, wie das einer der Ex-Terroristen genannt hat? ‚Eine Kontinuität der Ziele mit einer Diskontinuität der Mittel realisieren‘.“ Bill schlug sich vor Lachen auf den Oberschenkel und Alex stimmte mit ein.

„Hammer“, prustete Alex, „die schwurbeln sich die Welt zurecht.“

„Oh, Mann. Ich muss zwischendurch mal ein Henninger trinken, um den Mund auszuspülen. Magst du auch eins?“

„Nee, lass mal. Bleib beim Wässerchen.“ Während Bill sich ein weiteres Glas Bier orderte, klirrte das Eis dynamisch in Alex’ Glas.

„Vashe zdorov’ye!“

„Vashe zdorov’ye!“

Mit dem Typ verband ihn etwas, ukrainische Mutter hin oder her.

„Hast du Verwandte in der Ukraine?“

Fox hörte augenblicklich auf, im Takt mit dem nächsten Fischer-Song zu wippen.

„Sicher.“ Er grummelte. „Dieser verfickte Putin.“ Fox tippte auf seinem Smartphone und hielt es Alex vor die Nase. „Hier, schau mal!“

Was Alex sah, waren zerstörte Bauernhäuser, kaputt gebombte Krankenhäuser und Schulen, die mit Maschinengewehr-Salven durchlöchert waren. Das Bild eines toten Menschen, der auf dem Bauch lag und offensichtlich einen Kopfschuss erhalten hatte.

„Mein Cousin Vasily“, behauptete Fox. „Diese faschistischen Wagner-Typen haben ihn im Donbass einfach abgeknallt.“

In einer Ecke seines vernebelten Gehirns erinnerte sich Alex, dass er beiläufig von dem Vorfall in der Rundschau gelesen hatte.

„Krieg ist scheiße“, platzte er heraus und als er bemerkte, dass Bill ihn anstarrte, murmelte er noch ein paar dahingehauchte Worte des Bedauerns.

„Oh man, fuck it!“, meinte Bill.

Die beiden prosteten sich zu.

„Fuck the war!"

Eine Weile tranken sie stumm. Als die Flasche leer war, bestellte Alex wie selbstverständlich eine neue.

„Der verdammte Krieg kostet mich ein Vermögen", nahm Alex nach einer Weile den Faden wieder auf, da er das Gefühl hatte, endlich einen Gesprächspartner gefunden zu haben, der ihn verstehen würde. „Ich habe viel Geld in diese verfickten Nordstream 2-Aktien versenkt."

„Shit!" Der Ami tätschelte mitfühlend seine Schulter.

„Außerdem ist der Bitcoin abgeschmiert …"

„Shit!"

Offensichtlich wusste Bill zumindest ansatzweise über beide Investments Bescheid.

„Totalschaden. Wenn du weißt, was ich meine."

Offensichtlich war Bill niemand, der sich am Elend anderer ergötzte, denn seine Gesichtszüge offerierten aufrichtiges Mitleid.

„Ehrlich gesagt, nehme ich mir am besten gleich den Strick", gestand Alex und hatte beinahe Tränen in den Augen.

„Never", widersprach Bill. „Du schüttelst dich, stehst wieder auf und machst weiter!" Die Worte wirkten wie Balsam auf Alex. „Krieg ist furchtbar", setzte der amerikanische Doktorand erneut an. „Aber ein Krieg bietet immer Chancen. Außer für die Toten."

„Krieg bedeutet für mich den finanziellen Ruin", widersprach Alex.

„Bullshit. Was glaubst du, was die Ukrainer dank westlicher Hilfen für Waffen bezahlen, wenn sie denn nur geliefert werden? Höchstpreise!"

Das Wort ‚Höchstpreise' legte in Alex' Gehirn einen Schalter um. Genau sein Ding.

„Du meinst, ich soll Waffen in die Ukraine liefern, um mich finanziell zu sanieren?"

Bill hob die Arme und umarmte ihn überraschend.

„Exactly."

Alex ließ das sacken und sinnierte eine Weile, als denke er ernsthaft darüber nach, bevor er fragte: „Und wie soll das funktionieren?"

„Eigentlich ganz einfach", fantasierte Bill, während Alex sich doch noch ein Henninger als kleine Munddusche bestellte. „Die

Waffen habe ich schon. Ich muss nur noch einen Konvoi organisieren und finanzieren."

Alex traute seinen Ohren kaum. Hatte er sich verhört? Oder hatte ihm Bill – quasi zwischen den Zeilen – ein Geschäft schmackhaft machen wollen?

Sie stießen mit dem frisch gezapften Bier an.

„Erzähl keinen Scheiß!", griff Alex den Faden wieder auf. „Du willst mir doch nicht weismachen, dass du weißt, wie du an Waffen kommst. Wer bist du? James Bond? Oder Jack Reacher?"

Fox setzte ein Pokerface auf und schwieg. Das blöde Grinsen des Amis signalisierte Lufthoheit.

„Echt jetzt?", wollte Alex sich deshalb noch einmal versichern. „Du erzählst keinen Bullshit?"

Der Amerikaner nickte, ohne das fette Grinsen aus seinem Gesicht zu verlieren.

Alex schwankte zwischen Unglauben und Wut. Wofür hielt sich der Kerl? Er glaubte ihm kein Wort. Heiße Luft, sonst nix. Dass er dauernd über Terrorismus forschte, schien abzufärben.

Alex ließ sich vom Barhocker gleiten. „Erzähl deinen Scheiß, wem du willst! Aber nicht mir."

Alex hatte keinen Bock mehr, aufs Horn genommen zu werden. Er warf zwei Hunderter auf den Tresen und wollte sich schnellstmöglich verpissen.

„Nicht so hastig, mein Freund", widersprach Bill und hinderte ihn daran, sich den teuren Mantel überzuziehen. „Ich verarsche dich nicht. Ehrenwort!"

Alex blickte in die Augen des noch sitzenden Amerikaners und erkannte dort nichts als Offenheit und Gutmütigkeit. Beinahe flehten die Augen ihn an, ihm Glauben zu schenken.

„Okay. Du hast eine Minute, um mich zu überzeugen!", seufzte Alex.

Bill hob den rechten Daumen. „Kurzfassung: Im Zuge meiner Dissertation bin ich auf ein ominöses Waffenlager im Stadtwald Frankfurt gestoßen." Das Entree elektrisierte Alex im Nu. „Dort sind seit Ende der 60er Jahre Waffen vergraben, mit denen du die halbe ukrainische Armee ausrüsten kannst."

Alex lachte. „Na super. Die sind also seit 50 Jahren vergraben?!"

„Hört sich komisch an, ja, aber glaub mir, auch wenn es keine fabrikneuen Modelle sind: Momentan sind alle Waffen in der Ukraine willkommen."

„Und woher weißt du, dass die Waffen noch funktionieren?"

Bill lächelte siegessicher. „Schon ausprobiert."

Der Doktorand nestelte augenblicklich an der hinteren Bluejeans herum, über die er ein grünes Hemd trug.

„Hier", drängte Bill und Alex spürte, wie ein harter Gegenstand sein Knie berührte. Er wandte den Blick nach unten und entdeckte zu seiner großen Überraschung eine Pistole.

„Was … was ist das?", fragte er.

„Ein 970 Colt Mark IV 70 Series", antwortete Bill.

„Ich glaub's nicht."

Die Waffe sah trotz ihres Alters beinahe fabrikneu aus. Er griff so danach, dass es nach Möglichkeit niemand in der Location mitbekam, aber erstens war er sicher nicht der Erste, der in diesem Laden mit Waffen hantierte, und zweitens waren die meisten Gäste jenseits von Gut und Böse, um etwas mitzubekommen. Also checkte er vorsichtig die Waffe unter dem Tresen. Ließ das Magazin rein- und rausgleiten, wie er es zu Bundeswehrzeiten gelernt hatte. Ohne Probleme. Die Waffe schien vollkommen intakt zu sein.

„Wow, ich bin beeindruckt. Aber mit Pistolen werden keine Kriege gewonnen …"

Wieder dieses überhebliche Grinsen in Bills Gesicht, das er dieses Mal aber kaum wahrnahm, da vor seinem inneren Auge sich bereits Euro- und Dollarzeichen vermischten und beide für viele Nachkommen sorgten. War das vielleicht seine Chance?

„Gewehre, Maschinenpistolen, Granatwerfer und Panzerabwehrwaffen, teils aus sowjetischer und aus NATO-Produktion. Alles auf Lager und auch heute noch geeignet, um die russischen Panzermannschaften zu grillen."

Alex kriegte den Mund nicht mehr zu.

„Es gibt auch Minen und …"

„Und das alles funktioniert tatsächlich noch?", fiel ihm Alex hastig ins Wort.

„Jede einzelne Waffe zu prüfen, ist ein Ding der Unmöglichkeit. Aber die Stichproben waren positiv. Könntest du denn das Geld für einen Transport organisieren?"

Jetzt ging es Schlag auf Schlag. LKWs, kleine Transporter waren gefragt. Er wusste zwar beim besten Willen nicht, wo er noch Geld dafür herkriegen sollte, aber irgendwo fand sich doch immer einer.

„Vielleicht", gab er sich wachsweich. „Woher stammen denn die Waffen?"

Jetzt legte Bill die rechte Hand an seinen Hinterkopf und zog ihn ganz nahe an sich heran, sodass wirklich niemand lauschen konnte.

„Tja, schon mal was von der Stay-Back-Operation ‚Gladio' gehört?"

„Nein."

„Hat mit einer wilden Gemengelage von europäischer Guerilla und CIA zu tun. Das waren Waffen, welche staatliche Stellen aus den USA in Co-Produktion mit linken Terroristen in Frankfurt gebunkert haben. Die sollten entweder eine Revolution in Deutschland auslösen, die von den Amerikanern blutig niedergeschlagen worden wäre, oder im Fall eines sowjetischen Angriffs als Widerstandsmöglichkeit für die deutsche Bevölkerung zur Verfügung stehen. Verstehst du?"

Alex verstand maximal die Hälfte.

„Die RAF wollte die kommunistische Revolution zu früh lostreten und deshalb gerieten die Waffen in Vergessenheit. Die beschissenen Kommunisten haben losgelegt, bevor die Zeit reif war."

Alex war jetzt verwirrt.

„Wieso haben denn die RAF-Leute die Waffen nicht ausgebuddelt?", fragte er folglich.

„Weil die genau wussten, dass die Waffen unter strenger Beobachtung stehen. Hätten Baader und Meinhof auch nur eine Pistole zur damaligen Zeit ausgegraben, wären sie sofort verhaftet worden. Und zwar durch Verrat. Die Baader-Meinhof-Leute hatten ein U-Boot bei den Amerikanern und vielleicht auch umgekehrt, hehe."

Der Typ schien tatsächlich Bescheid zu wissen.

„Und heute? Die CIA weiß doch noch von den Waffen, du ja auch."

Bill schlug den Einwand in den Wind.

„Nur theoretisch. Es ist zu viel Zeit vergangen seit damals. Das Gerücht des Waffenlagers kursiert zwar noch bei manchen älteren linken Frankfurtern und ehemaligen Terroristen im Unruhestand, aber niemand weiß genaues."

„Und wie bist du darauf gestoßen?"

„Niemand war je so verrückt und hat tatsächlich nachgeschaut, ob es da Waffen gibt. Nur ich."

„Und um wie viele Waffen handelt es sich?", fragte Alex und rieb dabei Daumen und Zeigefinger aneinander.

„So genau kann ich das nicht abschätzen. Aber mein Cousin Konstantin, der in der Ukraine bei der Asow-Brigade dient, hat es einmal überschlagen. Wenn wir beide fifty-fifty machen, dürfte für jeden eine Million rausspringen. Vorausgesetzt, wir liefern alles bei ihm persönlich ab. Denn das ist die Krux. Wir müssen die Waffen von hier direkt in die Ukraine schaffen."

12.

Alex torkelte orientierungslos und voller Glückshormone am Frankfurter Hauptbahnhof entlang und versuchte, ein Taxi zu ergattern. Er war sturzhagelvoll.

Nachdem Bill noch ein wenig die Werbetrommel gerührt hatte, sagte er: „Schlag ein, Partner!" und streckte die offene Rechte hin.

Alex hatte sie herzhaft ergriffen.

„Wir beide wuppen das, Kumpel", erwiderte Alex mit vor Alkohol und Rauch glasigen Augen.

Die beiden Männer hatten sich umarmt und gegenseitig auf den Rücken geklopft. Beteuerten einander Treue und Freundschaft. Und dann war die wilde Sause losgegangen. Bier, Wodka und weitere Spirituosen in rauen Mengen flossen durch ihre Kehlen, bis sie beide kaum mehr stehen konnten. Irgendwann hatte sich Alex verdünnisiert, nicht ohne vorher noch Kontaktdaten auszutauschen.

Der Taxifahrer musste ihn vor seinem Haus im Holzhausenviertel wecken, vom Rücksitz hieven, bis zur Haustür stützen und für ihn das Klingeln übernehmen. Dazu wäre er nicht mehr im Stande gewesen.

Es war inzwischen sechs Uhr früh am Morgen. Natascha erschien an der Tür und hielt sich unverzüglich die Hand vor den Mund, so erschrocken war sie bei seinem Anblick.

„36,50 Euro", rief ihr der Taxifahrer zu.

Sie griff sich ein Portemonnaie von der Flurkommode und drückte ihm einen 50er in die Hand. „Danke fürs Bringen."

Der Taxifahrer verabschiedete sich.

Alex war inzwischen nach vorne gestürzt und lag alle Viere von sich gestreckt mitten im Hausflur auf dem nackten Marmorboden.

„S … atz, S … atz. Alls wird gut. Alls wird guuuut", rief er ihr entgegen, als er wahrnahm, dass seine Frau ihm helfen wollte, aufzustehen.

„Alexander, komm bitte, reiß dich zusammen, ich weiß nicht, ob Alexej …"

Kaum war der Name ausgesprochen, kam der kleine Wirbelwind mit einem schwarzen Nintendo-Pocket die Treppen heruntergesaust. Der Junge machte große Augen, als er seinen Vater am Boden liegen sah.

„Was ist mit Papa?", fragte er.

Sein Blick verriet Neugier und Furcht gleichermaßen.

„Papa hat zu viel gearbeitet", meinte Natascha und fuhr sogleich fort, „und du solltest mal in den Garten gehen frische Luft schnappen."

Doch Alexej ließ sich nicht so einfach abspeisen, dafür waren seine flinken blauen Augen viel zu schlau. Mit einer einstudierten Geste wischte er sich die blonden Haare aus dem Gesicht und begann wie ein Hund zu schnuppern.

„Hat Papa einen Herzinfarkt?"

„Zum Glück nicht. Aber wenn er weiter so hart arbeitet, kann das durchaus passieren."

Alexejs Lippen formten ein ‚O'. „Dann muss Papa einfach mal Pause machen", schlussfolgerte er, während er nebenher die Knöpfe des Nintendos unablässig penetrierte.

„Gute Idee."

Alex versuchte den Kopf zu heben und gab einige unverständliche Laute von sich. Erneut rümpfte das Nesthäkchen ein wenig pikiert die Nase.

„Aber Papa stinkt so ähnlich wie der Wodka, an dem ich letztes Silvester riechen durfte …"

Natascha schnappte nach Atem. Dem Kleinen konnte man schon in diesem Alter nichts mehr vormachen.

„Ist Papa betrunken?"

Natascha wies energisch Richtung Terrassentür, doch Alexej machte keine Anstalten zu gehen.

„Nein", meinte sie entnervt. „Papa hat einen wichtigen Geschäftsabschluss feiern müssen und dabei wird in der Regel eine Flasche Wein getrunken."

Siegesgewissheit flammte in Alexejs Augen auf.

„Haha, Papa ist betrunken, Papa ist betrunken …"

Alex unterbrach seinen Sohn durch ein schwach dahingehauchtes „Neeeeiiiin".

„Das erzähle ich meinen Freunden", ließ sich Alexej nicht unterkriegen.

Unter Mühen rappelte Alex sich auf. Schließlich gelang es ihm zu sitzen, ohne umzukippen.

„Mein lieber Alesssejj", brachte er erstaunlich flüssig über die Lippen, „lass den Quatsch und erzähl niemalsss, ich wiederhole, niemalsss Dreck über deine Familie. Deine Familie isss dein Ein und Alles."

Die Botschaft war beim Sohnemann angekommen, aber ganz freiwillig wollte er das Feld nicht räumen.

„Wann kriege ich endlich meine Nintendo 5 Special Edition?", fragte er Morgenluft witternd und formte einen süßen Schmollmund.

Alex schüttelte den Kopf, um ein wenig klarer zu werden, was sein Sohn falsch auffasste.

„Du hast doch schon eine Nintendo 5-Konsole", schaltete sich Natascha ein und erntete dabei von Alex einen verknautschtärgerlichen Blick.

„Wir gehen am Samstag auf die Zeil und dann …"

„Hurra!“, schrie Alexej und gab seinem Vater nicht einmal die Gelegenheit auszureden. „Ein solch toller Papa kann gar nicht betrunken sein.“

Dann schenkte er seinen Eltern einen triumphalen Blick und sauste direkt raus auf die Terrasse.

„Ich krieg die Special-Edition, ich krieg die Special-Edition, ich krieg die …“

Die Tür zum Garten knallte ein wenig zu überschwänglich zu. Natascha setzte sich zu Alex auf den Boden. Sie blickte ihm lange in die rotgeränderten Augen.

„So geht das nicht, Alex“, sagte sie vorwurfsvoll, wobei es ihr nicht gelang, die liebevolle Wärme aus ihrer Stimme zu eliminieren. „Die Kinder sollten dich in solch einem Zustand nicht sehen. Auch ich bin nicht glücklich, wenn du so nach Hause kommst. Du trinkst doch sonst auch nicht. Was ist denn nur los mit dir in letzter Zeit?“

Alex seufzte, suchte umständlich die letzte Davidoff aus seiner Packung und zündete sie an, was ihm einen strengen Blick einbrachte, aber aus irgendeinem Grund ließ Natascha ihn gewähren, obwohl er im Hause eigentlich nur in seinem Arbeitszimmer rauchen sollte.

„Is möchte disch nicht mit … mit gesäftlichen Belangen belässstigen“, sagte er und ließ den Rauch wie eine unter Druck stehende Dampflok ab. „Is hab dir vor unserer Hochzeit gesworen, dass du dich niemalss … niemalss um gesäftliche oder finansssielle Dinge kümmern musst.“

„Dafür bin ich dir nach wie vor dankbar“, flüsterte Natascha ein wenig heiser, was ihrer Stimme einen noch erotischeren Klang verlieh. „Aber in den letzten Wochen bist du nicht mehr der Alte, Alex. Tut mir leid, das sagen zu müssen. Du schließt dich tagelang in dein Arbeitszimmer ein, konsumierst mehr Wodka und Zigaretten als je zuvor und neulich das Auge, so blau wie Yves Kleins Bilder …“

Mit jedem Zug wurde Alex klarer im Kopf. Ihm ging nun auf, wie genau und voller Liebe ihn seine Gattin die ganze Zeit über im Blick hatte. Manchmal hatte er bereits den wohl falschen Eindruck gehabt, sie würde außer ihrem luxuriösen Tagesablauf überhaupt nichts von seinen Nebengeräuschen mitkriegen. Falls es überhaupt möglich war, spürte er in diesem Moment eine noch umfassendere Liebe zu ihr als ohnehin schon, was zusätzlich Serotonin in seinem Hirn freisetzte.

„Stimmt." Er bemühte sich nun, trotz Volltrunkenheit glasklar zu reden. „Und dafür möchte ich mich bei dir entschuldigen, meine geliebte Frau. Seit Monaten ist geschäftlich ein wenig der Wurm drin. Es läuft nicht so, wie ich es für euch geplant hatte. Und du weißt, wie sehr ich dir und den Kindern versuche, ein angenehmes …"

Natascha ließ ihn nicht ausreden, sondern nahm ihn zärtlich in den Arm. „Das ist so süß von dir, Alex. Aber am wichtigsten ist, dass du auf dich achtgibst. Was sollen wir denn mit all dem Geld, wenn du nicht mehr da bist?"

Diese Worte waren Balsam für seine geschundene Seele. Natascha rümpfte ein wenig ihr süßes Stupsnäschen.

„Du riechst, als ob du in ein Schnapsfass gefallen wärst", meinte sie ein wenig schnippisch. „Aber was soll's, mein Alex ist und bleibt mein Alex."

Allen olfaktorischen Bedenken zum Trotz folgte ein zärtlicher, einfühlsamer französischer Kuss, der in Alex die Lebensgeister vitalisierte.

„Danke", sagte er, als sie wieder von ihm abließ. „Ich habe dich in letzter Zeit vermisst. Was aber nicht deine Schuld ist …"

Jetzt nahm sie liebevoll sein Gesicht in ihre Hände und wiederholte die Prozedur.

„Ich bin immer für dich da, wenn du mich willst", säuselte sie in sein Ohr.

Alex drückte endlich die auf dem Boden vor sich hin qualmende Kippe auf dem Marmorboden aus.

„Am liebsten jetzt", sagte er, „aber ich bin mir nicht sicher, ob ich noch in der Lage …"

Ein zartes Lächeln legte sich auf Nataschas Gesicht.

„Komm mit ins Schlafzimmer, Schatz. Auf den Rücken wirst du dich ja legen können, um den Rest kümmere ich mich."

Alex' Grinsen war breiter als ein Fußballtor. Die Aussicht, endlich mal wieder mit seiner Natascha in aller Harmonie vereint zu sein, erfüllte ihn mit puren Glücksgefühlen. Sofort danach würde er sich aber um das neue Geschäftsprojekt kümmern, denn das duldete keinen Aufschub.

13.

Als Alex erwachte, überfielen ihn die Erinnerungen an den alkoholgeschwängerten letzten Abend. Langsam stieg das Gesicht des rothaarigen Amerikaners vor seinem inneren Auge auf. Wie oft hatten sie miteinander angestoßen? Sein Kopf brummte wie unter einer Zentnerlast.

Wen hast du dir da aufgegabelt?, fragte er sich, während er sich im Badezimmer scharf rasierte, um ein besonders ordentliches Erscheinungsbild abzugeben.

Versehentlich schnitt er sich und zischte unzufrieden. Kein Wunder, seine Hand zitterte. Er nahm sich vor, nie mehr so viel zu trinken, außer es war im geschäftlichen Sinne notwendig. Seine Erfahrung hatte ihn gelehrt, dass es manchmal zu einem Geschäftsabschluss dazugehörte. Aber Trinken um des Trinkens willen, nein! Das war für die nächste Zeit passé. Wobei sich natürlich aus der Trinkerei wieder etwas ergeben hatte. Er schien machen zu können, was er wollte, aber das Geschäftliche holte ihn irgendwann ein.

Es war inzwischen früher Nachmittag. Als er sich einen doppelten Espresso aus dem Jura-Vollautomaten bereitete, dachte er angestrengt über seine gestrige Bekanntschaft nach. Immer mehr Dialogfetzen und Bilder erschienen ihm vor seinem inneren Auge. Komische Marke, dieser Bill Fox. Aber persönliche Befindlichkeiten wie Aussehen, Verhalten oder Merkwürdigkeiten sollten bei keiner Geschäftsanbahnung eine Rolle spielen, solange die Knete stimmte. Goldene Regel: Geld stinkt nicht. Und wer Geld möglich machte, auch nicht. Die Gretchenfrage lautete allerdings, ob Bill ihm mit dem Waffendeal einen Bären aufgebunden hatte oder ob etwas an dem vermeintlichen Supergeschäft dran war.

Seine erste Einschätzung lautete ja, und er war eigentlich Feuer und Flamme, sofort loszulegen. Aber seine Oma hatte ja nicht umsonst gesagt, er solle insgesamt langsamer machen. Sich Zeit lassen, nachdenken. Sich die Dinge mal nahe kommen lassen. Was ihm schwerfiel, wenn nicht unmöglich war.

Also ging er systematisch vor. In sämtlichen überregionalen Tageszeitungen stand geschrieben, die Ukraine suche händeringend nach Waffenlieferanten und wäre bereit, exorbitante Preise zu löhnen. Dasselbe sah er in allen Nachrichtensendungen, selbst seine Börsennews widmeten sich ausführlich diesem Thema. Angeblich knallten bei der Waffenschmiede Rheinmetall die Champagnerkorken ohne Unterlass, da die Aussichten auf fetten Reibach nie besser standen, aber bisher machte die deutsche Politik dem Ganzen noch einen Strich durch die Rechnung.

An den Ausführungen des Amerikaners mit ukrainischen Wurzeln, schloss er, musste was dran sein.

Gut, dass die Deutschen diesen Schuldkomplex mit sich herumtragen, dachte Alex. Da können schnelle Geschäftsmänner wie ich zum Zug kommen. Das Zeitfenster zwischen der noch herrschenden Durststrecke und den in absehbarer Zukunft gestatteten Waffenlieferungen musste er unbedingt nutzen. Hier lag seine Chance, auf die er so sehr gehofft hatte.

Mon vieux, wenn das klappt, stehe ich wieder auf der Sonnenseite des Lebens, impfte er sich ein. Zuversicht erfüllte ihn.

Solange die offizielle Lieferung brandneuer Waffen politisch unmöglich war, herrschten in der Ukraine geradezu goldene Zeiten für Pistolen, Maschinenpistolen, Panzerfäuste und Minenwerfer, auch wenn das Zeug schon einige Jahrzehnte auf dem Buckel hatte und ansonsten bestenfalls südlich des Äquators einige Euros eingebracht hätte, aber weit fernab der von Bill in Aussicht gestellten Gewinnmargen. Aber Moment mal: Vielleicht hatte der Typ alles nur aufs Tapet gebracht, weil er stark alkoholisiert gewesen war und Menschen im Rausch dazu tendierten, alles größer, wichtiger und goldener zu machen, als es die Realität hergab? Auszuschließen war es nicht, aber irgendwie wollte Alex an Bill glauben. Gerade die nahezu fantastische Backgroundstory des armen US-Doktoranden mit ukrainischen Wurzeln, der über Terrorismus promovierte und bei seinen Nachforschungen auf ein weitgehend unbekanntes, riesiges Waffenlager gestoßen war, fixte ihn an.

Vielleicht kommt es einfach auf einen Versuch an, dachte Alex. Ich sollte dem Ganzen eine Chance geben. Ich sollte nur nicht versäumen, das Eisen zu schmieden, solange es heiß ist …

Zur Sicherheit warf er eine Handvoll Aspirin nach, da der Kopf noch schmerzte und er sicher gehen wollte, dass sein Gehirn ihm keine Streiche spielte. Doch mit zunehmender Klarheit fühlte er sich unsicher. Und Unsicherheit konnte er sich nicht leisten.

Sein inneres Unbehagen wollte jedoch nicht verschwinden. Irgendetwas schien ihm an dieser Sache nicht zu stimmen. Er durchsuchte die Hose und das Portemonnaie vergeblich nach Bills Visitenkarte. Sein Puls beschleunigte sich. Oh nein, das durfte doch nicht wahr sein. Er bekam eine Riesenchance auf dem Silbertablett serviert und dann das. Ohne Kontaktdaten konnte er Bill nicht ausfindig machen. Mit zittrigen Knien rannte er die Treppen nach oben in sein Arbeitszimmer. Hektisch suchte er den Schreibtisch ab. Nichts. Danach die Schubladen, eine nach der anderen. Wieder nichts. Er spürte, wie sein Herz ihm bis zum Hals schlug.

Sein Handy vibrierte. Wer war das denn jetzt? Gläubiger? Onkel Vladimirs Neffen, die einen Zuschlag wollten? Das Finanzamt? Behörden? Als er das Display ansah, machte sein Herz einen freudigen Hüpfer.

Der Name Bill Fox leuchtete ihm entgegen.

Er lachte sich und seine Ängstlichkeit aus. Natürlich, der Doktorand hatte keine Visitenkarte gehabt. Die Erinnerung war plötzlich wieder da. Deshalb hatte er unter viel Gelächter und erst nach einigen Versuchen es geschafft, Name und Telefonnummer in sein Handy einzugeben. Sein rechter Zeigefinger vibrierte ein wenig, als er über die grüne Taste strich.

„Alex. Hallo?“

„Hey, entfernter Verwandter, hahaha. Ich hoffe, bei dir ist alles klar Schiff.“

Jetzt nur keine Schwäche zeigen.

„Logo. Ich sitze seit Stunden am PC und trade.“

„Haha, gestern hast du noch rumgeheult, wie Pleite du wärst.“

Ärger kochte hoch. Musste er ihn so offensichtlich abqualifizieren? Aber er beschwor sich, ruhig zu bleiben und sich im Zaum zu halten, wenn er sich nicht die letztmögliche Tür ins Glück zuschlagen wollte.

„Stimmt. Aber ein paar Peanuts kriege ich immer zusammengekratzt."

„Hey, Alex, der Abend war grandios. Hab schon lange nicht mehr derart einen sitzen gehabt. Hat echt Spaß gemacht."

Unweigerlich musste Alex an die Alkoholika denken, die er sich literweise eingeflößt hatte. Sein Magen drehte sich reflexartig um und ein flaues Gefühl machte sich breit. Hoffentlich schlug der Doktorand kein neues Druckbetankungstreffen vor. Alex lenkte das Gespräch in eine andere, für ihn lebensnotwendige Richtung.

„War schön gestern, aber wir hatten auch über Geschäftliches geredet. Oder war das ein Wodka zu viel, der meinem Gedächtnis einen Streich gespielt hat?"

Die Nagelprobe. Wenn Bill nicht darauf ansprang, war alles heiße Luft gewesen. Alex' Lippen bebten, als er auf die Antwort wartete.

„Genau deshalb rufe ich an." Bingo! „Aber ich habe ja gestern schon angedeutet, es ist besser, nicht alles am Telefon zu bequatschen. Und du hast mir gesagt, in dieser Hinsicht seist du ohnehin Profi."

Alex' Herz explodierte vor Freude.

„Bin mit allen Wassern gewaschen", scherzte er. „Langsam erinnere ich mich sogar an die Details, mein amerikanischer Freund."

„Hast du heute Abend Zeit?"

14.

Als er auflegte, fühlte Alex sich wie elektrisiert. Er spürte, wie die Energie seinen Körper durchwallte und die Aussicht auf Profite löste Serotonin-Botenstoffe aus.

Doch als er wieder an seinem Schreibtisch Platz nahm, wusste er nichts mit sich anzufangen. Bis zum Treffen waren es noch unzählige Stunden. Am Telefon hatte er mit Bill besprochen, es sei erst bei völliger Dunkelheit sicher, nach den Waffen zu graben, um unentdeckt zu bleiben. Außerdem hatten sie am Telefon den Ort, den Frankfurter Stadtwald, nicht erwähnt, um auch wirklich keine Hinweise oder Spuren potenziellen Mithörern zu hinterlassen. Und Alex war in diesem Augenblick klar geworden, wie heiß die Sache tatsächlich war. Hier ging es nicht um ein normales Geschäft. Hier ging es um Krieg, um Leben oder Tod, um die nackte Existenz. Und zwar nicht nur um seine und die seiner Familie, sondern um die eines ganzen Volkes. Und er hatte eine Weile gebraucht, diese Erkenntnis zu verdauen.

Jetzt fühlte er sich aufgrund des sich anbahnenden Deals zwar glücklich und energiegeladen, aber immer noch ein wenig flau und angeschlagen. Solche Nächte zehrten an ihm. Zurück ins Bett? Auf keinen Fall, dafür war die Arbeitszeit zu schade. Er fuhr den Rechner und die Bildschirme hoch, um zu schauen, ob sich bei seinen Investments etwas getan hatte. Natürlich war das reine Schaumschlägerei und Zeitverschwendung. Alles war und blieb im Keller. Plötzlich fiel ihm wieder ein, dass Valentin, die Sau, sein Konto abgeräumt hatte. Dem musste er nachgehen. Wie sollte er das anstellen? Er sah keine Möglichkeit. Nach einer ersten Sekunde der Enttäuschung schweiften seine Gedanken ab zum Stadtwald, den dortigen Waffen, dem Krieg in der Ukraine und wie aus dem Nichts überfielen ihn weitere Fragen. Indem er sie laut vor sich her sagte, versuchte er, sie auf den Punkt zu bringen: „Unter welcher Tarnung wollen wir die Waffen in die Ukraine schaffen?“, „Was passiert, wenn viele der Waffen nicht mehr nutzbar sind?“, „Geht es uns dann an den Kragen?“

Nach der letzten musste er tief durchatmen. Das wäre der Supergau. Was er bereits von den ukrainischen Milizen gehört hatte, war, dass diese nicht zimperlich waren. Gerade von den Asow-Brigaden hatte er diverse Gräueltaten erfahren. Doch dann fiel ihm eine noch viel gravierendere Frage ein. „Können die Russen uns gefährlich werden?“ Die Wagner-Söldner operierten auf ostukrainischem Territorium und wer einer solchen Horde in die Hände fiel, konnte allem Weltlichen Adieu sagen. Er stützte sein Kinn auf beide Hände und saugte den angenehmen Duft des Mahagoni-Schreibtisches begierig ein. Na ja, war schließlich nicht seine erste heikle Mission.

Während Alex noch über die möglichen Folgen der Waffenschieberei sinnierte, klingelte sein Handy. ‚Blochin' las er auf dem Display. Der Name versetzte ihm einen Stich im Herzen. Ein Bekannter aus Berlin-Spandau, ukrainischer Abstammung, hieß im richtigen Leben Andrej Koschinsky und war in der Inkasso-Branche tätig. Da er ein begnadeter Fußballer war und eine linke Klebe hatte wie der bekannteste und wohl erfolgreichste ukrainische Nationalspieler aller Zeiten, Oleg Blochin, hatte er den Spitznamen ruck-zuck weg. Viele andere Namen hätte er just in diesem Moment gerne gelesen und sich mit den dazugehörigen Personen unterhalten, allein um die Zeit bis 23 Uhr zu überbrücken, aber mit Blochin mochte er keinesfalls reden. Seit dem letzten Bitcoin-Kauf schuldete Alex ihm summa summarum 120.000 Schleifen. Die er nicht hatte. Und die er auch nicht auftreiben konnte. Jedenfalls nicht schnell.

„Alex, mein Freund. Wie stehen die Aktien?", begann Blochin.

Die Frage schwebte eine Weile im Orbit über Alex' Kopf, denn ihm war bewusst, was Blochin von ihm wollte. Er musste strategisch durchdacht vorgehen, sonst würde er sich selbst in eine unschöne Situation manövrieren. Er hatte zwar mit Blochins Leuten noch keine persönliche Bekanntschaft gemacht und kannte Geldeintreiber-Geschichten nur vom Hörensagen, aber er konnte gut und gerne darauf verzichten, sie am eigenen Leib erfahren zu müssen.

„Blochin, du weißt doch. Immer am Ball bleiben und jede Chance nutzen. War schon immer mein Motto. Was kann ich für dich tun?" Er atmete ungewollt etwas gehetzt aus, was ein leichtes Stöhngeräusch verursachte. Mist, dachte er, Blochin darf auf keinen Fall denken, er könne mich in die Enge treiben.

„In zwei Wochen ist die erste Rate fällig", machte Blochin keine Gefangenen und kam im Nu auf den Punkt. „Du erinnerst dich hoffentlich an deine Schulden und den Tilgungsplan? Und falls du nicht zahlen kannst, müssten wir einige Dinge klären. Nicht dass dir zwischendurch etwas passiert. Das will ja wirklich niemand."

Stille. Hatte Blochin etwa von seinen schwindenden Investments erfahren? Aber wie? Oder von wem? Und sollte der vorletzte Satz eine offensichtliche Drohung sein?

„Äh, ich verstehe nicht richtig … Wie kommst du darauf, ich könnte nicht zahlen?", gab er sich ahnungslos.

„Man hört dies und das. In der Szene wird viel geredet, das kennst du ja. Und da wollte ich mich nur mal erkundigen, dass unser Geld gewinnbringend eingesetzt ist, sodass alles wie vereinbart und glatt über die Bühne gehen kann."

„Worauf du einen lassen kannst", platzte Alex raus, um seiner Stimme Sicherheit zu verleihen. „Mach dir keine Sorgen!"

„Das klingt wie Taschaikowski in meinen Ohren. Genau das wollte ich hören."

„Dann ist ja alles paletti. Ich muss jetzt auch los. Schön, dass du angerufen hast. Und bis bald."

„Bis bald auch", sagte Blochin. „Und weiterhin gute Geschäfte." Nach dem letzten Wort schien Alex ein fieses Lachen zu hören, aber das konnte auch Einbildung gewesen sein.

Als er das Handy ausklickte, brach ihm der Schweiß aus. Hatte er das Gespräch zu abrupt abgebrochen? Blochin hatte ihm zu allem Überfluss noch gefehlt. Die erste Ratenzahlung des geliehenen Geldes hätte er total verschwitzt. Er sah sich immer mehr in der Tinte sitzen. Mochte ausgerechnet ein Ami ihn aus selbiger herausholen? Seine Hoffnungen lagen auf einem Mann namens Bill, ein Doktorand der Sozialwissenschaften, der sich mit der Historie des Terrorismus beschäftigte. Alex wischte sich den Schweiß ab und schüttelte zerknirscht den Kopf.

15.

Eine Minute vor der vereinbarten Zeit gab sich Bill Fox zu erkennen. Das Erste, was Alex auffiel, war die Fliegersonnenbrille, die der Amerikaner trug. Für seinen Geschmack entschieden zu viel Verkleidung, denn wer trug bei Stockfinsternis eine Sonnenbrille? Amateurhaft, empfand Alex, aber sei's drum. Sicher meinte es der Ami nur gut.

Sie hatten sich am Goetheturm getroffen, am Ende des Wendelweges und am Rande des Stadtwalds gelegen und über den Sachsenhäuser Landwehrweg prima zu erreichen. Das Frankfurter

Wahrzeichen war sehr beliebt bei Einheimischen, Tagestouristen und -ausflüglern, aber um diese Uhrzeit verirrte sich kaum jemand hier her. Auch das Lokal „Goetheruh" schloss in der Regel frühzeitig die Tore.

„Hey, da bist du ja, Dude", begrüßte ihn Bill fröhlich und sie berührten sich an der rechten Schulter, während sie sich die Hände schüttelten. „Ich habe die Gegend seit einer halben Stunde aus allen möglichen Ecken observiert. Wir sind absolut safe."

Er strahlte ihn an wie ein kleiner Junge, der seine Traumdrohne zum Geburtstag bekommen hatte. Das jungenhafte Lächeln war entwaffnend.

„Dann bin ich ja beruhigt", gab Alex sich diplomatisch. „Ich arbeite nämlich nur mit Profis zusammen. Risikominimierung, du verstehst."

Der Ami steckte sich eine Marlboro an und bot Alex auch eine an.

Er schaute ihn an, lehnte ab. „Ist das wirklich eine gute Idee?"

„Wegzehrung. Wir befinden uns noch nicht einmal in der Nähe des Verstecks. Bis dahin ist die Zigarette schon längst aufgeraucht."

Ohne sich genau seiner Handlung bewusst zu sein, griff Alex sich auch einen Sargnagel, zündete ihn an und ärgerte sich sofort, denn die Ami-Kippen konnten seinen Davidoffs nicht das Wasser reichen. Aber die Höflichkeit erforderte es, den Rest der Kippe irgendwie runter zu würgen, schließlich wollte er sich die Freundschaft des Mannes erhalten.

Bill Fox hielt in der Linken eine kleine LED-Taschenlampe und leuchtete den Waldweg aus. „Los geht's", sagte er und ging voran. „Halt dich an meiner Seite, sonst fällst du über ne Wurzel."

Alex schloss sich an. Sein Handy verfügte zwar über Licht, konnte aber mit Bills Lampe nicht mithalten. Es war stockduster außerhalb des Lichtkegels und es herrschte Stille. Selbst die Waldtiere schienen bereits zu schlafen. Aus der Ferne waren Verkehrsgeräusche wie von einer Straße zu hören, sehr gedämpft. Er war gespannt wie ein Flitzebogen, was ihm die Nacht bringen würde. Im besten Fall einen riesigen Haufen Waffen für den Transport in die Ukraine.

Bill schlug zunächst die Richtung Süden ein, tiefer hinein in den Wald, und bog irgendwann scharf rechts ab, bis sie an eine Straße gelangt waren. Das musste die Babenhäuser Landstraße sein, genau wusste Alex es nicht, wollte aber auch nicht nachfragen. Und spätestens nachdem sie die Straße überquert hatten und noch einmal abgebogen waren, hatte er die Orientierung komplett verloren. Bill schien sich Richtung Kesselbruchweiher zu bewegen, aber seine Hand hätte Alex dafür nicht ins Feuer gelegt. Hauptsache der Amerikaner kannte sich aus. Nach diesem Nachtabenteuer würde noch genug Zeit bleiben, ihn danach zu fragen. Nur einmal, sie waren sicher bereits 20 oder 25 Minuten unterwegs, hätte er schwören können, sie hätten links gemusst, aber Bill bestand auf den Weg geradeaus.

„Äh, bist du sicher …?“, fragte Alex.

„Du kannst mir blind vertrauen“, sagte der Ami. „Bin den Weg schon vier- oder fünfmal gegangen.“

Mit zunehmender Dauer kam Alex außer Atem. Der junge Amerikaner hingegen schien gut in Form zu sein. War das normal bei einem Doktoranden? Er erinnerte sich wieder an die eigene Studienzeit. Damals hatte er zum Ausgleich viel Sport getrieben, häufig sogar mit Valentin, diesem Verräter.

Wegen dir bin ich hier, du Schwein, fluchte Alex innerlich auf den alten Studiengenossen. Diese Nummer werde ich dir nie vergessen …

Endlich blieb Bill stehen. Sie befanden sich am Ufer eines Teiches. Ob es der Kesselbruchweiher war, konnte er im Dunkeln nicht ausmachen.

Bill horchte in die Umgebung. Totenstille umgab sie.

„Keine Menschenseele unterwegs“, sagte Bill.

„Außer uns.“

„Bestens, los komm!“ Er winkte Alex zu. „Keine zweihundert Meter mehr.“ Bill schritt weiter und Alex hängte sich an seine Fersen, bis sie zu einer Reihe hoher Eichen und Buchen kamen, die sehr dicht standen. Bill stakste hindurch und Alex erkannte, durch den einfallenden Mondschein etwas erhellt, eine kleine Lichtung, die vor der Baumreihe weder erkennbar noch einsehbar gewesen war. Kein Wunder, dachte Alex, dass die Terroristen diese Stelle als Depot gewählt hatten.

„Hier?“, fragte Alex ein wenig ungläubig, stemmte beide Fäuste in die Seite und rang nach Luft. „Sollen wir jetzt mit den Händen graben?“

Dieser Aspekt war ihm erst auf dem Weg zum Versteck klar geworden. Bill hatte kein Gepäck dabei, also auch keinen Spaten oder wenigstens eine Schaufel.

„Ich merke schon, wir passen zusammen“, meinte Bill mit leicht ironischem Unterton und formte mit der Hand eine Pistole, die auf Alex zeigte. „Aber ich denke, jetzt hast du deinen Partner ein wenig unterschätzt.“

Danach verschwand er zügig und beinahe geräuschlos hinter einigen Bäumen.

Einen Moment lang dachte Alex etwas pikiert, er wolle sich aus dem Staub machen, und kam sich blöd vor, alleine in beinahe völliger Dunkelheit mitten im Wald herumzustehen. Doch kurz darauf drangen erste Geräusche an sein Ohr, die ihn vermuten ließen, dass jemand etwas Großes oder Schweres hinter sich herzog. Tatsächlich tauchte Bill hinter den Bäumen wieder auf und legte einen Seesack Alex zu Füßen.

„Ich habe ein kleines Werkzeuglager mit Spaten, Klappspaten und so weiter eingerichtet“, berichtete er nicht ohne eine Spur von Stolz. „Da sich außer uns eh keiner hier her verirrt, habe ich es nicht einmal einbuddeln müssen, sondern lediglich mit Laub bedeckt.“

Jetzt wusste Alex nicht, ob er glücklich oder unglücklich sein sollte. Natürlich war es ausgezeichnet, einen solch umsichtigen Partner zu besitzen, aber das vor ihm liegende Werkzeug bedeutete, dass es nun harte körperliche Arbeit zu verrichten galt. Zwar hatte er sich bewusst für den schwarzen Adidas-Anzug mit den goldenen Streifen entschieden, aber der musste bei solch einer Aktion sicherlich leiden. Fraglich, ob Natascha die Flecken wieder rauskriegte. Wahrscheinlich musste er ihn abschreiben. Dasselbe galt auch für die sündhaft teuren Sneaker.

„Dann machen wir uns ans Werk“, schlug Alex trotz allem vor, denn jetzt ging es darum, untereinander den Claim abzustecken.

„Perfekt!“

„Wo genau befinden sich die Waffen?“, hakte er nach und machte eine weitumfassende Bewegung, welche die nächsten dreißig Meter in alle Richtungen einschloss. „Nicht, dass ich umsonst grabe."

Inzwischen hatte Bill eine potente Camping-Lampe zum Erstrahlen gebracht und so konnte Alex sein selbstsicher wirkendes Gesicht bestaunen.

„Völlig egal, wo du gräbst", erwiderte der Amerikaner. „Du wirst im Umkreis der Lichtung überall Waffen ausbuddeln, glaub mir. Nur so kommen Bestände zusammen, die es sich zu verkaufen lohnt."

Nun konnte sich Alex ein Lächeln nicht verkneifen und bückte sich nach einem Spaten.

„Na, dann wollen wir mal mit der Stichprobenerhebung beginnen", verkündete er und entfernte sich einige Meter nach Osten, gerade so, dass das Licht noch den Boden erhellte. „Mal schauen, was ich so finde. Du machst doch auch mit, oder?"

„Klar", grinste Bill, schnappte sich seinerseits einen Spaten und ging in die entgegengesetzte Richtung. „Was meinst du, warum ich so fit bin? Nur vom Tasten hacken ganz bestimmt nicht, haha."

Der Boden war zwar nicht einfach umzugraben, aber Alex wusste aus seiner Kindheit, dass auf bestimmten belarussischen Äckern im heimischen Dorf bei Minsk die Erde deutlich widerständiger gewesen war, wenn die gesamte Familie bei der Kartoffelernte im Herbst geholfen hatte. Oder suggerierte ihm dies lediglich sein Gedächtnis?

Dann zeig mal, was du körperlich drauf hast! Alex Schutz sprach sich Mut zu. Er packte den Spaten wie einen Stier bei den Hörnern und begann mit aller erdenklichen Vehemenz zu graben.

Nach fünf Minuten merkte er, wie ihm der Schweiß an Gesicht und Oberkörper herunterfloss, obwohl es empfindlich kühle Temperaturen hatte.

Na super, da werde ich mir einen fetten Schnupfen einfangen, jammerte er vor sich hin. Für körperliche Arbeit war er nicht geschaffen. Doch danach grub er umso heftiger weiter, um es hinter sich zu bringen, und es machte ihm auch nichts mehr aus, dass seine Bemühungen akustisch durch schweres Schnaufen und lange Atemzüge nicht zu überhören waren.

„Hält fit, was?", fragte Bill in einer Lautstärke, die er gerade noch verstehen konnte.

„Für Geld mache ich alles“, konterte Alex und konnte sich ein Schmunzeln nicht verkneifen.

Das gemeinsame „Hahaha“ lockerte die Situation ein wenig auf und gab neuen Schwung.

„Am besten ist es, wenn du systematisch gräbst“, gab Bill ihm noch einen Tipp. „Fang mit einem Viereck von circa einem Quadratmeter an und dann nur noch in die Tiefe. Hier wimmelt es von Waffen, dass du gar nicht fehl gehen kannst.“

Plötzlich stockte Alex, ein Kloß hatte sich in seinem Hals festgesetzt. „Was passiert eigentlich, wenn ich mit dem Spaten gegen eine Mine stoße?“

„Kawumm!“, antwortete Bill lachend, fuhr aber sofort beruhigend fort: „Nein, im Ernst, da passiert überhaupt nichts. Die Dinger sind so konstruiert, dass sie erst scharf gestellt werden müssen, bevor sie explodieren. Und hier, das kannst du mir glauben, mein Freund, ist nichts scharf. Versprochen!“

Alex atmete auf, als sein Spaten auf etwas Hartes stieß. Keine Frage, da war etwas vergraben.

„Hier ist was“, rief er voller Euphorie.

Bill nahm Spaten und Lampe mit und eilte zu ihm.

„Volltreffer. Lass uns den Radius ein bisschen erweitern, dann können wir das Paket besichtigen.“

Energisch machten sich die Männer an die Arbeit und Alex genoss das Teamwork, denn sie kamen schneller voran.

„Müsste reichen!“, gab Bill das Zeichen, mit dem Graben aufzuhören. „Wenn wir jetzt an den gegenüberliegenden Seiten die Folie gleichzeitig nach oben ziehen, müssten wir eine Waffeneinheit rauskriegen.“

Sie verfuhren wie besprochen. Doch in dem schwarzen Plastik, das sich für Alex’ Geschmack sehr robust, dick und strapazierfähig anfühlte, schien eine Menge Gewicht verpackt zu sein. Auch bei noch so starkem Ziehen machte es den Anschein, als bewege sich das Ganze keinen Millimeter.

So ein Dreck, fluchte Alex innerlich. Du ruinierst dir deine kostbare Proletenkleidung, die deutlich teurer ist, als die meisten Herrenanzüge, und dann kriegst du als Dank nicht einmal eine einzige Waffe zu sehen.

„Eins, zwei, drei!“, gab Bill das Kommando und sie versuchten es erneut mit vereinten Kräften. Das gerötete Gesicht des Amerikaners verriet seine Anstrengung und Alex war froh, nicht in einen Spiegel schauen zu müssen.

„Jetzt haben wir's“, frohlockte Bill und tatsächlich gab das Erdreich mühsam den großen Plastiksack frei.

Obwohl sie beide gespannt waren, mussten sie sich ein kurzes Päuschen auf dem kalten Waldboden gönnen.

„Jetzt aber los“, mahnte Alex nach einer Minute zur Eile. „Ich will mir die Schätzchen ansehen.“

Mit einem Teppichmesser lösten sie das dick verwendete Paketband und begannen den Inhalt nach und nach auszuwickeln.

„Siehst du?“, meinte Bill stolz, als sie endlich alles ausgepackt hatten.

Alex' Augen begannen zu leuchten. Tatsächlich sah das Ganze sehr gut aus. Vor ihnen lagen auf dem Boden fünf M16-Gewehre mit 40 Patronenmagazinen, wie Alex aus einer Dokumentation über den Vietnamkrieg wusste. Eine damals fürchterliche Waffe, die viele Kommunisten vom irdischen Paradies vertrieben hatte. Doch das war noch nicht alles. Es fanden sich drei weitere Gewehre darin, die wie alte Musketen aus dem 18. Jahrhundert aussahen.

„Das sind M79 Granatwerfer“, deutete Bill seinen Blick richtig, schnappte sich einen und suchte die passende Munition.

„Schau mal, wenn du die Granate hier reintust und das Ganze entsicherst, hast du eine furchtbar effiziente Waffe. Die Ukrainer würden beinahe alles für so ein Teil bezahlen. Was heißt würden? Sie werden!“

Während der Bundeswehrzeit, an die Alex sich nicht gerne erinnerte, hatte er zum letzten Mal selbst ein Gewehr in der Hand gehalten. Aber so einen Granatwerfer hatte er noch nie gesehen.

„Dafür gibt es doch die Mörser“, sagte er folglich und runzelte die Stirn.

„An sich ja“, stimmte Bill zu, „aber das schultergestützte System der 40 Millimeter-Granaten ist extra dafür entworfen worden, die Lücke zwischen 50 Metern, was der maximalen Reichweite einer Handgranate entspricht, und 300 Metern, der minimalen Distanz des Mörserfeuers, abzudecken. Klar gibt es heute in allen Bereichen technische Neuerungen, aber die Granatwerfer werden den russischen Ärschen ganz schön einheizen, das kannst du mir ruhig glauben. Soll ich dir eine Kostprobe geben?"

Bill machte den M79-Granatwerfer scharf. Die Waffe schien bestens intakt zu sein.

„Nein, nein, alles gut", wiegelte Alex rasch ab. Er war sich sicher, eine Granatexplosion würde nicht unbemerkt bleiben und dann war nicht nur das Versteck passé, sondern auch seine einzige Chance, sich aus dem Schuldenmeer zu befreien. „Ich glaube dir alles."

Bill grinste zufrieden, war jetzt aber kaum noch zu bremsen. Waffen schienen sein Ding zu sein. Ad hoc hätte Alex vermutet, dass Bill nie in der Army, geschweige denn bei den Marines gewesen war. Vielleicht hatte das Thema der Dissertation auf ihn abgefärbt.

„Die Dinger gehen ab wie Schmidts Katze", behauptete der Doktorand, griff nach einer M16, setzte blitzschnell ein Magazin ein und entsicherte die Waffe. „Letztes Mal habe ich eine M16 ausprobiert", behauptete er und streckte seinen eher schmächtigen Brustkorb heraus. „Zum Glück hat das niemand mitgekriegt. Aber wenn du aus dem Baum da Zahnstocher machen möchtest, dann feuerst du einfach ein ganzes Magazin auf ihn ab."

Alex konnte sich einen Pfiff nicht verkneifen.

„Teste es selbst!", forderte Bill ihn unmissverständlich auf und hielt ihm die Waffe hin. „Du musst schon von der Ware überzeugt sein, sonst macht es keinen Sinn."

Einen Wimpernschlag lang zögerte Alex und überlegte, was schwerer wog. Die Gefahr, durch die Schüsse aufzufallen, das Lager zu verlieren und sich womöglich Händel mit den Ordnungshütern einzufangen oder die Gewähr, dass die millionenschwere Ware hundertprozentig funktionierte. Denn genau darauf musste er sich verlassen können, wenn ihm sein Leben in der Ukraine lieb sein sollte.

„Glaubst du, das hört jemand?", wollte er sich deshalb versichern.

Bill winkte ab.

„Keine Sorge. Weit und breit ist niemand. Außerdem verringern die dichtstehenden Bäume ringsum den Schall. Allerdings sollten wir es nicht übertreiben und es bei einem Magazin belassen."

Das ließ Alex sich nicht zweimal sagen und griff sich die Waffe. Schließlich stand er mit seinem guten Namen persönlich für die Qualität der Ware ein.

„Okay!"

Er nahm einen festen Stand ein, setzte die M16 an, drückte sie fest gegen den rechten oberen Brustkorb und zielte auf einen zwanzig Meter entfernt stehenden Baum, bis er ihn im Visier hatte. Er drückte den Abzug durch. Das Rat-Rat-Rat durchschnitt die gespenstische Stille. Alex war überrascht, dass der Rückstoß recht heftig war. Die modernen Bundeswehr- und NATO-Gewehre waren bedienungsfreundlicher.

Als er sich sein Schießergebnis ansah, war er erstaunt und erfreut zugleich. Die Kugeln waren in den Stamm des Baumes von etwa 1,50 bis 2 Metern Höhe eingeschlagen, die Rinde war zerfetzt. Wäre das Ziel ein Mensch gewesen, wäre er förmlich explodiert.

16.

Alex' Magen rebellierte. Er schrieb es einerseits seinen waghalsigen Fahrkünsten zu, zumal er den anthrazitgrauen Audi A8 nur ganz selten fuhr, andererseits der in ihm herrschenden Anspannung, die ihn wie eine eiserne Faust umklammert hielt. Jetzt kam es drauf an. Bill hatte 50.000 € für den Transport kalkuliert. Er musste sie auftreiben und zwar schnell. Was an sich ein Ding der Unmöglichkeit war. Aber nur mit dieser Summe konnte er weiter im Spiel bleiben. Trieb er die Summe auf, war ihm eine goldene Zukunft beschieden.

Im Stadtwald hatten sie in der Nacht zuvor eine weitere Waffe als Stichprobe getestet und für funktionstüchtig befunden. Außerdem hatte Bill ihm erklärt, dass die Bestände nicht ausschließlich aus US-amerikanischer Produktion stammten, sondern dass auch Waffen aus deutscher, britischer und französischer Herkunft dabei waren. Quasi die Toppmodelle der damaligen Zeit. Aber keine aus dem 2. Weltkrieg, ein MG42 oder eine Schmeißer-Maschinenpistole waren nicht darunter. Weitere Grabungen hatten ihnen fette Beute signalisiert. Eierhandgranaten, Pistolen, aber auch Einmann- und schwere Maschinengewehre. Insgesamt, meinte Bill, standen sie auf einem Waffenlager von zehn Tonnen, konservativ geschätzt. Es konnten auch fünfzehn sein.

Bei der Nennung dieser Summe war Alex schwindelig geworden. Was für ein Wahnsinn! Sie brauchten dafür etwa acht bis zehn kleine LKWs, grob überschlagen. Ein Heidenaufwand, von den Kosten ganz abgesehen. Aber die Million war zu verführerisch, um an dieser Stelle abzubrechen.

Und genau deshalb fuhr Alex nun am Eros-Center Frankfurt vorbei, Noks alter Arbeitsstätte, das wieder einmal komplett eingerüstet war. Er parkte direkt neben einem blauen Bauschuttcontainer in der Taunusstraße 26. Wenn es dafür ein Knöllchen gab, das sich gewaschen hatte, würde er einen großen Haufen draufsetzen. Die paar Kröten machten den Kohl nicht fett.

Energisch stieg er aus und knallte die Tür der Limousine zu. Alex blickte sich um. Es war eine der heruntergekommensten Straßen Frankfurts, völlig verlottert. Die Rotlichtszene im Bahnhofsviertel war nicht gut durch die Pandemie gekommen. Er war längere Zeit nicht hier gewesen, hatte aber einige Artikel dazu gelesen. Mehr Junkies, um die sich niemand mehr kümmerte, mehr Drogentote, mehr Prostituierte auf der Straße, weil die Häuser vorübergehend geschlossen hatten, kaum Polizei, die nach dem Rechten schauen konnte, ja nicht einmal die Straßenreinigung war noch angerückt. Überall lag Müll, die Bürgersteige und Rinnsteine strotzten vor Dreck und Kippen. Und über allem lag ein Duft von Pisse. Vom Glanz vergangener Tage war nichts geblieben.

Im Eingangsbereich des Laufhauses stand ein Muskelmann, bestimmt zwei Meter groß, breit wie ein Schrank und mit Meister-Propper-Glatze.

„Hey Franjo", begrüßte Alex ihn.

Franjo Marics eiskalte blaue Augen zeigten keine Regung. Zufällige Beobachter hätten den Eindruck gewonnen, Franjo könnte ein würdiger Nachfolger des Schauspielers Jean-Claude Van

Damme werden, da er in etwa die gleiche Statur besaß und nur einen Gesichtsausdruck beherrschte: maskenhaft. Immerhin zog er die rechte Hand aus der Manteltasche und deutete so etwas wie einen Gruß an.

„Brauchst du Security für 'ne Veranstaltung oder was treibt dich in die Gosse?", fragte Franjo mit extrem tiefer Stimme. Seine Muskeln schienen nicht allein vom harten Training zu stammen.

„Heute nicht", antwortete er. „Aber es kann gut sein, dass es bald einen großen Auftrag gibt."

„Hm", antwortete Franjo einsilbig.

Alex hielt ihm die Packung Davidoff-Zigaretten unter die Nase und Franjo gestattete sich, fünf auf einmal herauszunehmen.

„Du willst dich doch nicht hier vergnügen, oder?", fragte Franjo leicht misstrauisch. „Wie ich dich kenne, lässt du außer Natascha nicht einmal deine rechte Hand an dein bestes Stück."

Pflichtschuldig gackerte Alex eine Runde mit.

„Nee, keine Vergnügungstour. Bin meiner Gattin treu ergeben."

„Na dann, Meister, verrat mir doch mal, was du hier suchst", sagte Franjo und blies Alex eine Ladung Zigarettenrauch ins Gesicht.

Bei jedem anderen hätte Alex das nicht auf sich sitzen lassen, aber er wusste, es war weder böse noch provozierend gemeint. Außerdem konnte es sein, dass er Franjos Dienste in absehbarer Zeit benötigte.

„Ich suche Nok. Ist sie da?"

Ein paar betrunkene und grölende Rotlichtviertelbesucher rempelten Alex beim Versuch an, durch den schmalen Eingangsbereich hindurchzugehen.

„Ey Vorsicht, gleich gibt's Ärscher!", rief Franjo. „Benehmt euch, sonst zerr ich euch einzeln widder raus. Verstanne?"

Die Puffgänger maulten kleinlaut vor sich hin, aber keiner machte Anstalten, sich mit Franjo anzulegen, was ihrer Gesundheit dienlich war.

„Penner", schimpfte Franjo. „Wie die mich ankotzen. Zugekifft, zugekokst, zugesoffen. Aber ohne die könnten wir dichtmachen. Und die Mädels müssten ihren süßen Arsch auf der Straße hinhalten", philosophierte er weiter.

„Äh … Nok?" Alex hatte es eilig, wollte sich nicht Franjos Schauergeschichten vom Elend der Welt anhören.

„Ach so."

Alex zerriss es beinahe vor innerer Unruhe, da er so schnell wie möglich 50.000 Steine benötigte. Aber das konnte Franjo nicht ahnen, der in ihm nur den Zahlmeister sah. Derjenige, der lukrative Aufträge verteilte, manchmal sogar Präsente ohne Gegenleistung, und den Spendiermeister gab, wenn er ein- oder zweimal im Jahr einige seiner „Jungs" in ein edles Restaurant einlud und es dabei gehörig krachen ließ.

„Ja?" Alex tippte mit dem rechten Fuß immer wieder nervös auf die blanken Fliesen, über die Tag für Tag Hunderte Freier auf der Suche nach Sex, Liebesglück und Zuneigung spazierten. Zumindest in den guten Zeiten.

„Ist da. In ihrem Stammzimmer."

„Danke. Muss man sich noch coronamäßig einschreiben?"

„Du nicht."

„Klasse."

Zum Abschied gaben sie sich die Ghetto-Faust. Alex bog links ab und nahm immer zwei Stufen auf einmal. Verschwommen nahm er einige Laufhauskunden wahr. Viele wirkten schüchtern, blickten weg und huschten rasch an ihm vorüber. Ein dürrer Mann kam ihm auf der Treppe entgegen, der sich die Maske nahezu bis zu den Augen hochgezogen hatte. Auf dem Haupt thronte eine SGE-Cap, die er soweit wie möglich ins Gesicht gezogen hatte, um sich unsichtbar zu machen. Ihm folgte ein Schwung Jugendlicher mit Migrationshintergrund, sie feixten auf den schmalen Treppen, schubsten sich und verbreiteten Sprüche wie „Die Schwarze ging ab wie ein Zäpfchen" oder „Geiler Arschfick, Alter, hatt ich lang ned". Ein ganz Pfiffiger antwortete wie aus der Pistole geschossen: „Quatsch ned rum! Du hast doch abgespritzt, bevor du ihn versenkt hast!" Die Clique grölte.

Für kurze Zeit erheiterten Alex die Späße der Jugendlichen, doch postwendend kam ihm wieder in den Sinn, weshalb er hier war und seine Miene wurde ernster.

Schließlich kam er im 3. Stock an und bog rechts ab. Eine hagere Osteuropäerin klimperte mit falschen Wimpern und versuchte seine Aufmerksamkeit auf sich zu lenken. Er hatte jedoch keinen

Blick für sie und war froh, in dem verwinkelten Stockwerk einige exotische Schönheiten in den offenen Türen wahrzunehmen, unter ihnen Nok, die ganz links im letzten Zimmer residierte.

Nok warf ihm einen kurzen Blick zu und wusste wohl augenblicklich Bescheid.

„Hello Daling."

Sie schenkte ihm ein Lächeln und winkte ihn in ihre Besenkammer, wo sich seit seinem letzten Besuch vor über einem Jahr nullkommanull verändert hatte. Es gab ein Doppelbett, das ausgeleiert aussah, einen kleinen Tisch, einen Barhocker, auf dem die Mädels in den mauen Zeiten vor der Tür hockten und an den Wänden waren einige Sexspielzeuge und Dildos angetackert. In der Ecke, vorm Fenster, stand der unvermeidliche, rosa angestrahlte Buddha vor einem künstlichen winzigen Springbrunnen und einige Opfergaben lagen davor, natürlich auch ein Schälchen gefüllt mit Mekong Whiskey. Ohne ihren kleinen Altar würde Nok nirgends arbeiten.

„Aber gerne doch", meinte Alex, schlüpfte ins Innere und begutachtete die Thailady, die er seit Langem kannte.

Noks kompakter, kleiner Körper war immer noch mit gewissen Rundungen versehen, ihr Gesicht jedoch wies die ersten Zeichen der Zeit auf, die sich nicht mehr kaschieren ließen. Besonders die Fältchen um die Augen fielen ihm auf.

Nok schloss die Türe und drehte den Schlüssel um. Der Geruch nach Vaseline, billigem Parfum und Anflügen von menschlichen Ausdünstungen erschlug ihn beinahe. Ein Hauch von Essensduft krönte das Aroma. Eine offene Plastikschale mit asiatischem Fast-Food stand auf dem Tisch.

„Setz dik!"

Er ließ den Blick schweifen und da sich außer dem Bett nichts im Raum befand, nahm er auf der Kante Platz, bereute es aber sogleich, denn er sackte tief ein. Außerdem hoffte er, dass es frisch bezogen war.

„Was los, Alek?" Die gute, alte Nok kam immer gleich zur Sache. „Covid nix gut für Business."

Dem einen Freud, dem anderen Leid, dachte Alex. Er hatte massiv profitiert. Wobei er sich nicht erklären konnte, warum Nok sich als Éminence Girl der hiesigen Thai-Mafia noch immer im Laufhaus verdingen musste. Irgendwie schien sie Spaß an ihrem Beruf zu haben oder sie brauchte das Rotlicht-Ambiente und die Atmosphäre. Wie dem auch sei, er benötigte dringend ihre Hilfe.

„Wat is Poplem?“

Erst jetzt bemerkte er, dass er wohl einige Sekunden zu lange die Dildos, Peitschen und Folterwerkzeuge, die an der Wand hingen, betrachtet hatte. Er blickte ins Gesicht des zarten Persönchens, wusste, welche Kräfte in der Frau steckten. Einmal hatte Alex mitgekriegt, wie Nok einen ihrer Jaba-Dealer verprügelt hatte, weil der zwei der Meth-Tabletten selbst konsumiert hatte und folglich ein paar Euros fehlten.

„50.000 Euros“, brachte Alex nun laut und deutlich über die Lippen.

Nok machte große Augen.

„Oh!“

„Und zwar sofort, oder ich kann mir einen Strick nehmen“, wurde Alex etwas gesprächiger.

„Das sein viel. Sehl, sehl viel.“

Alex wischte sich mit den Händen durchs Gesicht und über die Haare und atmete theatralisch aus. „Nok, das Wasser stand mir noch nie so bis zum Hals wie jetzt. Ich betone: noch nie. Wenn ich die 50.000 nicht zusammenkrieg, war’s das. Keine Familie, kein Zuhause, kein Alex mehr.“

„Oh“, sagte sie wieder. Die Situation schien selbst Nok, die viel erlebt hatte, zu überfordern. „Du nak Lösung suchen mut.“

Praktisch orientiert war sie schon immer gewesen, doch dieses Mal kam ihm ihr Ratschlag ein wenig einseitig vor. Was dachte sie denn, was er hier tat? Sie in ihrem knappen Slip und dem Schleifchen im Haar bestaunen?

„Deswegen bin ich hier.“

Noks Lippen formten erneut ein „Oh!“ Diesmal klang es jedoch nicht erstaunt, sondern schockiert. Mit ihrer Schauspielkunst war sie für die thailändische Mafia prädestiniert.

„Schwielig.“

Alex spürte, wie Zorn in ihm hochstieg. Er hatte Nok immer mit Respekt behandelt. Sie auf Augenhöhe gesehen. Immer fair mit ihr Geschäfte gemacht. Sie niemals auch nur ansatzweise wegen ihrer Herkunft in irgendeiner Form gedemütigt.

„Warum schwierig?", fragte er also. „Ich weiß, dass du innerhalb von zehn Minuten 50 Riesen Cash hierher bringen lassen kannst, meine Liebe. Wenn nicht mehr."

Nok nahm eine Menthol-Zigarette, zündete sie mit einem Zippo-Feuerzeug an und atmete den Rauch scharf aus. Währenddessen sah sie Alex mit einer Miene an, die überhaupt nicht in dieses Ambiente, sondern eher in die Vorstandsetage einer Bank gepasst hätte. Wahrscheinlich hatte sie genug Kunden bei der Deutschen und der Commerzbank, die nur 500 Meter weiter, unweit vom Bahnhofsviertel, residierten.

„Alek, kann ig nig maken. Geht bei dir nik."

Verzweifelt schüttelte Alex den Kopf, zündete sich eine seiner Davidoffs an und suchte Blickkontakt.

„Ach ja, jeder beschissenen Nutte zwischen Offenbach und Frankfurt leihst du beim kleinsten Hilferuf jede x-beliebige Summe, aber bei deinem alten Freund und Geschäftspartner Alex soll das nicht gehen? Bitte beleidige mich nicht!"

Ein kurzer Schrei hallte durchs Zimmer.

„Alek. Du velstehen mig nik."

Er zuckte mit den Achseln.

„Doch, Nok. Wenn du hart bleibst bei den lumpigen 50.000, bin ich erledigt. So einfach ist das zu verstehen."

Ein schriller Seufzer entwich ihren Lippen. Aus irgendeinem Grund, wahrscheinlich um Alex ein bisschen abkühlen zu lassen, referierte Nok nun ihre Rückzahlungs- und Zinsstaffelung. Nach einem Monat das Doppelte des Betrags, nach zwei Monaten das Vierfache, nach drei Monaten drohte der Besuch des Sensenmanns.

„Das ist Glund, Alek", kam sie wieder zum Wesentlichen. „Warum ik kann dil nik geben 50.000. Ik mag dik zu sehl, mein Fleund."

„Verdammt!", brüllte Alex. „Fick dich!"

Seine Lippen bebten vor Zorn und sein eigentlich hellhäutiges Gesicht war rot wie eine Tomate.

„Gutes Stichwolt. Ick muss albeiten."

Mit diesen Worten öffnete sie geschäftsmäßig die Tür und wies ihm mit dem rechten Arm den Weg nach draußen.

17.

An der schlichten, aus braunem Pressholz gefertigten Rezeption des Münchner Hofs saß ein alter Mann mit einem Kaiser-Wilhelm-Gedächtnisbart, einer ausgeprägten Deckelglatze mit wenigen grauen Haaren und einem harten Gesichtsausdruck. Als Alex in seine braunen Augen schaute, sah er Verbitterung und Härte.

Ganz sicher Balkan, tippte er. Er kannte die Mentalität der Menschen von dort, mit einigen hatte er aufgrund seines umtriebigen Geschäftsgebarens zu tun gehabt.

Alex hob den Daumen, um ihm zu signalisieren, dass er sich nicht bemühen müsse. Zwar runzelte der Alte vielsagend die Stirn, verkniff sich aber jeglichen Kommentar.

Der Münchner Hof konnte in Frankfurt nur deshalb noch reüssieren, da einige abgehalfterte Handelsvertreter hier aus Sparsamkeit residierten, und er zudem als diskreter Treffpunkt für Geschäfte bekannt war, die es mit dem Gesetz nicht so genau nahmen. Alex ignorierte den Aufzug und sprintete zwei Stockwerke hoch, ohne einmal dabei Luft zu holen.

Nachdem er bei Nok abgeblitzt war, sie ihn eiskalt abserviert hatte und Franjo im Eingangsbereich nirgends mehr zu sehen war, hatte er sich hinters Lenkrad geklemmt und war ziellos durch Frankfurt gekurvt. Woher Geld nehmen, wenn nicht klauen?, fragte er sich, während er an der Taunusanlage vorbei fuhr und sich Richtung Bockenheimer Landstraße hielt.

Seine Oma hatte ihn immer vorm Klauen gewarnt. Doch in diesem Stadium der Verzweiflung schien nichts unmöglich. Er spielte im Kopf beinahe alle denkbaren Szenarien durch. Beinahe alle subversiv-kriminellen Strategien, die er bisher benutzt hatte, waren langfristig angelegt. Das brachte nichts. Er benötigte die 50 Riesen und zwar pronto.

Wie komme ich an die Kohle?

Auf Höhe der Alten Oper fiel ihm plötzlich ein weiterer Ratschlag seiner Oma ein: „Wenn du Probleme hast, wende dich zuerst an deine Familie. Dort wirst du immer Hilfe erfahren. Und vergiss nie deine Wurzeln. In der Fremde sollten alle zusammenhalten. Alte Freunde bleiben alte Freunde."

Bingo!

In diesem Moment hatte er die Idee, legte eine Vollbremsung ein und steuerte den nächstbesten Bordstein an. „Das ist es!", brüllte er und trommelte vor Freude einen Tusch auf das Lenkrad. Schnell schaltete er das in der Handyhalterung befindliche Gerät ein und drückte unter der Kontaktleiste den Namen ‚Sascha'.

„Ich muss dich sehen!", begann Alex, noch bevor sein Gesprächspartner Hallo sagen konnte.

„Ist gerade ganz schlecht", antwortete ihm der stellvertretende Club-Vorsitzende von Onkel Vlads Neffen.

„Ich sitz in der totalen Klemme, und wenn du mir nicht die Möglichkeit gibst, mit dir zu reden, dann … also ich weiß nicht, wie es weitergehen soll." Offensichtlich hatte Alex' Stimme derart verzweifelt geklungen, dass Sascha keine Sekunde nachdenken musste und ihm den Treffpunkt nannte. Münchner Hof, 2. Stock, Zimmer 246. Und genau vor dieser Tür stand Alex jetzt und klopfte.

Saschas blaue Augen funkelten vor Wiedersehensfreude, als er die Tür öffnete und Alex umarmte. Der Mann trug lange blonde Haare und einen Vollbart mit grauen Einsprengseln, den er zu einem Zopf zusammengebunden hatte, der ihm bis zur Brust reichte.

„Wie laufen die Geschäfte?", meinte er, ließ ihn los und bat ihn einzutreten.

Als Alex endlich wieder Luft holen konnte, hielt ihm Sascha eine Wodka-Flasche vor die Nase, die er vom winzigen Holztisch genommen hatte. „Nimm einen ordentlichen Schluck!"

Es war ein Ding der Unmöglichkeit, dieses Angebot abzulehnen, auch wenn es nicht sehr verlockend klang.

„Was gibt's denn so Dringendes?"

Sascha hatte ihm noch keine Millisekunde gegeben, um etwas zu sagen. Alex spülte sich den Mund mit einem Hauch Wodka aus, natürlich hatte er keine Zeit und keine Muße gehabt, sich einen

Plan zu machen, was er sagen würde. Deshalb platzte er auf der Stelle mit dem Unvermeidlichen heraus: „Ich brauch 50 Riesen, sonst ist mein Leben keinen Pfifferling mehr wert."

Sascha weitete die Augen und pfiff durch die Zähne.

„Und glaub mir bitte: Ich dramatisiere nicht, es ist verdammt ernst. Wenn du mir 50 Riesen besorgst, hab ich mir überlegt, kriegst du in zwei Monaten das Doppelte zurück."

Der Russe blieb cool, sah Alex schneidend an.

„Sascha, bitte glaub mir. Es ist auch für eine gute Sache. Für unsere Brüder und Schwestern in Russland, die sich gerade in Not befinden."

Saschas Blick ging ihm durch Mark und Bein.

„Für unsere notleidenden Brüder und Schwestern, die von diesem faschistoiden Krüppel in Kiew unterdrückt werden?"

War es eine intuitive Reaktion oder nur der Wunsch seinen Hals zu retten? Auf jeden Fall nickte Alex emsig.

„Alex, wie lange kennen wir uns?"

„Jahre! … Ich weiß es nicht mehr genau."

„Okay, Alex, ich stelle keine Nachfragen, ich vertraue dir und deinem Wunsch, unserem Volk zu helfen. Ich will auch gar nicht wissen, wie und wieso du dich in die Scheiße geritten hast. Gib mir eine Nacht … Ich versuche alles für dich!"

„Eine Nacht, kein Problem!"

„Morgen Vormittag kriegst du Bescheid."

Wenn Sascha kein harter Rocker gewesen wäre, hätte Alex in diesem Augenblick eine Träne verdrückt.

18.

Sah er doppelt? Oder warum kamen plötzlich zwei Bills auf ihn zu? Zudem waren sie aufgeplustert mit breiten Schultern und fettem Grinsen, hahahahaha, er zuckte zurück, hatte er Angst? Musste er flüchten, kaum hatte er sich umgedreht, um das Weite zu suchen, prallte er mit der Brust gegen Blochin, was machte der denn hier, der war doch in Spandau, Wilmersdorf oder Tiergarten, er in Frankfurt, war das möglich? Seine Augen leuchteten und es blinkten Eurozeichen darin. 120.000, hörte er eine Fistelstimme, 120.000, wie ein Mantra. 120.000, verdammte Hacke! Woher nehmen, wenn nicht …, oh Gott, Natascha kam angerauscht, hatte sie etwa mitbekommen, dass er blank war, dass es die Familie zerreißen würde, er musste es verhindern, unbedingt, musste sie beruhigen, ihre Lippen legten sich auf seine, mein Alex, hauchte sie ihm ins Ohr, ich brauche mal drei Hunderter für den Friseur, ja klar, hier hast du vier, gönn dir doch mal was, sei nicht so kleinlich! In diesem Moment zog jemand an seiner Anzugjacke, drei Grabschhände, Alexej, Dimitri und Wassili blökten ihn an: „Musik, Sport, Games! Musik, Sport, Games!“ Womit hatte er das verdient? Doch bevor er sich auf Diskussionen einließ, zückte er eine Geldrolle aus der Hosentasche und ließ sechs Hunderter auf sie niederregnen, die Papierscheine segelten gemächlich zu Boden, kauft euch was Schönes, meine Söhne, dawai, dawai! Und viel Vergnügen. Ich würde gerne mitkommen zum Shoppen, aber ich muss arbeiten, die Geschäfte rufen, einer muss den Laden am Laufen halten, einer muss sich krumm und bucklig machen für euren Wohlstand, ach was, Luxus. LUXUS! That's what it's all about! Ihr kleinen Scheißer, ja meine Natascha, du hast unsre Brut verzogen, aber Papi öffnet gern die Schatulle, sag mal, darf ich mir ne Line ziehen, irgendwie is mir gerade nach Koks. MDMA, meinst du, würde auch reichen, ja, schon gut, zur Not her mit dem Speed! Muss mich bisschen pushen, bevor ich abdüse in die Ukraine, nahe der Heimat, um die Kohlen aus dem Feuer zu holen, darf nix schiefgehen, muss ich wuppen, sonst Ebbe, Hand heben, finito! Aus dem Hintergrund erklang ein fettes Lachen, das sich nach Dr. Reischle anhörte. Alex nahm beide Beine in die Hand, stürmte los, doch da kam Bill wieder. Mein Freund, komm schon, sagte er, wir haben einen Deal, bist du bereit? Ich reite mit dir in den Sonnenaufgang, wir rocken die Scheiße, wir zocken nicht, wir machen Nägel mit Köpfen, lassen es krachen, buchstäblich, jeder Schuss ein Treffer, mein Freund, die Munition und die Hardware haben wir, unsre Reise beginnt, ich werf noch ne Pille ein, man muss sich wappnen, wer weiß, was unterwegs … Er wollte los, wollte alles geben, als seine Oma wie aus dem Nichts vor ihm stand, Geduld, mein Goldjunge, Geduld, und dann kam Nok um die Ecke und wedelte vor ihm mit einem Packen Geldscheine, und wenn er sich nicht täuschte, waren es genau 50.000, die ihn wie magisch anzogen, die er packen wollte, doch je fester er danach griff, desto höher hielt Nok sie, je höher er sprang, desto wendiger entzog sie sich ihm, bis er erschöpft aufgeben musste. Der Verzweiflung nahe sah er ein, dass er bei Nok nicht zum Zug kommen würde, da erschien ein Lichtwesen am Horizont, eine Lichtgestalt, deren gleißende Umrisse ihn blendeten, und je näher sie kam, desto klarer kristallisierte sich ihre Gestalt heraus. Sascha! Sein Freund, der ihm erschien, gottgleich mit wehenden Haaren und langem Vollbart, er nahm ihn in den Arm und sprach: Alex, mein lieber guter Alex, in der Not …

Alex erwachte und wusste nicht sofort, wo er war. Er musste nachts am Schreibtisch eingenickt sein, was ihm in den letzten 15 Jahren nicht passiert war. Er lag mit dem Kopf auf der Mahagoniplatte und schwitzte wie ein Schwein. Kalter Schweiß stand auf seiner Stirn.

Er fuhr sich über die Augen und erhob sich wie in Zeitlupe. Es dauerte eine Weile, bis sich der Nebel in seinem Kopf gelichtet hatte. Was zur Hölle war das für ein Traum gewesen? Die Dinge der letzten Wochen schienen ihm übel zuzusetzen, anders konnte er es sich nicht erklären, dass sie ihn bis in den Schlaf verfolgten. Oder seine Nerven hatten ihm einen kleinen Streich gespielt. Manchmal waren die banalen Erklärungen die richtigen.

Nach einem ausgedehnten Gähnen fühlte er sich einigermaßen frisch und klar im Kopf, um sein Tagwerk angehen zu können. Er entschied sich für eine Tasse Kaffee, sein übliches Frühstück. Es war 6.17 Uhr. Natascha und die Kinder waren sicher noch nicht wach, und Sascha würde sich garantiert nicht vor elf Uhr melden. Er war nicht als Frühaufsteher bekannt.

Alex tigerte hinunter in die Küche, sein Rücken war verspannt. Er stellte den Kaffeeautomaten an, beugte sich über den Küchentresen und stützte sich mit beiden Händen ab. Sein Nacken schmerzte. Oh Gott, welch ein Albtraum! Langsam kam die Erinnerung zurück. Münchner Hof. Sascha. Das Versprechen. Oder war es keines, sondern nur eine Ansage, dass ihm im besten aller Fälle geholfen werden würde?

Der erste Schluck Kaffee tat gut. Während er weiter sinnierte, klingelte es unvorhergesehen an der Haustür. Nanu, um diese Uhrzeit? Wer konnte das ein?

Beim zweiten Klingeln schwang Alex sich auf und marschierte ins Treppenhaus. Er warf einen Blick ins Display der Überwachungskamera, die Bilder von vorm Haus ins Innere übertrug. Sicher war sicher. Man wusste nie, welche Gestalten sich hier rumtrieben, obwohl das Holzhausenviertel eine feine Adresse war. Einbrecher- und Betrügerbanden gab es überall. Aber er sah niemanden.

Also ging er an die Haustür und öffnete, vorsichtig. Auch hier erblickte er keine Menschenseele. Die Hofeinfahrt bis zum Eingangstor, etwa zehn Meter lang, war leer. Er wollte gerade wieder hineingehen, vermutlich hatten sich Kinder einen Scherz erlaubt, als sein Blick gen Boden glitt. Dort, direkt vor ihm, stand ein Koffer.

Abermals ließ er seinen Blick schweifen, entdeckte aber niemanden. Dafür nahm er am Griff des Koffers einen beschrifteten Anhänger wahr. Er ging in die Knie und las: *Du hast zwei Monate für die doppelte Summe. S.*

Alex blieb fast das Herz stehen. Ganz langsam klickte er die beiden Verschlüsse des Koffers auf, öffnete ihn einige Zentimeter und linste hinein.

Niegelnagelneue Hunderter, gebündelt.

Schnell schlug er den Koffer zu, nahm ihn unter den Arm und verschwand im Haus.

Auf dem Küchentisch breitete er das Geld aus und ein Jauchzer entglitt seinen Lippen. „50.000, mein Freund", rief er und hätte beinahe einen Gruß gen Himmel gesandt. Eine erste Freudenträne rann die rechte Wange hinunter. Alex wollte am liebsten die ganze Welt umarmen.

War besser gelaufen als gedacht. Seine Oma hatte recht gehabt. Er war ein Glückskind, ein Goldjunge. Und daran würde sich nie was ändern.

19.

Alex fuhr aus seiner Ausfahrt auf die Straße, überquerte die nächste Kreuzung und bog an der zweiten auf die Eschersheimer Landstraße ab. Es war inzwischen neun Uhr.

Er war so voller Adrenalin, dass er kaum zu stoppen war. Wollte sich bei Sascha persönlich bedanken und sei es nur, dass er ihm an der Rezeption des „Münchner Hofs“ eine kurze handgeschriebene Nachricht hinterließ, falls er noch nicht wach war oder er ihn nicht in Zimmer 246 antreffen würde. Das war für ihn selbstverständlich. Das gehörte zum guten Ton, zum Miteinander. Alte Freunde halfen sich. Zollten sich Respekt. Punkt.

Den Wagen hinter seinem Audi nahm er zum ersten Mal wahr, als er am Eschenheimer Turm an der Ampel stand und auf den Alleenring abbog. Er blickte in den Rückspiegel und bekam ein merkwürdiges Gefühl. Große, schwarze Limousine. Dunkle, gespiegelte Scheiben, sodass er die Insassen nicht erkennen konnte. Maibach, schätzte er, Luxuskarosse der oberen Preisklasse. Wurde er verfolgt?

Hoffentlich ist das nicht die Kripo oder eine ähnliche Vereinigung, dachte Alex, der plötzlich Gefahr witterte. Hoffentlich werde ich nicht in Saschas dubiose Geschäfte hineingezogen. Wenn es blöd läuft, werden sie mich der Mittäterschaft bezichtigen, da sie Teile des Gelds bei mir finden werden.

Er ließ die Alte Oper links liegen und bog ab auf den Reuterweg, kurz darauf in die Taunusanlage. Als er auf der Gallusanlage, nur 200 Meter weiter, erneut an einer Ampel halten musste, war der Wagen immer noch unmittelbar hinter ihm. Auf den zweiten oder dritten Blick wirkte er nicht wie ein deutsches Polizeiauto, eher wie der Wagen eines Zuhälters oder der Mafia. Hatte er Nok so beleidigt, dass sie ihm die Thai-Mafia auf den Hals hetzte? Konnte er sich beim besten Willen nicht vorstellen. Aber wer verfolgte ihn dann? Denn dass er verfolgt wurde, schien ihm mittlerweile offensichtlich zu sein. Und was ihn am meisten nachdenklich stimmte. Seine Verfolger schienen sich einen Scheißdreck darum zu scheren, von ihm entdeckt zu werden. Das konnte nichts Gutes bedeuten.

Als Alex auf die Münchner Straße fuhr, klebte der Wagen immer noch an ihm dran und als er einen Parkplatz fand, vor einem Döner-Imbiss etwa dreißig Meter vorm Münchner Hof, hielt der Wagen prompt hinter ihm an.

Alex hatte die Faxen dicke, stieg aus und warf die Fahrertür zu. Schnurstracks ging er auf die Limousine zu.

Und nun kam es zu einer Szene, die sich kein Hollywood Regisseur besser hätte ausdenken können.

Zwei große, bullige Männer, die trotz der Jahreszeit und des bedeckten Himmels Ray-Ban-Sonnenbrillen trugen, entstiegen dem Wagen, bauten sich Bodyguard-mäßig neben ihm auf und sondierten die Umgebung. Ihre schwarzen Ledermäntel waren weit geschnitten und Alex wurde intuitiv klar, dass der Schnitt kein Zufall war, sondern in erster Linie dazu dienen sollte, Waffen zu kaschieren. Ein Bild wie aus finstersten Gestapo-Zeiten.

Verdammt, was mach ich jetzt?, fragte er sich. Zum Abhauen war es zu spät, also entschied er sich für die Offensive.

„Hey, was soll das, ihr Arschlöcher?“, brüllte er so laut, dass Passanten sich umdrehten.

Der Mann, der ihm am nächsten stand, öffnete seine Jacke einen kleinen Spalt breit. Auf der einen Seite befand sich ein Pistolenhalfter, auf der anderen baumelte eine Shotgun herunter.

Oh fuck, dachte Alex. Hatte sein letztes Stündchen geschlagen? Aber warum?

„Bleiben Sie ruhig, dann passiert Ihnen nichts“, sagte der Nebenmann des Waffenträgers. „Unser Boss möchte Sie um ein kurzes Gespräch im Wagen bitten.“

Tausend Gedanken trafen sich gleichzeitig in der Mitte seines Gehirns. Aber wie er es auch drehte und wendete, vielleicht war es das Beste, zunächst darauf einzugehen oder aber Zeit zu schinden und auf ein Wunder zu hoffen.

„Wer ist euer Boss?“

„Lennox Abel.“

„Und wer zur Hölle ist Lennox Abel?“

„Vorstandsvorsitzender von Krauss-Maffei.“

Alex wäre der Hut weggeflogen, hätte er einen getragen. Den Typen hatte er mehrfach auf dem Cover einiger Wirtschaftsmagazine und Börsenpublikationen gesehen. Forbes. Manager-Magazin. Capital.

Noch bevor er antworten konnte, kamen die beiden Gorillas gemächlichen Schrittes auf ihn zu, umringten ihn, geleiteten ihn zur hinteren Tür der Luxuslimousine und öffneten sie.

„Bitte sehr!“, beschied ihm der Mann zu seiner Linken.

Alex stieg ein.

Kaum hatte er Platz genommen, fiel die Tür hinter ihm zu und er hörte die ersten Worte seines Sitznachbarn: „Danke, dass Sie sich die Zeit genommen haben.“

Zu seiner Rechten saß ein Mann im gebührenden Abstand. Anzug, Hemd, Krawatte. Die Glatze glänzte. Mit einem Blick erkannte Alex seine distinguierte Art. Aalglatt, fiel ihm dazu ein.

„Da wir weder Freunde sind noch welche werden, verzichte ich auf alle falschen Annehmlichkeiten und wir sparen uns trotz eingebauter Bar und Humidor das ganze Gesumse. Einverstanden?“

Alex fühlte sich nicht genötigt, etwas auf diese rhetorische Frage zu antworten. Also schwieg er weiterhin. Trog ihn sein Gefühl oder wollte der Typ etwas von ihm? Vielleicht konnte er diese Gelegenheit nutzen. So etwas kam nicht allzu oft vor.

„Ich vertrete einen der renommiertesten Waffenproduzenten Deutschlands“, ließ sich der Elder Statesman nicht zweimal bitten.

Jetzt fiel es Alex wie Schuppen von den Augen. Der Typ war der Boss einer der größten Waffenschmieden überhaupt. Er spürte, wie sich sein Herzschlag deutlich beschleunigte.

„Es ist unnötig zu erwähnen, Herr Schutz, wieso ich über Sie Bescheid weiß. Aber folgendes ist nicht unwichtig: Ich kann Sie nur eindringlich vor Bill Fox warnen. Ein sehr gefährlicher Mann.“

Den Eindruck hatte Alex bisher nicht gewonnen.

„Falls Sie sich schon einmal mit meiner Vita beschäftigt haben, wissen Sie, in welchen Kreisen ich mich früher bewegt habe.“

Dunkel erinnerte sich Alex, ein paar Zeilen über Abel mit dem Tenor ‚runter von den Barrikaden, rein in den Rolls Royce‘ gelesen zu haben.

„Fox besitzt Informationen über ein gigantisches Waffenlager, das damals unsere Hoffnung für die Revolution war. Dann haben diese behinderten Typen von der RAF das Ballern angefangen, die historischen Gegebenheiten dürften Ihnen bekannt sein, und wir mussten den Traum der Revolution an den Nagel hängen."

„Sie erzählen wohl gerne Fremden von sich?", konnte sich Alex nicht länger zurückhalten.

Alex bemerkte eine Zornesfalte auf Abels Stirn, die schnell prominenter wurde.

„Ich möchte weder Ihre noch meine wertvolle Zeit verschwenden, glauben Sie mir, aber Sie sollten in der Lage sein, die Zusammenhänge zu verstehen. Machen wir es kurz. Ich rate Ihnen hiermit dringend davon ab, den gemeinsam mit Fox geplanten Waffentransport in die Ukraine durchzuführen."

Alex schüttelte vehement den Kopf. Was wollte dieser Arsch von ihm? Ging es ihm um Geld? Er bemühte sich um eine normale Atmung, hielt seine Stimme im Zaum und sprach gedämpft.

„Warum lassen Sie das nicht meine Sorge sein? Wollen Sie den Waffendeal selbst durchziehen und abkassieren?"

Abel seufzte. „Glauben Sie tatsächlich, mich interessieren Ihre Peanuts? Sie haben völlig falsche Vorstellungen von dem, wer ich bin und wen ich repräsentiere."

Langsam wurde ihm das Autodate zu bunt. „Dann erklären Sie mir Ihr Engagement in dieser Sache! Sonst steig ich sofort aus und das war's dann."

„Mir geht es um zwei Dinge. Zum einen stehe ich heute fest auf demokratischem Boden, den ich früher einmal vehement bekämpft habe. Und in der Demokratie gehören Spielregeln dazu. Was denken Sie, wie schwer es uns fällt, nicht klandestin oder auf Umwegen Waffen in die Ukraine zu schicken? Die Antwort lautet: natürlich sehr schwer. Aber wir halten uns an Recht und Gesetz, wie jeder anständige Bundesbürger dies tun sollte. Zum anderen möchte ich Sie warnen. Auch wenn mein Hauptgeschäft darin besteht, Waffen zu verkaufen, gehe ich davon aus, dass der Verkauf mehr Leben rettet, als kostet. Kurzum, ich bin über jeden unnötigen Tod traurig. Und Ihr Leben steht auf Messers Schneide, wenn Sie sich weiter mit zwielichtigen Gestalten wie Bill Fox abgeben."

Schweren Herzens biss Alex sich auf die Zunge, aber ihm war klar, jede seiner potenziellen Erwiderungen lief Gefahr, ungewollt Informationen preiszugeben.

„War's das?", fragte er.

„Verstehen Sie nicht? Was Sie planen, ist, gelinde gesagt, ein Himmelfahrtskommando. Und Sie sehen gewiss nicht wie ein islamistischer Selbstmordattentäter aus."

Alex bekam mit einer kurzen Bewegung seines Armes den Griff zu fassen, öffnete die Tür und stieg aus. „Habe die Ehre, Herr Abel. Auf Nimmerwiedersehen!"

Er schlug die Tür wuchtig zu, schritt mit einem nett gemeinten Gruß an den Gorillas vorüber und ging zurück zu seinem Wagen. Ohne sich umzuschauen, zündete er sich mit ein wenig zittrigen Händen eine Davidoff an. Was war denn das für eine krumme Nummer? Musste er Fox darauf ansprechen oder war es besser, Stillschweigen zu bewahren? Er musste in sich gehen. Die Abwägung würde ihm nicht leicht fallen. Nein, es blieb ihm keine Wahl, er musste Fox über das Tête-à-tête mit Abel informieren.

20.

„Wir haben ein Problem", begann Bill Fox ohne Begrüßung.

Und das heißt Lennox Abel, hätte Alex beinahe von sich gegeben, hielt sich aber vornehm zurück, denn er hatte das ungute Gefühl, der Amerikaner sprach von etwas ganz anderem.

„Es geht um unseren Konvoi."

Am Tag, als sie das Waffenlager im Stadtwald inspiziert hatten, hatte er mit Bill darüber geredet, dass es eine Kolonne werden würde, die aus mindestens acht Wagen bestehen musste, aufgrund der Menge der Waffen.

„Keine Sorge", sagte Alex, weil er Bills Bedenken zu kennen glaubte. „Ich weiß, dass wir dafür mindestens acht Fahrer benötigen. Die treibe ich auf. Ich habe bereits meine Fühler ausgestreckt. Natürlich müssen wir auch Ersatzfahrer mitnehmen, wenn jemand ausfällt, aus welchem Grund auch immer."

„Nein, nein", hakte Bill ein. „Ich rede von etwas anderem. Mein Plan war, die Wagen als Rot-Kreuz-Konvoi zu deklarieren, der Medikamente und anderen Gesundheitskram in die Ukraine bringt. Damit es bei Straßensperren keine Probleme gibt."

„Guter Plan, aber ich verstehe das Problem nicht. Wenn's um die Kosten fürs Umlackieren der Vans in Weiß und das Anpinseln der roten Kreuze geht, kein Thema. Das ist im Budget drin." Er ließ ein helles Lachen erklingen.

Bill hatte ihn ausreden lassen, bevor er wieder übernahm. „Es geht um die offiziellen Papiere. Natürlich gefälschte. Das war ausdrücklich Teil des Plans. Denn ohne diese Papiere kommen wir nirgends durch, nicht mal mit dem größten Bakschisch der Welt, denn dann laufen wir Gefahr, dass jeder Penner die Ladung inspizieren will."

„Und wo genau ist jetzt das Problem?"

„Du musst dich um die offiziellen Papiere kümmern."

„Wieso ich?"

„Du musst dich mit meinem Freund Max Schildbach von den Grünen in Berlin treffen."

Alex sackte innerlich zusammen. Oh shit, Max Schildbach! Das Erwähnen des Namens reichte bereits. Dunkel stiegen in Alex Erinnerungen hoch, als er vor ein paar Jahren in Solarenergie machen wollte. Deshalb war er über seinen Schatten gesprungen und bei den Grünen Parteimitglied geworden. Sein erster Ansprechpartner in Sachen Solarenergie war Schildbach gewesen. Doch alles war wie eine Seifenblase zerplatzt. Die Geschäfte und die damit verbundenen Subventionen waren nie zustande gekommen.

„Max besitzt die richtigen Kanäle", versuchte Bill die Gemengelage zu erläutern. „Der verschafft uns sogar eine echte offizielle Erlaubnis des Gesundheitsministeriums für den Konvoi, ja vielleicht sogar Unterschriften aus dem Kanzleramt."

Jetzt wurde Alex in vielerlei Hinsicht stutzig. Natürlich, noch einer, der mitkassieren wollte.

„Wie viel will der Penner dafür haben?"

„Nein, nein. Keine Bange, der Max möchte nichts."

Das passte nicht mit Alex' Mind-Set zusammen. Bei der Solargeschichte war ihm Schildbach als ziemlicher Raffzahn vorgekommen, er konnte nicht ausschließen, dass der Grüne seine Geschäfte torpediert hatte.

„Max hasst die Russen so sehr, dass er sogar selbst die Panzer in die Ukraine fahren würde, wenn er welche hätte."

Das klang für Alex nicht nach Schildbach, aber Menschen konnten sich auch ändern.

„Und wieso fährst du nicht selber zu Max, wenn du so dicke mit ihm bist?"

„Weil das nicht geht", klang Bill ein wenig kleinlaut. „Meine Verlobte Elaine aus den USA kommt mich morgen besuchen. Und wenn ich dann in Berlin bin, ist das verdächtig. Zumal ihr Vater im US-amerikanischen Außenministerium arbeitet."

„Im amerikanischen Außen…?" Bei Alex läuteten alle Alarmglocken. Wovor hatte ihn Abel gerade eben gewarnt? Es schüttelte ihn, aber er versuchte, cool zu bleiben. „Dein Schwiegervater? Ist der etwa bei der CIA? Das wäre eine Katastrophe. Oder anders formuliert, dann bin ich raus. Mit diesem Schweinestall möchte ich nicht das Geringste zu tun haben."

„Um Himmels willen nein! Er ist im Department of State ein stinknormaler, rangniedriger Mitarbeiter. Aber Elaine erzählt ihm alles brühwarm, die haben ein bomben Vater-Tochter-Verhältnis. Deshalb sollten wir kein Risiko eingehen. Ich bleibe schön hier und bereite Max auf dein Kommen vor. Das ist die sicherste Variante."

Innerlich knirschte Alex mit den Zähnen. Das kam ihm nicht koscher vor, aber vernünftiger war es wohl. Was er jedoch nicht mehr wegwischen konnte: Es gab die ersten Irritationen bei dem Gesamtprojekt und in seinem Verhältnis zu Bill Fox. Jetzt sollte er also nach Berlin, den Bittsteller mimen, während Bill seiner Elaine die europäische Finanzmetropole Frankfurt zeigte. Abels Worte gingen ihm nicht mehr aus dem Kopf.

„Okay, ich mach's", sagte Alex. „Aber ich bitte dich um eins: Kannst du mir solche Sachen demnächst früher ankündigen? Ich bin etwas empfindlich, wenn ich vor vollendete Tatsachen gestellt werde."

„Sorry", sagte Bill. „Wird nicht wieder vorkommen. Ehrenwort!"

Als Bill das Gespräch wegklickte, fiel Alex auf, dass er ihn nicht auf die Abel-Sache angesprochen hatte. Muss warten, dachte er. Jetzt gilt es, wichtigere Dinge auf die Reihe zu kriegen.

21.

„Hier ist das Reich von Herrn Schildbach", verkündete seine Assistentin. Die junge Dame hieß Luna, war erstens übergewichtig und zweitens tätowiert. Beides goutierte Alex nicht sonderlich, was er sich aber keineswegs anmerken ließ.

Das freundliche Wesen wies in das Innere des Abgeordnetenbüros. „Nehmen Sie doch bitte schon einmal Platz, Herr Schildbach dürfte jeden Augenblick kommen. Darf ich Ihnen einen Kaffee bringen?"

„Sehr aufmerksam. Einen Cappuccino bitte."

Nach dem Motto ‚Time is money' hatte Alex nach dem Telefonat mit Bill ohne Umstände einen Termin im Bundestagsbüro des Grünen-Abgeordneten Max Schildbach für den nächsten Tag erhalten und war mit dem Flieger in die Bundeshauptstadt gekommen. Der Rückflug war für den späten Nachmittag geplant.

Vor fünf Minuten hatte er die Kontrolle in der Sicherheitsschleuse problemlos überstanden und war von Luna im Foyer des Abgeordnetenhauses abgeholt worden.

Im Abgeordnetenbüro wartete er nun allein, stand vor der erkerförmigen Glasfront und genoss die Aussicht auf das Brandenburger Tor. Im Umdrehen ließ er seinen Blick schweifen über modernes Möbeldesign in eintönigem schwarz-grau. So sahen also die Büros der Abgeordneten des Deutschen Bundestags aus. Nicht schlecht die Ausstattung, aber weit entfernt davon, seinen Ansprüchen zu genügen. Dieser ganze Firlefanz war doch die Tortur nicht wert, die sich ein Politiker geben musste. Dr. Reischle kam ihm wieder in den Sinn, der ihm einen überraschend harten Uppercut verpasst hatte. Er betastete sein Auge. Zum Glück war das Veilchen längst wieder verheilt.

Dieser Brut sollte man nicht trauen, sagte er sich, während er an einem Tisch Platz nahm.

Wie aufs Stichwort ging die Tür auf. Luna trug ein wenig umständlich ein kleines Service vor sich her. Beim Servieren der Tasse und des Zuckers stellte sie sich unbeholfen an.

„Er ist gleich da", hauchte sie ihm entgegen, als wolle sie die Ankunft eines neuen Erlösers avisieren, und verließ das Büro.

Alex tat zwei Beutelchen Zucker in den Cappuccino und fragte sich, warum er immer übertreiben musste. Eins hätte es auch getan. Die vielen Kalorien. Ach was! Er gönnte sich ja sonst kaum etwas. War er von dem ganzen Öko- und Bio-Gequatsche der Grünen infiltriert oder wieso kam er auf solche Gedanken?

„Es ist mir eine Freude", ertönte ein tiefer Bass von der Tür.

Alex blickte sofort in die Richtung und erkannte Max Schildbach ohne jeglichen Zweifel wieder. Er hatte etliche Kilogramm zugelegt und wirkte wie ein adipöser Vierzigjähriger mit Bluthochdruck. Wahrscheinlich ließ er sich von der Öko- und Erneuerbare-Energien-Lobby jeden zweiten Abend fein ausführen.

„Die Freude ist ganz meinerseits", erwiderte Alex höflich, stand auf und die beiden Männer reichten sich die Hand.

Offensichtlich war keiner der Männer bereit, dem anderen den stärkeren Händedruck zuzugestehen. So sahen sie wie zwei seit Jahrzehnten eng verbündete Staatsmänner aus, die sich über das Wiedersehen freuten.

„Schön, Sie … also dich begrüßen zu dürfen", entschied sich der Grüne für das Du. „Ich sehe, Luna hat dich bereits mit dem Nötigsten versorgt. Aber die Gute weiß ja nicht, dass wir sozusagen alte Freunde sind. Vielleicht hättest du gerne etwas Kaltes zu trinken?"

Nach einem Öko-Bier, -Champagner oder -Wein stand Alex nicht der Sinn.

„Für einen Morgen-Joint ist es noch zu früh", witzelte Schildbach und strich sich zufrieden über seinen ausgeprägten Bauch, wobei sich seine Augen unglaublich schnell hin und her bewegten.

Alex lachte pflichtschuldigst.

„Ich muss nachher noch eine Rede über Putins Vernichtungskrieg in der Ukraine halten. Da brauche ich einen klaren Kopf", ergänzte Schildbach.

Der Politiker verfügte immer noch über ein geschmeidiges Talent, wie Alex feststellte. Erst sich jovial mit Genussmitteln geben, danach die eigene Wichtigkeit unterstreichen und dann sofort zum Geschäft kommen. Sollte er noch die Geschichte mit dem Solar-Business ansprechen? Manchmal war es besser, bestimmte Dinge auf sich beruhen zu lassen, auch wenn ihn die Schlappe mächtig aufgeregt hatte.

„Ja, der furchtbare Krieg in der Ukraine", nahm er den Faden auf, es war quasi eine Steilvorlage. „Wir Belarussen und die Ukrainer tragen seit Jahrhunderten ein beinahe unerträgliches Los."

„Wobei du ja strenggenommen ein Donau-Schwabe bist", unterbrach Schildbach ihn überraschend, vermutlich um zu zeigen, dass er seine Hausaufgaben gemacht hatte. „Das ist noch einmal etwas Anderes."

„Wir waren eine autarke Enklave", stimmte er zu, wobei er sich über seine Stoßrichtung noch nicht ganz sicher war. „Was uns aber nicht vor Leid bewahrt hat. Als die Deutschen im 2. Weltkrieg einmarschierten, haben meine Ahnen sie als Befreier gefeiert, vermutlich, weil sie es nicht besser wussten. Als Dank wurden fünf Söhne meiner Uroma zur Wehrmacht eingezogen. Zwei Töchter wurden heim ins Reich geholt, um dort in reichen Haushalten als Hilfe zu arbeiten."

„Schlimme Zeiten."

„Und als die verdammten Sowjets uns befreiten, mussten wir wieder jubeln. Zum Dank zogen sie sogleich zwei weitere volljährige Söhne zur Roten Armee ein und verschleppten einige weibliche Familienmitglieder in Fabriken hinter dem Ural. Was nichts anderes bedeutete, als dass Mitglieder ein und derselben Familie gegeneinander im Krieg kämpfen mussten."

„Entsetzlich", bemerkte der Grüne. „Woran man wieder einmal sieht, dass beide extremen politischen Spektren einander näher sind, als man denkt. Deshalb habe ich mich innerhalb meiner Partei auch vom fundamentalen Flügel verabschiedet. Diese Leute geben reine Verbalradikalismen ohne Bezug zur Wirklichkeit von sich. Mir geht es vielmehr darum, Realpolitik zu betreiben, deren Veränderungen den Menschen zu Gute kommen."

„Bravo", klatschte Alex artig Beifall, was ihm nicht schwerfiel, schließlich hatte er ein Anliegen vorzubringen. Er musste nur noch den richtigen Moment abpassen.

„Leider sind wir in der Regierung in dieser Sache viel zu behäbig, tragen die Lehren von damals vor uns her, vermögen dabei aber nicht zu verhindern, dass Geschichte sich wiederholt. Was ist denn Putin anderes als ein neuer Hitler? Es ist unsere verdammte moralische Pflicht, den Ukrainern mit Waffen zur Hilfe zu eilen."

Alex fühlte sich verpflichtet, wie ein braver Schulbub zu nicken. Was Schildbach, der ihn genau musterte, zu imponieren schien. Auf dieses Stichwort hatte Alex nur gewartet.

„Genau deshalb sehe ich es als meine Pflicht an, die Ukrainer zu unterstützen. Unser gemeinsamer Bekannter Bill Fox verfügt über die Kenntnis eines Depots unterschiedlicher Waffen von der Art, wie sie genau jetzt in der Ukraine dringend benötigt werden. Er und ich haben uns entschlossen, sie persönlich dorthin zu liefern."

Schildbachs Miene hellte sich bei dieser Aussage schlagartig auf. Der Politiker formte mit beiden Händen eine Bazooka, die er in Alex' Richtung abfeuerte.

„Bill hat mir schon alles mitgeteilt. Vorbildlich eure Einstellung, eines Demokraten würdig", lobte er vollmundig. „Nur so können wir diesem skrupellosen Diktator Grenzen aufzeigen. Bis die schweren Waffen geliefert werden können."

Alex hob den Daumen und versuchte zu lächeln. Ihm war immer noch nicht klar, woher sich Schildbach und Fox eigentlich kannten. Die beiden stammten aus zwei völlig verschiedenen Welten.

„Hat Bill mit dir auch über die offiziellen Papiere gesprochen?"

„Ja, ja, der gute Bill", sagte Schildbach, zog die Augenbrauen hoch und fuhr sich mit der rechten Hand übers Gesicht.

Etwas musste die beiden verbinden, aber was? Falls er die Miene des Abgeordneten richtig zu deuten vermochte, hatten die beiden womöglich eine gemeinsame Leiche im Keller. Doch wo, wie, wann und weshalb blieb im Dunkeln. Vielleicht würde er Bill während der gemeinsamen Tour löchern oder der Ami würde es ihm bei Gelegenheit von selbst erzählen. Er erinnerte sich schlagartig daran, wie Bill am Abend ihres Kennenlernens erwähnt hatte, im Zuge seiner Dissertation Experteninterviews mit hochrangigen deutschen Politikern geführt zu haben. Vielleicht war das des Rätsels Lösung.

„Ich habe alles vorbereiten lassen", knüpfte Schildbach an. „Luna wird dir alle Papiere überreichen. Sie bestätigen, dass in eurem LKW-Konvoi Medizin und Verbandsmaterialien transportiert werden, unterschrieben von mir, vom Vizekanzler und der Außenministerin. Nur, um klarzustellen, auf welchem Niveau wir uns hier bewegen. Mit diesen Papieren müsstet ihr jegliche Hindernisse passieren können, sprich unerwartete Kontrollen in Deutschland, an der polnischen und ukrainischen Grenze. Der Transport ist in meinen Augen wasserdicht."

Was springt dabei für dich raus, du kleiner Wichser?, dachte Alex. Obwohl Bill es verneint hatte, konnte er sich nicht vorstellen, dass Schildbach ohne eigenen Profit einen Finger krumm machte.

„Jetzt kommt ein kleines Aber", schob der Politiker nach. „Sollte es wider Erwarten Probleme geben, sind die Unterzeichnenden aus dem Schneider. Wir werden behaupten, den Transport aus humanitären Gründen genehmigt, aber nichts von den Waffen gewusst zu haben."

Alex schluckte.

„Alles klar soweit?" Schildbach lehnte sich zurück.

„Glasklar."

„Bestens."

Er schaute auf seine Omega und wirkte erstaunt.

„Wie die Zeit verfliegt. Ich muss zu meiner Rede. Genieß noch in Ruhe deinen Cappuccino. Sobald du die Papiere hast, wird Luna dich hinausbegleiten", bog Schildbach auf die Zielgerade ein und war schon dabei, sich zu erheben.

Mit sanftem Händedruck verabschiedeten sie sich. Als Schildbach bereits an der Tür angelangt war, drehte er sich noch einmal um.

„Was ist eigentlich aus dem Solargeschäft von damals geworden?"

Alex musste sich zusammenreißen. Bisher war alles gut gelaufen und er wollte die Transaktion nicht in letzter Sekunde gefährden.

„Ach, na ja, Schwamm drüber. Kein Glanzstück meiner Karriere." Er lächelte.

„Falls du weiterhin Interesse hast zu investieren …", meinte Schildbach mit einem Zwinkern in den Augen und beendete den Termin mit einem krönenden Schlusssatz. „Ich denke, nach dem Ukrainekrieg werden die Erneuerbaren Energien durch die Decke gehen. Meld dich einfach! Wir können gern den nächsten Deal einfädeln."

22.

„Wie ist das Gespräch mit Max gelaufen?", fragte Bill, der Alex auf dem Handy anrief.

„Ich habe die Papiere. Und jetzt kommt die gute Nachricht."

„Wie jetzt? Du meinst, eine noch bessere?"

„Besser geht kaum. Ich habe nämlich die 50.000 aufgetrieben. Die 7,5 Tonner stehen bereit und werden in den nächsten beiden Tagen in einer Auto-Werkstatt im Gewerbegebiet Fechenheim umgespritzt und auf Rotes Kreuz getrimmt."

„Die perfekte Tarnung", kommentierte Bill.

„So erregen sie keinerlei Aufsehen und werden einfach durchgewunken. Zusammen mit den Papieren dürfte der Weg über die Grenzen bis zur Ukraine und durchs Land bis zu unserem Bestimmungsort frei und sicher sein."

„Das werde ich dir nie vergessen, Alex. Glaub mir! Wem gehört die Werkstatt?"

„Einem Bekannten von mir. Belarusse. Er hat einem Trupp seiner Leute ein paar Hunderter versprochen, wenn sie es übers Wochenende hinkriegen. Ich werde später mal rüberfahren, um mir den Fortschritt der Arbeiten anzuschauen."

„Bin dabei. Vier Augen sehen mehr als zwei."

„Immer auf Augenhöhe, Bill."

„Dann kann ja nichts mehr schiefgehen."

Wollen wir's hoffen, dachte Alex. Er war vorgestern voller Euphorie aus Berlin zurückgekehrt. Die Dinge nahmen einen guten Verlauf. Aber er hatte etwas Bauchschmerzen, denn Sergej, Nataschas Bruder aus Russland, hatte sich die Tage zu einem Besuch angekündigt. Was ihm gar nicht recht war. Einerseits war ihm der Schwager nicht ganz geheuer, andererseits musste er die Lackierarbeiten beaufsichtigen und zudem hatte er eine WhatsApp von Blochin erhalten, die ihm im Magen lag.

Als er eine Stunde später bereits im Mantel an der Tür stand, rauschte Natascha wie eine russische Furie auf ihn los.

„Wo willst du schon wieder hin?"

Ein handfester Ehestreit war das Letzte, was er jetzt gebrauchen konnte. Er musste Natascha einfangen, egal wie: „Bella Natascha", rief er theatralisch. „Meine Schöne, du weißt doch, ich arbeite gerade an einem größeren Projekt, das die Familie die kommenden Jahre finanziell konsolidieren wird." Irgendjemand muss ja eure Sperenzien bezahlen, hätte er beinahe hinterher geschoben, aber er schluckte den Satz hinunter.

„Du hast Sergej vergessen!" Nataschas Stimme zitterte vor Zorn.

Am liebsten wäre er vor Scham im Erdboden versunken. Wie konnte er?

„Keineswegs."

„Wir wissen seit Wochen, dass er heute am Flughafen ankommen wird."

„Hab ich auf dem Plan, Liebling. Aber das hat noch Zeit. Schau mal auf die Uhr!"

„Ich will nix hören", rief Natascha. „Ich predige die ganze Zeit schon, dass wir alles im Haus über Apple-Geräte machen, damit alle Terminkalender synchronisiert sind. Aber mein Göttergatte Alexander hat das nicht nötig."

Sein Gesichtsausdruck war eine Mischung aus süßem Lausbuben, reuigem Ehemann und großem Schlitzohr, das aber alles wieder gutmachen würde. Nur nicht panisch werden, Alex Schutz, immer die Nerven behalten, trichterte er sich ein.

„Wie kannst du nur annehmen, ich würde deinen Bruder vergessen?", klatschte er in die Hände, nahm sie in die Arme und drückte sie an sein großes Herz. Ihr Duft, ihre gespielte Erregung, ihr Temperament. Er liebte sie so sehr, dass er sie auf der Stelle hätte verschlingen können. „Meine Liebe. Ich bin in spätestens drei Stunden zurück, dann fahren wir an den Flughafen und heißen deinen Bruder gemeinsam willkommen."

Er küsste sie lange und zärtlich auf ihre wunderschönen Lippen. Was sie zu besänftigen schien. Sie gab ihn frei, drehte sich aber nochmals zu ihm um und warf ihm einen schneidenden Blick zu.

„Drei Stunden! Und wehe du wagst es, eine Sekunde später hier zu erscheinen."

„Pünktlichkeit war immer meine Stärke", sagte er, klatschte sich mit der flachen Hand auf die Lippen und warf ihr einen imaginären Kuss durch die Luft zu.

Zehn Minuten später saß er schon im X3 und war auf dem Weg nach Fechenheim. Als er am Riederwald, dem ehemaligen Trainingsgelände der Eintracht, entlang fuhr, hatte er das untrügliche Gefühl, schon wieder verfolgt zu werden. Im Rückspiegel, drei bis vier Autos hinter seinem, nahm er zum wiederholten Male seit dem Holzhausenviertel einen Porsche Cayenne wahr. Wurde er langsam paranoid oder war da wirklich was dran? Und wenn ja, waren es Abels Schergen oder war ihm jemand anderes auf der Spur. Die CIA? Der KGB? Der Mossad? Er kam auf die abenteuerlichsten Gedanken und nahm sich fest vor, wenn der Waffendeal in trockenen Tüchern und das Geld auf dem Konto war, mit Natascha und den Kids einen ausgedehnten Erholungsurlaub zu machen, Seychellen oder Mauritius? Würde sich ergeben.

Vor dem Werkstattgelände wartete Bill bereits auf ihn. Er fuhr auf den Hof, stieg aus, sie gaben sich High 5 und marschierten schnurstracks zum Fuhrpark, wo sie erstaunlicherweise drei fix und fertig lackierte Kleintransporter in Weiß mit rotem Kreuz stehen sahen.

„Wow!", rief Bill. Seine Freude hörte sich ehrlich an. „Die arbeiten ja wie die Teufel."

„Ja", stimmte Alex zu. „Irgendwas kann auch mal glattlaufen."

Bill schaute ihn mit einem Male skeptisch an. „Wieso, gibt's Probleme?"

Alex seufzte. „Wir kriegen Besuch von meinem Schwager."

„Na und?"

„Sagt dir FSB was?"

„Du meinst den Russischen Inlandsgeheimdienst?"

„Nataschas Bruder hat irgendeinen Posten bei der Truppe. Hat sie jedenfalls mal erzählt. Genaueres weiß ich aber nicht."

„Oh weia!" Bill kraulte sich den Bart.

„Lass das mal meine Sorge sein. Ich hab alles im Griff."

„Wenn du meinst."

„Äh, Bill, da wär noch ne Kleinigkeit. In letzter Zeit hatte ich zweimal das Gefühl, dass mir ein Wagen folgt." Alex lag es auf der Zunge, von Abel anzufangen, aber er konnte sich keinen Ruck geben. Das gemeinsame Projekt war zu weit fortgeschritten, als dass er es hätte riskieren können, den Ami zu verschrecken.

„Einen Verdacht, wer?"

„Hmmm, nicht wirklich."

„Also wenn du Hilfe brauchst", sagte Bill, „meldest du dich, okay?"

„Geht klar."

Nachdem sie die Lackierung der LKWs im Detail geprüft und nicht das Geringste zu beanstanden hatten, es war eine 1A-Arbeit, verabschiedeten sie sich und legten fest, wann sie telefonieren wollten, um einen endgültigen Zeitpunkt für den Start der Transaktion zu bestimmen.

Bill fuhr vom Hof und in diesem Moment sah Alex aus den Augenwinkeln einen dunklen Porsche um die Ecke biegen und vorfahren. Es war jener Cayenne von vorhin. Hundert Prozent, da gab es keinen Zweifel.

Innerlich sackte er etwas zusammen, aber er wollte und durfte sich nichts anmerken lassen.

Der Sportwagen hielt direkt vor ihm. Aus stiegen drei Männer. Zwei Schränke in Anzügen und – er traute seinen Augen kaum – Blochin. Sein Kumpel aus Berlin. Alex spürte so etwas wie Phantomschmerzen im Kopf. Warum musste ihm ausgerechnet jetzt dieser Typ in die Quere kommen? Jetzt, wo sie alles eingetütet hatten und es bald losgehen konnte. Er musste jegliche Konfrontation vermeiden, um nicht die gesamte Expedition zu gefährden.

„Äh Blochin … was treibt dich denn nach Frankfurt? Bestimmt nicht die Eintracht. Oder spielt die Hertha am Wochenende im Waldstadion?", versuchte er zu scherzen, merkte aber an Blochins Gesichtsausdruck, dass ihm nach allem war, aber nicht danach.

„Dein Business, es läuft nicht", begann Blochin.

„Wie kommst du denn darauf? Ich wollte dir gerade auf deine WhatsApp antworten …"

„Ich war zufällig in der Nähe und da ich mir Sorgen mache um mein Geld, wollte ich ein paar Worte mit dir wechseln."

Zufällig in der Nähe, äffte er ihn in Gedanken nach. Humbug! „Sorgen? Jetzt komm mir bloß nicht so. Ich hab was Großes am Laufen. Deine Scheinchen siehst du früher wieder, als du denkst. Es läuft blendend, einfach super …"

„Red keinen Scheiß, Alter!" Blochins Stimme bebte. „Valentin, sagt dir der Name was?"

„Äh, klar … aber …"

„Nix aber. Ein Kontaktmann in Belarus hat mir gezwitschert, dass die örtlichen Behörden in Minsk ihn aus einer Mülltonne gezogen haben. Leider hatte er keinen Kopf mehr."

Alex war in Millisekundenschnelle leichenblass. „Wie jetzt ...?"

„Tot, finito, basta! Wie es einer Kakerlake gebührt", rief Blochin, begleitet von einer Geste, als schneide er jemandem mit einem scharfen Messer die Kehle auf. „Und in seinen Unterlagen fand sich unter anderem ein Name. Leider deiner! Alexander Schutz, erleichtert um ne knappe Mio. Und jetzt kommst du!"

„Das ... das ... Ich ... ich ... also ..." Alex hasste Stottern, aber er war so perplex, dass er nicht mal einen Halbsatz vernünftig herausbrachte.

„Verstehst du jetzt, dass ich mich versichern will, meine 120.000 wiederzusehen?"

„Ich ... äh ... ja, ja, also ich kann dir garant..."

„Bullshit!", fuhr er ihm ins Wort. „Du kannst einen Scheiß, also lüg mich nicht an! Hier schau mal!" Blochin zückte sein Handy und startete einen Film.

Alex musste nicht zweimal hinsehen, um zu wissen, dass es sich bei der Frau, die auf dem Display zu sehen war, um niemand anderes handelte als seine eigene. Es sah so aus, als würde sie verfolgt und beobachtet, merke davon jedoch nichts. Frei und unbefangen wie immer lief sie an zwei, drei Schaufenstern vorbei, betrachtete die Sachen und schien lebenslustig zu sein.

„Was ... was soll das?", würgte Alex hervor.

„Natascha ist superhübsch. Gratuliere!"

„Was habt ihr vor?" Schweißperlen traten auf Alex' Stirn.

„Die Frage muss lauten: Ist sie noch immer so hübsch, wenn Evgenij und Grischa sie sich vorgeknöpft haben?" Er wandte sich an seine beiden Bodyguards, die die ganze Zeit über stillschweigend die Szene beobachtet hatten. „Schau sie dir an! Die Jungs strotzen nur so vor Geilheit. Wenn sie im Dienst sind, lass ich sie nicht von der Leine. Umso geiler sind sie, wenn sie frei haben. Und dann nehmen sie sich Natascha vor. Deine Frau hat bestimmt Sehnsucht, von zwei belarussischen Hengsten richtig durchgefickt zu werden. Du bringst es ja nicht mehr ... was man so hört."

Alex fiel alles aus dem Gesicht. Er musste sich eingestehen, zum allerersten Mal in seinem Leben, richtige Angst zu haben. Angst um Natascha, um seine Familie, um sich. Aber es war mehr als das. Es war Existenzangst, Todesangst, Versagensangst. Wenn er jetzt falsch reagierte, konnte er eine Lawine auslösen, die tödlich enden würde. Daher versuchte er, sich zusammenzureißen und ruhig zu bleiben.

„Ey Blochin“, hauchte er. „Bleib mal cool! Ich steh für alles gerade, aber lass meine Familie aus dem Spiel. Was soll das, verdammt?“

„Du stehst vor allem in der Scheiße, wenn du nicht fristgerecht zahlst. Merke dir: Zwölf verdammte Tage hast du noch Zeit und keinen einzigen mehr! Wenn ich bis dahin nicht jeden Cent der 120.000 habe, ist Natascha fällig. Und du natürlich auch.“

Ohne ein weiteres Wort, dafür mit einer beschwingten Geste zu den beiden Schränken in Anzügen, zogen sich die drei zurück, bestiegen ihren Cayenne und düsten mit einem Kavaliersstart vom Hof.

Alex blieb zurück. Fiel auf die Knie. Er hatte keine Kraft mehr. Sämtliche Energie war aus seinem Körper gewichen. Tränen standen ihm in beiden Augen. Er atmete schwer. Minutenlang war er nicht recht bei sich, kauerte am Boden. Es dauerte, bis er sich einigermaßen beruhigt hatte, hechelte immer wieder, um den galoppierenden Pulsschlag runterzukriegen.

Er zweifelte keine Sekunde daran, dass Blochin seinen Worten Taten folgen lassen würde. Es gab nur eine einzige Chance: Er musste den Waffendeal mit aller Gewalt durchziehen und dem Typen seine Kohle, auf Heller und Pfennig, pünktlich zurückzahlen. Falls er dies, aus welchem Grund auch immer, nicht zustandebringen sollte, war nicht nur er verloren. Sondern auch Natascha. Und dieser Drecksau Blochin traute er sogar zu, sich an seinen Söhnen zu vergehen.

Aufgewühlt wischte er sich die Tränen trocken. Verschämt blickte er sich um. Schniefte. Zog Rotze hoch. Spuckte sie aus. Zusammenreißen war jetzt die Devise. Noch war nichts verloren. Er richtete sich langsam auf, kam auf die Füße.

Als er am Lenkrad saß und das Auto startete, war er sich bewusst, noch nie zuvor im Leben mit einem solch beschissenen Gefühl zurück in sein Heim zu seiner Familie gefahren zu sein.

23.

„Ich mache mir etwas Sorgen um dich, um Natascha, die Familie."

„Brauchst du nicht", erwiderte Alex schlagfertig, „absolut unnötig. Ich schwöre!" Er hob zwei Finger in die Luft. „Läuft alles." Alex setzte ein Lächeln auf. „Und wie schaut's bei dir aus?"

Alex war nach dem Werkstatt-Besuch mit Natascha zum Flughafen gefahren und die Willkommensfreude bei seiner Frau, die ihren Bruder Sergej jahrelang nicht mehr von Angesicht zu Angesicht getroffen hatte, als sie ihn in Terminal 1 in Empfang nahm, schien grenzenlos. Sie kriegte sich gar nicht mehr ein, fiel ihm um den Hals und war kaum von ihm zu trennen.

Sie waren zurückgekehrt ins Holzhausenviertel, Natascha bereitete das Essen vor – russische Spezialitäten, Kaviar, nur vom Feinsten –, nun stand ihm Sergej leibhaftig gegenüber und hielt ein Glas Wodka als Willkommenstrunk in Händen.

Den unerfreulichen Vorfall mit Blochin und dessen Jungs hatte Alex zwar noch nicht verdaut, aber einigermaßen erfolgreich verdrängt. Es half nichts. Es musste weitergehen. Und es würde weitergehen.

Sergej war ein Bär von einem Mann. 1,94 Meter groß, 120 Kilogramm schwer, trainierter Körper, blondes Haar. Er erinnerte ihn an den russischen Hünen Ivan Drago aus einem der Rocky-Filme, welchen Teil hatte er vergessen, den Sylvester Stallone im Ring auf die Bretter nagelte. Damals, Mitte der 80er Jahre des letzten Jahrhunderts, herrschte noch der Kalte Krieg und der Hauptfeind der Amerikaner war die UdSSR. Auf der Weltbühne zeichnete sich momentan eine ähnliche Konstellation ab, nur dass diesmal China an Russlands Seite stehen würde.

Natascha hatte immer wieder behauptet, Sergej arbeite in einer Geheim- oder Spezialabteilung des FSB, dem russischen Inlands-

Geheimdienst. Eine Stimme in seinem Kopf suggerierte Alex, Sergej würde ihn wegen des anstehenden Waffentransports in die Ukraine als Feind des russischen Volks liquidieren wollen. Klar war, die Russen fackelten nicht lange und im Zweifel ging die Liebe zum Vaterland über die Liebe zur eigenen Familie, zumal er nur angeheiratet war. Aber das schien alles nur eingebildet. Sergej hatte seinen Besuch lange vor Ausbruch des Ukraine-Kriegs und der neuen Geschäftsoption angekündigt.

„Wo sind eigentlich die Jungs?", fragte Sergej unvermittelt.

Innerlich zuckte Alex zusammen. Blochins Ankündigung hatte ihn noch dünnhäutiger werden lassen und er stellte sich die Frage, warum Sergej sich für seine Söhne interessierte.

„Beim Sport und im Musikunterricht. Die haben totalen Freizeitstress", antwortete er. „Natascha wird sie nachher einsammeln."

Von Mann zu Mann zwinkerte er Sergej zu, doch diesem schien nicht nach hemdsärmeliger Männergeselligkeit zu Mute zu sein.

„Dann können wir jetzt in Ruhe miteinander reden?", fragte Sergej. „Solange Natascha in der Küche ist."

Darum ging es ihm also. „Auf jeden Fall!", stimmte er zu. „Gehen wir ins Wohnzimmer und machen es uns gemütlich."

Mit dem letzten Adjektiv war es immer möglich, bei Russen zu punkten.

„Auf dich!", erhob Sergej sein Glas, als er auf der ausladenden Couch Platz genommen hatte. Alex setzte sich etwas entfernt in den superweich gepolsterten Stressless-Sessel. Sie stießen an.

Alex nippte am Wodka, aber er mundete ihm nicht. Nach seinem Absturz im Moseleck hatte er sich merklich zurückgehalten. Verweigern konnte er sich aber auch nicht. „Schön, dass du hier bist", entgegnete Alex. „Lust auf eine Cohiba vorm Essen oder lieber später? Kann ich dir wirklich empfehlen."

Sergej schwieg, was Alex verunsicherte. Der Schwager blickte ihn lange und ruhig aus seinen Bärenaugen an.

Schweigen war gut. Alex hatte nicht vor, sich mit seinem Schwager auf lange Gespräche einzulassen, aber er war gespannt, was Sergej mit ihm bereden wollte. Obwohl sich sein Puls beschleunigte, versuchte er gelassen zu wirken. Er nippte erneut an dem eher milden Wodka. Vielleicht nur Small-Talk. Die Chance wollte Alex nutzen.

„Ich ahne schon, worüber du reden willst“, erwiderte er so jovial wie möglich. „Du hast endlich die Richtige gefunden und möchtest fragen, ob Natascha und ich Trauzeugen sein können und zur Hochzeit kommen.“

Er legte ein entwaffnendes Lächeln an den Tag und hoffte, auf dieser thematischen Schiene verharren zu können.

„Wenn es einmal so weit sein wird, seid ihr die Ersten, die es erfahren werden. Das verspreche ich dir, mein lieber Alex.“

Danach hob er das Glas und prostete ihm zu.

Ohne mit der Wimper zu zucken und obwohl ihm überhaupt nicht nach Trinken zu Mute war, leerte Alex sein Glas. Zu allem Überfluss übernahm Sergej auch noch das Nachfüllen der Gläser. Auffällig langsam und behäbig. Wollte er ihn provozieren, nervös machen? Dieses Um-den-Busch-herum-klopfen und auf die Folter spannen ging ihm auf den Zeiger. Wenn Sergej ihm etwas zu sagen hatte, dann bitte direkt, von Mann zu Mann.

„Sergej, ich habe das Gefühl, du möchtest mir etwas Wichtiges sagen“, ergriff er die Initiative, weil er diese Spannung, die über ihnen lag, nicht länger hinnehmen wollte.

Bleierne Stille senkte sich über das pompös eingerichtete Wohnzimmer.

„Du bist immer mein Lieblingsschwager gewesen“, schien Sergej sich endlich zu erbarmen und zum Punkt kommen zu wollen. „Natascha ist übrigens auch meine Lieblingsschwester. Ganz ehrlich: Du bist zwar genaugenommen kein echter Russe, aber Donauschwabe hin oder her, du kommst aus dem großen Kulturraum des russischen Zarenreichs, du bist fleißig und umtriebig, immer unter Strom. Das meine ich positiv, nimm es als Kompliment! Leute wie dich können wir jederzeit in unserem Verein gebrauchen.“

Will er mir jetzt ein Angebot machen, für den FSB zu arbeiten?, fragte sich Alex, schwieg aber.

„Manchmal kommst du mir fast etwas zu geschäftsorientiert vor.“

„Wie meinst du das?“

„Wenn ich mir euer Familienglück so anschaue. Alles perfekt. Natascha sagt immer, einen treueren Gatten gibt es nicht. Einen besseren Vater, der mehr für seine Kinder unternimmt, auch nicht. Einen Mann, der das Wohl seiner Familie so sehr über alles andere stellt, ist ein Glücksgriff."

Beinahe schien es Alex für ein paar Sekunden, als schwebe er auf Wolke 7. Solch eine Hymne hatte er schon lange nicht mehr gehört. Vielleicht war es der inzwischen schon reichlich genossene Wodka, der das Übrige dazu beitrug. Aber so sehr er auch in Sergejs Gesichtszügen forschte, er konnte kein Anzeichen von Unaufrichtigkeit oder simpler Lobhudelei feststellen.

Da kommt noch was, sei auf der Hut, sagte er sich und lehnte sich demonstrativ entspannt im Sessel zurück.

Natascha betrat das Wohnzimmer mit zwei riesigen Silbertabletts, auf denen sich feine Häppchen mit Brot, Quark, Lachs, Kaviar und weiteren Delikatessen befanden. Sie platzierte je eines der Tabletts auf die silbernen Wägelchen, die neben den Männern standen.

„Dankeschön Schwesterchen, das wird den Wodka ein wenig auffangen."

Alle drei lachten herzlich und Natascha verabschiedete sich wieder in die Küche.

„Mit meiner Schwester hast du in jeglicher Hinsicht einen Glückstreffer gelandet", behauptete Sergej und leckte sich die Fingerspitzen, nachdem er den Kaviar probiert hatte.

„Auf jeden Fall", stimmte Alex zu und überlegte, auf welche Happen des russischen Finger-Foods er Lust hatte.

Sergej räusperte sich. „Mir fällt es nicht leicht, was ich zu sagen habe, aber meine Familie liegt mir über alles am Herzen. Strenggenommen könnte es mich meinen Job kosten."

Bei dieser weit ausholenden Ankündigung merkte Alex, wie sich sein Hals zusammenzog. Im Magen spürte er ein unbestimmtes Grummeln. Der Moment war gekommen.

„Du weißt ja, für welchen Verein ich arbeite. Ich habe dadurch Zugang zu Informationen, die man eigentlich gar nicht haben möchte. Kurzum, ich weiß so ziemlich alles über deine Geschäftspläne mit Bill Fox und Max Schildbach."

Kaum hatte Sergej beide Namen ausgesprochen, fühlte Alex sich hilflos.

„Alex, ich weiß Bescheid über deine Geschäfte der letzten Zeit. Valentin hat dich reingeritten, aber der wird künftig niemanden mehr über den Tisch ziehen.“ Ein süffisanter Lacher erfolgte.

Beim besten Willen hätte Alex nichts erwidern können, so sehr hatte es ihm die Sprache verschlagen. Was sollte diese Anspielung? Steckte etwa das FSB hinter Valentins Tod? Gar Sergej? Und war sein eigenes Leben ein offenes Buch, zu dem sich jeder Zugang verschaffen konnte, wie es ihm beliebte? Wahrscheinlich hatten die Russen inzwischen die digitale Überwachung perfektioniert, lieferte sich Alex die naheliegende Erklärung gleich mit.

„Damit dir sowas nicht noch einmal passiert, solltest du von dem Deal mit Fox und Schildbach die Finger lassen. Wenn du daran festhältst, wirst du schneller in der Hölle landen, als dir lieb ist.“

Kapitel 3

Frankfurt, März 2022

24.

Die frisch lackierten Rotkreuzfahrzeuge sahen täuschend echt aus. Verdammt gute Arbeit. Alex schmunzelte zufrieden und beobachtete, wie seine Fahrer die LKWs beluden. Der Lärm bildete eine sanfte Hintergrundmusik.

Die Mitarbeiter hatten die Waffen in einer Nacht- und Nebelaktion aus dem Stadtwald geholt und in Holzkisten verstaut. Einige der Plastikpacks hatten sich in keinem allzu guten Zustand mehr befunden, und es war schwer zu sagen, wie es um die Ware stand. Natürlich hatten sie weitere Waffen getestet, insbesondere diejenigen, die nicht mehr vertrauenswürdig aussahen. Zu seiner großen Verwunderung hatte es bisher keine Totalausfälle gegeben. Er hoffte auf die Güte der Stichproben.

Bill stand mit breitem Grinsen an der Großwaage. Seine flinken Augen schienen alle auf dem Innenhof herrschenden Bewegungen gleichzeitig zu scannen. Jede Kiste wurde gewogen und einem Fahrzeug zugeteilt. Das Wiegen der Waffen stellte sicher, dass die versprochene Ware nicht geringer ausfiel als vereinbart. Zugleich war eine gleichmäßige Beladung der LKWs wegen der Frachtpapiere notwendig. Es war nicht auszuschließen, dass sie angehalten und die Wagen auf Herz und Nieren geprüft wurden. Da durfte sich kein Leichtsinnsfehler einschleichen.

Seit dem Gespräch mit Sergej fühlte Alex sich paranoid. Was hatte sein Schwager mit der ganzen Sache zu tun? Und vor allem: Konnte er seinem Schwager, dem FSB-Agenten, der vielleicht sogar eine Lizenz zum Töten besaß, trauen? Oder war er für Sergej nur ein unliebsames Familienmitglied, das nirgends richtig dazugehörte? Er war schließlich weder Russe noch Deutscher oder Belarusse. Seine Wurzeln lagen in Belarus, seine Heimat war Frankfurt, er war eine Art Zwitter. Aber eines war eminent wichtig: Er gehörte zur Familie.

Natascha schien sein angeschlagener Seelenzustand auch aufgefallen zu sein. Sie hatte sich ihm im Wohnzimmer in den Weg gestellt und mit ihren sanften Händen seinen Kopf nah an den ihren gezogen.

„Schatz, was lastet auf deiner Seele? Es gibt nichts, wofür ich kein Verständnis aufbringen könnte."

Einen Augenblick lang verlor er sich in ihren tiefblauen Augen, bevor er sich einen Ruck gab.

„Nichts, mein Engel, es sind wieder mal nur die Geschäfte. Mach dir bitte keine Sorgen!"

Ihren Augenaufschlag spürte er bis ins Rückenmark.

„Du solltest nicht so viel arbeiten, sondern dich mehr um deine Familie kümmern. Manchmal glaube ich, du weißt gar nicht, wie kuschelbedürftig deine Frau ist."

Ihre Blicke sprachen Bände und Alex kannte sie gut genug, um eine Einladung zu erkennen. Aber trotz der allergrößten Liebe stand ihm der Sinn nicht nach trauter Zweisamkeit, ganz im Gegenteil, der innere Druck drohte ihn zu zerreißen.

„Warum lässt du die Arbeit nicht Arbeit sein und kümmerst dich um deine arme Natascha?", fiel sie schließlich mit der Tür ins Haus.

Je mehr sie ihn explizit dazu aufforderte, sich ihr zuzuwenden, umso stärker wurde seine Abneigung dagegen. Was sie spürte. Was sie ihm aber angesichts der schwierigen Umstände durchgehen ließ.

„Wieso verhedderst du dich immer in solch gefährliche Sachen?"

Das tat ihm physisch weh. Er spürte die schwere des Vorwurfs. Die Frage war eine zu viel, und er schrieb sie wohl oder übel Sergejs Einfluss zu. Überhaupt hatte er den Eindruck, Natascha versuche ihm den Waffendeal, den er ihr gegenüber niemals offen angesprochen hatte, mit allen Mitteln auszureden. Aber je mehr Natascha sich bemühte, desto stärker hielt er daran fest. Wäre ja noch schöner, wenn er sich von seiner Ehefrau vorschreiben ließe, welche Art Geschäfte er machen durfte und welche nicht. Respektive von seinem Schwager, der immerhin den russischen Staat vertrat.

„Hey, Meister", holte Bills schrille Stimme ihn ins Hier und Jetzt zurück. „Ich hätte dich in Lacoste Polo-Shirt und Bundfaltenhose hier erwartet. Stattdessen trägst du Tarnanzug Marke Green Berets."

Alex schaute an sich hinab. Für den Ukrainefeldzug war er sogar so weit gegangen, auf seine geliebten Markenklamotten zu verzichten und sich genauso robuste wie unauffällige oliv- und braunfarbene Arbeitsklamotten, die er noch aus Bundeswehrzeiten hatte, überzuziehen.

„Falls das ein Lob gewesen sein sollte, das höre ich gerne."

„Genug der Schmeicheleien, Dude. Hilf mir mal! Wir könnten ein Problem hinsichtlich der Warenmenge bekommen", verkündete der Amerikaner gestenreich und drehte sich immer wieder in Richtung Waage um. „Momentan haben wir circa die Hälfte des Gewichts verladen, aber wenn ich das mit den restlichen Kisten hochrechne, fehlen uns am Ende vermutlich hundert Kilogramm."

Alex zählte so langsam er konnte bis zehn und atmete mit einem leichten Zischgeräusch durch den Mund aus. Dann schloss er die Augen.

„Okay, was sollen wir in dieser Sache machen, Bill? Es waren immerhin deine Schätzungen, wie viel Gewicht unsere Fracht auf die Waage bringt. Aber du hast doch bestimmt einen Vorschlag."

Doch der Doktorand, der ein grelles, hellblaues Batik-T-Shirt mit einigen Löchern trug, dessen Anblick Alex beinahe körperliche Schmerzen bescherte, zuckte nur mit den Achseln.

„Nicht wirklich. Wenn es tatsächlich zu wenig Ware ist, werden wir etwas mit dem Preis runtergehen müssen", lautete sein lakonisches Statement.

„Auf keinen Fall!", erwiderte Alex scharf, was aber nicht seinem Kompagnon, sondern dem Inhalt seiner Nachricht galt. Bereits bei der kleinsten Kleinigkeit sah er momentan seine Felle davon schwimmen. „Du hast dich doch für die Qualität und die Menge der Ware persönlich verbürgt, Bill Fox! Nur deshalb sind wir miteinander ins Geschäft gekommen. Und angesichts meiner Vorabinvestitionen werde ich einen Teufel tun und mit dem Preis runtergehen. Zumindest werde ich den mir zugesicherten Teil des Gewinns beanspruchen. Komm mir also nie wieder mit so einem beschissenen Vorschlag oder wir sind für immer geschiedene Leute."

Die Ankündigung ließ den Amerikaner um zwei Nuancen bleicher werden, während sich sein eigener Puls zu ungeahnten Höhen aufschwang.

„Hör zu!", gab Bill sich überraschend dünnhäutig. „Ich habe nie gesagt, dass meine Mengenangaben bis auf die zweite Stelle hinter dem Komma korrekt sind. Also spiel dich nicht so auf! Wir machen fifty-fifty. Wie vereinbart. Kein Grund, die Flinte gleich ins Korn zu werfen, okay? Wir sind doch Freunde, oder?"

Bill tätschelte ihm versöhnlich die Schulter. Er wich intuitiv zwei Schritte zurück, was ihm aber sofort leid tat, da Bill sich um sein Wohlwollen bemühte.

„Alles okay, Bill", sagte er deshalb pflichtschuldig. „Klar sind wir Kameraden. Ich würde diesen Deal nie mit jemandem durchziehen, dem ich nicht vertrauen kann."

Jetzt lächelte Bill süffisant.

„Danke, Mann. Bei den Problemen, die du mir im Moseleck geschildert hast, würde ich beinahe vermuten, du hättest auch mit anderen Geschäftspartnern vorliebgenommen. Aber schön, dass du das so siehst."

Die beiden lächelten sich an.

„Okay so?", brüllte einer der Männer laut über den Innenhof und durchbrach damit die beginnende Bromance. Er deutete gestenreich auf das Heck des vermeintlichen Rotkreuz-Lasters.

Aus ihrer Position heraus konnten sie erkennen, dass keine Kiste aus dem Wagen ragte.

„Wird schon passen", murmelte Alex voreilig und ging trotzdem mit Bill zum betreffenden Wagen. „Kann nichts schaden, wenn wir unsere Mitarbeiter ein wenig motivieren. Schließlich müssen wir auf sie noch eine Zeit lang zählen."

Als sie angekommen waren, reckte Bill angesichts des bis zum letzten Quadratzentimeter vollgeladenen Autos enthusiastisch beide Daumen in die Höhe.

„Perfekt!", brüllte er, sodass ihn idealerweise alle auf dem Hof befindlichen Angestellten verstehen konnten. „Weiter jetzt, wir müssen weitermachen, wir dürfen die Zeit nicht vergessen, Leute, denkt an eure Boni und die Extrazahlungen", versuchte er die Männer zu motivieren.

Aufgrund des räumlichen Abstands und herrschenden scharfen Winds war es fraglich, ob er trotz der Lautstärke überall gut verstanden wurde.

„Hey, Alex", flüsterte Bill, „du wirst aber nicht mehr kriegen, als wir ausgemacht haben, denn ich bin ein armer Schlucker, der zum ersten Mal in seinem Leben die Chance erhält, den Grundstock für ein Vermögen zu legen. Also erhältst du zwar alles bis zum letzten Cent, aber nicht eine Peanut mehr", bog der Rotfuchs in die Zielgerade, wobei Alex sich fragte, ob das nun freundschaftlich gemeint war.

Alex bewegte den Kopf leicht nach links und rechts. Er hoffte damit, wie die Inder zum Ausdruck zu bringen, dass er nicht recht wusste, was er mit der Aussage anfangen sollte.

„Du bist in Ordnung, Dude", tätschelte Bill ihm noch einmal die Schulter, wobei die Gesichtsmuskeln seines Partners ständig in Bewegung waren.

Gerade die wie aus dem Nichts auftauchende Lebhaftigkeit von Bills Mimik warf in Alex die Frage auf, ob der Doktorand nicht eine Vorliebe für Chemie besaß, die schnell machte, den Schlaf vergessen ließ und das Hungergefühl unterdrückte. Hatte der Ami etwa tatsächlich Amphetamin eingeworfen? Nun gut, eigentlich war es ja nicht sein Problem, solange Bill funktionierte.

Alex atmete durch, hatte aber das Gefühl, nicht richtig Luft zu bekommen. Im rechten Brustbereich fühlte er außerdem feine Stiche, die er der wechselhaften Witterung und dem kalten Wind zuschrieb. Seine geliebte Großmutter kam ihm in den Sinn, die ihn insbesondere im Frühling und Herbst vor Wetterlagen wie diesen gewarnt hatte: „Da musst du immer einen Schal tragen, Alex, mein Goldschatz, sonst erkältest und verspannst du dich." Den Schal hatte er wie die Pest gehasst, aber nie die Fürsorge und Liebe seiner Oma.

Aus den Augenwinkeln nahm er wahr, wie Bill mit einem der Fahrer, Niko, einige Meter entfernt von ihm stritt. Uff, der Doktorand litt offensichtlich unter starken Stimmungsschwankungen und legte die Tendenz an den Tag, ein wenig aggressiv zu werden. Niko ließ sich aber nichts bieten und zeigte Bill den Vogel. Bill roch ein wenig zu dick aufgetragen an seiner Faust und sagte irgendwas mit „Feige Pussy". Schwer zu sagen, wie authentisch der Amerikaner in manchen Situationen war. Auf Bill musste er ein Auge werfen, damit ihm gewisse Dinge nicht entglitten.

25.

Als Alex' Handy vibrierte, wurde er aus seinen Tagträumereien über seinen Geschäftspartner gerissen. Welche Hiobsbotschaft konnte das denn sein? Als er ein unheilvoll aufleuchtendes S auf dem Display sah, gelang es ihm nur mit Mühe, seine aufsteigende Erregung zu unterdrücken. Um die Ukraine-Geschichte zu einem guten Ende zu bringen, hatte er sich vorgenommen, sich zusammenzureißen. Bevor er mit dem Daumen das Gespräch annahm, sog er etwas Sauerstoff ein, der das unangenehme Spannungsgefühl im Brustbereich linderte.

„Hallo Sascha. Was verschafft mir die Ehre? Hier geht es drunter und drüber. Deshalb wäre es mir recht, wenn du dich kurzhältst."

Es war besser, die Karten von vornherein auf den Tisch zu legen. Außerdem hatte Sascha ihm in allerletzter Not geholfen, was er nicht vergaß.

„Alex, mein Lieber, ich wollte mich erkundigen, ob bei dir alles im Fluss ist."

Die Nachfrage verursachte ein Kribbeln im Nackenbereich. Schließlich fasste er sich vor seiner Antwort an die Nase, die juckte.

„Schön dich zu hören, Sascha. Freut mich immer, wirklich. Alles läuft plangemäß, natürlich. Wir verladen gerade Ware für eine große Fuhre. Du weißt doch, ich kann am Handy nicht über alles offen sprechen, aber alles safe hier. Wenn du Fragen hast, die ich beantworten kann, ohne dass ein Lauschender tot vom Abhörstuhl fällt, mache ich das sehr gerne, hehe. Aber bitte pronto."

„Momentan kursieren die wildesten Gerüchte in Frankfurt. Eins davon besagt, du würdest eine Waffenlieferung für die ukrainischen Wichser klarmachen. Das ist doch hoffentlich großer Schwachsinn, oder?"

Der Wind fuhr ihm eiskalt über die Nackenstelle, über die vereinzelte Schweißperlen rannen, welche die immer wieder hinter den Wolken hervorschauende Frühlingssonne verursachte. Oh je, da bahnte sich eine bitterböse Versteifung an. Aber Zeit, um eine von Nataschas Entspannungsmassagen zu genießen, war nicht vorhanden.

„Welches Schwein behauptet denn sowas?"

Einige in der Nähe stehenden Männer schauten zu ihm herüber, da er das „Schwein" zu laut betont hatte.

„Das ist ja das Seltsame. Es handelt sich um eine vertrauenswürdige Person. Mein Lieber, ich mache mir langsam Sorgen um unsere Beziehung."

Das Pochen im Herzbereich nahm zu. Er spürte, wie ihm das Blut in den Kopf stieg.

„Ach was, du glaubst also irgendwelchen Pennern, dass die Fracht nicht für die Separa…"

Beinahe wäre ihm das für Dritte sehr verräterische Wort rausgerutscht, aber er wurde rüde unterbrochen. „… sondern die verfickte Asow-Brigade, diese braun-rot lackierten Kack-Nazis ist", warf Sascha alle Sicherheitsaspekte über Bord. Offensichtlich schien er sich zumindest dieses Mal auf der sicheren Seite zu wähnen. „Kannst du dir vorstellen, dass solche Nachrichten sehr ungut für meinen Blutdruck sind? Ganz zu schweigen von dem Imageverlust, den mein wunderschöner Motorradclub dadurch erleiden würde. Deshalb gebe ich dir jetzt die Gelegenheit, das klarzustellen. Am besten, du klingst überzeugend."

Zu seinem Erstaunen stand Sascha einem Choleriker in Sachen Lautstärke und Vehemenz in nichts nach. So hatte er ihn noch nie erlebt. Aber was hatte er anderes von dem Rocker erwartet? Sein rechtes Ohr schmerzte nach dem Ende der Durchsage und sein Puls beschleunigte sich immens.

„Jetzt beruhig dich mal, Sascha. Wie lange kennen wir uns? Habe ich dich ein einziges Mal in dieser Zeit angeschissen? Ein einziges Mal?"

„Bisher nicht und ich hoffe, es bleibt dabei. Ist besser für dich, ehrlich."

Saschas Stimmlage hatte wieder eine normale Frequenz erreicht, er wirkte entspannter als noch zwanzig Sekunden zuvor. Aber auch oberlehrerhaft.

„Eben, siehst du, dann werde ich jetzt nicht damit anfangen", versuchte Alex allgemeine Zuversicht zu verbreiten. „Ich bin doch nicht doof und beiße die Hand, die mich füttert. Und sag mal, ich weiß doch am ehesten, was für harte Jungs ich über deinen Motorradverein engagiere, hehe. Glaubst du im Ernst, ich würde es wagen, mit euch Streit zu riskieren? Nie im Leben!"

„Eigentlich nicht. Du bist nicht der ganz bescheuerte Typ, der auf Selbstmordmission geht."

Au, das tat weh, auch wenn er den Eindruck hatte, sein Gesprächspartner nahm ihm seine Einlassungen vorläufig ab.

„Okay, belassen wir es für jetzt dabei. Was macht denn meine Kohle, lieber Alex? Hast du die wertvolle Fracht für unsere Brüder und Schwestern im Donbass zusammen? So klang das zumindest neulich, und ich hoffe, dass ich mich da nicht verhört habe oder wir uns missverstanden haben. Ich hoffe, du hast uns mit deinem angeblichen Engagement für die gute Sache keinen Bären aufgebunden."

Der Themenwechsel weg von der Geopolitik und hin zum Finanziellen kam ein wenig überraschend. Aber das war ja meistens so.

„Sicher kriegst du dein Geld, Sascha. Ich weiß nicht, wie du daran überhaupt zweifeln …"

„Das hoffe ich für dich, mein Lieber. Du kannst schließlich nicht die ganze Zeit aufpassen. Auf dich vielleicht, aber nicht auf deine ganze Familie."

Seine eigene Arroganz und die nach außen gekehrte Selbstsicherheit bekam er vom Rocker mit Zins und Zinseszins zurückgezahlt, aber was hatte er auch erwartet? Die Message musste er kurz verdauen und schnappte dabei nach Luft wie ein Fisch an Land. Das war eine neue Dimension. Als er seinen Blick umherschweifen ließ und die LKWs mit den Waffenkisten für den ukrainischen Bestimmungsort sah, schwindelte ihm. Plötzlich wurde ihm beinahe schlecht, sodass er das Gefühl hatte, sich übergeben zu müssen.

„Hör mal, mein lieber Sascha, ich kann mir nicht erklären, wieso du so eine Heulsuse geworden bist und dem lieben Alex nicht mehr über den Weg traust …“ Der gehäuft auftretende Plural Majestatis störte ihn lediglich im Unterbewusstsein.

„Wie schon Lenin sagte, Vertrauen ist gut, aber Kontrolle ist besser. Deshalb warne ich dich noch einmal: Wenn du mieser Schwanzlutscher auch nur im Entferntesten daran denkst, uns aufs Kreuz zu legen, dann …“

Verabschiedet von einer abschließenden Schimpftirade, legte Alex auf. Er zweifelte keine Sekunde daran, dass Sascha handeln würde. Das verlangte der Ehrenkodex des russischen Motorradclubs von ihm …

Eine Frage blieb und bohrte sich wie von einer Bohrmaschine getrieben in seinen Schädel: Wer verdammt nochmal hatte ihn bei Sascha angeschwärzt? Sein Blick wanderte zu Bill, der wie ein Rumpelstilzchen Kisten im Minutentakt wog und danach die Angestellten anwies, in welches Fahrzeug diese mussten. Vielleicht wirbelte sein Geschäftsgebaren insgesamt ein klein wenig zu viel Staub auf. Klar war, er musste in jeder Hinsicht auf der Hut sein aufgrund der Brisanz seines Auftrags. Jeder konnte ein Verräter sein. Aber Bill? Nein, eigentlich konnte er das ausschließen. Er war vielleicht ein wenig unberechenbar, zeigte manchmal ein wenig cholerische Züge, war aber auf keinen Fall ein Snitch.

„Auf geht's!“, brüllte Bill voller Energie, kraulte sich vehement mit der Rechten den fuchsroten Bart und stellte umständlich sicher, dass seine Wrap-Around-Sonnenbrille richtig saß.

Die Brille fand Alex affig. Aber er wusste, US-amerikanische Söldner von Blackwater und anderen Sicherheitsfirmen bevorzugten diese Sorte von Wrap-Arounds, da sie praktisch und unkaputtbar waren und im Kampfgeschehen nicht Gefahr liefen, ständig von der Nase zu rutschen. Auf jeden Fall verliehen sie beinahe jedem den Anschein von Coolness. Bei Gelegenheit musste er sich auch so ein Ding besorgen.

„Auf geht's!“, wiederholte der Ami das Mantra. „Get movin' guys! Time is money!“

Alex reckte trotz innerem Unbehagen den Daumen in die Höhe und zeigte das breiteste Grinsen, das ihm möglich war. Bill schien zum Glück seine Beklemmungen nicht zu bemerken oder er ignorierte sie wohlweislich. Sein Magen schien mit der anstehenden Fahrt nicht einverstanden zu sein und machte sich lautstark bemerkbar. Wenn er doch nur nicht so viel Luft schlucken würde …

„Are you ready for Action, dude? Das Brummen von da unten hört sich auf jeden Fall so an, hehe."

Der Ami stand wohl auf billige Klischees aus amerikanischen Hollywood-Kriegsfilmen und musste immer einen lockeren Spruch auf den Lippen haben. Dieses Verhalten nervte, gerade nach dem heftigen Gespräch mit Sascha. Geschäftspartner blieben bei ihm bis auf weiteres ein schwieriges Thema.

„Yep, ready", antwortete er kurz angebunden.

„Ausgezeichnet" – Bills Händereiben erinnerte Alex dunkel an die goldenen Zeiten an der Börse, als die Aktien keine Grenzen kannten. Der Ami hob zu allem Überfluss sein braunkariertes Holzfällerhemd an. „Schau mal, Alter, wenn sich einer mit uns anlegen möchte, sollte er sich das besser überlegen. Mit uns ist nicht gut Kirschenessen."

Rechts vorne, zwischen Hose und Bauch, entdeckte Alex eine in den Hosenbund gesteckte Glock. Dieses Modell, wusste er auf Anhieb, benutzte die deutsche Polizei in manchen Bundesländern. Das Magazin umfasste 15 Patronen, die Treffsicherheit war atemberaubend. Wie kam Bill an eine solche Waffe? Die hatte sich bestimmt nicht im Depot befunden. Verschwieg ihm sein Partner etwas? Und selbst falls nicht, was war, wenn sie bei einer Straßenkontrolle einer Leibesvisitation unterzogen wurden? Würden ihnen die Waffenkisten nicht auf die Füße fallen? Oder Pistolen am Körper, wenn sie den Adler machen mussten? Er versuchte, seine Zweifel runterzuschlucken, aber sein Hals fühlte sich an, als sei er in einen Schraubstock gespannt. Er grübelte noch eine Weile und entschied, es war besser zu schweigen.

„Geiles Teil, was?", grinste Bill ihn an. „Wenn uns der Iwan frech kommt, werden wir ihn damit zur Vernunft bringen. Auch die Russkis laufen nicht gerne wie ein Sieb herum, hehe. Bang – Bang – Bang …"

Das abgehackte Gegacker ließ Alex das Blut in den Adern gefrieren. Die abschließenden Schuss-Geräusche machten seine Beklemmungen nicht besser, die Godzilla-Ausmaße anzunehmen drohten. Zeit, loszulegen, um sich nicht weiter den Kopf zu zerbrechen. Je mehr Kontakt er mit Bill hatte und je besser er ihn kennenlernte, umso suspekter wurde ihm die Type. Er traute ihm im Zweifel auch einen Mord zu. Verrückt genug dafür war er. Die Vorstellung, dass der Ami eine Beziehung führte, wenn auch eine Distanzbeziehung, grenzte für Alex mittlerweile an Science-Fiction. Oder war die Erzählung von seiner Verlobten Elaine eine Lüge? Wie auch immer, dieser Kerl hatte nicht alle Tassen im Schrank, das war nicht zu ignorieren. Um das Schlimmste für sich und seine Familie zu verhindern, musste er in Kauf nehmen, mit solch einem beängstigenden Freak zusammenzuarbeiten. Strukturell war das leider immer schon so gewesen.

„Hey, was ist denn mit dir los?“, holte Bill ihn wieder aus den Gedanken zurück. „Du wirkst wie eine frigide Jungfrau vor der Hochzeitsnacht.“

Verdammt, dieses verrückte Grinsen auf dem hageren Gesicht machte ihn fertig.

„Hast du die Hosen gestrichen voll?“, ließ der Ami nicht locker. „Mach dir keine Sorgen, der gute alte Bill ist bei dir. Wird schon schiefgehen, hehe.“

Der crazy Man zog sein Hemd bis kurz unters Kinn hoch und Alex sah zu seinem Erstaunen noch ein Schulterhalfter für ein kleines Kaliber und ein Kampfmesser, das auf der anderen Seite befestigt war. In Sachen Bewaffnung ließ er nichts anbrennen.

„Lass gut sein, Bill!“, antwortete er harsch und versuchte dabei besonders souverän zu klingen, um dem Pisser den Zahn zu ziehen, er sei ein ängstliches Anhängsel. „Solche Lautsprecher wie dich verspeise ich normalerweise zum Frühstück. Also mach mal halblang, sonst geraten wir wegen nichts aneinander, bevor wir überhaupt losgezogen sind. Das ist doch unnötig. Oder siehst du das anders?“

Die Frage hatte er ungewollt laut und ein wenig zu heftig gestellt. Es folgten seltsame sch-sch-sch-Laute, mit denen Bill ihn beruhigen wollte.

„War nicht so gemeint“, schwenkte der Ami auf Friedenskurs ein. „Weißt du, ich werde immer ein wenig aggro, wenn ich auf diesem motherfuckin’ was auch immer bin. So ein Schreibtischtäter wie ich macht solche Dinge wie wir nicht jeden Tag. Außerdem finde ich es besonders geil, dir meine kleinen Schätze zu präsentieren. Was glaubst du, wie schwierig es war, diese Dinge zu organisieren? Das Speed hingegen hat mir ein alter Studienfreund vorbeigebracht. Der gehörte immer schon zur schnellen Truppe, hehe."

Beinahe hätte Alex sich die Rechte laut klatschend vor die Stirn gehauen. Also doch! Die Vermutungen wurden zur Gewissheit. Der Revolutionssoziologe hatte sich bereits vor der Abfahrt die Birne zugeknallt, sodass er vielleicht bald nicht mehr geradeaus blicken konnte, sondern mit seinen kriminell aussehenden Habichtsaugen beinahe schielen würde. Jetzt sah Alex erneut, wie hart seine Gesichtszüge waren und die Bewegungen wirkten abgehackt.

„Alter Falter, wie bist du unterwegs?", sagte er schließlich. „Ich finde Leute, die nichts vertragen, sollten die Finger von Drogen lassen. Warum knallst du dir noch vor dem ersten Kilometer überhaupt was rein?"

Am liebsten hätte er Bill in den Arm genommen, der wie ein trotziger Pubertierender aussah, der zum ersten Mal von seiner Mum erwischt worden war. Die folgende Antwort sollte diesen Eindruck wohl wieder zurechtrücken.

„Damit ich es aushalte, mit blutigen Amateuren wie dir zusammenzuarbeiten."

Solch eine Unterstellung durfte er nicht auf sich sitzen lassen. Da musste eine klare Antwort her, um den anderen einzuhegen. Dabei durfte er nicht jedes Wort auf die Goldwaage legen.

„Ich glaube, wenn wir mit dieser Geschichte fertig sind, möchte ich dich nie wieder sehen. Um ehrlich zu sein, bist du mir manchmal zuwider, Partner. Aber wir sollten schauen, dass wir das Ganze professionell hinter uns bringen. Deshalb nichts für Ungut, Bill, aber weiter im Text. Lass uns die LKWs startklar machen und endlich losfahren."

Bills Augen wurden zu kleinen Schlitzen. Er fummelte unbewusst an seinem Holster herum. Alex machte aber auf dem Absatz kehrt und zeigte ihm sprichwörtlich die kalte Schulter. Niemals offen Angst zeigen und vor solch einer Flitzpiepe schon gar nicht.

Zum Glück konnte er nicht sehen, wie sein Geschäftspartner hinter seinem Rücken das Gesicht zu einer beinahe diabolischen

Fratze verzog, ihm den Stinkefinger zeigte und danach mit seinen Fingern das Teufelszeichen formte, bevor er unvermittelt wieder wie ein kleiner Lausbub grinste.

Das „Alex, mein Lieber, du wirst schon sehen, was du am guten, alten Bill hast" hörte er aber, während er zu dem ihm zugeteilten Rotkreuzfahrzeug ging, das den Konvoi anführen würde.

26.

Auf der A4 nach Dresden war bereits das polnische Krakau auf einem der blau-weißen Schilder angezeigt, als Alex' Smartphone durch den ihm bekannten Klingelton den Erhalt einer neuen Nachricht signalisierte. Das vergoldete iPhone steckte in der Halterung, sodass er nicht Gefahr lief, unnötigerweise wegen einer Verkehrswidrigkeit angehalten zu werden, wenn er automatisch nach ihm griff, um die Neuigkeiten zu checken. Da ihn ein großer blauer Brummi von rechts bedrängte, der auf die mittlere Spur wechseln wollte, hatte er ein wenig Mühe, den Bildschirm mit dem Daumen zu entsperren.

Was er sah, fand er gar nicht witzig. Die Nachricht war absurd:

Können wir bitte kurz anhalten? Ich muss scheißen. Es ist echt dringend!!!

Nikolai hatte die Nachricht in der eigens gegründeten und angeblich besser als Fort Knox gesicherten Chat-Gruppe *Ukrainian-Love* mit Wuchteffekt gesendet. Ein langer Seufzer entfuhr Alex. Dieser Trip fing ja gut an. Eine Pause zu einem solch frühen Zeitpunkt war weder eingeplant noch möglich. Dafür waren die neu gesetzten zeitlichen Parameter zu ungünstig. Außerdem sollte sich der fette Niko, wie er von den anderen genannt wurde, sein Bedürfnis dahin stecken, wo die Sonne nie schien. Wie hatte es nur so weit kommen können, dass sie genau dieses Szenario nicht bei ihren Planungen berücksichtigt hatten? Klar, zum Reinpinkeln hatten sie die LKWs mit reichlich Flaschen versehen, aber für ein großes Geschäft war keine Lösung angedacht gewesen. Wozu auch? Seine Fahrer waren schließlich gestandene Männer und hatten weder Konfirmanden- noch Altmännerblasen. Ja, sogar mehr als normale Männer. Es handelte sich bei den Mitgliedern seines

Teams um Ex-Soldaten, Polizisten auf Urlaub, Mitglieder von Sicherheitsfirmen und ehemalige Schwerkriminelle. Jungs, denen niemand so leicht ein X für ein U vormachen konnte. Wer hätte bei einer solchen Auswahl ahnen können, dass Mutter Natur nach wenigen Minuten erbarmungslos drückte? Aber vielleicht hatte Nikolai etwas Falsches gegessen oder sich irgendeinen Infekt eingefangen. In den Lastwagen scheißen ging auch nicht, ohne einen Unfall zu riskieren. Niko hatte keinen Beifahrer, der kurz das Steuer übernehmen konnte.

„Scheißendreck happens!", fluchte er laut und ungehalten vor sich hin. Den folgenden Hieb auf das Lenkrad führte er mit voller Wucht aus und tippte parallel eine Antwort:

Frühestmögliche Pause kurz vorm Grenzübergang Görlitz. Alles andere gefährdet eure Boni!!! Reißt euch zusammen, Männer!

Zufrieden mit seiner Antwort hoffte er, die Situation fürs Erste bereinigt zu haben. Doch die Hoffnung starb ja bekanntlich zuletzt.

Pling. Pling. Pling.

Drei Nachrichten trafen innerhalb kürzester Zeit ein. Er hoffte innigst, Nikolai würde jetzt keinen Terror schieben und auf die Pause bestehen. Alex müsste sie wohl oder übel in Kauf nehmen, undenkbar es sich jetzt mit einem seiner Mitarbeiter zu verderben, auf den er in den folgenden Tagen angewiesen war. Endlich gab die Verkehrssituation es wieder her, den Bildschirm zu entsperren.

Fick dich, Niko! Mensch, Alter, klemm halt die Arschbacken zusammen, Mann. Ich habe keinen Bock wegen deinem Reizdarm meine Kohle zu gefährden.

Alex feixte eine Runde. Fjodor hatte damit genau seinen Nerv getroffen.

Hast du noch alle Latten am Zaun, du Spast? Oder gibt es bei dir zu Hause kein Scheißhaus? Wenn wir jetzt wegen dir anhalten müssen, reiß ich dir deinen Kopf runter, damit du dort reinkacken kannst!

Die Jungs waren Gold wert. Auch auf Iwan schien Verlass zu sein. Das war genau der Ton, den Typen wie in seiner Mannschaft verstanden.

Kommt davon, wenn du dir im Gemalten Haus die Birne mit Apfelwein zudröhnst. Da ist der Dünnschiss vorprogrammiert!

„Hahaha."

Das eigene Lachen nach dem Lesen von Romans Nachricht klang unheimlich. Zum Glück hatten die Jungs Nikolai gekonnt einen eingeschenkt, ohne dass er ein Machtwort sprechen musste.

Er lehnte sich gerade im Fahrersitz zurück, holte eine Davidoff-Kippe aus dem Magnum-Pack und wollte sie anzünden, als er seinen Augen nicht traute. Der LKW vor ihm scherte aus und überholte die anderen. Natürlich war es Nikos LKW, der äußerst angespannt am Lenkrad saß. Oh nein! Aus den Augenwinkeln nahm er ein Rastplatzschild inklusive WC-Zeichen wahr. 1000 Meter.

Shit!

Nikolai hatte sich inzwischen an die Spitze des Zuges gesetzt, blinkte rechts, zog den LKW auf den Abbiegestreifen und steuerte den Parkplatz an. Dem Rest der Truppe blieb nichts anderes übrig, als ihm zu folgen.

Sorry, Jungs, aber geht nicht anders.

Das laute „Verdammt“ entfuhr ihm unversehens.

Kurz darauf folgte Bills *„Nein!“* bei *UkrainianLove.* Bill und er waren völlig einer Meinung, das ging gar nicht. Doch weder Befehle noch fromme Wünsche schienen etwas zu nützen. Dem Blinker folgte die Tat und Nikolai bog tatsächlich auf den Rastplatz ein.

Während die restlichen LKWs einen Parkplatz suchten, stellte Nikolai seinen unmittelbar vor dem Toilettenhäuschen ab. Alex beobachtete, wie er keine Millisekunde später aus dem Fahrerhäuschen sprang und ins Innere der Toilettenanlage sprintete. Er sah aus, als habe er die Arschbacken zusammengekniffen. Wenn er nicht stinksauer gewesen wäre, angesichts des Stopps, hätte er lauthals losgelacht.

Alex ließ seinen Blick unsicher über den Parkplatz schweifen und hoffte, dass hier nicht irgendwo zufällig die Autobahnpolizei stand, was unter Umständen eine krasse Konfrontation ergeben könnte, die so nicht im Drehbuch stand, wenn die Ordnungshüter aufgrund des wild abgestellten Lasters Probleme machten.

Alex konnte glücklicherweise keinen Polizeiwagen entdecken, aber er fühlte sich ein wenig hilflos. Gegen diese Art Ereignisse war wenig auszurichten. Wie damals, als sich seine Eltern im Dauerstreitmodus befunden hatten, und er als Einzelkind nächtelang wach lag und überlegte, was er unternehmen konnte, damit seine Eltern sich wieder versöhnten. Alle Überlegungen hatten immer nur zu der einen, unerbittlichen Erkenntnis geführt: nichts! Damals hatte er das Gefühl absoluter Ohnmacht besessen und sich geschworen, nie wieder so etwas erleben zu müssen.

Zurück im Hier und Jetzt hatte er definitiv erhöhten Pulsschlag, was er der wechselhaften Witterung, dem kühlen Wind und der tollkühnen Mission zuschrieb. Bämm – babämm – babämmm …

Er hatte beinahe das Gefühl, aus dem Mund zu schäumen. Es half nichts, er musste mit der Truppe ein ernstes Wörtchen reden und stieg aus. Einige der anderen Männer verspürten wohl kein Bedürfnis und blieben in den Lastern sitzen. Drei schienen die unverhoffte Gelegenheit aber nutzen zu wollen.

Sehr unvermittelt stürmte Bill, der gerade erst seinen Wagen verlassen hatte, auf ihn zu. „Das geht so nicht, Mann!“, brüllte er, die Selbstgedrehte schief im Mundwinkel.

Keine Frage, der Typ war auf 180. Aber völlig zu Recht.

„Auf keinen Fall“, stimmte er zu. „Ich denke, dieser Notfall wird die Ausnahme bleiben.“

„Das wird kein Einzelfall bleiben, wenn wir das nicht prinzipiell klären“, widersprach der Ami und Alex hatte den Eindruck, er mahle so sehr mit den Zähnen, dass sein Mund schon voll zerstoßenem Zahnstaub bedeckt sein müsse. „Nikolai werde ich mir vorknöpfen.“

Klar, eine Standpauke musste her, sollte aber im Rahmen bleiben. Sie waren schließlich noch längere Zeit auf Nikolai angewiesen. Hoffentlich fand Bill die richtige Mischung.

„Wir können ab jetzt unseren Reservefahrer Michail bei Nikolai mitfahren lassen“, schlug Alex in der Hoffnung vor, das Konfliktpotenzial zu dämpfen.

Aber weit gefehlt.

„Auf keinen Fall!“, schob Bill diesem Ansinnen einen Riegel vor. „Wenn ich mit Nikolai fertig bin, wird er das nächste Mal erst wieder in einer Woche scheißen.“

Der Delinquent kam beinahe federleicht aus den Örtlichkeiten zurück, hatte aber seinen Kopf zwischen den Schultern versteckt. Wie von der Tarantel gestochen stürmte Bill auf ihn los, Alex direkt hinter ihm her, bereit vermittelnd einzugreifen, sollten die Dinge eskalieren.

„Hey, Motherfucker! Was soll der verdammte Scheiß? Willst du uns den Gehorsam verweigern? Wenn Alex oder ich ‚nein' sagen, dann gehorchst du! Verstanden?"

Für den Bruchteil einer Sekunde hatte er den Eindruck, Nikolai würde donnernd loslachen. Sorgenvoll blickte er schnell zurück, innig hoffend, die anderen Männer würden diese leicht als Geste des Aufbegehrens zu interpretierende Mimik übersehen haben, als ein gigantischer Urschrei seine Aufmerksamkeit an den Ort des Geschehens zurückholte. Bill stand nur zwei Meter von Nikolai entfernt und starrte ihn mit einer beinahe diabolisch wirkenden Fratze in Grund und Boden. Der dicke Niko schien inzwischen wie gelähmt. Sein Gesichtsausdruck verströmte Panik.

„Ich werde dir gleich Respekt einbläuen, du fette Tonne", drohte Bill ihm, was angesichts von Nikos physischen Vorteilen beinahe lächerlich war.

„Nein!", brüllte Alex, um Schlimmeres zu verhindern. Seine Intervention blieb jedoch ein frommer Wunsch, denn Bill hob den rechten Arm und ... Hoffentlich gab es jetzt keinen unnötigen Kampf, der ja auch ein gewisses Verletzungsrisiko implizierte, was sie vor nicht unerhebliche Probleme stellen würde.

Bitte nicht, bitte nicht, bitte nicht, flehte Alex innerlich. Keine Schlägerei, bitte!

Blitzschnell packte Bill Nikos lilafarbenes, gefälschtes Polohemd am Kragen und schüttelte ihn, was dem Fahrer wenig auszumachen schien.

Offensichtlich wusste Niko nicht genau, wie er sich verhalten sollte. Er zeigte keinerlei Anzeichen von Widerstand. Halb im Spaß und halb im Ernst begann Bill ihn jetzt auch noch mit der geballten Faust im Magenbereich zu tätscheln. Es handelte sich nicht um feste Schläge, aber Nikos Fettleber nahm sie bestimmt wahr.

„Wenn du noch einmal die Anweisungen von Alex oder mir missachtest", brüllte Bill, „wirst du als Sieb am Straßenrand enden. Hast du das verstanden?"

Ein kreidebleicher Niko nickte mit weit aufgerissenen Augen, kriegte aber keinen Ton heraus.

„Die nächste Extrawurst werde ich als Sabotageakt betrachten und entsprechend ahnden.“

Jetzt übertreibt er aber, dachte Alex, doch dann wurde ihm schlagartig klar, auf welches Himmelfahrtskommando er sich eingelassen hatte. Niko blieb mucksmäuschenstill und ließ sich die Worte widerspruchslos gefallen. Vermutlich fürchtete er beim geringsten Widerspruch rausgeschmissen zu werden und seinen Anteil zu verlieren.

Bill ließ von Niko ab und drehte sich langsam wie ein Schauspieler zu den LKWs um. Sein betont lässiger, aber dennoch präsenter Gang erinnerte Alex an Al Pacino in Scarface. Zum Glück waren sie von der Härte des Gangster-Epos Lichtjahre entfernt. Im Gegenteil, ein Wort unter Männern zum rechten Zeitpunkt half dabei, künftige Probleme zu verhindern, versuchte er sich die Ereignisse schönzureden.

„Habt ihr das alle verstanden?“, rief Bill in die Runde, bevor er in seinen Wagen kletterte. „Wirklich alle?“

Statt einer Antwort war nur der Lärm des stetig fließenden Verkehrs zu hören.

27.

Kaum hatte Alex die LKW-Tür geschlossen und ein paarmal kräftig durchgeatmet, um sich ein wenig zu beruhigen, ertönte sein Handy. Ein Anruf auf WhatsApp.

„Wer zur Hölle ist das?“, seufzte er und blickte auf das Smartphone, das er beinahe geschmeidig in seiner Halterung entsperrte. Sein Herzschlag schien für den Bruchteil einer Sekunde auszusetzen.

N für Natascha! Er hatte sich vor der Abfahrt noch kurz von ihr verabschieden können und sie in dem Glauben gelassen, es handele sich um einen Transport für Medizin und medizinische Gerätschaften. Aber er war nur körperlich bei ihr gewesen. Seine Gedanken waren immer wieder abgeschweift zu dem bevorstehenden Abenteuer in der Ukraine.

„Alex? Alex? Alex, hörst du mich?“

Ihre Stimme klang panisch. Was ihn in Angst versetzte.

„Natascha, wie schön dich zu hören“, versuchte er möglichst locker zu wirken. „Ist deine Sehnsucht nach mir so groß, dass du es ohne mich nicht einen Tag aushältst, oder was hast du auf dem Herzen?“

Das schrille Lachen am anderen Ende der Leitung zeigte, in welch ungutem psychischen Zustand Natascha sich befinden musste.

„Alex Schutz, wenn ich es nicht besser wüsste, würde ich sagen, du bist verrückt geworden.“

„Verrückt nach dir, meine Liebe. Immer schon gewesen. Und mit jedem Tag mehr …“

Die Pause signalisierte mehr Ärger.

„Verzeih mir! Meine Sehnsucht nach dir ist riesig“, schob er schnell hinterher. „Und du weißt ja, ich bin so treu wie sonst niemand auf der Welt …“

Seine Gattin atmete scharf ein und ein langgezogener Seufzer war zu vernehmen.

„Von deiner angeblichen Sehnsucht habe ich in letzter Zeit wenig mitbekommen“, giftete sie, wobei offensichtlich war, ihr ging es um was ganz anderes.

Ihm fiel kein weiterer Spruch ein, mit dem er die Situation hätte retten können. Im Gegenteil, manchmal war Reden Silber, aber Schweigen Gold, wie ihm seine Großmutter immer wieder eingetrichtert hatte.

„Alexander, es ist …“

War die Verbindung so schlecht oder war Natascha in Tränen ausgebrochen? Unmöglich, das mit Sicherheit zu sagen. Er umklammerte das Lenkrad wie einen Rettungsring.

„Natascha? Natascha? Was ist denn los? Ich kann dich nicht hören …“

Jetzt räusperte sie sich vernehmbar.

„Alexej ist von einem fremden Mann angesprochen worden, als er am Gartenzaun spielte.“

Alex’ Herz krampfte sich blitzartig zusammen. Ein pochender Schmerz klopfte an seine Brust.

„Ist ihm was passiert?“ In seiner Stimme schwang das schlechte Gewissen mit.

„Nein. Alles in Ordnung."

Alex gab einen Seufzer der Erleichterung von sich.

„Wann?"

„Heute, am frühen Abend. Ich war gerade auf dem Hometrainer."

„Was ist genau vorgefallen?"

„Der Typ hat Alexej am Gartenzaun ausgefragt. Was seine Hobbies seien. Ob sein Papa zu Hause wäre. Ob die Brüder auch nett zu ihm seien. Wie es seiner Mutter gehe. Solche Sachen."

Ruhigen Kopf bewahren, darauf kam es jetzt an.

„Alex, sag mir bitte, dass alles in Ordnung ist."

Jetzt hätte ihm allenfalls ein ganzes Geflecht an Ausreden weitergeholfen, daher sah er davon ab und beschränkte sich auf die Defensive: „Beruhige dich, alles ist vollkommen okay. Das bedeutet nichts. Aber wie ist die Sache denn ausgegangen? Was hat unser Alexej aus dieser Situation gemacht?"

„Er hat gesagt, Nintendo sei sein einziges Hobby. Ich glaube, auf die anderen Fragen ist er gar nicht eingegangen. Dann hat der Mann mit ihm über die Spiele gefachsimpelt. Anscheinend kannte er sich aus."

Voller Zorn versetzte Alex dem Lenkrad einen heftigen Schlag und hieb sich mit der flachen Hand auf die Stirn. Sein Körper vollführte Zuckungen. Ihm kam nicht in den Sinn, wie auffällig sich sein Gebaren in der Fahrerkabine ausnehmen musste.

„Und dann?"

Die zwei verstreichenden Sekunden kamen ihm wie eine kleine Ewigkeit vor.

„Alexej sagt, der Mann sei sehr nett zu ihm gewesen. Nach ein paar Minuten sei er dann einfach weggegangen. Sehr zu seinem Leidwesen. Du weißt doch, Alexej steht nicht nur auf Nintendo, er sucht ständig nach Gleichgesinnten. Der Mann hatte es spieltechnisch wohl echt drauf."

Er griff eine neue Zigarette aus dem Maxi-Pack, die aber sofort nach unten fiel. Er checkte die Verkehrslage, bückte sich und fand sie.

„Hat der Mann versucht, sich noch einmal mit Alexej zu verabreden?"

„Nein."

Er musste kurz einem Fiat mit Oma-, Opa- und Enkel-Besatzung ausweichen. Dann zündete er die Kippe an und kurbelte das Fenster herunter.

„Wie sah der Mann aus?"

Bevor er eine Antwort erhielt, hörte er eine Menge Plings. Das musste jemand aus dem Konvoi sein, der ihm etwas Dringendes mitteilen wollte. Zur Hölle damit. Musste warten. Hoffentlich hatte sich Nikos Problem verflüchtigt und tauchte nicht mehr auf wie der Springteufel aus der Kiste. Einen Schritt nach dem anderen, Alex, wie seine Oma immer gesagt hatte, redete er sich gut zu, aber Natascha ergriff bereits wieder das Wort.

„Alexejs Beschreibungen waren nicht eben präzise. Es handelt sich um einen großen Mann, der seine blonden Haare zu einem Pferdeschwanz …"

„Sascha!", entfuhr es ihm laut und deutlich. Sofort wünschte er, geschwiegen zu haben. Wieder zuckte sein Körper in der Fahrerkabine wie von Hunderten elektronischer Blitze getroffen. Sein schlimmster Albtraum wurde wahr.

„Sascha? Wer ist das? Kennst du den Mann etwa? Sag es mir!"

Es bereitete ihm beinahe körperliche Schmerzen, seiner Frau alternative Fakten offenbaren zu müssen. „Nein, nein, ich weiß nicht … Ist mir nur so rausgerutscht. Seit einiger Zeit krieg ich viel zu wenig Schlaf … Ich denke nicht, dass ich den Typen kenne. Mach dir bitte keine Sorgen."

Neue Nachrichten erreichten sein Smartphone, die er eisern ignorierte.

Aber Natascha ließ sich nicht abwimmeln. „Und wer ist dieser Sascha?"

„Niem…"

Bevor er aussprechen konnte, klingelte sein Handy im Hintergrund. Nataschas Stimme war nicht mehr zu hören. Er schrie beinahe, damit sie ihn verstand, aber statt einer Antwort hörte er lediglich das Klingeln des Anrufers. Unfähig, sich auf das Naheliegende zu konzentrieren, scannte er das Display.

Bill! Was war jetzt los?

Verärgert riss er das goldene Phone aus der Halterung und hielt dabei die Verbindung mit Natascha.

„Was gibt es?“, gab er sich nicht sonderlich geschmeidig, aber das Gespräch mit seiner Frau hatte ihn in große Sorgen gestürzt.

„Hey Dude, dein Rotkreuz-LKW hüpft wie von der Tarantel gestochen zwischen den Fahrbahnen herum. Ist bei dir alles okay?“

Sein amerikanischer Freund meckerte an seiner Fahrweise herum, ohne überhaupt zu wissen, was bei ihm los war. Das hatte ihm gerade noch gefehlt. Er spürte, wie sein Brass, ohnehin auf hohem Level, weiter stieg. „Scheiß auf meinen Fahrstil, Mann!“, brüllte er ins Handy, das er fest an sein Ohr presste. „Solange ich keinen Unfall baue, wüsste ich nicht, was dich das zu interessieren hat.“

Die Ruhe im Äther dauerte drei Sekunden.

„Na ja, vielleicht geht es mich doch was an. Uns begleitet seit geraumer Zeit ein Auto, bei dem ich den Verdacht nicht los werde …“

„Waaas?“

Vor lauter Schreck fiel Alex die qualmende Kippe aus dem Mund, er wirkte wie ein ADHSler auf Ecstasy, als er versuchte, sie mit den Füßen auszutreten. Ein Feuer in der Fahrerkabine war das Letzte, was er gebrauchen konnte.

„Wir werden also verfolgt?“, fragte er, immer noch auf der Suche nach dem Glimmstängel.

Als er den Blick wieder hob, sackte alles in ihm zusammen. Die Fahrbahn war in kaltes, leuchtendes Blau gehüllt, alle weiteren Fragen erübrigten sich.

„Verdammt, verdammt, verdammt!“, schrie Alex und malträtierte erneut sein Lenkrad. Die rot-weiße Kelle, die aus einem zivilen Passat zeigte, biss sich stark mit dem flackernden Blau, sodass er sie ruck-zuck wahrnahm. Sie winkte ihn nach rechts. Eine Display-Laufschrift auf dem Dach des Wagens wies ihn an, auf dem Seitenstreifen anzuhalten.

Die Bundespolizei, schoss es Alex durch den Kopf – Ankündigung des Limbus. Keine Frage, jetzt war er fällig.

28.

„Hm, eine von ‚ganz oben' abgesegnete Fracht“, meinte der Beamte mit dem imposanten Schnauzer, der eine orangefarbene Warnjacke mit dem Aufdruck *Polizei* trug. „So etwas sehen wir nicht alle Tage.“

Schildbach und sein Ministerium schienen ganze Arbeit geleistet zu haben. Bislang war alles astrein und korrekt abgelaufen, auch wenn die telefonischen Rückfragen der Bundespolizisten für seinen Geschmack ein wenig zu lange dauerten. Die Minuten zogen sich wie Gummi, Alex' Nerven flatterten.

Er zog es vor zu schweigen. Wusste, wenn er jetzt den Mund aufmachte, würde er sich womöglich um Kopf und Kragen reden. Wie ein böser Nikotinjunkie zog er an seiner Zigarette.

„Ich bezweifle, dass der stellvertretende Bundeskanzler und die Außenministerin einen einzigen Blick auf die Papiere geworfen haben“, trat ein zweiter, deutlich jüngerer Polizist hinzu, der an der Schädelseite kurz rasiertes, blondes Haar trug. „Rechtlich fraglich, die Fuhre, wenn Sie mich fragen. Aber unsere Rückfrage bei der von Herrn Schildbach angegebenen Notfall-Nummer des Ministeriums hat die Zweifel einstweilen ausgeräumt. In Notzeiten wie diesen sollte die Bürokratie nicht überbetont werden.“

Mit Mühe konnte Alex einen Jubelschrei unterdrücken.

„Schildbach hat bestätigt, dass es sich bei ihren LKWs um einen humanitären Hilfskonvoi handelt, der quasi unter staatlicher Schirmherrschaft steht. Sie haben Rückendeckung, trotzdem … mehr als merkwürdig das alles“, vollendete er seine Überlegungen.

Alex biss sich erneut auf die Zunge. Das sich stetig drehende Polizeilicht machte ihn hochgradig kirre. Es schien ihm wie eine Vorwegnahme seines Schicksals. In Gedanken spürte er die vorwurfsvollen Blicke seiner Mitarbeiter auf sich lasten. Die einsetzende Stille und die impliziten Vorwürfe waren kaum auszuhalten.

„Ihre Fahrkünste sind allerdings alles andere als regierungstauglich, Herr Schutz“, schaltete der ältere Polizist mit dem Pornobalken sich wieder ein, während er den Führerschein mit den Augen auszuziehen schien.

Die beiden Bullen tauschten einige Blicke und zuckten mit den Achseln.

„Vielleicht sollten wir doch mal einen Blick auf die Fracht werfen", assistierte der Jüngere. „Immerhin könnte Herr Schutz ja versuchen, zusätzlich zur deklarierten medizinischen Ware noch Küchenmesser zur Selbstverteidigung in die Ukraine zu schmuggeln, haha. Wie man hört, ist in diesen Zeiten alles willkommen dort unten."

„Mit Küchenmessern, oder was? Hahaha!", lachte der andere Polizist. „Wenn ich da an eine Kontrolle von neulich denke, was wir da alles in einem ukrainischen Konvoi nach Berlin gefunden haben …"

„Meine Herren", räusperte sich Alex und trat mit Vehemenz die zu Ende gerauchte Kippe aus. „Tun Sie bitte, was Sie nicht lassen können."

Zu seinem Schrecken nickte der Bundespolizist mit der modischen Frisur. Genau mit dieser Reaktion hatte er nicht gerechnet. Obwohl er dennoch nach außen cool wirkte, hoffte er, Nataschas rote Schachtel würde unentdeckt im Handschuhfach bleiben.

„Nehmen Sie meinetwegen den gesamten Konvoi auseinander", schob er schnell hinterher. „Aber beeilen Sie sich! Wir sind stark in Verzug. Vielleicht reicht ihnen ja mein Ehrenwort, dass die Ladung sauber ist. Auch die Beglaubigung der Bundesregierung sollten Sie nicht missachten. Also wenn Sie sich keinen Ärger mit den Oberen einhandeln wollen, lassen Sie uns passieren!"

Der Old-School-Bulle runzelte ausgiebig und beinahe amüsiert die Stirn. Er rückte seinen Pistolenholster zurecht und kratzte sich ausgiebig am Sack.

„Solche Versicherungen hören wir beinahe täglich, das können Sie mir glauben. Wissen Sie, wenn wir auf solche Drohungen anspringen würden, könnten wir gleich in Rente gehen."

Innerlich zählte Alex bis fünf. „Jede Sekunde, die wir hier verlieren, bedeutet unsägliches Leid für Kinder, Frauen und Männer in der Ukraine, im Zweifel auch für verletzte Russen. Unsere Medikamente retten Menschenleben …"

„Danke Ihnen für die Kooperation", unterbrach ihn der Jüngere unvermittelt. „Das hat uns der Herr Abgeordnete bereits telefonisch mitgeteilt. Unsere Dienstpflicht gebietet es uns jedoch, dennoch einen Blick auf …"

Das letzte Wort hing wie ein Damoklesschwert in der Luft und Alex ärgerte sich über sein Angebot, aber eine „offizielle" Untersuchung gegen seinen Willen hätte schlicht unmögliche Dellen in das Zeitmanagement gehauen. Es war also besser, alles auf eine Karte zu setzen, statt einen langsamen Tod zu sterben. Atemnot machte ihm zu schaffen. Er hatte Mühe, Luft zu kriegen und noch mehr, das Problem nach außen zu verheimlichen.

„Ihre Fuhre wird also dringend erwartet?", begann einer der Ordnungshüter erneut, aber Alex durchschaute das als eine Finte, ihn zum Reden zu bringen.

Deshalb nickte er wie eine Diddel-Maus: Ja, ja, ja! Verdammt nochmal! Wohlweislich biss er sich auf die Zunge, sonst hätte er das Beamtenduo mit einer Schimpftirade überschüttet.

„Okay. Dann genügt ein Blick in Ihre Fahrerkabine. Mein junger Kollege wird Sie begleiten."

Alex fiel alles aus dem Gesicht. Er wusste nicht, ob er lachen oder weinen sollte. Immerhin war seine vermutlich besser als Bills Kabine.

„Natürlich", sagte er, so verbindlich er konnte, bestrebt bei der einmal eingeschlagenen Marschrichtung zu bleiben und machte dem Jüngeren ein Zeichen, ihm zu folgen. „Kommen Sie bitte mit."

Ein pochender Schmerz schien ihm den Brustkorb zu zerreißen, aber er musste jetzt weiter den kooperativen Autofahrer mimen, sonst war alles verloren. Wenn die Typen Verstärkung anforderten und der Konvoi akribisch untersucht wurde, waren sie geliefert.

Unter Aufbietung letzter Kräfte gelang es ihm, organisch und möglichst unauffällig zu gehen. Er bildete sich ein, den Atem des Bullen in seinem Nacken zu spüren, was auf seinem Oberkörper eine Gänsehaut hervorrief. Millionen von Ameisen krabbelten an seinen Armen und auf seinem Rücken entlang.

„Bitteschön", meinte er, nachdem er die Tür geöffnet hatte und trat einen Schritt zurück.

Der Polizist schaltete die Taschenlampe ein und leuchtete die Fahrerkabine von hinten nach vorne sorgfältig aus. Der Strahl der Taschenlampe kam Alex wie ein Bündel Röntgenstrahlen vor. Bitte nicht das Handschuhfach, flehte er innerlich. Dann würden sie ein Wunder benötigen, das sie rettete … Von Wundern, die es immer wieder gab, hatte seine Oma ihm in seiner Kindheit vorgesungen. Sie war ein großer Fan von Zarah Leander.

„Herr Schutz?"

Für den Bruchteil einer Sekunde glaubte er, alles sei verloren. Mit äußerster Selbstbeherrschung gelang es ihm, sich zusammenzureißen und seiner Stimme Festigkeit zu verleihen.

„Ja, bitte?"

„Sie wissen schon, dass Sie da ein ganz gefährliches Spiel betreiben?"

Was sollte das jetzt? Hatte ihn der fucking Cop etwa an den Eiern?

„Was meinen Sie?", gab er sich ahnungslos.

„Immer dasselbe", gab sich der Cop sibyllinisch. „Leider."

Am liebsten hätte Alex vor Verzweiflung in den Asphalt gebissen. Sein Handy begann zu vibrieren. Natascha! Oh Gott, das fehlte noch. Hoffentlich machte sie sich nicht zu viele Sorgen aufgrund des unterbrochenen Gespräches von vorhin. Oder war Alexej oder jemand anderes aus seiner Familie etwa erneut von Sascha bedroht worden? Momentan konnte er auf keinen Fall rangehen. Er musste ein Feuer nach dem anderen löschen. Schweren Herzens drückte er seine Frau weg.

„Herr Schutz, hallo?"

Er kam sich vor wie beim Namensquiz. Der Bulle sah ihn fragend an.

„Sorry, meine Frau am Handy …", tauchte Alex aus der Versenkung wieder auf und versuchte eine Unschuldsmiene aufzusetzen. „Immer wenn ich auf Reisen bin, macht sie sich Sorgen", versuchte er es mit Gaslightning.

„Genau das ist mein Problem. Wir haben Sie eine Zeit lang beim Fahren beobachtet. Wenn es Ihnen tatsächlich so wichtig ist, die Medikamente rechtzeitig an ihren Bestimmungsort zu bringen, sollten Sie auf keinen Fall während der Fahrt telefonieren."

„Ich … äh …"

„Leugnen ist sinnlos! Ich warne Sie. Durch Smartphones werden mehr tödliche Unfälle verursacht als durch Alkohol am Steuer."

Die Synapsen feuerten unablässig. Alex stand unter Starkstrom.

„Ich …"

Doch er kam einfach nicht weiter.

„Nur noch Gespräche", wies ihn der Polizist wie einen Schülerbuben zurecht, „wenn sich das Handy in der Halterung befindet. Haben Sie das verstanden, Herr Schutz?"

„Äh … okay, okay." Unauffällig schluckte er. Wie von Zauberhand wanderten seine Finger an die Nase.

„Sonst gibt's ne Menge Punkte in Flensburg, das kann ich Ihnen versprechen. Und vor allem: Dann wird Ihre Ladung niemals in der Ukraine ankommen …"

Alex war so baff, dass er keinen Ton der Entschuldigung über die Lippen brachte.

„Und noch ein Letztes."

„Äh … ja?"

„Kippen auf dem Fußboden auszutreten, ist ein Tanz auf dem Vulkan." Der Polizist räusperte sich. „Also wenn Sie schon nicht auf die Glimmstängel verzichten können, dann besorgen Sie sich einen Aschenbecher. Aus dem Fenster werfen geht auf keinen Fall wegen Umweltverschmutzung und so weiter. Ist das zu Ihnen durchgedrungen?"

Beinahe hätte er „Jawohl, Herr Wachtmeister" gesagt, hielt sich aber in letzter Sekunde zurück. Stattdessen nickte er bedächtig und betont reuevoll und hauchte: „Klar wie Kloßbrühe." Gerade wollte er ein Wort des Dankes für die Kooperation anbringen, da ertönte der tiefe Bass des Kollegen. Zuerst konnte er die Worte des Schnurrbartträgers nicht verstehen, erst als der ältere Polizist sich zu ihnen umwandte.

„Dirk, Dirk, wir müssen schnell weiter. Notfall! Beeil dich! Ich erklär's dir im Auto!"

Alex stand da, wie zur Salzsäule erstarrt.

„Dann müssen wir die Frachtkontrolle auf ein anderes Mal verschieben", meinte der jüngere Bulle, warf Alex einen eindringlichen Dienstblick zu und zwinkerte abschließend. „Ich wünsche Ihnen eine gute Weiterfahrt. Aber wenn ich Sie vor der Grenze noch einmal mit dem Handy beim Fahren erwische, ist Feierabend, gleichgültig, wer Ihre Papiere unterschrieben hat oder wie sehr die Ukraine die Medikamente benötigt. Ich habe für die Sicherheit auf Deutschlands Straßen und das Leben aller Verkehrsteilnehmer zu sorgen."

Alex hätte vor lauter Glück die Welt umarmen können.

29.

Gerade als Alex den Anlasser starten wollte, dachte er an sein Handy. Mit geschlossenen Augen und zitternden Händen steckte er es in die Verankerung. Die Angst hielt ihn wie im Würgegriff umklammert. Auf jeden Fall musste er Natascha dringend Sicherheitshinweise geben, wie sie sich in den kommenden Tagen verhalten sollte. Saschas Botschaft war eineindeutig. Das Ganze war als eindringliche Warnung an ihn zu verstehen, die er mitnichten auf die leichte Schulter nehmen durfte. Er bemerkte, wie es ihm zu viel wurde. Das erste Mal seit Ewigkeiten, dass ihm Dinge über den Kopf zu wachsen drohten. Wo war der souveräne Alex der Vergangenheit geblieben, der alles und jeden fest im Griff hatte?

Er entsperrte das Handy und drückte Nataschas Kurzwahltaste. Nach dem fünften Tuten sprang der Anrufbeantworter an und obwohl er Nataschas Stimme hörte, die er liebte, machte sich ein Gefühl der Verzweiflung in seiner Brust breit.

„Herzlichen Glückwunsch, Sie haben versucht mich zu erreichen und es beinahe geschafft! Leider sitze ich momentan bei einem Glas Champagner und Kaviarhäppchen mit der Inhaberin meiner Lieblingsboutique zusammen und habe keine Zeit zu telefonieren. Bitte hinterlassen Sie eine Nachricht. Bussi."

Nataschas „Luxus"-Humor. Sonst hatte er ihm immer gefallen. Heute ging er ihm gewaltig auf den Zeiger. Sehnsüchtig wartete er auf das erlösende Piep-Zeichen.

„Natascha, was ist los, warum gehst du nicht ran? Hör zu, wir müssen unbedingt reden. Melde dich, sobald du kannst. Lass die Kinder bis dahin nicht unbeaufsichtigt aus dem Haus. Bewahre vor allem Ruhe!"

Die Worte hatte er ausgespuckt wie ein deutsches Maschinengewehr Munitionssalven. Seine Gedanken schlugen lustige Kapriolen in alle Richtungen, doch er musste sich unbedingt fokussieren. Kurz entschlossen versuchte er es noch einmal.

„Natascha: Geh nicht mehr allein aus dem Haus, hörst du? Ich werde dir so schnell wie möglich jemanden schicken. Jemanden, der zuverlässig ist und auf euch aufpasst. Mach dir keine Sorgen, aber bitte hör auf mich. Es ist nur zur Sicherheit. Ich werde dir alles erklä…"

Plötzlich stockte er mitten in seiner Ansage. Dachte angestrengt nach. Seine Botschaft war kaum dazu geeignet, Zuversicht zu verbreiten. Der folgende Piepton signalisierte, dass die Zeit, Nachrichten zu hinterlassen, abgelaufen war. Er seufzte und drückte beinahe automatisch die Kurzwahltaste. Er hatte sich vorgenommen, zügig und ohne Unterbrechung zu reden.

„Entschuldige, mein Engel. Vergiss meine seltsame Nachricht von eben! Ich bin überarbeitet. Und der fehlende Schlaf. Du weißt, wie sehr ich meinen Schlaf benötige, um gut zu funktionieren. Mach dir auf keinen Fall Sorgen. Es gibt nichts, was wir zu befürchten haben. Dennoch solltest du auf dich und die Jungs aufpassen. Du weißt ja, wie viele Sexualverbrecher es gibt. Der Typ heute war vermutlich solch ein Sittich. In unserer wunderschönen Nachbarschaft, unfassbar. Zum Glück ist Alexej nichts passiert. Um euch zu beschützen und um dir … hm, vielleicht auch die viele Arbeit zu erleichtern, werde ich jemanden vorbeischicken. Ist zwar völlig unnötig, aber dann muss ich mir keine Sorgen mehr machen, solange ich unterwegs bin. Den kannst du dann auch als Chauffeur benutzen oder um dir bei den Einkäufen zu helfen …"

Unschlüssig trommelte er mit den Händen auf dem Lenkrad. Von einer scheinbaren Intuition heimgesucht, wollte er bereits nach dem Handy in der Halterung greifen, hielt sich aber in letzter Sekunde zurück. Das konnte sein Todesurteil bedeuten. Vielleicht hatten sich die Bad Cops von vorhin an seine Fersen geheftet und warteten auf einen weiteren Fehler.

Mit dem Nagel des rechten Daumens ritzte er ACAB in das schwarze Armaturenbrett. Sollten die Pisser ihn doch deswegen anhalten. Dann würde sie Alex Schutz' geballter Zorn treffen. Schließlich tat er, was er tun musste. Er war schon immer von lauter Feinden umzingelt, die ihn alle zu vernichten trachteten. Statt es wie ein Mann mit ihm persönlich auszutragen, lauerten die Aasgeier seiner Familie auf. Seiner über alles geliebten Familie! Beim Gedanken daran bebte sein ganzer Körper, seine Gesichtsfarbe nahm ungesunde Farbschattierungen an. Zeit, die Zügel des Handelns wieder in die Hand zu nehmen. Er wünschte, alles wäre vorbei!

Laterne um Laterne flog an ihm vorüber. Die weiß-schwarzen Pfosten an der Fahrbahnseite verschmolzen mit dem Dunkelgrau des Asphalts. Er spürte, wie sich die Erschöpfung gegen die Aufregung des Tages stemmte. Deshalb entnahm er dem Familien-Vorratspack Red Bull, der auf dem Beifahrersitz stand, eine Dose. Die ersten Schlucke der süßen Plörre widerten ihn an. Nach wenigen Sekunden hatte er die Dose gelehrt. Auch in solchen Fällen hatte seine Oma eine passende Lebensweisheit auf Lager: Die Not treibt's rein.

Als die ersten Takte von Tschaikowskis 5. Sinfonie ertönten, wurde er schlagartig aus seinem Gedankenkarussell befreit, an wen er sich hilfesuchend wenden konnte. Wenn der Prophet nicht zum Berge kam, musste der Berg halt zum Propheten kommen. Auf dem Display leuchtete groß und deutlich der Name: Nok. Den Bruchteil einer Sekunde später hatte sein Gehirn die Informationen prozessiert und er witterte seine Chance. Das war des Rätsels Lösung. Klaro. NOK! Für einige Sekunden wähnte er sich der Lösung näher. Das Schicksal meinte es gut mit ihm, dem Goldjungen und Sonntagskind.

„Hi, Nok, du ahnst gar nicht, wie sehr ich mich über deinen Anruf freue", meldete er sich überschwänglich.

„Hallo Alek. Ick muss mit dil leden", antwortete Nok – für seinen Geschmack ein wenig unterkühlt. Er hatte ihr die Sache mit dem verweigerten Geld überhaupt nicht übel genommen.

„Super, Nok. Ich nämlich auch mit dir."

„Alek …"

„Moment Nok, hör DU mir bitte erst einmal zu. Ich wollte mich entschuldigen, für alles, was vorgefallen ist. Sei mir bitte nicht länger böse. Lassen wir die Vergangenheit, Vergangenheit sein, okay?“ Da keine Antwort kam, fuhr er fort. „Ich bin gerade unterwegs und es ist mir nicht wohl beim Gedanken, meine Familie allein in Frankfurt zurückgelassen zu haben. In letzter Zeit hatte ich etwas Ärger mit … mit …“ Was konnte er Nok offenbaren? „Sagen wir mit einigen zwielichtigen Gestalten.“

„Alek!“, schrie sie ihn an.

Ihre Anrede klang weder leise noch höflich, ganz entgegen der thailändischen Natur. Obwohl er um ihre Position innerhalb der Thai-Mafia wusste, schrak er angesichts des in der Stimme liegenden Energiepotenzials zusammen.

„Ich benötige lediglich Schutz für meine Family. Nichts Ernsthaftes, mehr so zur Abschreckung, du weißt schon. Du hast doch sicher jemanden an der Hand, der dafür in Frage käme, vielleicht einen MMA-Kampfsportler oder so. Alles ganz safe, für beide Seiten, weißt du. Also bitte nicht so eine weichgespülte Type, die schneller mit dem Schießeisen hantiert als Frau Propper mit dem Bügeleisen.“

Der Witz schien nicht zu zünden, was er ihr nicht verübelte. Er hoffte, sie würde ihn nicht fragen, wieso er nicht Saschas Dienste anfragte.

„Die Bezahlung ist gar kein Problem“, wollte er Nägel mit Köpfen machen.

„Alek, halt endlich deine Mund! Ick muss dil was Wichtiges sagen.“

Der Inhalt der Worte drang nicht bis zu seinem Kleinhirn vor, aber ihre Tonlage suggerierte ihm Unheil.

„Ick kann nik deine Familie beschützen.“

Als hätte er das von ihr persönlich verlangt, er wusste doch nur zu gut, die gute Nok war in der Management-Ebene tätig und machte sich selbst nicht die Finger schmutzig.

„Ick hab gloßes Poplem, Alek.“

Da war sie nicht allein.

„Alek, jemant hat Killel für dik bestellen wollen.“

Natürlich irritierte ihn das Wort Killel, aber nach 1,5 Sekunden fiel der Groschen.

„Waaas?“

Am anderen Ende der Leitung seufzte seine thailändische Freundin.

„Ja, tut mil leid, abel jemand will dik aus Weg läumen. Hat jedenfalls velsucht bei mil.“

Alex öffnete das Fahrerfenster und schnappte wie ein Welpe in einem kochend heißen Auto nach frischer Luft. Seine nächste Bewegung galt der Kippen-Schachtel. Die verdammten Dinger brachten ihn noch unter die Erde. Passend dazu begannen die Schmerzen auf Herzhöhe. Er schiss drauf und zündete sich die neue Kippe an.

„Wer, Nok? Wer?“

„Dalf ick dil nigt sagen, Alek. Sonst ick bin tot.“

Blitzschnell kapierte er, es würde nicht viel Sinn machen, mit Nok zu diskutieren. Es grenzte beinahe an einen Liebesbeweis, dass sie sich ihm überhaupt offenbart hatte. Wenn er doch nur wüsste, wer …

„Okay. Aber eine Sache noch. Damit ich weiß, was auf mich zukommt. Hast du den Auftrag angenommen?“

Kurz dachte er, keine Antwort zu erhalten.

„Natülik nik …“

„Danke, Nok.“

„Pass auf dik auf, Alek.“

Das Tuten in der Leitung signalisierte ihm, dass er ohne sie zurechtkommen musste.

30.

Eine Weile fuhr er wie paralysiert weiter. Immer wieder warf er den in Dunkelheit getauchten Feldern einen sehnsuchtsvollen Blick zu. Hier und da standen einzelne Gehöfte. Wie er es bereits als Kind während längerer Fahrten mit seinen Eltern getan hatte, stellte er sich jetzt vor, welche Schicksale sich in den Gebäuden abgespielt hatten. Wie früher besaß es einen großen Reiz für ihn, sich auszumalen, er könnte das alte Leben ablegen und in ein anderes eintauchen. Für wenige Sekunden erfüllte ihn diese Idee mit

Erleichterung, doch dann wurde ihm wieder klar, nichts hatte sich an seiner Situation geändert. Es war ein Höllenritt, dem er nicht entkommen konnte. Alle kindlichen Fantasien über Fluchtmöglichkeiten halfen nicht weiter. Und dabei waren sie gerade erst losgefahren.

Trommelwirbel auf dem Lenkrad.

Kurz – kurz – kurz - laaang.

Laaang – laaang – laaang – kurz.

Doch bevor ein bestimmter Beat entstehen konnte, wechselte er wieder.

Kurz – laaang – laaang – kurz.

Das machte Spaß, lenkte ab. Wenn auch nur für Sekunden. Er musste sich auf den Verkehr konzentrieren.

„Du musst professionell bleiben, Alter. Egal, was passiert. Wenn dich jemand in diesem Zustand sieht, kriegt er es mit der Angst zu tun und ruft die Staatsmacht." Er wollte nicht länger an verrückte Rocker, thailändische Killer, Bullen oder Zöllner denken. Apropos: Beim letzten Wort rutschte ihm das Herz beinahe in die Hose. Ein zufälliger Blick auf den Navigator zeigte ihm an, die polnische Grenze nahte in Riesenschritten. Das Navigationsgerät offenbarte, sie befanden sich oberhalb von Löbau. Die erwartete Fahrzeit betrug noch zirka 30 Minuten.

„Scheiße!"

Seine Nerven lagen blank. Selbstgespräche waren ein schlechtes Omen. Ein aus dem Nichts auftauchendes Pling holte ihn zurück. Eine Textnachricht von Natascha. Er atmete auf.

Sorry Schatz, ich habe gerade erst deine Nachrichten abgehört. Ist wirklich alles in Ordnung bei dir? Du wirkst seltsam. Ich melde mich morgen. Mach dir keinen Stress. Ich passe auf alle auf. Heute hatte ich mit meinen Ladies bereits Champagner, aber da ich ohne dich schlecht schlafe, habe ich eben eine Schlaftablette genommen – dito kann ich nicht mehr auf deinen Anruf warten, sonst erhalte ich nicht genug Schönheitsschlaf. Dann wirst du dich von mir abwenden und dir eine andere suchen. Das muss ich auf jeden Fall verhindern. Bussi.

Natürlich riss er nach dem Lesen der Nachricht das Handy aus der Verankerung und drückte die Kurzwahltaste. Die Sehnsucht war schuld, nein, die Unsicherheit, wie er sich rasch eingestand.

Saschas Annäherungsversuche hatten ihm den Zahn gezogen. Verflucht!

Tut – tut – tut. Schließlich sprang die Mailbox an. Enttäuscht legte er sofort auf. Probierte es erneut. Ohne Erfolg. Der ihm wohlbekannte Text folgte. Er schaltete die Ohren auf Durchzug.

„Geh ran verdammt", brüllte er. „Ich muss dich sprechen …"

Er fühlte sich schutzlos den Mächten ausgeliefert, die er herbeigerufen hatte. Keine Perspektive auf Besserung. Es sei denn, die Fuhre würde glücken und sie konnten wieder ein glückliches Leben im Kreis der Familie führen …

Ein letzter Versuch scheiterte. Nataschas Worte auf dem AB gingen ihm durch Mark und Bein. In seinem Inneren sah er sein wunderschönes Zuhause. Aber auch, wie Sascha, Abel, Blochin und andere Gangster sich vor dem Gartenzaun herumtrieben und diesen zu überwinden gedachten. Sie feixten, rieben sich die Hände, zeigten sich gegenseitig die brutalsten Folterwerkzeuge und vollführten eindeutige Gesten. Schweine!

Alex biss sich die Zunge blutig, um die Vision loszuwerden. Er schmeckte Eisen. Die Wunde war nicht schlimm. Der damit verbundene Schmerz schon eher. Er schloss die Augen und riss sie unvermittelt wieder auf.

„Wer kann meine Familie schützen, solange ich unterwegs bin?", sprach er zu sich selbst. Es fehlte nicht viel und er hätte an seiner geistigen Zurechnungsfähigkeit gezweifelt. „Wer?"

Er ging die Optionen im Kopf durch. Blieb bei einem Namen hängen. Franjo …

Franjo – Franjo!

Der Kroate war ihm von jeher besonders zwielichtig erschienen, aber im Moment die beste Wahl. Die Frage, ob Franjo es tatsächlich mit Onkel Wlads Neffen oder Blochins Jungs aufnehmen konnte, wollte er nicht aufkommen lassen. Aber es war, wie es war, und er musste jemanden als Beschützer auswählen. Franjo war der Auserkorene. Umständlich suchte er nach seiner Nummer. Verdammt, war diese unter F oder unter dem Nachnamen gespeichert, der ihm partout nicht einfallen wollte? Schließlich fand er das Gewünschte und gab einen erleichterten Seufzer von sich.

„Hey, was geht?"

Franjo live. Fit, aggressiv, immer voll da. Vielleicht auch drauf. Und wenn's nur Steroide waren.

„Alex hier."

„Welcher Alex?"

„Alter, du kennst doch meine Stimme."

„Bin ich hier beim verfickten Jauch? Gleich reicht's mir. Ich kenne einige Typen, die Alex heißen. Also, wer ist da?"

Franjo schien unter Druck zu stehen. Oder er war besonders vorsichtig.

„Alex Schutz."

Das schrille Kichern aus Franjos Kehle klang seltsam.

„Nee, oder? Schutzi-Butzi, du? Ich hab gehört, du bist auf Reisen gegangen und hast deine wunderschöne Familie allein in Frankfurt gelassen."

Die Fragezeichen in Alex' Kopf nahmen zu. Franjo war ebenso eingeweiht. Von wem? Noch fünfzehn Minuten bis zur Grenze verriet ihm ein schneller Blick auf den Navigator. Zeit, den Deal fix zu machen. An der Grenze musste er präsent sein, geistesgegenwärtig, und durfte sich nicht am Handy mit einem kroatischstämmigen Deutschen unterhalten, der im Frankfurter Rotlichtviertel bekannt war wie der sprichwörtliche bunte Hund.

„Genau, darum geht's. Kannst du sie beschützen, bis ich zurück bin?"

Der Pfiff am anderen Ende der Leitung war scharf. „Hab ich ne Armee im Keller? Wo soll ich die herzaubern, hahaha?"

Der Wichser kam sich lustig dabei vor, ihn in die emotionale Hölle zu schicken.

„Es ist ein Angebot. Ich brauche dich vier Tage, vier Tage, in denen meine Familie sicher ist. Nenn mir eine beliebige Zahl und du kriegst die Summe."

Während es in der Leitung rauschte, konnte er Franjo innerlich beim Grübeln zuschauen.

„Hallo?", brüllte er in den Hörer, um den Vorgang ein wenig zu beschleunigen.

„Bei den Leuten, mit denen du dich eingelassen hast, passe ich wohl lieber", meldete sich ein kleinlauter Franjo.

Zieht also den Schwanz ein, dachte Alex. Machte sonst immer auf Rambo und Terminator in Personalunion, nässte sich aber ein, wenn es gegen wirkliche Männer ging. So ein Lutscher.

„Du kennst doch bestimmt ein paar gute Jungs, Franjo. Ich bin gleich an der Grenze. Da muss ich schlussmachen. Sag mir einfach eine Zahl."

Wieder rauschte die Leitung. Zum Glück blieben Funklöcher aus. Eine Zahl, eine Zahl, eine Zahl. Nenn eine Zahl, Meister Propper!

„Weiß nich … muss drüber nach..."

Alex fluchte durch den Hörer. Definitiv die falsche Antwort.

„Zehn Riesen plus X", platzte Franjo raus.

„Topp", schlug Alex ein, bevor dieser es sich anders überlegen konnte.

„Allerdings dauert es ein paar Stunden, bis ich meine Brudis erreicht habe."

Jetzt fing er auch noch mit Babysprache an. „Von wem redest du?"

„Jungs, die nichts anbrennen lassen. Gegen die sind alle anderen der reinste Kindergarten."

„Hervorragend. Es geht darum, vor meinem Haus Wache zu schieben, damit niemand, ich betone niemand, meine Familie belästigt?"

„Das ist …"

„1000 Steine extra für dich."

„Ich denke, das schaffe ich."

„Deal!"

Er klickte das Gespräch weg. In der Ferne konnte Alex bereits den grell erleuchteten Grenzübergang sehen. Die Autos begannen bereits abzubremsen. Die Lichterkakophonie in rot-orangenen Tönen kam ihm wie ein Flammenmeer aus der Apokalypse vor.

31.

„Dann wünsche ich Ihnen noch eine gute Fahrt. Sie wissen gar nicht, was Sie durch Ihren Transport für ein gutes Werk tun“, hatte der Zöllner Alex zum Abschied mit auf den Weg gegeben.

Soeben hatten sie die Grenze nach Polen glücklich passiert. Die Grenzkontrolleure hatten sich die Papiere genauestens angeschaut und den Konvoi anstandslos durchgewunken. Nicht einmal eine Augenbraue hatte der dazu gerufene Oberzöllner gehoben. „Unsere Brüder und Schwestern in der Ukraine sind auf Hilfe wie die Ihre angewiesen. Gott sei mit Ihnen und beschütze Sie.“

Das Ganze war für Alex’ Geschmack beinahe ein wenig zu smooth gewesen, wenn er an die bisherigen Stolpersteine der Reise dachte. Nach den religiösen Segenswünschen hatte Alex den Eindruck gehabt, der polnische Staatsbeamte habe strammgestanden und salutiert.

Kurz hinter der Grenze auf polnischem Terrain klingelte Alex’ Handy erneut und er zuckte zusammen. Nach dem ganzen Telefon- und digitalen Terror der letzten Stunden war er in dieser Hinsicht schlecht konditioniert und erwartete gleich das Schlimmste. Aber es war Bills Nummer, der im LKW direkt hinter ihm saß.

Hoffentlich kein neuer Ärger, dachte Alex inniglich, wir müssen nur noch eine Weile miteinander aushalten, dann kann jeder friedlich seiner Wege ziehen, wir werden uns nie wieder in die Quere kommen und jeder kann mit seinem Teil der Beute …

„Läuft ja wie geschmiert“, witzelte ein offensichtlich gut gelaunter Bill, nachdem Alex rangegangen war, und er vermochte nicht, ein helles Auflachen zu unterdrücken.

„Dein Wort in Gottes Ohr.“

„In Amerika gibt es ein weltberühmtes Sprichwort dafür: In God we trust.“

Bills Spruch machte Alex wieder einmal unmissverständlich klar, auf was es in den USA ankam. Dort gab es nur eine Farbe, eine Religion und ein alle Menschen verbindendes Credo: Greenback, Greenback, Greenback, auf denen der von Bill zitierte Spruch gedruckt war …

„Lass uns schauen, dass wir Land gewinnen", sprach Alex am Ende des Telefonats. „Jeder Kilometer ohne Probleme ist ein gewonnener …"

Der Amerikaner begann „Goin' down the Road feelin' bad!" zu summen. Der Titel eines bekannten kanadischen Country-Songs schien Alex trotz des Adjektivs „bad" ein gutes Omen zu sein und die Melodie hatte sich in seinem Kopf festgesetzt. Jetzt würde er den Ohrwurm für einige Zeit nicht mehr loswerden. Ja, die Strecke langsam, aber umso sicherer hinter sich zu lassen und sich dabei dem Bestimmungsort zu nähern, lautete jetzt die Devise. Sich zusammenzureißen, die Männer, ja, den ganzen Laden zusammenzuhalten und die Transaktion professionell ohne jegliche Scherereien über die Bühne zu bringen. Dann wäre alles geklärt. Für die nächste Zeit zumindest, alles weitere würde sich zeigen.

Kurz vor Krakau herrschte ein durch Baustellen bedingter Stau. Die Autos schalteten die rot-orangefarbenen Warnblinkanlagen ein. Das Lichtermeer schien gedämpft zu ihm herüber, aber der Anlass war ärgerlich.

Hoffentlich geht das bald vorbei, flehte er im Inneren und presste die Lippen aufeinander. Wir werden erwartet, dringend sogar …

Er war dankbar für Ablenkung, rechnete jede Sekunde mit einem Anruf, der ihn in die nächste emotionale Hölle jagen würde. Doch sein Smartphone blieb stumm. Beinahe konnte er die Stille nicht mehr aushalten. Er wollte nach dem iPhone greifen und den anderen eine Nachricht schicken. Irgendeine, um die unerträgliche Einsamkeit zu durchbrechen. Doch welche? Er verwarf den Gedanken als pubertär und erinnerte sich an den Ratschlag seiner Oma Emma, ruhiger zu werden, gerade in Situationen der inneren Anspannung ... Wieso sollte er die Männer aufscheuchen, wenn es nichts zu sagen gab? Da konnte es leicht passieren, Dinge anzustoßen, die besser gar nicht aufs Tapet kamen. Und Natascha? Die schlief bestimmt selig. Nok? Sascha? Franjo? Undenkbar, wozu auch? Alles war geregelt. Also war es besser, leise zu treten, die Stille der monotonen Fahrt mit sich allein auszumachen und zu hoffen, dass die Mission ihm nicht um die Ohren fliegen würde.

Er wandte den Blick nach rechts. Ein altes Ehepaar saß in einem graulackierten Skoda. Bei beiden Insassen hing der Mundwinkel bis ganz nach unten durch. Das Leben war hart, keine Frage. Aber derartiger Missmut bei Otto-Normal-Bürgern frustrierte ihn. Die hatten nicht einmal einen geringen Prozentsatz des Kreuzes zu schleppen, das auf seinen Schultern lastete, zogen aber Gesichter, als seien sie von Gott härter geprüft worden als Abraham. Ein kurzes Hupen forderte ihn auf, wieder ein paar Meter vorzurollen. Gut so. Bill passte auf ihn auf, so, wie es sein sollte. Er erhob sich im Sitz, machte sich groß und versuchte zu sehen, wann die verflixte Baustelle kam. Doch das Ende der Autoschlange war nicht zu erkennen.

Zu seiner Linken bewegte sich ein roter VW Golf zentimeterweise vorwärts. Irgendwas stimmte mit dem Auto nicht, oder spielte ihm sein übermüdeter Geist einen Streich? Automatisch langte er nach rechts und angelte sich eine neue Red Bull-Dose. Aufgrund des staubigen Inneren in der Fahrerkabine und der zahlreichen konsumierten Zigaretten schmeckte er kaum noch die vielfältigen chemischen Nuancen des Getränks. Nach einigen Schlucken merkte er aber, wie Zucker und Koffein das Oberstübchen kickten.

Also wagte er einen neuen Versuch. Blick nach links in Zeitlupe. Tatsächlich: Der rote Passat war im Gegensatz zu den anderen Autos wie ein Weihnachtsbaum erleuchtet. Auf dem Beifahrersitz saß eine Frau, Mitte dreißig, die sich gut gehalten hatte. Schöne Wangenknochen, schlanker Hals und eine üppige Auslage, die unter einer freizügig geschnittenen Bluse hervorlugte. Nur die eindeutig aus den Zeiten des Kalten Kriegs stammende Beton-Dauerwelle des blond-braunen Haarungetüms befremdete ihn. Den Fahrer des Autos konnte Alex nicht zur Gänze sehen, aber er war sicher, es handelte sich um den Ehemann der adretten MILF. Offensichtlich suchte er etwas im Becherhalter.

Alex nahm die Rückbank des in Deutschland produzierten Gefährts in Augenschein. Dort saß ein Mädchen, das sich in der späten Pubertät befand – direkt hinter der Mutter. Sie hatte lange, brünette Haare, die wie ein Teppich an ihrem Rücken herunterfielen. Das Gesicht glich demjenigen der Mutter, nur dass es deutlich frischer und frecher wirkte. Die junge Frau lutschte hingebungsvoll an einem länglichen Lolli, den Alex in Deutschland noch nicht gesehen hatte und der die Form einer Miniaturflöte aufwies.

Als das Mädchen zu ihm herüberschaute, wollte er den Blick bereits abwenden, war aber wie gelähmt. Die Heranwachsende verstand das wohl als Aufforderung und missbrauchte, so kam es Alex in diesem Augenblick vor, den unschuldigen Lutscher als Ersatz-Phallus. Ihre fülligen Lippen schlossen sich inniglich um die rot gefärbte Süßigkeit und massierten in einem mäßig langsamen, aber stetigen Rhythmus das harte Material von oben nach unten und zurück. Ab und zu streckte sie die Zunge heraus und schlotzte ausgiebig an den Seiten des Lutschers. Dabei hielt sie ihre Augen auf Alex gerichtet. Zu guter Letzt hatte er das Gefühl, sie verdrehe vor Wollust sogar die Augen. Er hielt es sich zu Gute, dass weder er noch sein Unterleib auf diese billige Masche ansprangen.

„Durchtriebenes kleines Ding! Wenn das deine Eltern mitbekommen würden, gäbe es ziemlichen Stress …“

Er brach mitten im Satz ab, plötzlich schlug die Erinnerung wie ein Vorschlaghammer in seinem Kopf ein und er wurde zurückbefördert zu dem Tag, als er seinem Vater zum ersten Mal in Berlin einen Besuch abstattete. Sein Vater hatte sich von Frankfurt in die Hauptstadt verpisst, als die Streitereien mit seiner Mutter immer mehr eskaliert waren. Die beiden hatten sich nach dem großen gemeinsamen Ziel, in die Heimat ihrer Ahnen zurückzukehren, auseinandergelebt.

Mit seiner Mutter war es nach der Trennung stetig bergab gegangen. Immer häufiger hatte sie der Ginflasche zugesprochen. Zwar war sie ihrer Arbeit als Kantinenhilfe in verschiedenen Frankfurter Schulen regelmäßig nachgegangen, aber Alex hatte sie immer häufiger bereits am Morgen mit der Pulle oder beim peinlich genauen Zähneputzen inklusive ausgiebiger Odol-Mundspülung erwischt. Obwohl er seiner Mutter gegenüber eine gewisse Gleichgültigkeit verspürte, war er nach der Trennung bei ihr geblieben, da er in Frankfurt seinen Freundeskreis schätzte und sich dort vertrauter fühlte als auf dem rauen Parkett der Berliner Straßen.

Der Vater war enttäuscht gewesen, nachdem Alex sich gegen ihn entschieden hatte. Dabei hatte Alex nicht das Gefühl gehabt, es sei dabei wirklich um ihn als Person gegangen. Im Gegenteil. Vielmehr hegte er immer noch den Verdacht, seinem Vater war es nur darauf angekommen, seiner Mutter eins auszuwischen und ihn als Trophäe zu reklamieren. Vielleicht hatte der Vater auch einfach darauf spekuliert, durch einen besonders großartigen Lebenswandel ein wenig Bewunderung bei seinem Sohn herauszukitzeln. Aber ihm war seit Langem klar gewesen, sein Vater hatte die richtige Spur im Leben niemals gefunden und stolperte von einem postpubertären Mist in den nächsten. Doch das waren alles nur vage Vermutungen, die sich vor allem auf die kryptischen Berichte seiner Mutter bezogen, die je nach Alkoholpegel und Tageszeit wechselten. Manchmal weinte sie aus Schmerz, verlassen worden zu sein, und im nächsten Augenblick beschimpfte sie ihren Ex-Mann Eugen als größtes Arschloch auf Erden. Alex war klar gewesen, die Mutter war zuverlässig, sie ließ ihn weitgehend in Ruhe und forderte und förderte ihn nicht, während sein Vater ähnlich wie Bill Fox einer tickenden Zeitbombe ähnelte. Bei ihm gab es keine Erwartungssicherheit.

Als die überraschende Mail „Hey, Alex, willst du es mit deinem alten Herrn nicht mal eine Runde in Berlin krachen lassen?" eingetroffen war, hatte es nicht nur zeitlich gut gepasst. Alex hatte sich damals in großen Geldnöten befunden und die Mutter hatte wieder einmal das wenige Geld in Schnaps investiert und seine Bitten nach ein paar Euro für die Standardwerke des neuen Semesters geflissentlich mit dem Hinweis „In der Universitätsbibliothek werden sie die Bücher schon vorrätig haben" ignoriert. Aber für Alex war es eine Frage der Ehre gewesen, sich die hochgelehrten, aber auch extrem teuren Werke zuzulegen und er war sich dabei für einen Bittgang nach Canossa respektive Berlin nicht zu schade gewesen. Vielleicht war es ihm irgendwie möglich, die Knöpfe bei seinem Vater so zu drücken, dass dieser ein schlechtes Gewissen bekam oder einfach cool wirken wollte und deshalb seinem Sohn die nötige Kohle für die Semester-Lektüre rüberschob.

Nachdem er an der Wohnungstür in Friedrichshain, unweit der Warschauer Straße, geklingelt hatte, passierte erst mal einige Minuten nichts, bevor eine junge Frau ihm öffnete. Sie hatte dem Mädchen in dem roten Passat geglichen, aber die langen Haare zu einem imposanten Pferdeschwanz zusammengebunden. Sie leckte an einem Supermarkteis, das eine konische Form aufwies. Alex blickte sie erschrocken an und befürchtete, an der falschen Wohnung gelandet zu sein. Sie war maximal 20 Jahre alt, Typ Studentin, trug einen Slip und ein durchsichtiges Top mit Spaghettiträgern. Ihre dunkelbraunen Augen weiteten sich für den Bruchteil einer Sekunde, aber sie ließ es sich nicht nehmen, mit lauten Schmatzgeräuschen an dem bereits in Verflüssigung befindlichen Eis weiter zu schlecken.

„Was willst du?“, blaffte sie ihn schließlich an.

Er tat sich schwer, den Akzent der jungen Dame zu taxieren, tippte aber, sie stammte aus dem angelsächsischen Sprachraum.

„Äh … ich dachte, hier wohnt Eugen Schutz, aber da habe ich mich wohl geirrt …“

Es war nicht klar, ob das „ts“-Geräusch seiner Aussage galt oder mit der zuckrig-klebrigen Substanz in ihrem Mund zusammenhing.

„Hey Rammler“, rief sie aber augenblicklich über die rechte Schulter in die Wohnung hinein. „Hier is so’n junger Typ für dich.“

Ohne ihn eines weiteren Blickes zu würdigen, drehte sie sich um und verschwand irgendwo im Inneren der Wohnung, aber nicht ohne ausgiebig mit ihrem kleinen Knackarsch gewackelt zu haben, der spätestens in fünf Jahren beginnende Zellulitis und Adipositas aufweisen würde. Noch aber genoss sie die Vorzüge ihrer Jugend …

Alex stand da wie bestellt und nicht abgeholt und fragte sich, was das Arschwackeln bedeuten sollte. Überhaupt, es konnte kein vernünftiger Zweifel daran bestehen, dass er hier im falschen Film gelandet war.

Um dieselbe Ecke, um die das Mädchen gerade gebogen war, kam ein Mann in einer pinkfarbenen Bruno Banani-Unterhose, die, wie er sehr wohl wusste, ein halbes Vermögen kostete. Erst beim zweiten, genauen Blick erkannte er seinen eigenen Vater. Er war ein wenig grau geworden und dünn, als bekäme er zu wenig zu essen oder würde jede Nacht zum Tag machen. In der rechten Hand hielt er einen Bob Marley-Gedächtnis-Joint. Solche dicken Dinger hatte Alex selbst während seiner Pubertät nur selten zu Gesicht bekommen.

„Alex, was machst du denn hier?“, blökte er los. „Das ist ja mal ne Überraschung.“

Alex wollte etwas erwidern, aber ihm versagten die Worte. Immerhin trat der Vater einen Schritt vor, umarmte ihn, nicht ohne den Joint im gebührenden Sicherheitsabstand zu halten, und klopfte ihm kameradschaftlich auf den Rücken. Doch sofort ging er distanziert wieder zwei Schritte zurück und blickte ihn ein wenig von unten herauf an. Mit der Rechten kratzte er sich ausgiebig am Bauch, während er mit der Linken den Joint zum Mund führte.

„Hm, Alex, ich habe ja mit dir gerechnet, aber nicht so früh und ehrlich gesagt, is gerade bisschen ungünstig … Wir haben uns gestern im Kater Blau kennengelernt und tüchtig was reingezogen … Aber, ach egal, komm einfach rein in die gute Stube!"

Er winkte mit der freien Hand in den Flur und trat einen Schritt zur Seite, um ihm Platz zu machen.

„Ich …"

Alex bemühte sich, aber er konnte nur noch abgehackt sprechen.

„Also … ich …" – mehr kam einfach nicht.

„Nicht so schüchtern, mein Junge! Hier in der, hehe, Bumshauptstadt musst du die Dinge so nehmen, wie sie kommen, sonst frisst dieser Moloch dich auf. Und diese Patty von gerade eben beißt nicht, ganz im Gegenteil, hehe, da denkst du, sie hat keine Zähne mehr, wenn du weißt, was ich meine. Du hast sie ja schon kennengelernt. Ich sag dir, erste Sahne, das Mädel. Vielleicht lässt sie uns später beide ran. Würde mich bei der jungen Schlammgrube nicht wundern, die ist wirklich offen für alles, haha."

Eugen Schutz grinste übers ganze Gesicht, zwinkerte ihm anzüglich zu und Alex spürte, wie ein Kotzstrahl sich in seinem Hals hochzog, kurz davor, sich durch seinen Mund einen Weg nach draußen zu bahnen. Er presste vehement die Lippen zusammen und verhinderte dadurch das Schlimmste. Aber er hatte das Gefühl, keine Sekunde länger hierbleiben zu können. Ja, er musste weg, sofort, keine Frage. Weg von seinem Alten, weg von der Hauptstadt, zurück zu seinem guten alten Hometurf in Frankfurt. Zurück zur durch und durch berechenbaren Mutter, die so sicher wie das Amen in der Kirche immer nur nach der nächsten Flasche gierte und mit einem gewissen Pegel versehen ihrer Arbeit nachgehen konnte.

Er drehte auf dem Absatz um und rannte, ohne ein weiteres Wort zu sagen, zur Treppe und düste aus dem Haus. Erst auf der Straße bekam er wieder Luft und sein Puls beruhigte sich.

Sein Vater hatte die Familie auch deshalb im Stich gelassen, um sich mit jungen Dingern in der Hauptstadt zu vergnügen. Davon hatte Alex sich noch mehrmals in den zurückliegenden Jahren überzeugt, bis er den Kontakt schließlich frustriert komplett abgebrochen hatte. Alex hatte sich geschworen, nie so zu werden wie sein Vater. Nie so erbärmlich und würdelos zu sein. Und das hatte er immerhin bis heute geschafft. Und wenn es nach ihm ging, würde sich das bis zu seinem Tod auf keinen Fall ändern.

Tschaikowskis 5. Sinfonie riss ihn aus seinen Tagträumen. Er schaute sofort auf das Display. Nikolai! Warum um alles in der Welt rief ausgerechnet der denn an? Wollte er ihm persönlich mitteilen, er müsse seinen LKW nun verlassen, um sich in die Büsche zu schlagen? Bitte nicht schon wieder, aber Geschichte wiederholte sich bekanntlich.

„Was gibt's?", fragte Alex, nachdem er das Handy entsperrt hatte.

„Ich möchte nur Bescheid geben, der Stau wird sich in zehn Minuten aufgelöst haben, Chef."

Zufrieden grinste Alex vor sich hin. Es schien, der dicke Niko wollte seinen Fauxpas wieder gutmachen. Vielleicht hörte er ja heimlich den Polizeifunk ab? Oder war es das Radio? Einer der Gründe, sich für ihn zu entscheiden, war gewesen, dass er leidlich Polnisch konnte.

„Solche Nachrichten höre ich wirklich gerne", antwortete Alex mit ordentlich Schmelz in der Stimme. „Hab besten Dank, Niko und weiter gute Fahrt."

„Danke, Chef!"

Ein halb sehnsuchtsvoller, halb ängstlicher Blick nach links bestätigte seine Vermutung. Der rote Passat und das obszöne Ding auf der Rückbank waren nicht mehr zu sehen. Alex seufzte erleichtert auf.

32.

Beinahe vier Stunden fuhren sie schon auf polnischem Staatsgebiet, nachdem sie glücklich die Grenze passiert hatten. Die blauweißen Schilder zeigten Kattowitz als nächste große Stadt auf der Route an. Natürlich würden sie auch daran vorbeifahren, denn Zeit war neben Glück der wichtigste Faktor für einen gelungenen Deal. Zu Alex' Überraschung und Freude hatte es nach dem kurzen Stau hinter der polnischen Grenze keinerlei weitere Probleme gegeben. Es schien alles wie am Schnürchen zu laufen, dennoch war keine Spur von Euphorie zu spüren. Die unerwartete, aber umso willkommenere Ruhe nach dem letzten Zwischenfall hatte ihm mehr zugesetzt als eine unliebsame Unterbrechung. Wobei der Big Bang bisher zum Glück ausgeblieben war. Sehnsüchtig warf er dem ordnungsgemäß in der Halterung steckenden iPhone fragende Blicke zu, aber es blieb stumm. Die Stunden zogen sich, es herrschte stockdunkle Nacht. Zeit für Entschleunigung, Schlaf und Ruhe.

Der Konvoi machte zügig Boden gut, ließ Kilometer um Kilometer hinter sich. Die weißen Striche auf der Autobahn wurden zu einem einzigen, langgezogenen Strich. Hin und wieder fürchtete er, die Augen würden ihm zufallen. Kurz davor rief er sich wieder die Wichtigkeit seiner Mission in Erinnerung und erinnerte sich an den weisen Rat seiner Großmutter, sich stets auf das Naheliegende zu konzentrieren und alles andere auszublenden.

Plötzlich riss er das Lenkrad herum und sein Herz setzte beinahe aus, weil ein metallicgrauer Audi A8 ihn rechts überholte, nur um kurz darauf wieder links einzuscheren und direkt vor seiner Nase aufzutauchen. Das Fahrmanöver war abenteuerlich, eine Einladung zum Unfall.

„Verdammter Penner!", fluchte er, stieg voller Karacho auf die Bremse und hieb zornig auf die Hupe.

Tuuut. Tuuut. Tuuuuut! Mit Verve. Das tat gut.

Der Hupsound klang ihm in den Ohren nach, begleitet von einer Schimpftirade gleich einer Drohung, die er dem Audi hinterhersandte. Als er an die polnische Staatsmacht dachte, hielt er sich mit weitausholenden Gesten zurück und wollte noch einen Zug von seiner Kippe nehmen. Sie war bereits verglommen und drohte, seine Finger zu verbrennen. Chemisch riechender Rauch vom Filter stieg ihm unangenehm in die Nase.

„Putain!", fluchte er in einer Sprache, die er niemals gelernt hatte.

Er erinnerte sich lebhaft an einen französischen Zuhälter, einen Sinti, der des Öfteren seine Dienste gegen Cash in Anspruch genommen hatte und dessen Lieblingswort dieses französische Schimpfwort gewesen war, dessen er sich quasi immer und überall bediente. Allerdings hatte Alex von ihm gelernt, das Wort niemals im Beisein seiner Lieben zu benutzen, denn das verbot sich für einen Mann mit Ehre. Umso freier konnte er jetzt Gebrauch davon machen.

„Putain! Putain!" Trotz seiner fehlenden Französischkenntnisse machte er sich bewusst, dass es wie ein anderes Wort klang: „Putin! Putain! Putin! Putain!"

Dieses Wort galt dem Zuhälter in allen Lebenslagen und für alle Personen, auch die weiblichen, als Zauberformel. Und das war es auch. Zwei Wörter, die sich lediglich durch einen Buchstaben unterschieden. Er hatte sich zwar nicht mit französischer Orthografie beschäftigt und geopolitische Feinheiten phonetisch-semantischer Art waren noch nie sein Fachgebiet gewesen, auch nicht, nachdem ihn das Schicksal ins Zentrum eines ganz Europa bedrohenden Konflikts gespült hatte, aber irgendwie passten sie zusammen.

Das die Stille zerreißende Pling beschleunigte seinen Herzschlag. Eine Nachricht von Niko. Was wollte der schon wieder?

Sorry, Leute. Ich kneife schon seit Stunden. Jetzt geht es nicht mehr. Bitte macht kein Drama draus!

Das darf doch nicht wahr sein, fluchte Alex im Stillen und schloss für einige Sekunden die Augen. Ging das schon wieder los. Da musste er wohl Klartext reden. Nikos instabiler Magen drohte zum Stolperstein für die gesamte Mission zu werden. Das erkannte auch Bill, denn er antwortete:

Holy Shit! WTF is goin' on man? What's wrong with u, damn motherfucker? Again? And again? Aaand Aaagain? R U *a fuckin' traitor?*

Die Anzahl der bunten Emojis und die Rechtschreibung verrieten einiges über den Zustand des Amis.

„Hahaha", lachte er eine Spur zu laut und wischte sich den kalten Schweiß von der Stirn. Bill war krass drauf. Wie kam er auf den absurden Gedanken, Nikolai sei ein Verräter? Oder hatte er etwa eine Flasche Rizinus-Öl getrunken?

Niko, kannst du durchhalten?

Die von ihm gesandte und zur Besänftigung der Gemüter gedachte Message sollte während des Fahrens jegliche weitere Eskalation vermeiden helfen. Aber Nikos ausbleibende Antwort sprach eine eindeutige Sprache. Dafür meldeten sich alle anderen zu Wort. Als der Konvoi bei Kattowitz auf eine andere Spur wechseln musste, war die Nachrichtendichte so groß, dass eine kurze Pinkelpause unumgänglich schien. Alle hatten in der Zwischenzeit ihre Bedürfnisse angemeldet. Die Männer schienen zudem die Sensibilität der Situation zu spüren und wollten dem Dicken präventiv zur Seite stehen.

Und wenn ihr mich steinigt, Leute. Ich hab Dünnpfiff. Die Natur fordert ihren Tribut. Danach bessere ich mich, versprochen!

Niko drückte sich seltsam gewählt aus, empfand Alex. Vielleicht war es am sichersten, ihm einen zweiten Mann ins Auto zu schicken und das Auto mit einem provisorischen WC in Form eines Pappkartons zu versehen. Eklig, aber es handelte sich ja schließlich nicht um eine Kaffeefahrt.

Bill stellte sich vehement auf die Hinterbeine. Ihm war offensichtlich nicht nach Harmonie zumute.

Keine Pause! Wir müssen unseren Zeitplan einhalten. Wer nicht gehorcht, wird bestraft.

Eigentlich hatte Alex diese neuerliche Pause nicht vorgesehen, aber angesichts seiner Nervosität kam sie ihm nicht ungelegen. Auf jeden Fall würde es nichts schaden, ein wenig Druck loszuwerden. Vielleicht konnte er sich danach ein wenig besser sortieren und konstruktiver mit dem eigenen Puls umgehen. Zudem hatte Alex den Eindruck, Bill war nur deshalb so kategorisch gegen den neuerlichen Stopp, um zu demonstrieren, wer das Sagen hatte. Um Stärke und Präsenz zu demonstrieren. Im schlimmsten Fall, um seine drogeninduzierten Allmachtsfantasien auszuleben.

Mitternacht war lange vorbei. Aufgrund der Stadtnähe tauchten zahlreiche Straßenlaternen die Dunkelheit in ein matt-silberglänzendes Grau, das zu einer einzigartigen Farbmasse verschmolz. Fremdes Territorium zu nachtschlafender Zeit.

Macht schnell. Max. 5 Minuten.

Alex' Nachricht war der verzweifelte Versuch, potenzielle Probleme präventiv einzuhegen. Es vergingen wenige Sekunden, bis Bills obligatorische Antwort erfolgte.

Auf keinen Fall! Pause ist, wenn ich es sage!!!

Der nächste bereits durch Schilder ausgewiesene Rasthof war zum Glück einer ohne Tankstelle und Restaurants. Sonst hatten sie schneller die polnischen Bullen am Arsch kleben, als ihnen lieb sein konnte. Zu seiner Erleichterung hatten sie sogar noch mehr Glück. Auf dem Rastplatz befand sich seltsamerweise kein einziges anderes Auto, offenbar nicht unüblich im polnischen Nirgendwo. Alex, der immer noch die Fahrzeugkolonne anführte, sprang nach zügigem Einparken aus dem Wagen, ignorierte aus Zeitgründen das Angebot der öffentlichen WCs und steuerte den kräftigen Stamm eines Baums an. Wildpinkeln! Eigentlich, dachte er beinahe amüsiert, macht ein Alex Schutz sowas nie. Aber es waren keine normalen Zeiten. Was wohl Natascha denken würde, wenn sie ihn sähe? Bestimmt würde sie ihm die Leviten lesen. Oder die Jungs? Sie würden ihn zwar nicht wiedererkennen, aber sich voller Begeisterung neben ihn stellen, um sich mit ihm im Weitpinkeln zu messen.

„Alles klar, Kamerad?", riss ihn die schneidende Stimme seines US-Kompagnons aus den Gedanken. Bill hatte sich neben ihm aufgebaut. Will der mir auf die Pelle rücken? Was soll denn dieses Schmierentheater? Es entsprach nicht den ihm gängigen sozialen Normen, die gerade ihm als Aussiedlersohn in den ersten Jahren in Deutschland eingeimpft worden waren.

„Alles gut", antwortete er und versuchte, sich aufs Pinkeln zu konzentrieren. „Aber ich habe den Eindruck, du gerätst ein wenig außer Form."

Diese Aussage klang hart, aber Bills Gesicht wies einen gelblichen Teint auf und wirkte trotz Hagerkeit ein wenig aufgeschwemmt.

„Vielleicht solltest du die Finger vom Speed lassen. Wir laufen sonst Gefahr, wegen dem Kinderscheiß Probleme zu kriegen", dozierte Alex und beobachtete währenddessen die Mimik des Adressierten.

„Ich hab ganz andere Sorgen, Mann“, entgegnete Bill harsch und ging nicht weiter auf den Inhalt ein. „Mach, dass du fertig wirst. Ich muss mit dir reden!“

Mein Gott, wie ist der denn drauf?, dachte Alex, als er Bills hassverzerrter Fratze gewahr wurde, die unter der in die Stirn geschobene Wrap-Around hervorlugte.

Der Tonlage nach zu urteilen, hatte sich Bill kaum noch unter Kontrolle. Sein Gesichtsausdruck verriet eine psychische Ausnahmesituation. Die erratischen Bewegungen wirkten äußerst befremdlich.

„Okay, okay“, entgegnete Alex freundlich und lächelte. „Lass uns schleunigst weiterfahren und Diskussionen auf wann anders verschieben. Die Uhr tickt, wie du richtig bemerkt hast. Übrigens scheint es so, als bräuchtest DU keine Pause.“

Ein wenig Small-Talk, ein verbal schön drapiertes Geschenk für das Ego des Amerikaners, um den Burgfrieden zu halten. Konnte nicht schaden.

„Ich hab ne Flasche im Wagen, wie alle anderen auch“, antwortete Bill. „Hat jemand ein Problem damit, beim Fahren in die Flasche zu pinkeln?“

Alex ignorierte die Frage.

„Ich sag dir, mit Niko stimmt was nicht“, fuhr Bill umso bestimmter fort.

Wieder erkannte er dieses brandgefährliche, irre Flackern in den Augen.

„Okay, okay. Ich merke, dass du ihm misstraust, und ich nehme das wirklich nicht auf die leichte Schulter“, versuchte Alex weiter die Friedensfühler auszustrecken, „aber tu mir einen Gefallen, und halte dich zurück. Ich werde mal einen Ton mit ihm reden. Du wirst sehen, danach wird sich das bestimmt nicht wiederholen.“

Bill kraulte sich voller Wonne den feuerroten Bart.

„Da hast du recht, das wird sich nicht wiederholen. Auf dich ist schon Verlass. Aber …“

Den letzten Satz sprach er nicht zu Ende. Alex war gewillt, seine Zustimmung als gutes Zeichen zu nehmen und hob voller Erleichterung den Daumen.

„Cool, dass wir das zusammen durchziehen. Du bist ein starker, zuverlässiger Partner. Eine solche Tour hätte ich nicht mit jedem unternommen. Um genau zu sein, eigentlich nur mit dir."

„Danke, Partner", antwortete Bill und völlig unvermittelt breitete er die Arme aus. „Hey, lass dich mal drücken, Digga. In unserem Business sollten Gefühle und Wertschätzung nicht zu kurz kommen."

Für den Bruchteil einer Sekunde war Alex vollkommen irritiert. Er beugte sich aber willig nach vorne und sie lagen sich für einige Sekunden in den Armen. Bill tätschelte sogar seinen Rücken, während ihm der chemische Schweißgeruch des Kameraden unangenehm in die Nase stieg. Beinahe hatte Alex das Gefühl, Bill gäbe Schluchz-Geräusche von sich, aber sicher täuschte er sich.

„Gut, dass ich mich auf dich verlassen kann, Alex."

Sie ließen voneinander ab.

„Und ich bin froh, dass ich mich auf dich verlassen kann. Wirklich", fühlte Alex sich verpflichtet zu sagen.

Seite an Seite gingen sie zurück Richtung Parkplatz und wirkten beinahe wie beste Freunde.

Bis Bill etwas unvermittelt aussprach, das Alex den Atem nahm. „Niko ist ein FSB-Agent." Seine Stimme ließ keinen Widerspruch zu.

„Wie biiittttte???"

„Ist dir das noch nicht aufgefallen? Er wurde bei uns eingeschleust, um unsere Mission zu gefährden."

„Bill! Jetzt mach mal halblang! Das ist völliger Blödsinn. Niko ist …"

„… ein Verräter!"

Bills Lautstärke versetzte Alex einen Schlag ins Genick. Gerade war noch alles harmonisch-friedlich gewesen und jetzt … Bis Bill die Glock aus seiner Hose zog, glaubte Alex auch weiterhin daran. Doch als er den Ami mit vorgehaltener Waffe zum Lastwagen spurten sah, in dem Niko sich bereits reumütig wieder eingefunden hatte, ließ er jegliche Hoffnung fahren.

„Nein, Bill!", brüllte er hinter ihm her. Doch seine Aufforderung verhallte ungehört in der polnischen Nacht und Bill stürmte weiter. Keiner der anderen Männer getraute sich, ihn aufzuhalten. Für einige Sekunden war Alex paralysiert, ehe ihm eine Idee durch den Kopf schoss: Hatte Sergej einen Verräter bei ihnen eingeschleust? So lautete die Gretchen-Frage.

Er befreite sich blitzartig aus seiner Schockstarre, rannte zu seinem Wagen, riss die Türe auf und griff sofort ins Handschuhfach. Mit zitternden Händen öffnete er die rote Schachtel und holte die Tokarev heraus. Nataschas Befehl klingelte in seinen Ohren, sie während der gefährlichen Reise immer bei sich zu tragen. Wie in einem Albtraum hörte er Bills ungebremsten, verbalen Wutausbruch, den er über den armen Niko herunterprasseln ließ.

Das Bild, das sich ihm gleich drauf von Weitem bot, hielt er für den Bruchteil einer Sekunde für eine Sinnestäuschung: Bill zwang Niko vor seinem LKW mit vorgehaltener Pistole zum Niederknien. Jetzt war alles verloren. Der dicke Niko weigerte sich standhaft und schien die Waffe nicht ernst zu nehmen. Die Pistole zielte aber auf Nikos Herz. Die Männer standen wie angewurzelt da und verfolgten die surreale Szene mit bangen Blicken. Noch immer wagte es niemand, sich zu rühren.

Schneller, nur noch wenige Meter, sprach Alex sich Mut zu. Ich muss den Supergau verhindern …

Kurz bevor er die Streithähne erreicht hatte, senkte sich Bills Arm und für den Bruchteil einer Sekunde hoffte er, alles würde sich in Wohlgefallen auflösen und als unnötiges Theater erweisen. Aber dann spuckte die Pistole wie aus dem Nichts Feuer. Der Knall ging Alex durch Mark und Bein. Niko schrie wie am Spieß und fasste sich an den unteren Oberschenkel, in den die Kugel eingeschlagen hatte.

„Jetzt zeige ich euch allen, was mit verdammten Verrätern geschieht!“, brüllte Bill und drehte sich mit der Pistole gen Himmel wie ein Kreisel, damit alle Männer es mitbekamen. „Jede kommunistische Verräter-Sau wird von mir persönlich bestraft. Wer sich noch einmal meinen Befehlen widersetzt, wird ein noch schlimmeres Schicksal ereilen. Tod den Verrätern!“

Alex hatte ein unangenehmes Déjà-vu. Gehörte das nicht eher in die Welt von Scarface, die er als Jugendlicher geliebt hatte? Und jetzt steckte er selbst bis zum Anschlag drin. Doch damit nicht genug, denn Bill trat einen weiteren Schritt auf Niko zu und legte die Pistole sorgfältig an seiner Schläfe an.

„Was sagst du nun, kleiner Pisser?“, triefte er vor Hohn. „Wirst du uns noch einmal an diesen verdammten Verrückten in Moskau verraten?“

Alex war noch zwei Meter von den beiden entfernt, entsicherte die Tokarev, spannte den Hahn und legte die Waffe auf Bills Kopf an. Mit viel Mühe gelang es ihm, beim Zielen nicht zu zittern.

„Lass ihn, Bill!“, brüllte er, so laut er konnte. „Verzieh dich in deinen LKW und lass deine Knarre liegen! Wenn du auch nur eine falsche Bewegung machst, werde ich nicht zögern, dich über den Haufen zu schießen.“

Bill blickte ihn mit großen Augen und noch größeren Pupillen verächtlich an.

„Ich bin der Falsche, Bruder“, sagte Bill wie in Trance. Plötzlich schien er vollkommen aus seinem Drogenwahn zu erwachen. „Du machst einen großen Fehler, Alex“, zischte er und legte besonnen seine Pistole auf den Boden. „Ich habe nichts gemacht. Im Gegenteil. Meine Aktion wird uns den Arsch retten. Dieser Scheißkerl wollte, ach was wollte, er hat uns an fuckin' Putin verraten. Wenn ich nicht eingegriffen hätte, wären wir alle in größter Gefahr! Verraten und verkauft. Die Russen würden den Konvoi nach der Grenze sofort einsacken und uns eiskalt eliminieren. Wenn du mir nicht glaubst, lass uns alles Nötige aus Niko rauskitzeln, dann wirst du schon sehen, dass ich nicht an Wahnvorstellungen leide.“

„Schluss jetzt! So einen Mist möchte ich nicht hören. In die LKWs“, brüllte Alex. „Michail, du übernimmst Nikos Fahrzeug. Alle fertigmachen. Keiner von euch startet vor mir.“

Bill drehte sich wortlos um und schritt zügigen Schrittes von dannen. Seine Silhouette vermittelte etwas von einem geprügelten Hund und einem Helden in einer Person.

Tatsächlich befolgten alle Männer anstandslos seinen Befehl und warfen dem sich am Boden krümmenden Niko fragende Blicke zu.

Niko wimmerte und sah Alex mit flehenden Augen an. Alex nahm als erstes die Waffe an sich, damit durch sie kein weiteres Unglück passieren konnte.

„Ich rufe dir einen Arzt, Niko. Hältst du eine halbe Stunde durch?“, fragte Alex, hatte aber noch keinerlei Ahnung, woher er die nötige medizinische Notfallversorgung kriegen sollte, ohne dabei die polnische Polizei zu alarmieren.

Niko nickte, wobei sich sein Gesicht angesichts der angekündigten Rettung ein wenig entspannte.

Alex checkte die Wunde. Zum Glück war keine Arterie getroffen worden. Ein glatter Muskeldurchschuss, der zwar blutete, aber keine Lebensgefahr bedeutete.

„Nimm das!“, sagte Alex, holte ein großes, weißes Stofftaschentusch aus seiner Hose und band es so fest wie möglich um die Wunde.

„Danke.“

„Es besteht keine Lebensgefahr, aber du benötigst dringend medizinische Behandlung“, murmelte Alex. „Ein paar Zentimeter weiter links und es hätte dein Ende sein können.“

„Ich … ich rufe … einen Freund an, der ist … Arzt … in Kattowitz“, antwortete Niko mit zusammengepressten Zähnen. „Mach dir keine Sorgen … Ich habe noch mein Handy … Dieser verdammte Verrückte …“

So war es vielleicht am besten, erkannte Alex. „Es tut mir leid, dass es so weit gekommen ist“, meinte er aufrichtig, holte aus seinem Bauchbeutel 3.000 Euro in druckfrischen Hundertern hervor und drückte sie dem stöhnenden Niko in die Hand.

„Wenn du uns nicht auffliegen lässt, erhältst du nach geglückter Mission noch den Rest des dir versprochenen Anteils“, versicherte er dem Verletzten.

Beinahe gelang es Niko, ein Lächeln auf seine Lippen zu zaubern.

„Ist das für dich in Ordnung?“

Eine neue Schmerzwelle schien das ehemalige Team-Mitglied zu durchfluten.

„Kann ich noch etwas für dich tun, Niko?“

„Verpiss dich! Sonst kannst du deine Mission gleich abschreiben und ich meinen Anteil“, antwortete Niko zwischen vor Schmerz zusammengepressten Zähnen. „Und pass auf dich auf! Diesem Psycho trau ich alles zu … Wirklich alles …“ Er krümmte sich vor Schmerzen. „Und wenn Putin euch tatsächlich erwischt, dann seid ihr fällig …“, rief er Alex hinterher, der sich bereits auf den Weg zum LKW gemacht hatte.

33.

Jeder gefahrene Meter verursachte Alex physische Schmerzen, angefangen in den stark belasteten Beinen, über die Arme bis hin zum Kopf. Er wollte unbedingt so schnell wie möglich die rettende Grenze erreichen, denn wären sie erst einmal auf dem Territorium der Ukraine, würden sie sich rasch aller Sorgen entledigen können. Die Vorstellung, einen Mann seines Teams verletzt auf einem polnischen Rasthof zurückgelassen zu haben, nagte schwer an ihm. Es schlug ihm auf die Psyche. Eine total kranke Kiste! Konnten andere machen, Warlords, Drogenchefs, Terroristen, aber doch nicht er, Alex Schutz, dem es einzig darum ging, für seine Familie und sich die Schäfchen ins Trockene zu bringen, der aber immer ein offenes Herz für seine Angestellten hatte …

Hoffentlich hatte Niko mit offenem Blatt gespielt. Konnte es sein, dass er vielleicht doch ein trojanisches Pferd bei der Unternehmung war? War die Möglichkeit, dass es sich bei ihm um einen Agenten Putins handelte, realistisch? Er überlegte angestrengt, wie er überhaupt an den Kontakt mit ihm gekommen war. Plötzlich fiel es ihm ein. Durch Natascha! Alle anderen Crew-Mitglieder hatten Bill oder ihn persönlich gekannt und waren sicherheitstechnisch für unbedenklich erklärt worden. Nur Niko nicht. Er war auf Nataschas Vermittlung hin zum Team gestoßen.

Mit einem sorgenvollen Seufzer angelte er sich eine neue Dose des Energy-Drinks. Dabei handelte es sich bei diesem Packen bereits um die eiserne Reserve für die Strecke ab der ukrainischen Grenze. Was soll's, dachte er, auf eine Dose hin oder her kommt es nicht mehr an, die Tankstellen in der Ukraine würden sicherlich ähnliches Zeug verkaufen, sodass er zur Not nachbessern konnte. Wenn er weiter in diesem Tempo die Brühe runterschluckte, konnte er später einmal bedenkenlos mit seinen Jungs durch die angesagten Frankfurter Clubs ziehen und sie damit unter den Tisch trinken …

Mit jedem Schluck kam sein Gehirn mehr in Fahrt. Zunächst witterte es Gefahr, falls Niko der polnischen Polizei in die Hände fiel oder er in einem staatlichen Krankenhaus etwas ausplauderte. Selbst der Niko bekannte Arzt konnte ihnen in die Quere kommen. Vielleicht besänftigten ihn die 3000 Euro, die Alex ihm als

Notgroschen zugesteckt hatte plus die Versicherung, er würde seinen kompletten Anteil später bekommen, sodass er dichthielt.

Doch was war mit eventuellen Rachegedanken, die Niko hegte? Eine solche Verwundung nahm schließlich niemand auf die leichte Schulter. War es nicht seine moralische Pflicht, nach einem Ereignis wie diesem, alles einzustampfen und sei es nur, um niemanden sonst zu gefährden.

„Alter Schwede", murmelte er laut vor sich hin, „dafür ist es zu spät. Das alles hättest du dir vorher überlegen müssen. Der Point of no Return ist überschritten."

Der letzte Satz fesselte ihn. Es hatte einen Verletzten gegeben, und er hatte sich in hohem Maße an der Misere mitschuldig gemacht. Eigentlich hätte er beim Rasthof warten müssen, bis Niko medizinisch in guten Händen gewesen wäre. Oder er hätte ihn selbst ins Krankenhaus fahren müssen. Was wäre, wenn Niko plötzlich ohnmächtig geworden war und den rettenden Anruf nicht mehr tätigen konnte? Dann lag er jetzt sterbend auf einem polnischen Parkplatz. War das juristisch gesehen Beihilfe zum Mord? Bei diesem Gedanken lief es ihm eiskalt den Rücken herunter. Ganz abgesehen davon, dass er nicht mit dem Gedanken leben wollte, ein Menschenleben auf dem Gewissen zu haben.

Er durfte diese Gedankenstränge nicht zu Ende denken. Am besten ausblenden und das Ganze so schnell wie möglich hinter sich bringen. Kilometer für Kilometer gewinnen, um sich dem Bestimmungsort zu nähern. Die Waffen abliefern, abkassieren und wieder heim ins beschauliche Frankfurt zu seinen Liebsten.

Womit ihm wieder Natascha in den Sinn kam. Auf Knopfdruck konnte er sich doch nicht von all den unangenehmen Gedanken befreien. So gerne er es auch gewollt hätte. Deshalb bohrte er weiter. Niemand anderes als Natascha hatte ihm den Hinweis gegeben, dass Irina Arveladze, Inhaberin des georgischen Spezialitätenladens Universam im Nordend, einen erwachsenen Sohn hatte, der verzweifelt einen Job suchte. Es war beileibe nicht das erste Mal, dass Natascha als gute Seele fungierte und für Bekannte und Freunde bei Alex anfragte, ob er nicht eine Beschäftigung für die Person wüsste. Bisher hatten sich Nataschas Kandidaten immer bewährt. Angesichts der sich abzeichnenden Konvoi-Fahrt in die Ukraine war Alex nicht uninteressiert gewesen. Er hatte sich

Zeugnisse und Nachweise überbringen lassen: den essenziellen Führerschein, eine Auflistung bisheriger Anstellungen inklusive Arbeitszeugnisse und einen handgeschriebenen, fünfseitigen Lebenslauf, den er aus Arbeitgebergesichtspunkten heraus für abenteuerlich und gewagt hielt.

„Hier mein großer Boss", hatte Natascha geflachst und ihm die Bewerbungsunterlagen auf den stylishen Wohnzimmertisch gelegt. „Irina hat mir Nikolai heute vorgestellt. Auf mich macht er einen sympathischen Eindruck. Er ist vielleicht ein wenig zu dick für sein Alter, trägt aber das Herz auf dem rechten Fleck."

„Na, dann bleibt mir ja nichts anderes übrig", hatte er halb ernst, halb im Spaß geantwortet.

„Einen Blick solltest du auf jeden Fall in seine Unterlagen werfen. Schließlich trägst du die Verantwortung, dass die Medikamente in der Ukraine ankommen. Ich möchte nicht schuld daran sein, wenn etwas mit ihm nicht stimmt."

So war sie, seine Natascha. Immer die gute Seele, aber stets darauf bedacht, keinen Stein des Anstoßes zu liefern. Und immer darum besorgt, dass ihm nichts passierte. Wenn er an ihre allumfassende Liebe dachte, wurde ihm ganz eng ums Herz.

Als er sich die Unterlagen vorgenommen hatte, war er schnell überzeugt, der dicke Niko sei der richtige Mann. In Georgien geboren, Ausbildung an den Waffen bei den Streitkräften, einige Jahre Polizist, bevor er nach Deutschland übersiedelte, wo seine Eltern schon einige Zeit wohnten. Danach quietschte es etwas im Lebenslauf, er war schwieriger zu interpretieren und verlor den roten Faden: zig Engagements bei diversen Sicherheitsfirmen, Einsätze als Söldner in Afrika und Zentralamerika, doch das größte Fragezeichen bildete eine als „Bildungsreisen" deklarierte zweieinhalbjährige Auszeit. Zu seiner großen Verwunderung stand nicht einmal da, wohin ihn die Reisen angeblich verschlagen hatten. Natürlich hatte Alex sofort in Betracht gezogen, bei der Zeitspanne könne es sich um einen Knastaufenthalt handeln. So etwas kam im Billiglohnsektor ständig vor. Zweieinhalb Jahre war genau das Strafmaß, das nicht mehr zur Bewährung ausgesetzt werden konnte. Und im Gegensatz zum eher blumig-ausufernden sonstigen Lebenslauf war diese Zeit nicht einmal kryptisch dargestellt.

Wieder ertönte Tschaikowskis 5. Sinfonie. Gerade jetzt, wo er alle möglichen Fährten ausschließen und dem Geheimnis auf den Grund gehen wollte. Als er auf das Display blickte, sah er Bills Namen.

„Was gibt es?", meldete er sich sachlich.

„Du glaubst mir nicht, stimmt's?"

Alex schnaufte einige Male, bevor er die Einladung annahm. „Die Aktion war äußerst schwach. Dadurch hast du uns alle in hohem Maße gefährdet. Dir ist schon klar, welche Auswirkungen das nach sich ziehen kann ..."

„Glaub mir: Mit Niko wäre es weitaus gefährlicher gewesen", versuchte Bill Kontra zu geben. „Eigentlich hatte ich ihn bereits von Anfang an im Verdacht. Bauchgefühl. Aber da du die Hand für ihn ins Feuer gelegt hast ..."

Schnell versuchte er sich an die geschilderte Situation zu erinnern. Tatsächlich. Bill hatte Bedenken wegen der Personalie Niko geäußert. Aber Alex hatte großzügig darüber hinweggebügelt, da der Vorschlag von Natascha kam und er sie nicht enttäuschen wollte. Außerdem hätte sie Irina sonst eine schlechte Nachricht überbringen müssen, was er ihr nicht zumuten wollte ...

„Wie gesagt, nur eine Ahnung", rief Bill sich wieder in Erinnerung. „Ohne empirische Evidenz, sozusagen."

Wollte der Typ jetzt mit ihm ein Gespräch über Methodik in der Wissenschaft führen? Dafür fehlten ihm momentan die Nerven ...

„Sag mal, Bill", unterbrach er ihn deswegen. „Ist das jetzt immer noch Bauchgefühl oder hast du Beweise?"

Für einige Sekunden blieb die Leitung still.

„Partner, wenn du mich so fragst: Nach meinen neusten Informationen kann kein Zweifel daran bestehen, dass Niko ein Agent Putins ist, der den Auftrag besaß, auf ukrainischem Territorium unseren Konvoi russischen Spezialkräften in die Arme zu treiben."

„Was?"

Mehr brachte Alex nicht heraus. Es hatte ihm tatsächlich die Sprache verschlagen. Diese Behauptungen waren so ungeheuerlich ...

Er überlegte eine Weile, bevor er erneut ansetzte. „Warum hast du mich nicht früher zur Seite genommen? Warum haben wir Niko nicht vor der Reise aussortiert? Dann hättest du uns nicht sehenden Auges …“, versuchte er ihn nun in die Ecke zu drängen.

„Sehe ich anders, Partner“, fiel Bill ihm ins Wort. „Wir hatten vereinbart, dass jeder eigenverantwortlich seine eigenen Kandidaten checkt. Ich habe das getan, du auch, aber vielleicht nicht sorgfältig genug. Außerdem wollte ich dich nicht brüskieren, indem ich deine Wahl hinterfrage. Das hat mit Respekt zu tun. Der springende Punkt ist, ich habe erst kurz vor dem zweiten Stopp davon erfahren, dass der dicke Niko ein Verräter-Schwein ist.“

Alex rauschten angesichts der Neuigkeiten die Ohren. Das war unglaublich. Genauso wie die ruhige Art, mit der der Ami jetzt sprach. Es war Alex unmöglich, sich ein kohärentes Bild zu machen.

„Was hast du rausgekriegt?“, fragte er schließlich, da ihn die Neugierde zu erdrücken drohte.

„Hm, ja“, räusperte sich Bill. „Also, ich habe einen meiner Freunde in Frankfurt, der Informatik studiert, damit beauftragt, Nikos Handy, den Mailaccount und einige andere Dinge zu hacken.“

Plötzlich hatte Alex das Gefühl, kaum noch Luft zu kriegen. Beinahe automatisch kurbelte er das Fenster herunter und schaltete die Lüftung auf die höchste Stufe. Der kühle Fahrtwind half ihm augenblicklich, klarer zu denken …

„Du hast was?“

Natürlich fürchtete er, Bill hatte dasselbe mit seinen elektronischen Geräten veranlasst.

„Doch nicht ich“, widersprach Bill. „Ich könnte das gar nicht. Aber ein Freund meines Vertrauens hat sehr interessante Spuren bei Niko gefunden …“

„Was genau? Lass mich verdammt nochmal nicht im Regen stehen.“

Bill ließ einen lauten Pfiff ertönen. „Das ist aber sehr unappetitlich, Dude.“

Auch wenn es nicht einfach war, es sich einzugestehen: Wenn Bill ruhig mit ihm sprach, fiel es Alex schwer, ihm in irgendeiner

Form böse zu sein. Im Gegenteil, er hatte den Eindruck einen äußerst zuverlässigen und umsichtigen Partner zu besitzen.

„Drei Tage bevor wir losfuhren", fuhr Bill fort, „hat Nikolai einen Zahlungseingang der Smirnow-Stiftung in Höhe von – halt dich fest – 25.000 Euro erhalten. Der Name Smirnow-Stiftung sagt dir sicher was …"

Ihm war, als habe der LKW einen Platten und schlingere quer auf der Autobahn. Klar hatte er diese Stiftung auf dem Schirm. Sie diente dem kulturellen Austausch von Deutschland und Russland. Natascha war vor der Invasion der Ukraine eine begeisterte Unterstützerin gewesen und hatte mehrfach großzügig gespendet. Außerdem war sie zu dem ein oder anderen Empfang geladen. Leider war er nie mitgegangen und hatte sich kein eigenes Bild verschaffen können, weil er bei den Events verhindert gewesen war.

„Und jetzt rate mal, wer in dieser Stiftung als stellvertretender Finanzvorstand eingetragen ist?"

Das entzog sich seiner Kenntnis. Er wollte es eigentlich auch gar nicht wissen. Im Gegenteil, ihm war speiübel. Wenn Bill solch eine Frage stellte, konnte nur etwas supergaumäßiges kommen.

„Derselbe Typ, mit dem Niko einen Abend vor unserer Abfahrt genau eine Stunde, zweiundfünfzig Minuten und siebzehn Sekunden telefoniert hat. Ich gebe dir einen Tipp, mein Lieber. Du kennst ihn, diesen Herrn."

Obwohl Bill immer noch ruhig und vernünftig klang, hatte er keine Lust auf Ratespiele. Außerdem wollte er dringend wissen, wer die besagte Person war.

„Spuck's schon aus!"

Das selbstzufriedene Gelächter ließ ihm das Blut in den Adern gefrieren.

„Dein Schwager, Sergej!"

Um nicht zur Seite wegzukippen, klammerte er sich am Lenkrad fest. Für einige Augenblicke versuchte er das Plastik mit puren Händen zu zerdrücken, bis seine Hände schmerzten und die Knöchel weiß wurden. Er biss sich auf die Zunge, um nicht einen Urschrei loszulassen. Um die notwendige Contenance wiederzufinden, zündete er sich eine Davidoff an.

„Bill, also … Ich weiß nicht, was ich sagen soll … Das … das sind schwerwiegende Vorwürfe …“

„Nichts davon ist gegen dich gerichtet, Partner. Das möchte ich betonen. Ich gehe davon aus, dass du nicht an dieser Verschwörung beteiligt bist. Aber hinsichtlich Nikolai besteht kein Zweifel.“

Jetzt spürte er das dringende Gefühl, Bill für seinen Persilschein vor lauter Dankbarkeit die Hand drücken zu müssen. Immerhin glaubte und vertraute ihm sein Kompagnon trotz der schwierigen Umstände. Ihm wäre es an dessen Stelle angesichts der Fakten nicht unbedingt so ergangen. Die Nibelungentreue des Doktoranden rührte in seiner Seele eine zarte Saite an. Aber er durfte es nicht dabei belassen und musste die Vorwürfe auf Herz und Nieren prüfen.

„Wie sieht es denn mit Beweisen aus, Bill?“, fragte er, fest entschlossen möglichst vollständige Informationen zu erhalten, und atmete den Zigarettenrauch aus, der wie von einem Schornstein zur Zeit der industriellen Revolution in die Fahrerkabine geblasen und durch den Fahrtwind verwirbelt wurde.

„Hat mir mein Kontakt zukommen lassen, ich kann alles belegen. Du verstehst, wenn ich dir das nicht zuschicke. Elektronische Spurenauslese, wenn es dumm für uns läuft und so weiter ... Aber beim nächsten Halt kannst du einen Blick drauf werfen. Kein Problem. Harte Geschichte, mein Lieber. Ich kann’s nicht ändern, aber besser hier, als auf ukrainischem Boden in eine Falle zu laufen …“

Mitten im Satz wurde die Verbindung unterbrochen. Für einige Sekunden, ja Minuten herrschte Stille. Er verlor das Bewusstsein über Raum und Zeit. Der LKW glitt wie ein Raumschiff dahin, losgelöst vom Fahrer. Und dann entstand in seinem Inneren ein Film, den er nicht beeinflussen konnte.

Ja, das war das Stichwort. In welche Art Film war er da hineingeraten? Hing nicht alles mit allem zusammen? Passten Bills Behauptungen nicht perfekt zu den ihm bekannten Tatsachen? Die letzte Frage katapultierte ihn in den Orbit seines Gehirns. Flashback an die Tage vor der Abfahrt: Sergej hatte ihn in Frankfurt mit seinem Gelaber verrückt gemacht. Fox arbeite undercover für eine CIA-Tarnfirma, hatte Sergej ausgeführt, und Schildbach stehe auf der Lohnliste gleich mehrerer westlicher Geheimdienste, zudem sei er ein Päderast. Dass dies noch nicht aufgeflogen sei, hänge einzig und allein mit der Position zusammen, die Schildbach innehabe. Beide seien gefährliche Glücksritter, hochkriminell, es sei damit zu rechnen, dass zumindest einer von beiden ihn nach Vollendung des Deals über die Klinge springen lassen würde, so hatte sein Schwager ihn weiter bearbeitet und die böse Saat des Zweifels gestreut.

Sein Magen rebellierte wie verrückt und gab komische Geräusche von sich, wenn er nur daran zurückdachte. Lag es nicht auf der Hand, dass Sergej eine Art False Flag-Operation durchführte und ihn durch gezielte Desinformation auf die völlig falsche Fährte setzen wollte? Offensichtlich hatte Nataschas Bruder seine Vertrauensstellung ausgenutzt, um ihn zu indoktrinieren … Die Geschichte würde auch einige Fragen hinsichtlich Natascha aufwerfen, deren Aufkommen er unbedingt verhindern musste.

Alex hatte zwar eine Million Fragen an seinen Schwager gehabt, sie sich aber wohlweislich verkniffen und versucht, selbst Ordnung in seine Gedanken zu bringen. Außerdem wollte er Sergej nicht in dem Gefühl bestärken, er habe vor irgendetwas Angst oder gar Panik.

Der Schwager hatte ihm keine Verschnaufpause gelassen und kurz darauf zwei Lösungen vorgeschlagen. Er organisiere einen Scheinangriff auf den Konvoi, sobald sie ukrainischen Boden erreicht haben, und er, Alex, habe freies Geleit und könne sich aus dem Staub machen. Er hatte ihm dafür die Pauschalsumme von 500.000 €, quasi als Entschädigung für die Waffen, geboten. Und jetzt teilte Bill ihm mit, Sergej wolle auch ohne seine Zustimmung einen Angriff auf den Konvoi orchestrieren. Offensichtlich dachte er dabei nicht in erster Linie an die Sicherheit des Vaters seiner Neffen … Vielleicht war er sogar vom FSB gezielt auf ihn angesetzt worden und der Besuch in Frankfurt war Bestandteil einer von langer Hand geplanten Aktion des russischen Geheimdiensts und wurde als Familienbesuch deklariert.

Quasi en Passant hatte Sergej als letzten Versuch eine schmale Geldkatze hervorgezaubert und sie elegant auf den Wohnzimmertisch aus Glas und Chrom gelegt. 100.000 €. Er erdreistete sich, ihm diese Summe zu bieten, Cash auf die Hand, wenn Alex auf den Waffendeal verzichten, der Konvoi gar nicht erst starten und die Waffen niemals in die Ukraine gelangen würden. Anschubfinanzierung künftiger Projekte hatte es Sergej genannt. Alex hatte dies als Almosen empfunden. Seine Ehre hatte ihm verboten, darauf einzugehen. Zudem hätte das Geld nicht einmal gereicht, Blochin auszubezahlen, geschweige denn Sascha und die ganzen Fahrer. Er wäre mit Schulden aus dem Geschäft herausgekommen. Aber Alex hatte sich endgültig in die Enge gedrängt gefühlt. Zudem waren Erinnerungen an das Gespräch mit Abel hochgekommen …

Als Alex das Gedankenkarussell nicht mehr aushielt, schlug er sich mehrere Male mit der flachen Rechten gegen die Wange. Das half ihm, ein wenig klarer zu werden. Er musste alles dafür tun, dass seinen Männern nichts passierte. Immer auf der Hut sein. Einen russischen Hinterhalt jederzeit antizipieren. Bill mehr Vertrauen schenken. Trotzdem die Beweise checken. Natascha erreichen und ihr vorsichtig auf den Zahn fühlen. Besonders was Sergej, Irina und Nikolai anging. Unbedingt den Schutz seiner Familie sicherstellen. Franjo anfunken und nachhaken. Vielleicht schreckte Sergej auch nicht davor zurück, seine eigene Schwester und seine Neffen zu entführen, wenn er feststellte, dass seine Pläne nicht funktionierten.

Kapitel 4

34.

Ukraine, 18. März 2022

Die restliche Strecke auf polnischem Territorium war an Alex vorbeigerauscht, kein einziger Gedanke zu Ende gedacht. Sein Gehirn vollführte Kapriolen. Er wünschte sich, seine Festplatte im Kopf programmieren zu können. Neustart. Es war ein aussichtsloses Unterfangen, denn sein Unterbewusstsein war in Aufruhr begriffen und spielte verrückt.

Aufgrund der unchristlichen Zeit war es nach wie vor nicht angezeigt, jemanden zu kontaktieren. Und mit Bill wollte er nicht reden, bevor er sich nicht über seinen Gefühlshaushalt im Klaren war und die Fakten gesichtet hatte.

Es gab auch Lichtblicke. Zu seiner großen Erleichterung waren die ukrainischen Zöllner mehr als freundlich gewesen. Die angepinselten LKWs mit dem roten Kreuz machten genau den Eindruck, den sie hinterlassen sollten. Die Zöllner brachten ihre Wertschätzung für den Einsatz zum Ausdruck.

Eine unendlich lang wirkende Schlange von Autos und LKWs in beiden Richtungen hatten Alex zunächst einen ernüchternden Schlag versetzt und in Gedanken sah er sich einige Stunden an dem Grenzübergang warten. Erstaunlich war, dass genauso viele Menschen wie aus der Ukraine heraus wollten, auf der anderen Seite in die Ukraine hinein wollten, besonders viele einzelne LKWs und Konvois. Die Stunde der Glücksritter und Hilfstrupps war angebrochen.

Als Alex wegen der drohenden Wartezeit ein wenig zu rotieren begann, wusste Bill sich offenbar besser zu helfen. Er gab einem Kontaktmann seines Cousins Konstantin auf ukrainischer Seite Bescheid und bat um Hilfe. Wider Erwarten funktionierte das Husarenstück. Kurzerhand pflügte ihnen ein ziviles Fahrzeug mit Blaulicht auf dem Dach eine Schneise durch die Schlange zur eigentlichen Grenzstation. Alle anderen Autofahrer flippten wegen der Sonderbehandlung beinahe aus, schüttelten die Köpfe wie Schamanen und ballten die Fäuste. Schimpftiraden in allen möglichen Sprachen bekamen sie zu hören. Aber für Alex' Nervenkostüm war die Aktion Balsam. Bill stieg daraufhin in seinem Ansehen eine weitere Stufe nach oben.

Die Zöllner hatten ihn und den restlichen Konvoi sogar herzlich willkommen geheißen, aber eindrücklich auf die Gefahren des Krieges hingewiesen.

„Vor ein paar Stunden gab es hier einen schweren russischen Raketenangriff auf ein militärisches Ausbildungszentrum bei Jaworiw. Die Einschläge waren so heftig, dass auch unsere polnischen Kollegen die Detonationen gehört und gespürt haben. Bitte umfahren Sie das Krisengebiet großzügig."

„Schrecklich", antwortete Alex und konnte sich das Ganze gar nicht richtig vorstellen. „Sind denn Menschen zu Schaden gekommen?"

„Leider. Es war ein verheerender Angriff. Dutzende Menschen sind gestorben, obwohl die Sirenen rechtzeitig Alarm gegeben haben. Hunderte sind verletzt worden. Eine Katastrophe. Umso wichtiger ist, dass Ihr Konvoi mit den medizinischen Hilfsmitteln so schnell wie möglich durchkommt. In allen Teilen unseres Landes benötigen wir in medizinischen Belangen alles, was wir kriegen können. Die russische Invasionsarmee agiert alles andere als zimperlich."

Für den Bruchteil einer Sekunde glaubte Alex seine eigene Legende und vergaß die in den Transportern befindlichen Waffen. Im Hinterkopf hakte er anschließend die Causa Niko ab. Offensichtlich hatte sein Fall keine weiteren Wellen geschlagen, sonst wären sie hier aufgehalten worden. Wie auch immer, das Problem hatte sich zur Zufriedenheit aller gelöst.

„Wir wollen den ukrainischen Zivilisten und Ihrem Land unsere Solidarität zeigen, indem wir humanitäre Hilfsgü…"

Der Zöllner zwinkerte ihm zu und unterbrach ihn.

„Zivilist oder nicht macht keinen Unterschied. Der Angriff auf das Ausbildungszentrum war gegen eine militärische Einrichtung gerichtet, hat aber überwiegend Zivilisten getroffen. Wir müssen uns gegen diesen schrecklichen Diktator mit aller Kraft zur Wehr setzen. Er hat angekündigt, auch westliche Waffenlieferungen anzugreifen. Der Raketenangriff war wohl ein erster Schritt, in Jaworiw wurde über die Verteilung der Hilfstransporte entschieden. Aber Sie haben ja bereits einen Bestimmungsort. Sie müssen nur noch heil dort ankommen."

Alex wurde abwechselnd heiß und kalt, weil ihm schlagartig klar wurde, dass auch ihr Konvoi jederzeit Ziel eines russischen Raketenangriffs werden konnte. Unter großer Mühe vermied er es zu schlucken. Am liebsten wäre er einfach umgedreht, aber er wusste nur zu gut, dass das ein Ding der Unmöglichkeit war.

„Machen Sie sich keine Sorgen", schien der Zöllner seine aufsteigenden Beklemmungen zu spüren. „Wir können zwar keine weiteren Angriffe auf das Ausbildungszentrum Jaworiw ausschließen. Immerhin hat der Verrückte gestern über 30 Raketen losgeschickt. Und er hat ganz sicherlich noch ein paar mehr davon. Aber wenn Sie das Angriffsgebiet großzügig umfahren, dürften Sie eigentlich auf der sicheren Seite sein."

Alex nickte schüchtern.

„Und merken Sie sich:", setzte der Zöllner fort. „In diesem Krieg werden alle international gültigen Regeln außer Kraft gesetzt. Passen Sie also auf und verlassen Sie sich auf Ihren normalen Menschenverstand. Noch einmal: Willkommen in der Ukraine."

Nachdem sie die Grenze passiert hatten, setzte sich das zivile Fahrzeug an die Spitze des Zugs, packte ein zweites Blaulicht auf die andere Seite des Dachs und machte dem Konvoi erneut den Weg frei. Dieser Umstand erfreute Alex angesichts der ungeheuren Verkehrsdichte so sehr, dass er beinahe zu grübeln aufhörte.

Lwiw ist besonders riskant. Bevor wir die Stadt durchqueren, wird uns ein Scout treffen, der uns helfen wird, sicher durchzukommen.

Bills exklusiv für ihn bestimmte Nachricht erschien ihm wie eine Siegesmeldung. Offensichtlich hatte der Amerikaner nicht nur heiße Luft produziert, sondern seine Versprechen, durch seinen Cousin Konstantin über äußerst wertvolle Kontakte in die Ukraine zu verfügen, schienen Substanz zu besitzen. Vielleicht hatte er Bill unrecht getan, auch wenn der Schuss auf dem Rastplatz nachhallte.

In der Gegenrichtung zur polnischen Grenze herrschte nun mehr Verkehr. Dieser Grenzübergang, hatte ihm der Zöllner erklärt, sei eine der wichtigsten Transitrouten. Kleine Autos, einige davon aus sowjetischer und tschechischer Produktion, waren bis zum Anschlag beladen und hingen nach unten durch. Auf den Dachträgern türmten sich Matratzen, Stühle, Sekretäre und weitere Möbel. Die Kofferräume waren vollbeladen mit Dingen, die Alex als Gerümpel bezeichnet und die er nicht einmal auf den Dachboden getan hätte. Die Gesichter der Menschen wirkten verängstigt. Der Schrecken des Krieges spiegelte sich darin.

Am Horizont in der Ferne erkannte Alex etliche Rauchsäulen, die in den Himmel ragten und die den beginnenden Tag begrüßten. Er stellte sich vor, welches Ausmaß an Zerstörungen die Raketen angerichtet hatten. Und er dachte an die vielen Toten und Verletzten. Nachdem die Verkehrslage ruhiger wurde, verabschiedete sich das zivile Auto und Alex ertappte sich dabei, wie er im Vorbeifahren salutierte. Jetzt, da er das Kriegsgebiet betreten hatte, fühlte er sich auf einen Schlag seltsam leicht, beinahe befreit.

Auf den folgenden Kilometern versuchte er Natascha zu erreichen. Eigentlich sollte sie bereits auf den Beinen sein, um sicherzustellen, dass die Jungs rechtzeitig zur Schule kamen. Aber trotz mehrerer Versuche und zusätzlicher WhatsApp-Nachrichten, meldete sie sich nicht. Das daraus resultierende Gefühl piesackte ihn nur kurz. Mit dem heraufziehenden Morgen waren die von Bill initiierten Zweifel an seiner Geliebten wieder verflogen, und wie aus dem Nichts erinnerte er sich in Video HD und Dolby Surround daran, wie er sie zum ersten Mal getroffen hatte …

Mitte zwanzig war sie, sah aber wie eine Abiturientin aus. Damals hatte er sie im Club *Mainside* kennengelernt, ein Laden, in dem viele Russlanddeutsche die Wochenenden durchfeierten. Er war sofort hin und weg gewesen. Ihre blonden Haare, ihr Lachen und ihre Spritzigkeit hatten ihm den Zahn gezogen. Ihre straffe Haut, die wohlsitzenden und perfekt verteilten Rundungen, ihre Körpergröße und das liebliche Gesicht ließen keine Wünsche offen. Es war die erste 10 für das Gesamtpaket, die Alex in seinem Leben überhaupt vergeben hatte und zum ersten Mal hatte er das Erlebnis, bei einer Frau einen physischen und psychischen Wow-Effekt zu erleben. Von diesem Tag an hätte er alles für sie getan. Alles, wirklich alles.

Die ersten Tage und Wochen waren wie ein Rausch. Ein Rausch der gegenseitigen Liebe, des sich Kennenlernens, der puren Freude aneinander. So viele Schmetterlinge im Bauch hatte er bis dahin nur vom Hörensagen gekannt.

Dass sie ihn nicht sofort ran, sondern ein wenig zappeln ließ, verstärkte seine Begeisterung für sie. Seltsamerweise machte sie dieses kleine Detail umso begehrlicher, hatte er doch früher bei ähnlicher Konstellation schnell das Feld geräumt.

„Ich bin nicht so leicht zu haben wie andere Mädchen", hatte sie ihm beim Steh-Blues im Tanz-Café *Schubert* leise ins Ohr geflüstert und sich eng an ihn geschmiegt. „Bitte versteh das als Zeichen, dass ich es besonders ernst mit dir meine."

Mit jedem Wort wuchs der Wunsch, ihr näher zu kommen, sie endlich ausziehen und sie in ihrer natürlichen Schönheit bewundern zu dürfen. Die ersten Küsse folgten alsbald, hierbei war sie es, die den ersten Schritt machte, wodurch er sich besonders begehrt fühlte. Er forderte kurz darauf richtige Küsse, die ihn nicht nur umwarfen, sondern in ein Paralleluniversum katapultierten. So viel Gefühl und Wonne hatte er beim Küssen noch nie erlebt.

„Du möchtest mich bestimmt nur abschleppen und wenn du alles gekriegt hast, wie eine heiße Kartoffel fallen lassen", sagte sie ein anderes Mal, als sie gediegen beim Cocktail im *Helium* beisammen saßen.

Diese Unterstellung packte ihn bei der Ehre. Er hatte ein wenig Angst, sie würde ihm nicht glauben und ihn einfach sitzen lassen.

„Ich bin dir verfallen, Natascha. Auf ewig. Eher würde ich sterben, als dich wieder herzugeben."

„Du musst mir nicht schmeicheln, nur ehrlich sein. Du behauptest das, obwohl du noch gar nicht richtig mit mir zusammen warst?"

Jetzt war guter Rat teuer, er überlegte, wie er sie am besten überzeugen konnte.

„Ich spüre es, wenn die mir bestimmte Frau in mein Leben tritt. Alles, was vorher war, was ich vorher im Gebiet der Liebe erfahren habe, zählt nicht mehr. Für mich gibt es nur noch dich, dich, dich", behauptete er aufrichtig und glaubte jedes einzelne Wort davon.

Ihr Gesicht errötete zart.

„Du … du … du bist …“

Weiter kam sie nicht. Er spürte, etwas lastete auf ihrer Seele.

„Du kannst mir alles sagen. Wir werden für alles eine Lösung finden“, versuchte er ihr den Weg zu ebnen. Doch er bemerkte, wie sie mit sich kämpfte.

„Hast du eine schlimme Krankheit?“, versuchte er ihr die Angst zu nehmen. „Kein Problem, die Medizin kann heutzutage alles in den Griff bekommen …“

Ihre geweiteten Augen signalisierten ihm, er befand sich auf der falschen Fährte.

„Es ist nur … Ich hatte vor dir noch nie einen Freund. Ich meine, einen richtigen Freund.“

Alex sprang wie von der Tarantel gestochen auf, warf den kleinen Bistro-Tisch und die Drinks um und nahm Natascha in seine Arme, nicht bereit, sie jemals wieder loszulassen.

„Du meinst … du hast noch nie mit jemandem geschlafen?“, flüsterte er, damit die Neugierigen um sie herum es nicht verstanden. „Bitte sag mir, dass du dir keinen Scherz mit mir erlaubst. Du bist die für mich Auserwählte …“

„Noch nie“, unterbrach sie sein Schwärmen. „Ich wusste die ganze Zeit, der Richtige würde kommen. Und dieser Richtige bist du, Alex. Ich hoffe, du magst mich trotzdem noch.“

Als er sich später am Abend die Tragweite dieses Umstands verdeutlichte, jubilierte er innerlich. Es bedeutete nichts weniger, als dass er ihr alles würde beibringen können. Er konnte sie sexuell prägen und es würde nie Differenzen geben, wer was warum mochte oder auch nicht. Er dankte zum ersten Mal seit Jahren wieder einem unsichtbaren Wesen im Himmel, das ihn auf diese Art unendlich reich beschenkt hatte.

Kleinere Wolken, die sich in der Folge aufgrund familiärer Probleme ergaben, trübten ihre Freude nicht. Im Gegenteil, nachdem sie informell im kleinen Kreis ohne Eltern Verlobung gefeiert hatten, stand ihre erste gemeinsame Nacht an. Nach minimalen Startschwierigkeiten gerieten beide in einen seligen Taumel der Lust. Er liebte ihre unbezähmbaren blonden Locken, ihre rosigen Wangen nach dem Sex, ihre zarten Seufzer, er liebte alles an ihr. Die ersten Monate nahmen ausufernde Ausmaße an und blieben nicht ohne Folgen.

„Ich glaube, ich bin schwanger", verkündete sie ihm eines Morgens in ihrer hastig gemieteten und einfach möblierten gemeinsamen Wohnung, als sie mit einem Schwangerschaftstest aus dem Bad kam, der tatsächlich zwei Balken aufwies und keine Fragen offen ließ.

„Ehrlich? Sag das nochmal. Du bist schwanger. Wir bekommen ein Kind!"

Diesen Moment hatte er neben den Geburten seiner Söhne als den schönsten seines Lebens in Erinnerung. Alle Synapsen feuerten gleichzeitig und schütteten Serotonin satt aus. Er fühlte sich glücklicher als der passionierteste Raver mit zwei Gramm MDMA intus.

„Ja, Alex, wir kriegen ein Kind."

Was auch der Frauenarzt bestätigte. Sofort machten sie sich an die Planung der Hochzeit. Außerdem musste ein neues Domizil her. Zum Glück hatte er dank seiner unternehmerischen Tätigkeiten – CD-Online-Versandhandel, Reisebüro für Belarus und andere Geschäftsfelder – während des Studiums einiges an Cash auf die hohe Kante legen können.

Als sein Handy sich meldete und ihn auf die ukrainische Straße zurückholte, schrak er heftig zusammen. Doch der Name auf dem Display flutete ihn mit einer Welle Glückseligkeit.

„Natascha, mein Herz. Ich habe die ganze Zeit an dich gedacht. Wie wir uns damals kennengelernt haben. Ich wollte dir die ganzen Stunden über sagen, wie sehr ich dich liebe. Und vermisse."

Das „Ich dich auch" folgte sofort und die Wärme in ihrer Stimme ließ nun auch reichlich Serotonin durch seinen Kopf schießen.

„Ich vermisse dich so schrecklich, meine Geliebte, ich kann es dir gar nicht sagen."

„Alex, es ist alles ganz furchtbar ohne dich."

Ihre Worte holten ihn augenblicklich runter, noch witterte er jedoch keine Gefahr und schrieb das Adjektiv seiner Abwesenheit zu.

„Heute Morgen hat es um 5.00 Uhr bei uns geklingelt", fuhr sie fort. „Beinahe zehn Minuten lang. Weißt du, nicht nur einmal, sondern am Stück. Als ich schließlich runterging, um nachzusehen, war niemand da, aber auf dem Fußabtreter lag ein Umschlag …"

Vom Himmel in die Hölle! Urplötzlich fielen ihm zahlreiche Morde des russischen Auslandsgeheimdiensts ein, die durch chemische Stoffe verübt worden waren.

„Nicht anfassen, nicht öffnen", sagte er hastig. „Hast du den Umschlag berührt?"

„Zu spät, Alex. Ich habe ihn geöffnet."

Kurz dachte er, sein Herz würde aufhören zu schlagen. Doch dann riss er sich zusammen.

„Und, geht es dir gut?"

„Körperlich fehlt mir nichts, wenn du das meinst. Aber die im Umschlag enthaltene Nachricht war schrecklich."

„Welche? Sag schon Natascha. Was war in dem beschissenen Umschlag?"

Er hörte ein umständliches Rascheln. Mit monotoner Stimme las Natascha die Textnachricht ab: „Wenn dein Mann seine verbrecherische Fuhre mit Kriegswaffen an den Bestimmungsort liefert, wird allen etwas Schreckliches passieren."

Vor lauter Entsetzen fuhr er beinahe einem roten Lada ins Heck. Es gab kein Vertun, wie das Drohschreiben gemeint war.

„Hat sich Franjo bei dir gemeldet?", fragte er hastig, nachdem dieser Gedankenblitz ihn ereilt hatte.

„Franjo? Nein …"

„Wo ist der verdammte Typ? Ich hab ihn extra für euren Schutz angeheuert."

Ein imaginärer Schraubstock legte sich um seinen Hals.

„Alex, was sind das für Waffen?", schrie Natascha.

Alex krümmte sich. Eigentlich wollte er es vermeiden, Natascha zu tief mit reinzuziehen, aber nun war es unvermeidlich. Trotzdem verlegte er sich auf alternative Fakten. „Ach, das. Wir transportieren für einen Kumpel einige Pistolen für die Front. Ein Gefallen, nichts weiter. Du brauchst dir keine Sorgen zu machen."

„Alex, bitte dreh um und komm heim! Egal, was du gerade machst und für wie wichtig du es hältst", flehte Natascha. „Es gibt nichts auf der Welt, was es rechtfertigt, dass die Jungs oder du sich in Lebensgefahr begeben …"

Diesem Satz folgte ein langgezogenes Rauschen, bevor die Verbindung abbrach. Für den Bruchteil einer Sekunde glaubte Alex, sein LKW sei von einer russischen Iskander-Rakete getroffen und vernichtet worden. Aber dann wurde ihm klar, durch sein Abenteuer hatte er das Wohlergehen der gesamten Familie aufs Spiel gesetzt.

35.

All seine Versuche Natascha zu kontaktieren, schlugen fehl. Es war zum Verzweifeln. Es konnte am fehlenden Netz liegen oder an einem militärischen Störsender. Auf jeden Fall war nichts zu machen. Keine Verbindung nach Hause war möglich und wenn sie zustande kam, ging seine geliebte Frau nicht ran. Er saß wie auf heißen Kohlen. Die Ungewissheit lastete schwer auf ihm. Das Handy war für ihn in diesem Moment völlig wertlos. Dennoch kam er davon nicht weg und versuchte es immer wieder.

Plötzlich Bremslichter vor ihm. Er sah die Stoßstangen der wenigen vor ihm fahrenden Autos dicht vor sich und verlangsamte notgedrungen das Tempo. Einige hundert Meter entfernt erkannte er eine Straßensperre. Auf beiden Seiten der Straße waren weiße Sandsäcke zu Schutzwällen aufgetürmt. Maschinengewehrnester innerhalb der Schutzburgen hatten beide Straßenseiten gleichermaßen im Visier. Zusätzlich gab es barrikadenähnliche Holzkonstruktionen, die mit NATO-Stacheldraht umwickelt waren. Vier schwer bewaffnete Soldaten kümmerten sich um die Autofahrer, hielten sie an, befragten sie und ließen sich die Papiere zeigen. Aus der Gegenrichtung kam kein einziges Auto.

Alex fragte sich nach dem Grund. Vermutlich hatten sie den Kontrollpunkt für die entgegengesetzte Fahrbahn in einiger Entfernung aufgebaut, aber das erklärte nicht den ausbleibenden Gegenverkehr. Die Soldaten beugten sich zu den Autoinsassen hinunter, sprachen mit ihnen und zeigten in die Richtung zurück, aus der sie gekommen waren. Nicht alle waren einverstanden, aber alle Autos machten kehrt.

Verdammt, fluchte er innerlich. Hoffentlich bedeutet das keine langen Umwege und weitere Verzögerungen. Außerdem birgt jede neue Strecke neue Risiken.

Er atmete tief durch und nahm sich vor, sein Bestes zu geben und cool zu bleiben. Vielleicht würden die Soldaten für ihn angesichts seiner Fracht eine Ausnahme machen. Er musste überzeugend wirken.

„Hier können Sie nicht durch“, schien ihm der große Soldat mit der umgehängten Kalaschnikow diesen Zahn sogleich ziehen zu wollen. „Weiter vorne hat ein Angriff stattgefunden. Eine Weiterfahrt ist aus Sicherheitsgründen nicht möglich. Bitte kehren Sie um und umfahren Sie das Gebiet.“

Alex plusterte sich ein wenig auf, legte sich ins Zeug und betonte die Wichtigkeit des Konvois für die ukrainische Bevölkerung. Es galt, keine Zeit zu verlieren, um Menschenleben zu retten.

Doch der Soldat blieb stur bei seiner Meinung. Befehl war Befehl. „Es geht hier um die Sicherheit Ihres Lebens“, erklärte er. „Und diese Strecke ist alles andere als sicher. Erst vor knapp zwei Stunden wurde ein humanitärer Hilfskonvoi mit mehreren russischen Iskander-Raketen beschossen. Wie viele wissen wir noch nicht genau. Auf jeden Fall hat das eine schöne Schweinerei gegeben. So etwas wollen sie gar nicht sehen. Niemand hat den Angriff überlebt. Die Fahrzeuge sind zerstört, Lebensmittel und Medizin auch.“

Anstatt die Nachricht sacken zu lassen, holte Alex die hochoffiziellen Frachtpapiere mit den prominenten Unterschriften heraus.

„Danke“, murmelte der Soldat ein wenig unwirsch und studierte die Papiere kritisch. „Ich glaube nicht, dass Ihnen die Unterlagen jetzt etwas nützen.“

Er rief dennoch seinen Vorgesetzten dazu, der sich in die Papiere vertiefte. Alex war es unmöglich, still zu sitzen. Er studierte die Gesichter der Männer, wurde aus ihrer Mimik nicht schlau. Er wandte kurz den Blick ab, was er noch weniger aushielt, denn die unendlich scheinende Weite der ukrainischen Felder erschreckte ihn.

Ein sachtes Klopfen an seinem Fenster lenkte ihn ab. Zu seiner Überraschung war es Bill. Frech grinste er nach oben und reckte den Daumen in die Höhe. Er hielt einige Papiere in der Hand, die

Alex noch nicht gesehen hatte, und ging damit auf die Soldaten zu. Mit skeptischem Gesichtsausdruck nahmen diese Bills Blätter in Augenschein, schienen nicht recht zu wissen, was sie damit anfangen sollten.

Bill drehte sich um und nickte ihm siegessicher zu. Einer der Soldaten klemmte sich an sein Handy. Wieso hatte der Empfang? Alex probierte es sofort, erkannte aber, dass er kein Netz hatte. Der Soldat telefonierte eine Weile, während er eifrig in den Hörer nickte. Mit einem Diener beendete er das Gespräch, ging zu Bill und wechselte einige freundliche Worte mit ihm.

Bill schien zufrieden zu sein und winkte Alex zu sich. In angemessenem Abstand zu den Soldaten stellten sie sich zu den LKWs und warteten.

„Was hast du denn aus der Trickkiste geholt?", fragte Alex neugierig.

„Geheimwaffen bleiben geheim", witzelte er. „Aber unter uns: Schildbach hat mir noch das Schreiben eines hochrangigen ukrainischen Geheimdienstkoordinators mitgegeben, das Eindruck zu machen scheint."

„Du hast doch Schildbach gar nicht getroffen."

„Was ihn aber nicht daran hinderte, mir betreffendes Dokument zukommen zu lassen. Er verfügt über Kontakte nach ganz oben im ukrainischen Sicherheitsapparat."

Der Amerikaner schien seinen Unmut zu spüren, denn Alex kam sich ausgebootet vor. Fuhr extra für ihn nach Berlin, da der andere seine Geliebte willkommen heißen musste und erhielt offensichtlich nicht die eigentlich relevanten Papiere, die sich als Schlüssel für die Weiterfahrt erwiesen. Bill zückte augenblicklich sein Handy und hielt es ihm unter die Nase, wohl um seine Verstimmung zu mildern.

„Ich glaube, ich schulde dir noch einige Beweise in der Causa Niko."

Wie aus dem Nichts erhöhte sich Alex' Puls und er spürte, wie ihm das Blut in den Kopf schoss. Mit geschickten Bewegungen öffnete der Soziologe einige Apps, bis er das Gesuchte gefunden hatte.

„Hier, der besagte Geldtransfer der Smirnow-Stiftung an Niko. Du musst zugeben, das macht keinen Sinn, da Niko sich nicht für

Kultur und auch nicht für die deutsch-russische Freundschaft eingesetzt hat."

Die im Aufgehen begriffene Sonne schien ungünstig aufs Display. Er hielt es so, dass der Bildschirm im Schatten lag. Dann benötigte er einige Sekunden, um seine Augen an die wechselnden Lichtverhältnisse zu gewöhnen. Schrift und Zahlen waren klein, was den Leseprozess in die Länge zog.

„Nikolai Abuladze", las er und versicherte sich, dass es sich dabei um den Kontoinhaber handelte. Er wollte auf keinen Fall einen Flüchtigkeitsfehler machen und nicht lediglich das bestätigt wissen, was er ohnehin schon wusste, sondern die Wahrheit erfahren. Was auch immer diese bringen würde.

„Hier", half ihm Bill auf die Sprünge und deutete mit seinem kleinen Finger auf die betreffende Zeile. „Da dürfte der Zahlungseingang verbucht …"

Tatsächlich, jetzt sah Alex das Gesuchte. 25.000 Euro der Smirnow-Stiftung – kurz bevor sie den Konvoi ins Ungewisse gestartet hatten.

„Hm, ich weiß nicht …", gab er sich nicht restlos überzeugt, aber er konnte nicht von der Hand weisen, dass die Sache stank.

Bill suchte eine weitere Seite auf dem Handy und wurde fündig.

„Wieso hast du eigentlich Empfang und ich nicht?", fragte Alex erstaunt. „Bei mir ging nichts, als ich Natascha zu erreichen versuchte …"

Ein smart-überlegenes Lächeln zeichnete sich beim Vollbartträger ab.

„Ich habe dir doch bereits von meinem technisch hochbegabten IT-Nerd-Freund erzählt, oder?" Der ominöse Freund mutierte zum Superhelden. „Viel wichtiger als der Zahlungseingang ist meiner Meinung nach das hier", behauptete Bill und hielt ihm das Smartphone erneut unter die Nase.

Wieder benötigten seine Augen einige Sekunden, um die Optik richtig zu justieren, ehe er die offizielle Homepage der Smirnow-Stiftung erkannte. Was sollte das? Russische Stiftungen interessierten ihn nicht die Bohne.

„Unten rechts", half Bill nach.

Tatsächlich, dort war das Wort „Finanzvorstand" in Fettschrift zu lesen.

„Sagt dir der Name Sergej Popow etwas?"

Anscheinend gelang es Bill nicht, Alex in Ruhe seine eigene Meinung bilden zu lassen, er musste ihm eine Neuigkeit nach der anderen um die Ohren hauen. Und jetzt fiel es ihm wie Schuppen von den Augen: Dort stand eindeutig der Name seines Schwagers. Er atmete tief durch und hätte sich am liebsten an Bill festgehalten. Das durfte doch alles nicht wahr sein. In welchen Albtraum war er da reingerutscht? Die ganze Welt hatte sich gegen ihn verschworen, er stand mitten im Zentrum der Konspiration und wusste weder ein noch aus.

„Es gibt bestimmt Tausende andere Personen in Russland, die Sergej Popow heißen", versuchte er die Güte und Belastbarkeit von Bills Informationen zu hinterfragen, da für ihn nicht sein konnte, was nicht sein durfte.

Nervös kramte er eine Davidoff-Zigarette aus der Hemdtasche. Seine Kleidung war zerknittert und verschwitzt.

„Danke", meinte Bill, als Alex ihnen Feuer gab. „Natürlich gibt es auch andere Menschen, die diesen Namen tragen. Aber nur weil die Smirnow-Stiftung wert auf eine gewisse Anonymität ihres Vorstands legt, heißt das nicht, dass es nicht dein Schwager ist."

Alex schwieg eisern, während Bill weiter surfte.

„Hier habe ich ein Bild von deinem Schwager, das ihn eindeutig als Finanzvorstand ausweist."

Niedergeschlagen nahm Alex das Handy wieder an sich, um sich des Unvermeidlichen zu vergewissern.

„Okay", stimmte er zu. Er hatte ihn erkannt. Es gab an Bills Aussage nichts zu deuteln.

„Ich weiß, wie schwer das für dich ist", klang Bill mitleidsvoll. „Der eigene Schwager als Agent des russischen Geheimdiensts ist schon schwer genug. Wenn der dann aber noch beginnt, gegen den Mann der eigenen Schwester eine Geheim-Operation durchzuführen, dann ist das …"

„Sei ruhig!", fuhr Alex ihn harsch an. „Ich kann zwei und zwei zusammenzählen."

Bill zuckte mit den Schultern. „Verstehe, das ist ziemlich hart", gab er zu. „Bringen wir es hinter uns. Hier kannst du noch sehen, dass Niko am Abend vor unserem Aufbruch über eine Stunde mit Sergej telefoniert hat."

Ein Screenshot, von dem Alex nicht wusste, woher ihn Bill bezogen hatte, belegte, dass zwischen dem Handy von Nikolai und dem eines Sergej Popow ein Gespräch von über einer Stunde geführt worden war. Konnte Bills IT-Freund sich in alle Handys hacken?

„Das muss eine Verwechslung sein“, hoffte Alex einen Ausweg zu finden, denn er fürchtete Ärger zu Hause, da er wusste, wie sehr Natascha an Sergej hing – sie würde ihn verteidigen wie eine Löwin.

„Dann solltest du mal die Nummern abgleichen, dadurch werden deine Zweifel ausgeräumt“, ließ Bill nicht locker. „Mann, glaub doch nicht, dass ich nicht weiß, was du durchmachst“, setzte er nach. „Das alles ist schrecklich. Auch für deine Frau Natascha.“

Nur mit Mühe konnte Alex sich zurückhalten, Bill an die Gurgel zu springen. Den Hinweis mit Natascha fand er übergriffig. Er besann sich eines Besseren, immerhin war Bill sein unabdingbarer Verbündeter und wie es aussah, war er sogar dabei, ihm den Allerwertesten zu retten. Insofern war es ratsamer, ihm zu vertrauen.

„Hm …“

So oft Alex die Nummern auch miteinander verglich, es war kein Irrtum möglich. Die bei seinen Kontakten unter „Schwager Sergej“ eingetragene Nummer entsprach tatsächlich derjenigen, mit der Niko telefoniert hatte.

„Warum hat Niko uns nicht auffliegen lassen?“, fragte er.

„Offensichtlich Teil des Plans. Er sollte uns im Blick behalten und Informationen liefern.“

„Ein wahrhaftiger Masterplan also“, meinte Alex ironisch. „Aber demnach hätte Sergej uns doch bereits auf unserer Reise auslöschen müssen, oder irre ich mich? “

„Deine Kleidung stinkt ein wenig“, versuchte Bill vom Thema abzulenken. „Ich habe was für dich. Passt auch besser als deine Bundeswehr-Klamotten.“

Bevor er etwas entgegnen konnte, ging Bill zu seinem Fahrzeug, griff hinein und holte ein in braunes Packpapier eingeschlagenes Paket.

„Hier, probier das mal“, drückte er es dem verdutzten Alex in die Hand.

Unfähig einen klaren Gedanken zu fassen, öffnete er es. Ein militärgrünes Funktionshemd, graue Cargo-Hosen mit weitgeschnittenen Taschen auf Kniehöhe und braune Armeestiefel kamen zum Vorschein. Bill packte alles zusammen und legte es auf Alex' Beifahrersitz.

Alex bedankte sich zwar nicht, aber seiner Mimik war anzusehen, dass er über die neue Kleidung nicht unglücklich war.

„Wirst du bestimmt noch benötigen", orakelte Bill.

Der ranghöhere der ukrainischen Soldaten kam zügig auf sie zugelaufen.

„Hören Sie", sprach er beide gleichermaßen an, wobei er seinen Blick vom einen zum anderen schweifen ließ. „Wir haben alles überprüft. Offenbar weiß unser Militärgeheimdienst über Ihren Konvoi Bescheid und hat seine sofortige Weiterfahrt ungeachtet der gesperrten Strecke angeordnet."

Bei den letzten Worten warf Bill Alex einen triumphierenden Blick zu.

„Da der Konvoi dringend erwartet wird, können Sie die Verzögerung durch den Umweg nicht in Kauf nehmen. Einer unserer Soldaten wird das Steuer im ersten Wagen übernehmen und Ihnen den Weg weisen. Alle anderen Fahrzeuge müssen direkt hinter ihm fahren und dürfen keinen Zentimeter links oder rechts abweichen. Sonst laufen Sie Gefahr auf eine Mine zu treffen. Haben Sie das verstanden? Der angegriffene Konvoi, der etwa auf der Hälfte des Absperrgebiets liegt, führte ebenso wie Ihrer ausschließlich medizinische Vorräte, wurde aber dennoch Ziel eines Anschlags. Das müssen Sie begreifen und umso besser aufpassen, auch noch, wenn Sie die Stelle passiert haben. Es kann jederzeit neue Raketeneinschläge geben."

Schlagartig und in aller Klarheit wurde Alex deutlich, auf welch tödlichen Trip er sich eingelassen hatte.

„Nachdem Sie den Kontrollpunkt am anderen Ende der Streckensperrung passiert haben, führt die Straße weiter nach Lwiw. Dann haben Sie beinahe Ihre Destination erreicht. Allerdings ist Lwiw Zielscheibe russischer Raketen. Jede Nacht gibt es Detonationen. Deshalb wollen wir Ihnen Hilfe zukommen lassen. Geben Sie mir bitte Ihr Handy."

Bill schien einige Millisekunden zu zögern, reichte es ihm dann aber zügig. Der Soldat tippte einen Namen und eine Handynummer ein und gab es zurück.

„Olga?“, fragte Bill.

Der Ukrainer lachte.

„Ja, Olga. Glauben Sie, bei uns dienen nur Männer? Olga ist eine der besten Scouts. Machen Sie sich keine Sorgen. Nur als Anekdote am Rande: Unsere besten Scharfschützinnen sind weiblich.“

Bill ließ einen kurzen Pfiff ertönen, und Alex hob erstaunt die Augenbraue.

„Wer führt den Konvoi an?“

Alex hob die Hand.

„Artem wird sofort bei Ihnen im Auto sein. Machen Sie sich startbereit. Je schneller Sie das Gebiet durchqueren, umso besser. Und ich brauche hoffentlich nicht zu betonen, dass es strengstens untersagt ist, Fotos zu machen.“

Dann machte er auf dem Absatz kehrt.

„Wieso hast du ihm nichts von deinem Cousin Konstantin erzählt, der doch als Scout fungieren soll?“, wollte Alex nicht länger an sich halten. „Je länger diese Geschichte geht, desto verworrener ...“

Bill lächelte entwaffnend und machte eine sanfte, wegwerfende Handbewegung.

„Zwei Scouts sind besser als einer, oder? Und dein dünnes Nervenkostüm ...“

Das traf Alex, obwohl er sich eingestehen musste, dass Bill recht hatte. Er war drauf und dran, die Übersicht zu verlieren. Er räusperte sich. „Ich verstehe immer noch nicht deine Rolle. Du zauberst so viele Dinge aus dem Hut ...“

Bill wiegelte ab und legte ihm freundschaftlich die Hand auf die Schulter.

„Das verstehe ich, mein lieber Alex. Aber ich habe dir keinen Anlass gegeben, misstrauisch zu sein. Ich verfüge lediglich über ein paar nützliche Verbindungen, die ich für uns aktiviert habe. Du wirst mir zustimmen, dass so etwas nicht von Nachteil ist, gerade hier. Unser Zusammenhalt ist wichtiger als alles andere. Solange wir eine Einheit bilden, kann uns niemand was anhaben.“

Als Alex die schmächtige, seltsam wirkende Figur mit dem wilden Bart musterte, musste er grinsen.

„Hey!"

Die Mischung aus Aufruf und Anrede riss die beiden aus ihrem Gespräch.

„Artem wartet auf dich."

Tatsächlich saß ein Ukrainer mit einem perfekten Mondgesicht inklusive braun-blonden Stoppeln auf dem Kopf bereits im Lastwagen. Er trug ein grünes Armeeshirt, Cargo-Hosen, eine Erkennungsmarke um den Hals und schwere Stiefel.

„Auf jetzt!"

„Der hat's eilig", witzelte Bill. „Er will uns vermutlich so schnell wie möglich loswerden. Mach dir keine Sorgen, Partner, alles wird gut. Du musst mir nur vertrauen."

An diesen Sätzen war was Wahres dran.

„Vertraust du mir?", fragte Alex und fixierte Bill mit seinem Blick.

„Natürlich Partner."

„Dann gib mir dein besonderes Handy. Meine Nerven sind nämlich über Gebühr angespannt und ich muss meine Frau erreichen."

Natürlich hatte Alex eine Abfuhr einkalkuliert. Das Smartphone herauszugeben, war in Zeiten wie diesen mehr als ein Vertrauensbeweis.

„Drei, zwei, sieben und neun", verriet ihm Bill zu seiner großen Überraschung die PIN. „Mit dem Menü wirst du vertraut sein, wir haben ja schließlich dieselbe Marke."

Als er das Handy in seiner Hand hielt, keimte die Hoffnung auf, Natascha zu erreichen.

„Danke, Bill. Werd ich dir nie vergessen."

„Kaum der Rede wert. Unter Freunden hilft man sich doch."

36.

Artem musterte ihn kritisch von Kopf bis Fuß, als er auf den Beifahrersitz kletterte.

„Warst du bei der Bundeswehr?", fragte der Ukrainer und Alex kam es vor, als habe Artem einen Berliner Dialekt. Danach würde er ihn vielleicht später fragen.

„Yep!", antwortete er, als Artem die Sandsäcke und Stacheldrahtverhaue vorsichtig umfuhr, um auf freier Strecke das Tempo zu erhöhen. „Ist aber schon ne ganze Weile her. Hatte ich noch im Schrank. Sag mal, kennst du dich im Westen aus?"

„Richtig geraten. Ich war einige Jahre in Deutschland", beschied er.

„Berlin?", hakte Alex nach.

„Genau."

„Dein Deutsch ist gut."

„Dafür kannst du wohl weder ein Wort Russisch oder Ukrainisch, richtig?"

Alex schwieg, da er weder seine Familienhistorie noch andere Informationen preisgeben wollte.

„Ich wollte mir gerade was anderes anziehen. Die Klamotten hier hab ich schon tagelang an." Alex schnüffelte an seinem Oberteil und verzog die Nase. Er begann, sich im LKW umzuziehen, während Artem langsamer fuhr, wohl um nicht auf Blindgänger oder Minen aufzufahren.

Als Artem einen Blick auf die neue Kleidung erhaschte, rief er: „Cool. So gehst du hier als ziviler Helfer, Arzt, Unterstützer, Archäologe und so weiter durch."

Mit dieser beruhigenden Sicherheit holte er Bills Handy hervor. Eine Frage trieb ihn um und er wandte sich an Artem.

„Wieso wurde der Konvoi vor uns bombardiert?"

„Oh, schrecklich. Du machst dir keinen Begriff. Ich habe das kurz nach dem Einschlag gesehen. Da gibt es jede Menge verkohltes Fleisch. Nicht einmal Frauen oder Mütter würden ihre Liebsten wiedererkennen. Die Fahrzeuge sind komplette Wracks, die es nicht einmal zu verschrotten lohnt."

„Was hat der Konvoi transportiert?"

Artems Lächeln war mehrdeutig.

„Offiziell war es ein humanitärer Konvoi mit Lebensmitteln und Medikamenten.“

Seit längerer Zeit meldeten sich wieder feine Nadelstiche auf Alex’ Brusthöhe.

„Und inoffiziell?“

„Na ja, kann man so oder so sehen. Als ich mit den Kollegen den Konvoi genauer untersucht habe, stellten wir fest, er hatte auch Waffen und Munition geladen, ziemlich altes Zeug, soweit wir das erkennen konnten, aber hier ist in der jetzigen Situation alles willkommen …“

Alex hörte nicht mehr richtig zu.

„Geht nicht anders“, ließ sich Artem nicht beirren. „Wir müssen die Waffenkonvois tarnen, sonst käme keine einzige Waffe im Zielgebiet an.“

Abwesend nickte Alex.

„Aber die Russen sind nicht dumm, hehehe. Kennen alle Tricks. Besonders schlimm ist die gute Geheimdienstarbeit der Russen. Frag mich nicht wieso, aber die scheinen über mindestens dreiviertel aller getarnten Waffentransporte im Voraus Bescheid zu wissen und greifen sie gezielt an. Nur mit viel Glück schaffen es einige der Waffen tatsächlich an die Front …“

Hölle, Hölle! Alex wurde abwechselnd heiß und kalt. Die Stiche im Brustbereich wurden stärker und er hatte Mühe, normal zu atmen.

„Ihr habt doch bestimmt auch was für unsere kämpfenden Brüder und Schwestern in euren LKWs, oder? Würde mich überraschen, wenn es nicht so wäre …“

Obwohl Artem einen durchweg vertrauenswürdigen Eindruck machte und ganz genau Bescheid zu wissen schien, zog Alex es vor, zu schweigen. In diesem Spiel war es klüger, den Mund zu halten. Wem konnte er überhaupt noch trauen? Sein Fels in der Brandung war Bill, der sich vor Beginn der Mission Gedanken darüber gemacht hatte, was erforderlich war und was nicht. Auch für Alex wäre es ein leichtes gewesen, für wenig Geld sein Handy gegen Störsender zu schützen, wertvolle Kontakte in der Ukraine zu gewinnen und einen doppelten und dreifachen Boden einzuziehen. Wieder einmal war er viel zu blauäugig in ein Unternehmen gegangen und wie so häufig hatte seine Großmutter Emma recht behalten, er müsse die Dinge besser durchdenken und weniger leichtsinnig sein.

„Ich muss ein paar Dinge abklären", sagte er zu Artem und schwenkte das Handy.

Artem zuckte mit den Achseln.

„Solange du keine Fotos machst oder mir ins Ohr brüllst … kein Problem."

Alex entsperrte Bills Handy. Weil Misstrauen an ihm nagte, begann er es akribisch zu durchsuchen. Nach zwanzig Minuten gab er auf. Es war nach seiner Überzeugung so sauber wie ein frisch geputzter Baby-Popo. Bill schien mit offenen Karten zu spielen. Umso schlimmer war es, dass er ihn aufgrund der missgünstigen Souffleure und Stimmen in seinem Kopf verdächtigte. Bei diesem Spiel war Absicherung alles.

Wenn er schon einmal Bills Handy zur Hand hatte, wollte er es nutzen. Mühselig tippte er von seinem Handy Franjos Nummer ab. Obwohl die Armeestiefel schwer wogen, konnte er ein nervöses hin und her Wippen mit dem rechten Fuß nicht unterbinden.

„Warst du noch nie im Krieg?"

„Nein", antwortete er.

„Man gewöhnt sich dran. Der Mensch gewöhnt sich an alles."

Endlich war die Verbindung hergestellt und er gab Artem ein Zeichen, ruhig zu sein. Nach sechsmaligem Tuten wollte er die Hoffnung schon aufgeben, aber nach dem siebten Läuten ging schließlich jemand ran.

„Hallo?"

Nicht Franjos Stimme. Was sollte er tun? Auflegen? Sich entschuldigen, dass er sich verwählt habe?

„Franjo?"

Die Leitung blieb für mehrere Sekunden still und er hatte den Eindruck, jemand decke die Sprecheinrichtung mit der Hand ab und unterhalte sich.

„Wer ist denn da bitte?"

Der Typ am anderen Ende der Leitung räusperte sich. Es folgte eine kurze Pause.

„Franjo ist gerade nicht da. Ich bin ein Freund von ihm. Kann ich was ausrichten?"

Der Blick auf die ukrainische Landschaft hätte eigentlich seine Nerven beruhigen sollen, aber dafür verlief das Telefonat nicht wunschgemäß.

„Hören Sie mit dem Scheiß auf!“, platzte ihm der Kragen, was ihm einen belustigten Blick von Artem bescherte. „Was ist mit Franjo?“

Nach einer schier endlosen Stille, erklang erneut die fremde Stimme.

„Zunächst muss ich wissen, mit wem ich spreche.“

Alex seufzte – es machte keinen Sinn, weiter auf stur zu stellen. Er sah keinen Vorteil darin, seine Verbindung mit Franjo geheim zu halten. Schließlich hatten sie nichts ausgefressen.

„Alex Schutz. Franjo ist ein Freund von mir. Ich würde ihn gerne sprechen oder teilen Sie mir mit, wann ich ihn erreichen kann.“

„Alex Schutz“, wiederholte sein Gesprächspartner, als diktiere er den Namen jemandem. „Mit tz, richtig?“

„Ja.“

„Leider kann ich Ihrem Wunsch nicht nachkommen.“

„Wieso nicht?“ Da sein Gesprächspartner eine Antwort schuldig blieb, fragte er: „Und mit wem habe ich die Ehre?“

„Kriminalkommissar Höcker, Kripo Frankfurt. Ihr Freund Franjo wurde gestern Opfer eines Gewaltverbrechens.“

Die Welt begann sich zu drehen. Sie rotierte, rotierte und rotierte, bis Alex schwindlig war.

„Hallo?“, fragte der Kommissar.

„Bin noch dran, sorry. Aber … also … Was ist mit Franjo passiert? Haben Sie einen Verdacht, wer ihm das angetan haben könnte?“

Intuitiv war ihm klar, das waren ein paar Fragen zu viel. Aber fragen kostete ja nichts. Außerdem wollte er das Maximum an Informationen erhalten.

„Seine Leiche wurde in einer Art Besenkammer in einem der größten Laufhäuser Frankfurts entdeckt“, antwortete Höcker zu seiner Überraschung. „Die Leiche war furchtbar zugerichtet. Wir gehen davon aus, dass Ihr Freund vor seinem Ableben gefoltert wurde. Die Details würde ich Ihnen gerne ersparen. Außerdem dürfen wir aus ermittlungstaktischen Gründen keine weiteren Informationen herausgeben. Aber seien Sie versichert, ein Splatter-Film ist harmlos dagegen."

Langsames ein- und ausatmen. War in der Ferne bereits der zerstörte Konvoi zu sehen? Oder spielten seine Augen ihm einen Streich?

„Haben Sie noch keinen Tatverdacht?"

Der Kommissar lachte.

„Ich wollte gerade fragen, ob Franjo irgendwelche Feinde hatte."

Alex fand, es war besser zu schweigen. Angesichts der Umstände machte es aber keinen Unterschied, denn wie er es auch drehte und wendete, die Gesamtlage blieb beschissen.

„Tut mir leid, da muss ich passen", antwortete er und wagte einen Schuss ins Blaue. „Vielleicht ein durchgedrehter Freier?"

Die Stille war verräterisch. Sein Gesprächspartner grübelte offensichtlich.

„Wir ermitteln in alle Richtungen …"

Bevor eine weitere Frage des Kommissars folgte, legte er auf. Der Kommissar würde nichts preisgeben und seinerseits versuchen, ihn wie eine Zitrone auszuquetschen. Zum Glück war es Bills Handy gewesen, das er benutzt hatte. Es würde dauern, bis sie seine Handy-Nummer ermittelt hatten.

„Wenn du noch weiter telefonieren musst, mach schnell", sagte Artem. „Wenn wir den zerstörten Konvoi erreichen, benötige ich alle Aufmerksamkeit, dass ich nicht auf eine Mine fahre …"

Alex hörte nicht hin, denn ein einziger verdammter Gedanke beschäftigte ihn. Ein Killer hatte den von ihm auserkorenen Schutzengel für seine Familie auf üble Weise ins Jenseits befördert. Die polyvalente Antwort des Polizeibeamten ließ in ihm den Verdacht erstarken, es könnten Männer des FSB oder russische Rocker dahinterstecken. Was er dem Kommissar natürlich verschwiegen hatte. Die Frage nach dem Warum lag glasklar vor Augen. Es handelte sich nicht um eine kleine Gaunerei, die materiellen Schaden verursachte. Er war Teil eines Krieges geworden. Er hatte klar Stellung bezogen. Er hatte alle Warnungen ignoriert. Verflucht!

Mit zitternden Fingern gab er Nataschas Nummer ein. Nach kurzer Zeit ertönte die Mailbox. Er versuchte es zwei weitere Male. Ohne Erfolg, was in ihm ein Erdbeben mittlerer Stärke und weitere Stiche in Herzhöhe auslöste. Er musste sie sprechen. Jetzt! Was war mit ihr los? Was war mit seinen Söhnen? Befanden sie sich bereits in der Gewalt des russischen Geheimdiensts? Hatten Sascha und seine Handlanger sie von der Bildfläche verschwinden lassen? Oder Blochin? Oder gar Sergej? Hatte er seine Hände im Spiel? Und falls ja, wohin waren sie verschleppt worden? Sergej würde doch nicht ernsthaft seiner eigenen Schwester …

Er durfte diesen schrecklichen Gedanken nicht zu Ende denken. Wer die Staatsräson über die Familie stellte, war ein Schwein.

Halt durch, Mann! Er ermunterte sich. Nerven bewahren, ruhig bleiben. Doch sein Geist rotierte. Schlimmer als ein Jahrmarktskarussell für Erwachsene. Unmöglich, dem Ganzen Einhalt zu gebieten.

„Sergej! Immer wieder Sergej!"

Aufgrund des laut gesprochenen Namens blickte Artem erstaunt zu ihm herüber.

„Ich gebe Bescheid, wenn du ruhig sein musst", stellte der Ukrainer klar. „Ist nicht mehr weit. Da hinten, siehst du die Rauchsäulen? Schau's dir an! Das da, das ist der Krieg."

Sein Arm wies geradeaus. Tatsächlich erkannte Alex in weiter Ferne sich auftürmenden schwarzen Qualm, der empor gen Himmel stieg.

„Alles klar. Ich beeile mich."

Doch sein Gehirn war blockiert. Wo sollte er sich Hilfe suchen? Ohne zu wissen, was mit seiner Familie überhaupt los war? War nicht Sergej der Schlüssel zu allem? Liefen bei ihm nicht alle Fäden zusammen? Wenn er an seinen Schwager dachte, musste er sich zusammennehmen, um nicht zu explodieren. Eigentlich hatte er Sergej immer gemocht, wie man eben einen Schwager mochte. Aber dieser Scheißkerl hatte wohl nur die Interessen des verfickten russischen Staats im Kopf. Natürlich, was hatte er denn erwartet? Ein FSB-Agent, der in Kriegszeiten die Samthandschuhe anzieht und großzügig über alle feindlichen Aktivitäten hinwegsieht, da sie in irgendeiner Form auch die eigene Familie betreffen? Das, so musste er sich eingestehen, wäre in der Tat unprofessionell und entsprach nicht dem Bild, das er im Lauf der Jahre von seinem Schwager gewonnen hatte.

„Was soll's?", fragte er sich und wählte Sergejs Nummer, die er von seinem Handy ablas und eintippte. Seine innere Anspannung war unbeschreiblich. Er hatte keine Ahnung, was er seinem Schwager sagen sollte. Es tutete und tutete, niemand ging ran. Er brach den Anruf ab. Versuchte es noch einmal. Dieses Mal sprang die Mailbox an, ein russischer Text wurde von einer geschlechtsneutral klingenden Stimme runtergerattert. Er drohte, das Bewusstsein zu verlieren, fühlte sich ohnmächtig.

„Schauen Sie sich das gut an, wir sind gleich da", meinte Artem. „Dann sehen Sie, was Krieg anrichtet. Krieg ist das Schlimmste, was Menschen passieren kann. Wenn dieser Wichser Putin denkt, dass er uns ficken kann, hat er sich geschnitten."

37.

Artem verlangsamte das Tempo. Sie holperten in Super-Slow-Motion dahin. Vor ihnen lag schwer beschädigter Asphalt, der von der Detonation der Bombe aufgerissen worden war und an eine Mondlandschaft erinnerte. Unmöglich, auf der Straße weiterzufahren.

„Siehst du, was die Schweine hier veranstalten?", fragte Artem und zum ersten Mal hörte Alex aus seiner Stimme etwas, das nach Verbitterung klang. „Sie zerstören alles. Straßen, Städte, Schulen, Krankenhäuser …"

Alex wurde von einem heftigen Schwindel erfasst. Zum Glück saß er bequem auf dem durchgesessenen Beifahrersitz. Eigentlich wollte er nicht mit den Ergebnissen des Krieges konfrontiert werden. Was er hier sah, das war ihm inzwischen klar geworden, war eine Veranstaltung, zu der auch er sein Scherflein beitrug. Ob Rakete, Granatwerfer, Maschinengewehr oder Pistole – all diese Dinge brachten Not, Elend und Tod über Menschen. Hier zeigte sich der Krieg in seiner brutalen Realität. Es waren eben keine über den Bildschirm flirrenden Bilder oder Fotos in Presseerzeugnissen. Es war so nah dran, wie es nur ging. Und das ging ihm an die Substanz.

„Ja", antwortete er geistesabwesend. „Krieg ist immer furchtbar."

Er fasste sich an die Schläfe, als habe er Kopfschmerzen. Als er den Blick wieder scharf stellen konnte, nahm er zwei große Lastkraftwagen wahr, die ausgebombt und komplett zerstört waren. Die Fahrerkabinen waren ausgebrannt. Nur das Stahlgerippe war übriggeblieben.

Obwohl sie die Fenster ihres LKWs geschlossen hielten, drang ein ekelhafter Geruch herein. Eine Mischung aus verbranntem Kerosin, geschmolzenem Plastik und ein süßlicher Geruch; verbranntes Menschenfleisch. Er hatte das Gefühl, sich übergeben zu müssen. Nur mit Mühe kriegte er Luft.

„Nur ein Nebenschauplatz des Kriegs", schien Artem seine Beklemmungen zu spüren. „Auf den großen Schlachtfeldern sieht es ganz anders aus. Da türmen sich die Leichen übereinander. Körper verschmelzen miteinander. Ganz schrecklich."

„Danke, mir reicht das hi..."

Alex wollte sich nicht die Bilder ins Gehirn pflanzen, der jetzige Anblick war schlimm genug. Ihm war übel. Das meiste Metall war wegen der immensen Hitze und der Detonationswucht in unterschiedliche Richtungen verbogen. Die Fahrzeuge mussten durch die Explosion in die Luft geschleudert worden sein. Der hintere Laster war senkrecht zur Straße auf dem Boden gelandet und zur Seite gekippt.

„Oh je, schau da, die armen Seelen ..."

Erst nach Artems Hinweis erkannte er, dass aus der linken Fahrerkabine des LKWs ein Torso hing, dem der Kopf fehlte. Der Körper bestand aus einem Klumpen schwarz-roten Fleisches und Alex musste mit einem noch heftigeren Übelkeitsgefühl kämpfen. Er versuchte, Würgegeräusche zu unterdrücken, schließlich wollte er vor Artem keine Schwäche zeigen.

„Es ist doch nicht normal", meinte Artem, „dass Menschen anderen Menschen so etwas antun."

„Nein." Mehr kriegte Alex nicht heraus. Eigentlich hatte er hinzufügen wollen, das sei das Krankeste, wozu Menschen fähig seien.

An der rechten Fahrbahn standen zwei Soldaten, die den Ort des Geschehens bewachten. Der LKW bremste und kam zum

Stehen. Die Soldaten kamen zur Fahrerkabine und wechselten mit Artem einige Worte auf Ukrainisch. Die Sorge um Natascha raubte Alex beinahe den Verstand.

„Die Papiere, bitte“, bat Artem.

Er überreichte ihm das Gewünschte. Der Soldat studierte die Unterlagen und zeigte sie seinem Kollegen. Beide zuckten mit den Achseln, bevor einer der beiden zu Artem zurückging und die Dokumente retournierte.

„Alles okay“, beruhigte Artem Alex.

Ein Blick in den Rückspiegel verriet, dass Bill auf glühenden Kohlen zu sitzen schien. Die Soldaten gaben Artem Zeichen, wie er von der Straße sicher herunter auf die Schotterpiste und dann aufs Feld gelangen konnte. Eine in jeder Hinsicht gewagte Operation, die sich in Deutschland niemand zugetraut hätte, von Stuntmen einmal abgesehen. Das Hauptproblem war ein kleiner, aber steiler Abhang, an dem die LKWs auf keinen Fall hängen bleiben durften, sonst würden sie feststecken und mussten auf Hilfe warten. Das konnte dauern und so viel Zeit hatten sie nicht. Sorgenvoll blickte er in den Rückspiegel, um zu sehen, ob Bill die Nerven behielt, aber er saß souverän, beinahe lässig hinter dem Steuer. Er hob sogar den rechten Daumen, obwohl er doch auch den schrecklich verstümmelten und verbrannten Toten gesehen haben musste. Er ließ sich aber nichts anmerken.

„Jetzt wird es unangenehm“, witzelte Artem und tatsächlich vollführte der LKW die tollsten Hüpfer.

Die Achsen und die Federung der nicht mehr ganz taufrischen Fahrzeuge gaben die abenteuerlichsten Geräusche von sich. Hoffentlich ging nicht ein Stoßdämpfer über die Wupper. Auch ein Achsenbruch würde das Aus ihrer Mission bedeuten. Ihre Tarnung würde auffliegen, weil sie die Waffen in ein anderes Fahrzeug umladen mussten, das sie aber nicht hatten und erst besorgen mussten.

Nur keine Panne, nur keine Panne, nur noch hier durch, sprach Alex sich Mut zu. Allerdings traute er seiner eigenen Prophezeiung nicht über den Weg. Obwohl er sich vorgenommen hatte, nicht hinzuschauen, war es ihm nicht möglich, seinen Blick von den ausgebombten Lastern zu lösen. Beinahe zog ihn die Szenerie hypnotisch in ihren Bann. Auf dem Boden lag ein weiterer Torso neben dem vorderen Lastwagen. Vermutlich hatte die Wucht der Explosion ihn aus der Beifahrerkabine geschleudert. Die khakifarbene Oberbekleidung hatte sich in den verbrannten Körper hineingefressen. Der rechte Unterarm war abgerissen. Ebenso das rechte Bein. Natürlich kannte er solche Szenen aus US-amerikanischen Kriegsfilmen. Aber so etwas mit eigenen Augen sehen zu müssen, war eine andere Dimension. Leichen waren ihm ein Graus, auf entstellte oder verkohlte Leichen reagierte er phobisch.

Alex riss sich zusammen, so gut es eben möglich war, aber er atmete wie eine Dampflok und die Übelkeit nahm mit jeder Sekunde bedenklichere Ausmaße an.

„Wenn es dir schlecht geht, mach das Fenster auf", meinte Artem. „Aber vielleicht ist es wegen dem bestialischen Gestank besser, keine frische Luft hereinzulassen, hehe."

Er ging auf die Mischung aus Stichelei und ernstgemeinten Hinweisen nicht ein.

„Ging mir bei den ersten Toten auch nicht anders", fuhr Artem fort. „Aber ich habe bereits einige Jahre Dienst im Donbass hinter mir. Im Lauf der Zeit spürt man nichts mehr bei dem Anblick. Eine Frage der Gewöhnung."

Das bezweifelte Alex. Er konnte es sich beileibe nicht vorstellen, sich je an niedergemetzelte Körper gewöhnen zu können. Aber vielleicht härtete der Krieg die Menschen wirklich ab, bis sie bar jeden Gefühls waren. So wollte er nie enden. Das war er sich, seiner Lebensphilosophie und seinen Geliebten schuldig.

„Hat jemand den Angriff überlebt?", fragte er, um sich abzulenken.

Obwohl die Straße seine ganze Aufmerksamkeit erforderte, blickte Artem ein wenig ungläubig zu ihm herüber und lächelte.

„Soll wohl ein Witz sein. Eine Iskander-Rakete überlebt niemand. Zumal der Einschlag mit einer unglaublich-chirurgischen Präzision durchgeführt wurde. Verstehst du jetzt, warum wir endlich richtige Waffen benötigen, um uns gegen die Russen zu wehren?"

Mit Mühe hielt er dem Blick stand, vermied es zu schlucken, nickte.

„Was ihr uns mit den 5000 Helmen angetan habt, war lächerlich. Hoffentlich liefert ihr die passende Bettwäsche dazu, hahaha! Jetzt mal im Ernst. Es hat sich zum Glück gebessert. Aber bevor Deutschland uns endlich schweres Geschütz liefert, benötigen wir jede Panzerfaust, Maschinenpistole und Granate, die wir kriegen können."

War das wieder ein Versuch, Informationen aus ihm herauszukriegen? Auf jeden Fall schwieg er eisern.

Der Soldat mit dem umgehängten Sturmgewehr erforderte Artems volle Aufmerksamkeit. Er gab mit den Armen Anweisungen, wie Artem den LKW zentimetergenau bewegen sollte, da sonst das Ganze in einer Katastrophe münden würde.

„Kann sein, dass ukrainische Kollaborateure oder russische Spezialtruppen hinter den Linien Minen vergraben haben", klärte Artem ihn auf. „Wäre nicht der erste Hinterhalt dieser Art. Der Krieg ist völlig enthemmt. Er bedeutet tatsächlich eine Seitenwende."

Der Ukrainer sprach das Z wie ein S aus und bemerkte damit nicht, dass er dadurch ein Alternativwort zu der in aller Munde befindlichen Zeitenwende geschaffen hatte. Und Alex bezog das Wort sofort auf seine eigene, vermaledeite Situation. Unter Umständen war es in diesem Augenblick nur eine Frage von Zentimetern, die über Leben und Tod, der allgegenwärtig war, entschieden. Wieder ließ er den Blick nach links gleiten und sah einen weiteren Torso. Der Mann hatte es rechtzeitig aus dem Auto geschafft, war aber von dem Feuerball verschlungen worden. Ein erbärmlicher Rettungsversuch ohne Erfolg. Der junge Tote lag auf dem Bauch und im Rücken steckte ein großer Metallsplitter, der eine riesige Wunde verursacht hatte. Elendig war er auf diesem an sich bedeutungslosen Stückchen Erde gestorben. Geopolitik und nationale Ressentiments schrieben diesem Teil der Welt eine Bedeutung zu, sodass die Menschen bereit waren, dafür zu töten oder ihr Leben hinzugeben.

„Woher wussten die Russen, dass der Konvoi hier vorbeikommen würde?"

Artem musste kurz stoppen, da der Soldat aufgrund der vielen Schlaglöcher und Granattrichter auf der Suche nach einem fahrbaren Weg war.

„Wüssten wir auch gerne", erwiderte er. „Wir vermuten, das meiste ist das Resultat nachrichtendienstlicher Arbeit. Darin sind die Russen gut. Auch wenn sie sich zu Beginn verschätzt haben. Ihre Planungen gingen davon aus, Kiew im Handstreich einzunehmen und von unserer Bevölkerung als Befreier gefeiert zu werden. Da haben sie sich ordentlich geschnitten."

Alex fing an, noch stärker zu schwitzen, obwohl die Temperatur im Gefährt nicht zu heiß war. Aber der Gedanke, dass er den Ereignissen vollkommen ausgeliefert war, da vermutlich der russische Geheimdienst in Persona von Sergej über seinen Transport Bescheid wusste, beschäftigte ihn. Sein Leben war, bei genauer Betrachtung, keinen Pfifferling mehr wert.

„Hinter den Frontlinien haben die Russen Spezialtruppen eingesetzt. Diese geheimen Einheiten markieren die präferierten Ziele und leiten die Zielkoordinaten an die Kommandostelle weiter. Sie entscheidet darüber, ob die Raketen eingesetzt werden oder nicht. Wir arbeiten hart daran, diese Schweinehunde aufzuspüren und ihnen den Garaus zu machen. Aber gut Ding will Weile haben." Den Spruch hatte auch seine Großmutter Emma häufig geäußert.

Es war Alex immer noch nicht möglich, den Blick von dem auf dem Bauch liegenden Toten zu lösen. Der Typ war einige Jahre jünger als er. Hatte sicher eine Mutter und einen Vater, die sehr bald um ihn trauern würden. Vielleicht auch eine Freundin oder eine Frau mit Kindern. Ihn fröstelte, obwohl ihm Schweiß auf der Stirn stand.

Ich hätte mich nie auf diesen Deal einlassen sollen, sagte ihm eine innere Stimme, die er nicht zum Verstummen bringen konnte. Das ist blanker Selbstmord. Wieso denke ich immer, mir könne nichts passieren?

Im Kopfkino sah er eine neue Iskander-Rakete im Anflug, die blitzartig und mit einem Schlag seinen Konvoi, ihn und seine Männer auslöschte. Es folgten Szenen seiner Beerdigung. Natascha, die von Schmerz zerrissen wurde und hilflos an seinem Grab stand. Seine drei Jungs, die tapfer sein wollten, um dem gefallenen Vater die letzte Ehre zu erweisen, aber heftig mit den Tränen zu kämpfen hatten. Natürlich würden allerlei zwielichtige Typen zu dem Event kommen, um die Brosamen aufzusammeln, die er hinterlassen hatte. Und schließlich brach es ihm das Herz, denn er sah voraus, wie Natascha, von Blochin bedrängt, entführt und in ein Bordell gesteckt wurde, damit sie seine Schulden abbezahlen konnte. Was de facto arbeiten bis zum Grab bedeutete, denn nach dem Verfallsdatum ihrer Schönheit würde sie die Zimmer putzen, Handtücher wechseln und Kondombehälter auffüllen. Für ihn hingegen würde sie in jedem Alter die Frau seiner Träume bleiben. Er wischte sich mit der Hand über die Augen, um diese Horrorvision loszuwerden.

„Hier kannst du die wertvolle Fracht sehen", riss Artem ihn aus dem düsteren Szenario, das sein Nervenkostüm weiter strapazierte.

Tatsächlich, durch die verschmorte Plane des vorderen LKWs erkannte er, dass sich dort Kisten mit Panzerfäusten, Munition und Maschinengewehren befanden. Aber wieso waren die nicht explodiert? Er wandte sich mit dieser Frage an Artem.

„Blindgänger, während anderes Kriegsgerät, das noch funktionstüchtig war, die Explosion potenziert hat", fuhr Artem fort. „Du machst dir keinen Begriff davon, was wir seit Kriegsbeginn für miese Waffen angeboten bekommen. Kurz gesagt, die Ukraine ist zum Umschlagsplatz aller Schrottwaffen dieser Welt geworden. Viele davon würde ein afrikanischer Warlord nicht einmal eines Blickes würdigen. Anderswo wäre es Landesverrat, dieses minderwertige Zeug zu verkaufen."

Jetzt musste er das Lenkrad komplett einschlagen, um auf die Straße zurück zu gelangen.

„Das Problem haben wir erkannt und steuern gegen. Zum Glück hat die ukrainische Regierung einen Erlass herausgegeben."

Alex war hellhörig geworden beim Wort Erlass. Ihn interessierte, was dahintersteckte.

„Jeder, der unbrauchbare Waffen an uns liefert, wird automatisch als Kollaborateur der Russen eingestuft. Das finde ich eine klare Regelung. Das wird Halsabschneider, die einen schnellen Dollar machen wollen, davon abhalten, uns aufs Kreuz zu legen. Jede defekte Waffe kostet ukrainische Leben."

Alex spürte, wie sich eine imaginäre Schlinge um seinen Hals zog. Immer enger, bis er nach Luft schnappte. Hastig atmete er ein und aus, während er seine Felle davon schwimmen sah.

„Was passiert mit den Kollaborateuren?", fragte er möglichst beiläufig, um keinen Verdacht aufkommen zu lassen und hoffte inniglich, dass die Waffen aus dem Frankfurter Stadtwald funktionierten.

„Kommt drauf an. Auf jeden Fall drohen den Straftätern Haftstrafen oder Arbeitslager, im schlimmsten Fall die Hinrichtung …"

Alex war gar nicht mehr in der Lage zuzuhören. Er legte beide Hände auf das Armaturenbrett und fragte sich, ob es nicht besser wäre, sich die Tokarev zu schnappen und sich in den Kopf zu schießen. Lieber ein Ende mit Schrecken als ein Schrecken ohne Ende. Dann wäre er alle Sorgen los und dieser Vorhölle entkommen. Aber der Gedanke an seine Familie hinderte ihn einmal mehr, diesen Schritt zu gehen. Er musste seinen Mann stehen, komme, was wolle. All seine Kraft, Energie und sein unabdingbarer Wille waren gefragt. Mit einem starken Verbündeten wie Bill würde er es schaffen. Allen Widrigkeiten zum Trotz. So sehr er mitunter Zweifel gehegt hatte – Bill erwies sich inzwischen als der Garant eines guten Gelingens der Unternehmung.

„Hast du keine Angst zu sterben?" Die Frage war ihm herausgerutscht.

Artem schnalzte mit der Zunge. „Ich habe keine Wahl, wenn du verstehst. Also stellt sich die Frage nicht. Ich muss meine Heimat verteidigen. Meine Frau und meine Kinder vor den russischen Aggressoren beschützen. Wenn Deutschland dasselbe widerfahren würde, müsstest du genauso handeln. Auch wenn du es dir nur schwer vorstellen kannst."

Oder nach Belarus fliehen, vervollständigte Alex still den Gedankengang.

Zentimeter für Zentimeter schob sich der LKW zurück auf die Straße. Alex warf einen Blick nach hinten. Der Konvoi folgte ihnen ohne Probleme. Langsam, aber stetig. Sie ließen es hinter sich, das Inferno. Lodernde Flammen, die in die Höhe ragenden Rauchsäulen, die nicht mehr identifizierbaren Körper, ohne Kopf, ohne Identität, ein Klumpen geschmortes Fleisch; all das prägte sich tief in sein Gedächtnis ein.

Zum ersten Mal seit Beginn der Reise hinterfragte er kritisch sein Tun. Er vergaß für wenige Sekunden das liebe Geld, Auslöser für alles, und fragte nach all dem menschlichen Leid. Dem Tod, der Verwesung, Zerstörung, Entziehung der Lebensgrundlagen für Tausende von Menschen. Hass, Hass und nochmals Hass. Keine Liebe, kein Mitleid, kein Erbarmen. Zündelte er mit seinem Konvoi an dieser Entwicklung mit? Wurde durch seine Waffen noch mehr Elend und Not verursacht? War er schuld daran, wenn noch mehr Mütter ihre Söhne, Kinder ihre Väter und Frauen ihre Männer verloren?

„Jetzt müsste es schneller gehen", kündigte Artem einen Silberstreif am Horizont an. „Dann ist es auch nicht mehr weit bis nach Lwiw."

Das Versprechen drang zu ihm wie durch einen dichten Nebelschleier. Zu sehr war er in der Frage gefangen, ob und wie er sein Handeln rechtfertigen konnte. Half er, die freien Werte des Westens gegen einen verrückt gewordenen Despoten zu verteidigen? Aber selbst, wenn dies der Fall wäre, war es dieses menschliche Leid wirklich wert? War es nicht besser, dem Verrückten den Streifen Land zu überlassen, nach dem er gierte, um dadurch unzählige Menschenleben zu retten ...?

Sein Handy klingelte. Hoffentlich keine weiteren Probleme.

„Ja?"

„Das Nadelöhr haben wir gut passiert", vernahm er Bills gut gelaunte Stimme. Der Ami verfügte offensichtlich über ein Ersatz- oder Zweithandy. „Zum Glück hat es die vor uns erwischt und nicht uns, hehehe. War eine Sache von maximal zwei Stunden ..."

Wie konnte Bill über solch ein Schreckensszenario lachen? Wie war es möglich, dass er das eigene Schicksal so auf die leichte Schulter nahm?

„Ich ... ich weiß nicht, was ich sagen soll ... Ich finde das alles furchtbar ... Hätte ich das geahnt ..."

„Stell dich nicht so an, Alex!", fiel ihm der Amerikaner ins Wort. „Dass die Veranstaltung kein Kindergeburtstag wird, war von Anfang an klar. Es ist Krieg. Trotzdem tun wir das Richtige. Wir stehen auf der richtigen Seite. Und besser die als wir."

Eigentlich wollte er widersprechen, doch gegen die simple Logik von Bills Argumentation gab es wenig einzuwenden. Vielleicht fanden sie die Zeit, um sich in Ruhe über alles zu unterhalten. Jetzt waren aber andere Tugenden als Diskussionskultur gefragt.

„Kurz vor Lwiw erwarten wir meinen Cousin Konstantin", ignorierte Bill die niedergeschlagene Stimmung seines Partners.

„Falls Olga nicht da ist, können wir nicht auf sie warten. Konstantin führt uns als Scout durch die von Bomben bedrohte Stadt, damit wir nicht so enden wie die da hinten. Kurz nach Lwiw sind wir am Bestimmungsort. Ein Teil von Konstantins Asow-Brigade befindet sich dort zur Regeneration. Du weißt schon, die Männer können sich ausruhen und ein wenig vergnügen. Es heißt, sie werden bald einen für den Kriegsverlauf entscheidenden Einsatz erhalten. Irgendwo im Südosten. Dort gibt es neuralgische Punkte, die dem Ansturm der Russen standhalten müssen, damit die Ukraine genug Zeit hat, ihre Truppen umzugruppieren."

Bald würde der Albtraum also ein Ende haben, aber die Asow-Brigade würde die Waffen sicherlich sorgfältiger checken als das normale ukrainische Militär. Alex musste an Artems Worte denken. Verflixt! Würde er als Sieger, wenn auch psychisch gebrochen, nach Hause zurückkehren? Wenn alles glatt lief und die Götter ihm hold waren, würde er die Heimat wiedersehen. Die psychischen Verletzungen aufgrund des Kriegs waren nicht auf die leichte Schulter zu nehmen. Ihm kamen Berichte aus Illustrierten in den Sinn, die traumatisierte Soldaten porträtierten. Die waren ihr Leben lang gezeichnet vom Schrecken, mussten Tabletten wie Gummibärchen schlucken und verbrachten mehr Zeit beim Psychologen als mit ihrer Freundin. Bei vielen dieser Menschen war das Leben gelaufen.

„Hast du dir die Schweinerei genau angeschaut?", fragte Bill. „Ist es nicht furchtbar, was dieser Hurensohn von Putin …?"

„Ich habe alles gesehen", unterbrach er ihn, denn er fürchtete, Bill würde alles noch einmal plastisch schildern.

„So etwas verlangt nach Rache, mein Lieber. Wir müssen die russischen Schweine bestrafen. Du musst dir vorstellen, meine ganze ukrainische Verwandtschaft ist von diesem fucking Krieg betroffen. Das verzeihe ich denen nie, das verzeiht ihnen die Ukraine niemals und auch die Weltgemeinschaft verurteilt den Angriffskrieg aufs Schärfste …"

„Wir tun doch alles dafür, um zu helfen", gab Alex eine Antwort, in der Hoffnung damit Bill endlich zum Schweigen zu bringen, aber vergebens.

„So meine ich das nicht, Partner. Wir dürfen dabei nicht stehenbleiben. Ich bin da alttestamentarisch: Auge um Auge, Zahn um

Zahn. Was machen wir, wenn wir einen Russen in die Finger kriegen? Ich weiß genau, was ich mit ihm anstellen würde. Du auch?" Er ließ die Frage eine Weile in der Luft stehen, bevor er fortfuhr: „Sowas kann jede Sekunde während unseres Trips passieren. Ich weiß, dass ich das Schwein töten würde. Du auch?"

Die Wiederholung machte die Frage nicht besser. Alex wurde aus den Worten nicht schlau. Was sollte er mit einem Russen machen? Den Kopf abschneiden und damit eine Runde Fußball spielen? Ihm ging es nicht um Rache. Ihm ging es darum, seinen Arsch zu retten und das Auskommen seiner Familie zu garantieren. Zum Glück wurde die Leitung durch ein Funkloch unterbrochen. So musste er sich nicht weiter die Rachefantasien des Amerikaners anhören.

„Wir sind für alles dankbar", wandte sich Artem wieder an ihn. „Männer wie ihr seid Helden. Ihr macht das ja nicht nur für Geld, ihr macht es, weil euer Gewissen es euch gebietet. Und das verlangt mir den allergrößten Respekt ab. Medikamente sind Gold wert. Euren Dienst an der Menschheit kann man nicht hoch genug bewerten. Ich möchte mich im Namen der Ukraine bedanken."

Alex war nicht in der Lage, auf die Steilvorlage einzugehen, brachte aber ein unsicheres „Danke" über die Lippen.

Er hatte Angst, dass seine Stimme, seine Mimik oder seine innere Unruhe ihn verraten würden. Aber es tat ihm gut, dass ihn jemand als Held sah. Auch wenn es hinten und vorne nicht stimmte.

Als er die folgende Stille nicht mehr ertrug, fügte er hinzu. „Es ist sowas wie unsre moralische Pflicht, der Ukraine zu helfen."

Das Mondgesicht seines Fahrers strahlte heller als der jährliche Weihnachtsbaum vor dem Rockefeller Building.

„Gerade vor dem Hintergrund unserer historischen Schuld im Zweiten Weltkrieg ist es wichtig, der Ukraine beizustehen. Wir Deutschen haben damals …"

Der Rest seiner Erklärung verließ automatisch seinen Mund, ohne dass die eigenen Worte in sein Bewusstsein drangen. Es handelte sich um Phrasen, die er im Fernsehen oder in Zeitungen aufgeschnappt hatte, aber er fühlte sich unwohl, da für ihn nichts daran stimmte. Er war kein lupenreiner Deutscher, seine Familie war sowohl von den Deutschen als auch den Sowjets unfein behandelt worden, seine Großonkel hatten sowohl für die Wehrmacht als auch die Rote Armee ihr Leben gelassen, mussten sogar gegeneinander kämpfen; konnte es schlimmere Niederungen geben? Außerdem hatte er nie verstanden, wieso die Deutschen als Wiedergutmachung für die Untaten im großen Krieg nun gegenüber der Ukraine und nicht Russland Buße leisten sollten. Das war für ihn so unlogisch wie unwahr, hatte ihn aber bisher nicht interessiert.

Das Handy vibrierte. Eine neue Nachricht. Sergej! Ihm stockte der Atem. Zudem war er irritiert, dass er wie von Zauberhand wieder Empfang hatte.

Ich hoffe, der Anblick des ausgebombten Konvois war dir eine Lehre. Das ist deine allerletzte Chance, Alex. Und die gibt es nur, weil du mein Schwager bist. Ich mag dich und meine Schwester liebt dich abgöttisch, auch wenn du immer alles versaust. Also, steig sofort aus der Kiste aus, kehre um und kümmere dich um deine Familie, wenn dir dein Leben lieb ist. Wenn du meinen Rat in den Wind schlägst, wird alle ein schreckliches Schicksal ereilen.

Wie paralysiert warf er einen Blick auf die vorbeiziehenden ukrainischen Weizenfelder. Die Ähren wogen sachte im Wind. Hier war keine Spur des Kriegs zu sehen, alles wirkte friedlich. Dieser Frieden war aufs Höchste gefährdet, wie er sich gerade noch selbst hatte überzeugen können.

Woher, verflucht nochmal, wusste Sergej von seinem Aufenthaltsort? Wie zum Teufel war es möglich, dass er sich darüber im Klaren war, was er gerade gesehen hatte? Vielleicht durch eine GPS-Ortung? Oder hatte er einen weiteren Verräter im Team? War Niko nicht die einzige Ratte gewesen? Und was zur Hölle sollte die Drohung gegen seine Familie?

Er bot Artem eine Zigarette an, um sich ein wenig abzulenken, sonst wäre er durchgedreht. Sein Fahrer bejahte, Alex gab ihm eine Zigarette und Feuer. Er starrte sein Smartphone an, das er in diesem Moment am liebsten aus dem Fenster geworfen hätte. Er dachte scharf nach und ihm fielen mindestens drei Situationen ein, in denen er das Handy bei Sergejs Besuch unbeaufsichtigt mit diesem allein gelassen hatte. Hatte sich sein Schwager etwa erdreistet, ihm eine Wanze oder einen Ortungschip unterzujubeln?

Auszuschließen war es nicht, schließlich arbeitete Sergej für einen Verein, dessen tägliches Brot genau das war …

Was sollte er Sergej antworten? Fick dich, Alter! Wenn du mir noch einmal drohst, verarbeite ich dich zu Kleinholz! Das wäre immerhin eine klare Ansage. Aber vielleicht nicht die richtige. Es handelte sich, kaum zu glauben, um seinen Schwager, der zudem vorgab, ihn retten zu wollen. Unter Umständen würde er noch einmal froh über dessen Hilfe sein. Mit zitternden Fingern tippte er die folgende Botschaft.

Wenn meiner Familie auch nur ein Haar gekrümmt wird, werde ich dich finden und zur Rechenschaft ziehen. Ein Mann muss tun, was ein Mann tun muss.

Gerade als er das Handy wieder verstauen wollte, vibrierte es erneut.

Mach dir keine Sorgen. Ich werde mich um deine Familie kümmern. Und: Meine Tür steht immer offen, solltest du dich doch noch umentscheiden. Bitte überlege es dir gut. Es ist schließlich dein Leben.

38.

Nachdem Alex Sergejs Nachricht etwa zehnmal gelesen hatte, blieb nur noch eine Möglichkeit: Natascha. Er musste sie unter allen Umständen erreichen. Da Franjo als Beschützer ausfiel, musste er ihr Verhaltensregeln an die Hand geben, durch die sie sich schützen konnte. Das war das Wichtigste. Danach würde er in einem weiteren Schritt versuchen, anderweitigen Schutz zu organisieren. Allerdings hatte er nicht ansatzweise eine Idee, wo er diesen auftreiben sollte, da niemand ihm zuverlässig genug erschien und alle in Frage kommenden Personen dankend abgewunken hatten.

Eins nach dem anderen. Aber so oft er es auch probierte, Natascha blieb wie vom Erdboden verschluckt. Er fühlte sich in gewisser Weise hilflos und rang sich schließlich dazu durch, ihr eine Nachricht auf die Mailbox zu sprechen. Er riet ihr in aller Klarheit, zu Hause zu bleiben, die Jungs nicht in die Schule zu schicken und beim geringsten Verdacht sofort die Polizei zu rufen.

Am Ende kam er auf jenen Aspekt zu sprechen, der ihm am schwersten fiel. Er warnte sie eindrücklich davor, mit Sergej in Kontakt zu treten – ihr und sein Leben würden von der Befolgung dieser Anweisung abhängen. Hoffentlich würde sie von ihrem Bruder Abstand halten.

„Wir müssen gleich anhalten", meinte Artem unvermittelt, nachdem sie die zweite Straßensperre ohne Probleme passiert hatten.

„Hm, ein weiterer Stopp … wieso schon wie…?"

Artem klopfte auf die Tankanzeige, die sich bereits im roten Bereich befand und runzelte die Stirn.

„Sag das doch gleich."

Der Ukrainer lächelte überlegen.

„Haben die Energy-Drinks?", versuchte Alex seinen Unmut zu überspielen.

„Kaffee und Tee auf jeden Fall. Bist du müde?"

Alex hob eine leere Red Bull-Dose von der Fußmatte auf und zeigte sie ihm.

„Lieber sowas. Brauch ich jetzt."

Artem verzog die Mundwinkel

„Ich glaube nicht. Aber schau selbst nach."

Alex' Energy-Drink-Vorräte waren aufgebraucht. Nicht seine erste Fehleinschätzung.

„Tee oder Kaffee wären auch gut", machte er deshalb eine Konzession.

Jetzt strahlte Artem.

„Ukrainischer Tee wirkt Wunder. Da kannst du das Chemie-Gesöff vergessen."

Die Worte erinnerten Alex an seine Oma, die ihm nur selten eine Cola gegönnt hatte, aber für ihren starken Tee berüchtigt war, den sie über 24 Stunden auf dem Samowar kochen ließ, bis er so kräftig war, dass es kaum möglich schien, den Löffel umzurühren. Der Schwarztee gehörte mit ordentlich heißem Wasser verdünnt und um ihn trinken zu können, gehörte jede Menge Zucker rein. Vielleicht hegte Artem Aversionen gegen diese moderne Art von Getränken aus dem Westen und wollte ihn nur von der Güte des hiesigen Tees überzeugen.

„Äh, Chef …"

Alex war aufgrund der Ansprache irritiert, zudem war ihm nicht klar, was sein Fahrer von ihm wollte. Doch als er ostentativ Daumen und Zeigefinger aneinander rieb, wusste Alex, was Sache war. In einiger Entfernung sah er ein großes gelbes Schild.

„Ach so, logo", meinte er, suchte seinen Geldbeutel hervor und legte umgerechnet 200 Euro in ukrainischer Währung auf die Mittelkonsole.

Der Sprit würde bis zum Bestimmungsort reichen, danach mussten sie die Fahrzeuge ohnehin abschreiben. Zum Glück, denn die Reise setzte ihm mit jedem gefahrenen Kilometer mehr zu.

„Das ist zu viel Geld", warf Artem ein, aber Alex winkte mit der Hand ab. „Hast du es nicht kleiner? Manchmal haben sie Probleme passend rauszugeben."

„Leider nur so. Der Rest ist für dich."

Einen Augenblick lang überlegte der Ukrainer.

„Das kann ich nicht annehmen", sagte er schließlich, während er den Blinker rechts setzte.

„Nimm es bitte! Als Dank für deine hervorragenden Dienste", bestand Alex auf der Geste.

„Das mache ich für mein Vaterland. Dafür möchte ich keine Belohnung."

„Aber du hast doch bestimmt eine Familie. Außerdem wird so viel nicht übrigbleiben."

Artem zuckte die Achseln und parkte an der vordersten Zapfsäule. Zu Alex' großer Überraschung war kein anderes Auto zu sehen. Im Rückspiegel sah er die weiteren Fahrzeuge des Konvois, sie folgten ihnen wie an der Schnur gezogen. Er fragte Artem, warum die Tankstelle so verlassen war.

„Wundert mich nicht. Hier gab's Angriffe. Außerdem verläuft die Flüchtlingsbewegung in die andere Richtung."

„Aber hier ist gar nichts zerstört." Alex ließ seinen Blick weiträumig schweifen.

„Eine Rakete hat ein Gehöft getroffen, das an die Tankstelle anschließt. Die Frau des Pächters ist ums Leben gekommen. Da hinten …" Er deutete mit dem Zeigefinger in westlicher Richtung. „Da kannst du das Elend sehen."

Dort lag weites Feld. Während Artem sich das Geld schnappte und ausstieg, erkannte Alex trotz der Entfernung, dass ein junger Mann vor einem offenen Sarg saß. Sein Körper machte ruckartige Bewegungen nach vorne und hinten. In der Hand schien er einen Rosenkranz zu halten. Seine Lippen bebten, sie verrieten das Wehklagen des jungen Mannes. Der Kopf der Toten lag ein wenig erhöht. Alex glaubte ein braun-beiges Kopftuch zu identifizieren. Der Sohn umklammerte den Sarg wie einen Rettungsring.

Alex gelang es nicht, seinen Blick von der Szene abzuwenden, bis es ihm wie Schuppen von den Augen fiel. Das Ensemble erinnerte ihn an seine eigene Mutter, um die er nie getrauert hatte. Keine einzige Träne hatte er wegen ihr vergossen und sie auch nie vermisst.

Am Tag ihrer Beerdigung, es war ein schwüler Juni-Tag gewesen, hingen die Wolken tief und die Sonne ließ sich nur selten blicken. Trotz mahnender Stimmen verschiedener Ärzte hatte seine Mutter ihren Willen bis zum Schluss behalten und sich dem Rausch hingegeben. Auch er hatte halbherzige Versuche unternommen, sie von der Flasche loszueisen.

„Hör auf zu trinken, Mutter!", hatte er sie ein ums andere Mal gebeten. „Du säufst dich noch ins Grab. Was soll dann aus mir werden?"

„Wenn jeder an sich denkt, ist an jeden gedacht", hatte die Mutter erwidert und sich einen weiteren Kurzen gegönnt. „Ich bin dir doch völlig gleichgültig. Glaub mir, eine Mutter spürt sowas."

Die Unterstellung hatte ihn hart getroffen. Natürlich hatte seine Mutter recht. Er empfand für die Endvierzigerin genaugenommen n-i-c-h-t-s. Ihr verquollenes Gesicht, die roten Wangen, die knollige Säufernase, gelbgeränderte Augen und ein Körper, der wegen des Alkohols komplett aus der Form geraten war und zu einer aufgeschwemmten Masse verkam. Wie konnte sie sich nur so gehenlassen? Alex hatte sie dafür verachtet. Wie kam es, dass sie so wenig Selbstwertgefühl besaß? Zudem lief sie im Haushalt immer mit einem mindestens dreißig Jahre alten Hausmantel herum, der für ihn die ganze Tristesse des ehemaligen Ostblocks symbolisierte. Aber trotz Aufforderungen und zwei Weihnachtsgeschenken war sie nicht dazu zu bewegen, den Mantel wegzuwerfen.

In solchen Momenten schaute er ihr in die Augen, die irgendeinen Ort im Nirgendwo fixierten. Voller Schrecken wurde ihm bewusst, dass er gar nicht wusste, welche Augenfarbe seine Mutter hatte. Grün, grau, grau-grün oder doch einen Stich ins Braune? Letztlich spielte es keine Rolle. Seine Mutter war ein ihm fremdes Wesen, immer geblieben bis zum Schluss. Es gab nichts an ihr, was je seine Aufmerksamkeit oder sein Interesse hervorgerufen hätte.

„Die Alte ist nicht zurechnungsfähig“, hatte sein Vater ihm nach einem heftigen Streit eingebläut. „Die spinnt. Lebt in ihrer eigenen Welt. Nicht einmal ich kann sie erreichen. Am liebsten wäre sie für immer und ewig in diesem kleinen Dreckskaff bei Minsk geblieben. Sie ist unfähig zu leben.“

Der letzten Aussage seines Vaters konnte er nur zustimmen. Seine Mutter verweigerte beinahe jegliche Teilhabe am Leben. Sie war durch und durch passiv. Hatte keine Hobbys, glühte für nichts und niemanden und war sich offenbar selbst genug. Auch Freunde waren keine vorhanden und nach der Trennung von Eugen hatte Alex nie ansatzweise das Gefühl gehabt, sie würde sich um einen Nachfolger bemühen. Dabei hatte seine Mutter ihn nie vernachlässigt, sondern immer sichergestellt, dass er das Nötigste hatte. Angefangen beim Essen, über Kleidung und Schulzeug. Als er 18 Jahre alt geworden war, hatte sie diese Verantwortung in seinen Aufgabenbereich delegiert.

„Ich weiß nicht, was mit deiner Mutter nicht stimmt“, hatte sein Vater ihm ein anderes Mal erklärt, kurz bevor er es nicht mehr mit ihr aushielt. „Sie ist unfähig, jemanden zu lieben. Sie kann aber auch nicht hassen. Sie ist durch und durch gleichgültig. Mit so einem Menschen kann ich nicht zusammenleben. Vielleicht verstehst du das. Für so ein Leben bin ich nicht gemacht.“

Alex konnte die Einschätzung seines alten Herrn nachvollziehen, denn sein sehnlichster Wunsch war ein Mensch, an den er sein ganzes Herz hängen konnte und der ihn mindestens genauso liebte und begehrte.

„Wieso bist du überhaupt mit ihr zusammengekommen?“, stellte er die naheliegende Frage. „Irgendwas muss dich doch an ihr fasziniert haben, sonst macht das Ganze keinen Sinn.“

Der Seufzer seines Vaters klang ein klein wenig theatralisch. Er faltete die Hände wie beim Beten.

„Weißt du, Alex, ich denke, es ist nicht gut, wenn ich mit dir darüber rede. Und nicht alles im Leben macht immer Sinn. Das ist ein Trugschluss der Jugend."

Dadurch wurde seine Neugier nur angestachelt.

„Ich bin kein Kind mehr. Ich möchte die Beziehung zwischen euch besser verstehen."

„Das weiß ich und ich kann dein Anliegen verstehen. Dennoch ist es besser, nicht alles über seine Eltern zu erfahren."

Doch er war hart geblieben und hatte seinen Vater quasi gezwungen, weiter zu erzählen.

„Wir Donauschwaben waren eine kleine eingeschworene Gemeinschaft bei Minsk", holte der Vater aus und er merkte mit jedem Wort, wie schwer seinem Erzeuger die Erzählung fiel. „Natürlich hatte ich vor deiner Mutter etliche Bekanntschaften mit jungen Damen. Es ist nicht so, dass dein Vater beim weiblichen Geschlecht keinen Anklang fand, eher im Gegenteil. Die meisten waren hübsche Belarussinnen, blond, riesig, mit den Rundungen an den richtigen Stellen und einer Einstellung, die keine Wünsche offen ließ. Aber dann machten meine Eltern mir unmissverständlich deutlich, ich müsste eine Donauschwäbin heiraten, sonst würde ich aus dem engen Kreis der Familie ausgestoßen. Alles so, wie es unsere Ahnen bereits seit Hunderten von Jahren getan hatten, obwohl die dortige, hehe, einheimische Ware durchaus nicht zu verachten war. Bei den Donauschwäbinnen gab es Auswahl, aber, um es kurz zu machen, deine Mutter bot mir das beste Gesamtpaket ..."

Sofort wurde ihm klar, wieso sein Vater nicht wollte, dass er zu viel über seine Eltern wusste. Er hatte seine Mutter nie wirklich geliebt, hatte stets die Fühler nach anderen ausgestreckt, vielleicht weil seine Mutter ihm zu nichtssagend war, nichts an ihr besaß einen Wiedererkennungswert.

„Damals habe ich meinen Eltern Gehorsam geleistet. Ehrlich gesagt ging es vor allem um die Mitgift. Du weißt, ich stamme aus einer armen Familie und die Eltern deiner Mutter waren wohlhabend. Ohne ihre Unterstützung hätten wir nie den Umzug nach Deutschland geschafft. Deine Mutter war nie besonders hübsch, hatte in ihrer Jugend aber viel mehr Energie als heute und eine Art von sprödem Charme, der mich ansprach. Nach einem Dorffest mit reichlich Wodka haben wir uns in Richtung Felder verdrückt und dabei bist du entstanden."

Alex war es nicht leichtgefallen, seine Gefühle zu unterdrücken. Er wünschte sich eine Flasche Brain-Bleech, um die Szenen aus seinem Kopf wegzuätzen.

„Deshalb musstet ihr heiraten? Weil ich unterwegs war?"

Das Nicken brach ihm beinahe das Genick, im letzten Augenblick fing er sich.

„Und heute?"

„Heute ist nichts, aber auch gar nichts mehr da zwischen deiner Mutter und mir. Außerdem glaube ich, dass deine Mutter an einer psychisch-seelischen Krankheit leidet. Ich vermute, sie ist depressiv, anders kann ich mir vieles nicht erklären."

Seltsamerweise hatte ihn die gemutmaßte Diagnose keineswegs überrascht, und er nahm es auch nicht als Versuch seines Vaters, sie zu diskreditieren. Anders waren ihr Verhalten und der krankhafte Alkoholismus nicht zu erklären. Ebenso wenig wie ihre apathische Gleichgültigkeit.

„Möchtest du nicht zum Arzt gehen?", hatte Alex sie eines Abends gefragt, als sein Vater bereits seit einiger Zeit in Berlin lebte und es sich dort gutgehen ließ.

Der Blick, mit dem seine Mutter ihn tadelte, war eiskalt. Ohne ein Wort zu verlieren, stand sie auf, ging zum Kühlschrank, brachte drei Schnapsgläser aus dem Eisfach mit und schenkte reichlich Korn ein.

„Wieso fragst du das?" Der blitzschnell konsumierte Schnaps hatte ihr über die Sprachbarriere hinweggeholfen.

„Na ja, Vater meinte, du seist depressiv und auch ich glaube, dass es nicht …"

Sie griff eins der Gläser und schmetterte es auf den Boden. Das Glas splitterte in mehrere Teile. Einen solchen Wutausbruch hatte er seit Jahren nicht erlebt.

„Wenn du noch ein einziges Mal so etwas zu mir sagst, vergesse ich, dass ich deine Mutter bin!", drohte sie.

Doch auch das ließ Alex kalt. Es war nicht so sehr die problematische Mutterfigur, die ihn verdross, sondern vielmehr seine

Unfähigkeit, mit ihr irgendeine Form von Beziehung aufzubauen. Von Hass, Abneigung oder Verachtung war er zwar weit entfernt, aber auch Mitleid, Sorge oder Erbarmen spürte er nicht. Dass sie ihm gleichgültig war, frappierte ihn.

Als der Sarg am Tag der Beerdigung in das Grab hinuntergelassen wurde, spürte er die Blicke der wenigen Anwesenden auf sich lasten. Eine Kantinen-Kollegin war gekommen, eine in Deutschland lebende Cousine und sein Vater. Alle anderen in Frage kommenden Personen hatten beliebig klingende Gründe vorgeschoben, warum sie nicht konnten. Die wenigen Trauergäste erwarteten, dass er die eine oder andere Träne verdrückte. So sehr er sich auch anstrengte, es war ihm nicht möglich.

„… Asche zu Asche, Staub zu Staub …"

Im Grunde seines Herzens wusste er nicht einmal, ob seine Mutter gläubig gewesen war. Er hatte seine Mutter nie beten gesehen. Sie hatte nie über Glauben gesprochen. Auch nicht über Dinge des Lebens an sich. Immerhin ließ die protestantische Pfarrerin keine Zweifel aufkommen und dass seine Mutter getauft worden war, wusste er.

„Herzliches Beileid, mein Sohn!", hatte sein Vater die Form zu wahren gesucht.

Beide hatten sich umarmt und gegenseitig den Rücken getätschelt, ehe sich die neue Flamme seines Vaters in sein Blickfeld geschoben hatte. Eine knapp 20-jährige Russlanddeutsche aus Berlin, die einen schwarzen Lederrock trug, der besser ins Frankfurter Bahnhofsviertel als auf einen Friedhof gepasst hätte. Ihr großzügig ausgeschnittenes Dekolleté war atemberaubend und der blutrot geschminkte Mund eine Einladung. Alex war zugleich fasziniert und abgestoßen. Wo kriegte sein Vater diese jungen Dinger her? Was versprachen sie sich von ihm? Die Dame beugte sich zu ihm vor, gab ihm links und rechts ein Küsschen und versuchte seine Lippen zu erwischen, was er gerade noch verhindern konnte.

„Jetzt ist Eugen frei", hatte sie ihm möglichst erotisch ins Ohr geflüstert. „Oder bist du etwa noch zu haben, mein Schatz?"

Die Frage hatte ihm die Röte ins Gesicht getrieben und vielleicht dachte die Trauergemeinde nun, endlich würde ihn die Trauer erfasst haben. Doch das Einzige, was er tat, war, sich zu schämen. Ihm war schlagartig klar geworden, aus welch billigem Stall er stammte. Schäbig. Erbärmlich. Unterste Schublade.

Diese Erkenntnis entzog ihm den Boden unter den Füßen, festigte jedoch seinen Entschluss, alles, aber auch wirklich alles besser als seine Eltern zu machen. Dazu gehörte, seiner späteren Frau und möglichen Kindern den Himmel auf Erden zu bieten und ihnen das Gefühl zu vermitteln, sie stammten aus einem guten Elternhaus.

Wenn er ehrlich war, war er seiner Mutter dankbar, dass sie so früh gestorben war. Denn mit der Last seiner Mutter im Gepäck wären die Dinge mit Natascha nicht einfacher geworden. Den pubertär-spinnenden Vater konnte er zur Not verdauen, aber eine nichtssagende, alkoholkranke und depressive Mutter hätte er nicht verdrängen können und sie hätte die Liebe zu seiner späteren Frau getrübt.

Vor lauter Schmerz biss er sich die Lippen blutig und war froh, aus dem nur wenige Minuten dauernden Film zu erwachen. Er wischte sich kalten Schweiß von der Stirn und blickte wieder zu dem jungen Mann am Sarg, der wie ein Schlosshund heulte. Ein solches Erlebnis war ihm aufgrund fehlender Gefühle nicht vergönnt gewesen.

„Der Tank ist voll“, meldete sich Artem zurück.

Das restliche Geld drückte er Alex in die Hand. Eine Diskussion schien sinnlos. Also stopfte er es in die Seitentasche seiner Cargo-Hose, die sich auf Kniehöhe befand.

„Du wirst sehen, wenn du den Tee getrunken hast, werden deine Ohren dampfen.“

Alex lachte herzlich, eine willkommene Ablenkung. Er probierte einen Schluck. Das heiße Getränk verbrannte die leicht blutende Lippe, aber bereits der winzige Schluck zeigte, dass der Tee potent war.

„Super“, meinte er. „Der könnte Tote zum Leben erwecken.“

Zufrieden ließ Artem den Motor an.

„Jetzt sind wir bald in Lwiw“, erklärte er. „Dort endet meine Mission. Wir können Gott danken, dass bisher alles gut gegangen ist. Toi, toi, toi.“

39.

„Hier beginnt die Hölle“, behauptete Artem, tippte sich an den Kopf und wollte schon gehen. Im letzten Moment hielt er inne. „Wenn euer Scout so gut ist wie ich, dürftet ihr sicher durchkommen.“

Bill und Alex tauschten einen Blick aus, lachten und verabschiedeten Artem mit einem kurzen Winken.

„Alles Gute!“

„Alles Gute!“

„Danke für alles“, hörten sie die Antwort und blickten Artem nach, von dem sie nur noch den Rücken sahen.

„Wir haben zu danken“, riefen sie ihm hinterher.

Aufgeregt klopfte Alex sich eine Davidoff aus dem Maxi-Pack und hielt Bill eine hin. Alex gab ihm Feuer und steckte sich selbst eine an. Die Männer inhalierten und bliesen den Rauch aus.

„Wir müssen uns auf zirka eine Stunde Wartezeit einstellen“, erklärte Bill. „Konstantin ist auf dem Weg, aber die Strecke hierher ist genauso gefährlich wie die vor uns liegende.“

Beinahe fatalistisch zuckte Alex mit den Achseln, zückte sein Smartphone und entfernte sich einige Meter.

„Hey, Partner, alles okay mit dir?“, fragte Bill und lief ihm nach.

Er war sich nicht sicher, wie weit er Bill in seine größten Probleme einbeziehen sollte. Was konnte Bill tun, um ihm zu helfen? Er verfügte nicht über entsprechende Kontakte in Frankfurt, die er kurzerhand akquirieren konnte, um seine Familie zu beschützen.

„Ja, ich muss nur …“

Er brach mitten im Satz ab. Der Ami hatte sich bisher als wahre Wundertüte erwiesen. Vielleicht sollte er sich ihm doch offenbaren. Aber was war mit Sergej? Sollte er die ganze Familienhistorie auf den Tisch packen? Würde Bill nicht vollkommen ausflippen, und zwar zu Recht? Wäre das nicht ein Grund, die Geschäftspartnerschaft Knall auf Fall zu beenden, da es zu riskant für alle war? Was hieß schon riskant; sie alle befanden sich in Lebensgefahr.

„Mir kannst du alles sagen.“

Er blickte in Bills Gesicht. Die Wrap-Around-Sonnenbrille wirkte wie ein Schutzschild vor den Augen, allerdings war ihr Tragen angebracht, die Sonne brannte von einem blauen Himmel.

„Alles gut, Bill. Ein wenig Ärger zu Hause, das muss ich klären."

Bill formte mit der rechten Hand eine Pistole und zielte damit auf Alex.

„Kommt in den besten Familien vor", flachste er, wandte sich ab und ging ein paar Schritte weiter, um Alex Freiraum zum Telefonieren zu geben.

N – wie oft hatte er diesen Kurzwahlknopf in den letzten Stunden gedrückt? Immer ohne Ergebnis. Dabei war es unverständlich, wieso Natascha nicht ans Smartphone ging. Es musste etwas passiert sein. Hoffentlich hatte sie die Mailbox abgehört und seine Nachrichten vernommen. Erneut schlug sein Versuch fehl. Es war wie verhext.

Er seufzte, unschlüssig, was er nun machen sollte. Da ertönte sein Handy. Eine ihm unbekannte Nummer. Vielleicht hatte Natascha ihre Lektion gelernt und sich ein neues Handy besorgt.

„Ja?"

„Hallo, mit wem spreche ich?"

Verdammt, nicht Natascha. Die Stimme kam ihm bekannt vor, aber er konnte sie nicht einordnen.

„Alex Schutz. Mit wem habe ich die Ehre?"

„Kriminalkommissar Höcker hier. Wir haben uns vor Kurzem erst unterhalten."

Für einen Augenblick schienen seine Knie weich zu werden.

„Wie kann ich Ihnen weiterhelfen?"

„Sie haben neulich versucht, Franjo Maric zu erreichen. Leider sind wir gezwungen, all seine Kontakte gründlich zu überprüfen. Dabei ist Ihre Person von Interesse."

Das ging flotter, als er gedacht hatte. Jetzt schnüffelten die Bullen ihn aus. Wenn die erst einmal anfingen, nach Dreck zu graben, konnte es unschön werden. Beinahe wurde er sauer auf Franjo, erinnerte sich aber an sein Schicksal und dachte daran, dass er eventuell der Grund für sein Ableben gewesen sein konnte.

„Und?", versuchte er keine Regung zu zeigen.

„Wir sind in der Zwischenzeit auf ein paar interessante Zusammenhänge zwischen Ihnen und Maric gestoßen. Sie scheinen sporadisch Kontakt gehabt zu haben. Außerdem waren sie Geschäftspartner."

Bill starrte in seine Richtung. Hoffentlich war er weit genug weg, um nichts zu hören. Seine Blicke sprachen Bände, als wittere er etwas. Der Typ hatte ein Gespür dafür, wenn es relevant wurde.

„Ich weiß nicht, wovon Sie reden", versuchte er sich wachsweich zu geben.

„Oh, das wage ich zu bezweifeln", entgegnete der Kriminalbeamte forsch. „Wir haben Verbindungen zwischen Ihnen und Maric bei den von Ihnen betriebenen Corona-Teststationen, Ihrem Import-Export-Geschäft, bei Security-Leistungen und den Film-Firmen gefunden. Vielleicht ist das nur die Spitze des Eisbergs. Wir stehen am Anfang unserer Ermittlungen."

Höcker klang selbstbewusst und siegessicher. Intuitiv war Alex klar, der Bulle wusste mehr, als er zu erkennen gab. Ihm war nicht bewusst, dass er so häufig mit Franjo geschäftlich zu tun gehabt hatte, aber in der Tat hatte er seine Dienste sporadisch benötigt. Was ihm jetzt auf die Füße zu fallen drohte.

„Kurz vor seinem Tod haben Sie lange mit ihm telefoniert. Die Auswertungen des Gesprächs liegen noch nicht vor, aber wir sind sicher, der Inhalt wird brisant sein. Vielleicht wollen Sie uns etwas dazu sagen."

Alex zog es vor, zu schweigen.

„Wir haben den Verdacht, dass Sie Maric als Mann fürs Grobe einsetzten. Für was auch immer. Aber das finden wir wie gesagt noch heraus. Kurz nach dem Telefonat mit Ihnen wird Maric ermordet …"

Jetzt hatte er die Faxen dicke. Sollte er für einen Mord geradestehen, mit dem er nichts zu tun hatte?

„Ich habe ein Alibi, falls es Sie interessiert."

„Das interessiert mich in der Tat. Bitte melden Sie sich morgen früh um 10 Uhr auf dem Polizeipräsidium bei mir, damit wir Sie als Zeugen vernehmen können."

Zum einen war es Glück, dass er als Zeuge geführt wurde, zum anderen konnte er als solcher – im Gegensatz zum Beschuldigten – einen Befragungstermin nicht ablehnen oder verstreichen lassen. So wollte es das Gesetz. Das wusste er aus Erfahrung.

„Das wird schwierig, da ich momentan …“ In letzter Sekunde brach er ab, denn wozu sollte er dem Knilch wertvolle Informationen über seinen Aufenthaltsort verraten? „… nicht in der Stadt bin“, vollendete er den Satz, ohne konkret zu werden.

„Wir haben ein dringendes Interesse, mit Ihnen zu reden. Können Sie absehen, wann Sie wieder in Frankfurt sein werden?“

Diese Frage konnte nur Gott allein beantworten.

„Ich höre Sie so schlecht … Hallo? Hallo?“

Er hielt das Handy weiter von seinem Körper weg und drückte die Austaste. Diesen Trick hatte er in unzähligen Filmen gesehen. Täuschte er sich oder grinste Bill voller Wonne?

Scheiße, dachte er, jetzt habe ich die Frankfurter Kripo am Hacken. Wenn die in einem Mordfall ermitteln, werden sie keinen Stein auf dem anderen lassen. Natürlich habe ich ein Alibi, aber ich kann es den Staatsmachtschweinen nicht einmal verdenken, wenn sie mich ins Visier nehmen. Und dann kommen alle meine Geschäfte ans Tageslicht. Die Corona-Tests, meine Scheinfirma, die Produktionen für die Freiheits- und Anti-Corona-Kämpfer und vielleicht auch der Waffentransport …

Der letzte Gedanke war der Verhängnisvollste. Es war beinahe so sicher wie das Amen in der Kirche, dass die Ermittler seinen Waffentransport in die Ukraine auffliegen lassen würden. Was waren in diesem Fall seine offiziellen Papiere noch wert? Nichts. Wenn es sich überhaupt um Original-Dokumente handelte, würden alle Beteiligten behaupten, sie hätten gedacht, es handele sich ausschließlich um Medizin, die transportiert würde, und er hätte sie böse hinters Licht geführt, um sich die Taschen zu füllen. Wenn er all die Vergehen und Straftaten summierte, die ans Tageslicht kommen konnten, würde er kaum unter einer jahrelangen Gefängnisstrafe wegkommen.

Was soll ich tun?, lautete die Frage, die ihm in Dauerschleife durchs Hirn schoss.

Wenn er zurück nach Deutschland ging, war er in der einen oder anderen Art fällig, daran konnte kein Zweifel bestehen. Viel schwerer aber wog im Moment die Gefahr, in der seine Familie schwebte. Also musste er zuerst die Sicherheit von Natascha und seinen Söhnen in den Fokus nehmen und dann überlegen, ob er sie ins Ausland schaffen konnte, um sich dort eine neue Existenz aufbauen zu können.

„Was ist los?"

Bill meinte es nicht böse, aber Alex empfand es als übergriffig. Er hatte schon so viel durchgemacht in letzter Zeit, da legte er jedes Wort seines Kompagnons auf die Goldwaage.

„Alles gut", meinte Alex wenig überzeugend, als ihm einfiel, dass Bill durch ihn ebenso in den Fokus der Staatsmacht rücken würde.

„Ich bin dein Freund, schon vergessen? Wenn ich auch nur ein unbedeutender Doktorand der Soziologie bin, so verfüge ich über Kontakte, die uns in jeder Situation hilfreich sein können."

Als Alex sich zu einer Aussage aufraffen wollte, klingelte sein Handy. SP! Was wollte sein Schwager? Schnell warf er Bill einen entschuldigenden Blick zu, zeigte auf das Handy und entfernte sich einige Schritte, während er das Gespräch annahm. Sergej kam ihm gerade recht. Jetzt musste er Tacheles reden und ihn an seine Verantwortung für dieses ganze verdammte Malheur erinnern …

„Sergej, was gibt's?", meldete er sich und machte aus seiner miesen Stimmung keinen Hehl.

„Hallo Schwager. Gut, dass ich dich persönlich erreiche. Wir müssen reden."

„Daran kann kein Zweifel bestehen."

„Hast du meine Nachrichten erhalten?"

„Du meinst deine billigen Versuche, mich von meiner Arbeit abzuhalten?"

„Alex, ich habe dir bei meinem Besuch in Frankfurt bereits aufs Schärfste von der Unternehmung abgeraten. Ich habe dich eindringlich vor allen Gefahren gewarnt."

„Du hast versucht, mich zu bevormunden. Außerdem hast du uns einen Spion untergejubelt. Aber wir haben Nikolai enttarnt. Leugnen ist sinnlos, da wir den Zahlungseingang der Smirnow-Stiftung, dessen Finanzvorstand du bist, nachvollziehen konnten."

„Quatsch!", wiegelte Sergej ab. „Nikolai war kein Spion. Er sollte auf dich aufpassen. Dich beschützen, verstehst du? Vor ihm brauchst du keine Angst zu haben." Nach einer kleinen Pause fuhr er fort: „Er wurde übrigens medizinisch versorgt, hat sich in Sicherheit gebracht und wird für eine Weile untertauchen. Ich wollte Unheil von dir, meiner Schwester und meinen Neffen abhalten. Du hast wirklich keine Ahnung, auf was du dich eingelassen hast."

„Da muss ich widersprechen. Und nochmal zur Klarstellung: Der Konvoi ist durch Mitglieder der Bundesregierung abgesegnet. Die Dokumente haben mehreren Überprüfungen standgehalten. Und wenn die Ukrainer fair spielen, haben sie die Hälfte des Betrags nach Überschreiten der ukrainischen Grenze auf mein Konto überwiesen."

Er erschrak. Diesen Aspekt hatte er aufgrund der Müdigkeit und der sich immer wieder überschlagenden Ereignisse vergessen, aber wie von Zauberhand war er ihm gerade eingefallen. Sofort nach dem Gespräch musste er seinen Kontostand checken.

„Du verstehst nicht, in welche Falle du tappst. Bill ist ein skrupelloser CIA-Agent, der die Kriegskasse durch diese Black Op füllen möchte."

„Hör auf, meinen Partner zu beschimpfen! Er hat sich stets korrekt verhalten, ist ein treuer Kamerad und verlässlicher Partner."

„Noch ist die Veranstaltung nicht beendet."

„Aber unsere Freundschaft ist bald Geschichte, wenn du nicht die Klappe hältst."

Für wenige Sekunden herrschte Stille in der Leitung.

„Du hast geschrieben, du würdest dich um Natascha und die Jungs kümmern", nahm dies Alex als Einladung, in die Offensive zu gehen. „Welche konkreten Maßnahmen hast du unternommen? Ich versuche verzweifelt, sie zu erreichen. Leider erfolglos. Inzwischen mache ich mir Sorgen, große Sorgen."

Er hatte den Eindruck, Sergej holte tief Luft.

„Ich werde mich um Natascha und deine Söhne kümmern, wie versprochen", meldete sich Sergej kleinlaut zurück. „Momentan bin ich auf Dienstreise, aus der Ferne ist es schwierig …"

Dienstreise? Ein Verdacht keimte in ihm. Die Verbindung klang verdammt nahe. War ihm Sergej gefolgt?

„Wo bist du?"

„Dienstgeheimnis. Aber ich werde spätestens in drei Tagen in Frankfurt sein und deine Familie retten. Vielleicht gelingt es mir vorher, mich frei zu machen. Und auch dich werde ich noch auffangen."

Zu viele ‚Vielleicht' für seinen Geschmack. Dafür konnte er sich nichts kaufen. Und mit dem Ort, an dem Sergej sich aufhielt, hielt er hinterm Berg. Alex spürte, wie eine gnadenlose Wut in ihm emporstieg.

„Du haftest für die Sicherheit meiner Familie. Das hast du mir geschrieben. In drei Tagen ist viel zu spät. Wenn Natascha und den Jungs etwas passiert, werde ich dich bis ans Ende der Welt verfolgen und dich zur Rechenschaft ziehen. Es interessiert mich nicht die Bohne, für wen du arbeitest oder über welche militärischen Fähigkeiten du verfügst. Hast du mich laut und deutlich verstanden?"

Das „Ja" klang leise.

„Außerdem habe ich eine letzte Frage. Ist es dir gelungen, deine Schwester umzudrehen? Spioniert sie mich aus? Versteh mich nicht falsch, aber bei dieser Familienkonstellation kommen einem seltsame Gedanken …"

Er hörte, wie Sergej scharf ein und ausatmete.

„Diese Frage verdient keine Antwort. Wie kannst du auf so eine Idee kommen? Meine Schwester kennt nur eine Loyalität und die gilt dir." Er hörte ein Klicken, Sergej hatte das Gespräch abrupt beendet.

Alex sog die Worte gierig auf wie ein Schwamm. Genau das hatte er gehofft. Wie hatte er jemals an Nataschas Treue zweifeln können?

Kurzentschlossen blockierte er die Nummer. Einen weiteren Anruf würde er in seiner jetzigen Situation nicht ertragen.

40.

Als Alex sich Bill zuwandte, strahlte sein Kompagnon und schien glückselig. Die dünnen, beinahe blutleeren Lippen waren bis zu den Ohren hochgezogen. Der eher hagere Körper hatte an Präsenz gewonnen und auf einmal sah er nicht mehr wie ein Schreibtischtäter, sondern wie ein Tausendsassa aus.

„Freut es dich, deinen Partner in Schwierigkeiten zu sehen?", rief er ihm zu.

Für den Bruchteil einer Sekunde wich das Lächeln und auf Bills Stirn zeigten sich Fragezeichen.

„Wenn du mir nichts erzählst, kann ich dir nicht helfen."

„Später", winkte Alex ab, der wissen wollte, welcher Grund für Bills gute Laune vorlag. „Vielleicht kannst du mich aufheitern."

Bill zögerte einen Moment, ließ aber kurz darauf die Katze aus dem Sack.

„Ich habe meinen Kontostand gecheckt."

Plötzlich spürte Alex Schmetterlinge im Bauch. Fühlte sich glücklich, wie schon lange nicht mehr.

„Und?"

Bill schüttelte den Kopf.

„Ich möchte keine falschen Hoffnungen nähren, da musst du schon selbst nachschauen."

Schnell entsperrte er sein Handy und wählte den Online-Banking-Bereich aus. Zum Glück hatte er die Anmeldedaten gespeichert.

„Wie sieht's aus?", frotzelte Bill, doch Alex scheuchte ihn mit einer Handbewegung weg. Sein Konto ging nur ihn etwas an. Endlich war er eingeloggt. Wegen der schräg einfallenden Sonne hatten seine Augen Probleme, sich an die Bildschirmansicht zu gewöhnen. Schließlich konnte er die kleinen Zahlen identifizieren. Und tatsächlich: Der neueste Zahlungseingang belief sich auf 500.000 Euro. Genau so, wie Bill es vereinbart hatte. Alex hätte die Welt umarmen können. Endlich sah er die Früchte seiner Arbeit. Dieses Geld konnte ihm niemand mehr nehmen. Und egal, wie die Geschichte ausging, die halbe Million wäre ein ansehnliches Startkapital. Allein dafür hatten sich jegliche Mühsal und Plackerei gelohnt.

„Give me a high five!", forderte Bill, doch Alex begnügte sich mit einer Ghetto-Faust. „Wir haben es fast geschafft, Dude", schäumte Bills Freude beinahe über. „Die Hälfte haben wir, jetzt müssen wir nur noch durch Lwiw kommen, dann kriegen wir den Rest und können feiern", frohlockte der Ami.

Endlich fasste Alex sich ein Herz und platzte heraus: „Meine Familie wird bedroht." Die Mimik, die er dabei an den Tag legte, war herzerweichend.

„Hat es etwas mit unserem Geschäft zu tun?", antwortete Bill in einer mitfühlenden Tonlage.

Kurz hielt Alex inne, aber wer a sagte, musste b folgen lassen. „Es hängt alles damit zusammen …"

„Dann ist es unser Problem, Bruder", fiel Bill ihm ins Wort.

„Ist es nicht. Wie gesagt, ich glaube nicht, dass du mir helfen kannst …"

„Deine Familie zu beschützen?"

„Genau. Ich bin in großer Sorge, ich erreiche Natascha nicht."

Bill kraulte sich seinen Bart, zog die Stirn kraus und kaute auf der Unterlippe. „Holy Shit!"

Kaum war der Fluch verklungen, signalisierte Alex' Handy, dass er eine Nachricht erhalten hatte. Das auf dem Display stehende N beschleunigte seinen Herzschlag. In Windeseile las er:

Alex, ich habe all deine Nachrichten erst jetzt empfangen. Mein Handy hatte technische Probleme. Der Akku war leer und wollte nicht mehr aufladen. Jetzt ist das Problem behoben. Entschuldige bitte. Aber sprich Klartext, was los ist.

Nach dem Lesen der Nachricht fühlte er sich wie befreit. Natascha war am Leben und offensichtlich hatte niemand sie in seine Gewalt gebracht.

„Ist die Nachricht von …?"

Beinahe ärgerlich brachte Alex Bill mit einer unwirschen Handbewegung zum Verstummen, denn eine neue Nachricht war eingetroffen.

Alex, ich habe Angst. Ich glaube, wir werden verfolgt und beschattet. Hast du jemanden engagiert zu unserem Schutz? Bei mir hat sich niemand gemeldet.

Die Nachricht versetzte ihm einen kräftigen Hieb in die Magengrube. Wenn sogar Natascha das Gefühl hatte, überwacht zu werden, dann war es höchste Zeit.

Leider ist bei meiner ersten Wahl was dazwischengekommen. Aber bleib ruhig, ich organisiere jemand anderen. Verlasst am besten das Haus vorerst nicht, stell die Alarmanlage an und halte dein Handy immer für einen Notruf griffbereit.

Alex wusste nicht weiter.

„Habe ich dir schon von meinem Schwiegervater in spe erzählt?“, schaltete Bill sich ein. „Er arbeitet im Department of State.“

„Ja, als rangniedriger Mitarbeiter …“

Bill ließ Alex seine Zerknirschung nicht durchgehen und unterbrach ihn.

„Genau, was aber nicht heißt, dass er nicht über die richtigen Kontakte verfügt.“

Alex’ Augen weiteten sich.

„Zur CIA?“

Die Frage barg Sprengstoff.

„Nein, aber zum militärischen Nachrichtendienst in Deutschland.“

Ein wenig Hoffnung machte sich in Alex’ Magenumfeld breit.

„Ein oder zwei Leute bräuchte ich bei mir zu Hause. Meinst du, dein Schwiegervater könnte da was machen?“

Bill seufzte.

„Ich kann es versuchen.“

„Hier geht es um Leben oder Tod!“, brauste Alex auf.

Der Amerikaner nickte zögerlich. Keine Sekunde später entfernte er sich mit dem Handy in der Hand. Nachdem er eine Nummer gewählt hatte, diskutierte er gestenreich. Alex verstand kein Wort, hatte ihn aber fest im Blick. Er schien sich tatsächlich ins Zeug zu legen. Nach knapp fünf Minuten kehrte Bill mit einem Siegerlächeln zurück.

„Ich brauch deine Adresse, es werden heute noch zwei Militärpolizisten nach deinen Liebsten schauen.“

Alex warf sich an Bills Brust und umarmte ihn.

„Das werde ich dir nie vergessen. Ich stehe tief in deiner Schuld …“

Bill wiegelte ab.

„Ist doch selbstverständlich. Wir haben die Geschichte gemeinsam begonnen und werden sie gemeinsam beenden."

Alex ließ noch einige Dankeshymnen los, bevor er Natascha die freudige Botschaft mitteilte, damit sie die amerikanischen Militärs ohne die deutsche Polizei zu informieren, hereinließ. Bill leitete die Adresse weiter. Ein roter Lada kam die Straße heruntergefahren. Bills Miene hellte sich auf. Er wirkte euphorisch.

„Auf zum letzten Akt", meinte er. „Hinter Lwiw sieht die Welt gleich anders aus."

Alex' Herz pochte wild. Alles schien sich in Wohlgefallen aufzulösen. Einige hektisch gerufene Worte drangen an sein Ohr.

„Wir haben ein Problem." Konstantin, Bills Cousin, war aus dem Wagen gestiegen und vor den beiden Chefs zum Stehen gekommen. „Aber zuerst zum Praktischen."

Jetzt stiegen sieben Soldaten aus dem Lada aus und Alex wunderte sich, wie diese dort hineingepasst hatten. Sie waren alle bewaffnet.

„Ihr könnt eure Fahrer jetzt entlassen. Bitte schnell, denn die Zeit drängt."

Das war Teil des Deals gewesen und diente zum Schutz des Lagers der Asow-Brigade, dessen Lage streng geheim war. Die meisten Fahrer konnten ihre Erleichterung nicht verbergen, hatten sie doch die gefährliche Mission mit Bravour gemeistert. Die Zahlungsmodalitäten waren im Voraus geregelt worden und wie die Männer zurückkamen, war ihr Problem.

„Danke für alles!", brüllte Bill und hob beide Daumen in die Höhe. „Ihr wart großartig."

Alex schloss sich spontan dem Lob an. Nach und nach verschwanden die Fahrer in Zweier- und Dreiergruppen. Konstantin schien sehr angespannt zu sein. Bei der folgenden Ankündigung überschlug sich seine Stimme.

„Wir müssen uns beeilen. Unser Nachrichtendienst hat Informationen erhalten, dass die Russen in Kürze einen groß angelegten Raketenangriff auf Lwiw starten."

41.

Nachdem sich Bill und sein ukrainischer Cousin seltsam zurückhaltend begrüßt hatten, war Konstantin zu Alex' Überraschung nicht in den LKW des Amerikaners, sondern bei ihm eingestiegen und hatte gleich eine Offerte gemacht.

„Du bist bestimmt müde von der langen Strecke. Nimm auf dem Beifahrersitz Platz. Außerdem kenne ich Lwiw und weiß, wo die Hotspots sind, hehe."

Für das Angebot, nicht fahren zu müssen, war er dankbar. Dennoch gelang es ihm nicht, abzuschalten und Ruhe zu finden. Die Straßen schienen, je näher sie sich Lwiw näherten, immer besser zu werden.

„Es ist eine Schande, dass ein so wunderbares Land wie die Ukraine von dem Verrückten aus Moskau überfallen wird", sagte Alex und schaute im Vorbeifahren die Hügel und den noch kahlen Baumbestand an.

„Du sagst es, Bruder", erwiderte Konstantin und zündete sich eine Zigarettensorte an, die Alex nicht kannte. „Unser Land ist immer schon ein Spielball zwischen den großen Mächten gewesen. Polen, Sowjetunion oder das Großdeutsche Reich, alle haben mit unserer Nation gespielt und sie unterdrückt, wobei nicht alles über einen Kamm geschoren werden kann."

Die ersten Siedlungen ließen erahnen, dass sie sich der Großstadt mit beinahe einer dreiviertel Million Einwohnern näherten.

„Die Deutschen hatten während des 3. Reichs zwar die falschen Pläne mit uns, aber die Grundintention war nicht verkehrt", fuhr Konstantin fort. „Sie und wir hatten nämlich dieselben Feinde: die Kommunisten. Aber anstatt uns als gleichwertige Partner zu betrachten, dachten viele führende NS-Größen, wir seien nichts weiter als eine billige Kolonie. Als der Führer", hierbei erhielt seine eher raue Stimme einen sanften Klang, „die besetzten ukrainischen Gebiete besuchte, zeigte er sich begeistert. Von dem großen Potenzial unseres Landes, in jeder Hinsicht. Auch von dem Menschenmaterial. Er sah große, gesunde, blonde und gutaussehende Menschen. Beinahe hatte er den Eindruck, wir würden den nationalsozialistischen Rassekriterien besser entsprechen als viele Deutsche."

Offenbar erwartete Konstantin Zustimmung, aber Alex wusste wirklich nicht, was er dazu sagen sollte. Deshalb murmelte er etwas, das wie „Mhm" klang.

„Ich verstehe, dass du müde bist. Hoffentlich langweile ich dich nicht."

„Keine Bange. Ich hör dir gerne zu. Was du erzählst, ist spannend. Also mach ruhig weiter!"

„Es ist uns stets ein Anliegen, dass wir und unsere Ziele richtig verstanden werden. Das Asow-Regiment wurde im Mai 2014 gegründet und dann als Teil der Nationalgarde des Innenministeriums der Ukraine eingesetzt. Wir haben uns sofort den russischen Separatisten in Donezk und Luhansk entgegengestellt – damals eine todesmutige Aktion. Aber ohne uns hätten die Russen uns gnadenlos überrannt und alles platt gemacht. Uns war es möglich, den Invasoren wirksamen Widerstand entgegen zu setzen. Doch dann setzte Putin eine effiziente Gegenpropaganda in die Welt. Furchtbare Lügen. Menschenrechtsverletzungen! Ich möchte nicht behaupten, wir seien keine Kinder von Traurigkeit. Krieg ist immer schmutzig, weißt du. Aber, das, was wir getan haben, hat sich immer im Rahmen dessen bewegt, was Krieg ausmacht. Als diese Propagandanummer nicht zog, wurden angebliche Verbindungen zu rechtsextremen Gruppen und der rechtsextremen Szene hergestellt. Diese Vorwürfe stimmen nicht einmal zur Hälfte. Wobei wir uns unserer Tradition durchaus bewusst sind."

In der Ferne sah Alex bereits repräsentative Gebäude aus der Zeit der Doppelmonarchie und imposante Kirchtürme. Er war sehr erstaunt, wie gepflegt und gut restauriert alles aussah.

„Na ja, wenn uns zugeschrieben wird, wir seien Nationalisten, dann stimmt das natürlich. Ebenso hängen manche unserer Mitglieder nationalsozialistischem Gedankengut an. Dies stärkt die Motivation und den Kampfwert unserer Einheiten. Aber das ist in jedem Militär oder Polizei-Elitekorps der Welt der Fall. Denk an eure GSG 9."

Mit solchen Themen hatte Alex sich wenig beschäftigt. Aber er erinnerte sich dunkel an eine Berichterstattung über Hakenkreuzfahnen und SS-Devotionalien in bestimmten Kasernen im süddeutschen Raum.

„Stimmt", meinte er deshalb.

„Siehst du", freute Konstantin sich über die Reaktion, „das ist also bei uns kein Einzelfall. Zugegeben, manche unserer Symbole und Abzeichen erinnern an nationalsozialistische. Aber wo liegt das Problem? Wir wollen lediglich unsere Heimat schützen. Von uns geht keine Gefahr für Europa aus. Russland ist der Feind."

„Ihr habt alles Recht der Welt, eure Heimat gegen Eindringlinge zu verteidigen."

„Und wir sind es schließlich, die dieses Land zusammenhalten. Und wen wir uns als Vorbild erkoren haben, ist unsere Sache. Hervorragende Soldaten und Kämpfer waren die Deutschen ja."

Die Müdigkeit drückte Alex geradezu in den Beifahrersitz und manchmal drohten ihm die Augen zuzufallen. Der Konvoi bewegte sich bereits im Stadtzentrum, unmittelbar vor ihnen stiegen Rauchsäulen auf.

„Fahren wir nicht direkt ins Gefahrenzentrum, wenn wir uns in die Nähe der Stellen bewegen, die bereits von Raketen getroffen worden sind?", fragte er, um der ihm eher unangenehmen Thematik auszuweichen, aber auch, da er sich Sorgen um die eigene Sicherheit machte.

„Im Gegenteil", lachte der Ukrainer. „Die Stellen, die bereits bombardiert wurden, sind nur selten erneut Ziel weiterer Angriffe. Also keine Bange." Er machte eine Pause, ehe er ein anderes Thema anschnitt, das ihm Freude zu bereiten schien. „Weißt du, was mein ganzer Stolz ist? Eine Luger!" Der Mann, der ohnehin mit Messern, Eiergranaten und Pistolen wie ein Weihnachtsbaum behängt war, nestelte während des Fahrens an seiner Uniform herum. „Hier, schau dir das Prachtstück an!", verkündete er und zeigte ihm eine Originalpistole.

„Und die funktioniert noch?"

„Haha, das ist deutsche Qualitätsarbeit."

Ob es die Übermüdung oder ein plötzliches körpereigenes High war, vermochte Alex später nicht zu sagen. Aber die folgenden Handlungen und Worte entzogen sich beinahe seiner Kontrolle und geschahen wie im Traum.

„Nicht schlecht. Ich besitze sozusagen das Gegenstück dazu, wenn ich so sagen darf."

„Jetzt bin ich aber gespannt", meinte Konstantin.

Alex öffnete das Handschuhfach, holte – begleitet von Konstantins aufmerksamen Blicken – die rote Schachtel mit dem Sowjetstern heraus und präsentierte stolz die Tokarev. Konstantin konnte sich einen anerkennenden Pfiff nicht verkneifen, runzelte aber zugleich die Stirn.

„Aber die funktioniert doch bestimmt nicht mehr?"

„Doch natürlich", beeilte Alex sich zu erwidern, bereute aber beinahe augenblicklich, die Wahrheit gesagt zu haben. „Glaube ich zumindest …"

Jetzt räusperte sich Konstantin und deutete mit dem Arm nach rechts, wo realsozialistische Blöcke zwischen den herrschaftlichen Gebäuden eingezogen waren.

„Da hinten hat es auch ein Wohnhaus erwischt."

Alex legte die Tokarev auf seine Schenkel und erkannte den besagten, schmalen Hochhausblock. Häuser wie diese wurden seiner Kenntnis nach manchmal als Zigarettenschachteln bezeichnet, aufgrund ihrer schmalen Seiten, und zeigten, wozu brutalistische Architektur fähig war. Aber für die damalige Zeit waren die Bauten Errungenschaften gewesen, mit fließendem Warmwasser, eigenem WC und Zentralheizung.

Inzwischen hatten sie das Katastrophengebiet beinahe erreicht, sodass Alex den Beschuss in Augenschein nehmen konnte. In der Mitte des achtstöckigen Baus klaffte ein furchtbarer Krater, aus dem Rauch emporstieg. Alex war einmal mehr froh, privilegiert in Frankfurt zu wohnen. Die Feuerwehr, Polizei und andere Rettungskräfte waren bereits vor Ort. Zwei Leichen lagen auf dem Gehweg, ohne abgedeckt worden zu sein. Beide hatten schreckliche Kopfverletzungen und Alex vermutete, es handelte sich um eine Großmutter und ihre Enkelin.

„Das machen die russischen Schweine mit uns." Konstantin schien von dem Anblick unangenehm berührt. „Sie vergewaltigen unser Land. Sie bombardieren Wohnviertel und sind darauf aus, möglichst viele Zivilisten zu treffen. Je mehr Frauen und Kinder, desto besser."

Alex blickte zurück und sah etliche weinende Menschen, die immer wieder den Kopf schüttelten, am Straßenrand standen und das zerstörte Gebäude anstarrten, als könne dadurch etwas zurückgewonnen werden. Vielleicht fragten sie sich verzweifelt, ob vermisste Angehörige noch aus den Ruinen befreit werden konnten oder ob sie in der Lage sein würden, einige der in der Not zurückgelassenen Wertgegenstände retten zu können. Doch die schreckliche Szenerie verschwand schnell im Rückspiegel und nun fuhren sie wieder durch ein Stück der heil gebliebenen Stadt, die wie in ganz normalen Friedenszeiten aussah.

„Äh, noch einmal zu deiner Pistole. Kann ich mir die mal anschauen?"

Eindringlich dachte Alex an Nataschas Warnung und Bitte, die Pistole niemals aus der Hand zu geben. Aber ihm fiel keine vernünftig klingende Begründung ein, die Bitte zu verweigern und in diesem Augenblick vibrierte sein Handy, sodass er sie quasi automatisch dem Fahrer übergab.

Zwei amerikanische Militärpolizisten sind hier. Sehr freundlich. Machen einen guten Eindruck. Jetzt fühlen wir uns sicher. In Liebe N.

Ihm fiel mehr als nur ein Stein vom Herzen und in Gedanken schickte er eine herzliche Dankesbotschaft an Bill, der Wort gehalten hatte. Was war die Sicherheit seiner Familie wert? Alles! Insofern überlegte Alex, ob beziehungsweise wie viel er Bill zusätzlich zu dem vereinbarten Anteil geben sollte, aber er verschob diese Frage auf die Zeit nach dem erfolgreichen Deal.

„Die scheint tatsächlich in Ordnung zu sein", riss Konstantin ihn wieder aus seinen Gedanken. „Hat dein Opa oder Uropa auf der falschen Seite gekämpft?"

Die Erleichterung über die Sicherheit seiner Familie verhinderte, dass er die Skepsis und den kritischen Unterton des Fahrers mitkriegte.

„Oh, die Pistole stammt von der Familie meiner Frau. Ihr Großvater hat geholfen, den Ring um Stalingrad zu schließen und die 6. Armee zu vernichten."

„Hm."

Auch die mürrische Zwischenbemerkung fiel ihm nicht sonderlich auf. Er blickte auf das an ihm vorüberziehende Stadtpanorama. Kein Zweifel, es konnte nicht mehr lange dauern, bis sie Lwiw passiert hatten. Die Stadt war zwar groß und imposant, aber keine Metropole.

„Sicherheitshalber entferne ich das Magazin", riss ihn der Ukrainer aus seiner Gedankenwelt wieder heraus.

Nun tauchten wieder verstärkt Gehöfte und kleinere Häuser auf. Er hatte den Eindruck, Lwiw war zum Glück nur punktuell von russischen Raketen getroffen worden. Er hörte das Klicken des Magazins.

„Ich habe meiner Frau versprochen, die Pistole immer griffbereit bei mir zu führen“, versuchte er nun einen stichhaltigen Einwand zu liefern, sah aber, wie Konstantin ihm die entladene Pistole hinhielt, das Magazin in einer seiner unzähligen Armeeuniformtaschen verschwinden ließ und mit den Achseln zuckte.

„Wenn ich daran denke, was ich meiner Frau schon alles versprochen habe“, meinte er, wandte ihm sein Gesicht zu und zwinkerte anzüglich.

Alex nahm die Pistole entgegen, ein wenig ratlos, wie er nun vorgehen solle und voller Fragezeichen im Kopf, was Konstantin ihm mit seiner zweideutigen Bemerkung hatte sagen wollen. Als eine Art Zwischenlösung legte er die Tokarev in die rote Schachtel zurück und verstaute sie im Handschuhfach.

„Im Ernst“, nahm der Soldat den Faden wieder auf, „und nichts für Ungut. Wir wissen, was für tolle Helden ihr seid. Bill vor allem, aber auch du. Zur Erklärung: Die Pistole aus Sowjet-Beständen kann für großen Unmut bei meinen Männern sorgen und wenn sie auch noch geladen ist, möchte ich mir nicht ausmalen … Also dann kann ich für nichts garantieren.“

Alex versuchte, möglichst unauffällig zu schlucken.

„Keine Sorge, sobald wir den Handel abgeschlossen haben, kriegst du alles wieder zurück.“

Während er darüber sinnierte, ob und wie er das Patronenmagazin zurückfordern konnte, vibrierte erneut sein Handy.

Darf ich meinen Beschützern etwas von deinem Wodka und deinen Zigarren anbieten? Sie sind sehr höflich und zurückhaltend und ich möchte mich ihnen erkenntlich zeigen.

Jetzt musste er schmunzeln und hatte die Episode mit der Pistole beinahe vergessen.

Aber natürlich, mein Engel. Biete ihnen alles an, was du möchtest. Und wenn ich zurück bin, streich bitte alle Termine, meine Sehnsucht nach dir ist riesig.

Es dauerte nicht einmal zehn Sekunden und ihre Antwort erfolgte.

Alex, du bist so süß. Ich liebe dich über alles. Aber bitte mach in Zukunft risikolosere Geschäfte. Das ist für unsere Beziehung wichtig. Ehrlich!

Diesen Wunsch würde er ihr wahrscheinlich nicht erfüllen können, mutmaßte er. Dennoch hielt er es für seine Pflicht, Zuversicht zu verbreiten.

Großes Indianerehrenwort!

„Hier, schau mal, was die Schweine angerichtet haben“, sagte Konstantin und verlangsamte die Fahrt.

Zu seiner Rechten befanden sich zwei längliche Gebäude, die weder nach reinen Wohngebäuden noch nach Landwirtschaft aussahen. In beide waren Raketen eingeschlagen, bei einem in der Mitte, das andere war an der linken Seite beschädigt. In den hölzernen Dachbalken war noch Glut erkennbar.

„Die behaupten, hier handele es sich um ein Waffenlager und Munitionsdepot. Nichts davon ist wahr.“

Auch an diesem Unglücksort befanden sich noch Helfer im Einsatz, die Schutt zur Seite räumten. Die Feuerwehr versuchte, die letzten Glutnester zu löschen. Bei jenem Gebäude, das nahezu vollständig zerbombt war, hatte Alex aufgrund der immensen Verwüstungen den Verdacht, hier habe sich tatsächlich Munition befunden. Die westlichen Medien berichteten immer wieder, dass öffentliche Gebäude und auch Menschen quasi als Schutzschilde für militärisches Gerät und Soldaten missbraucht wurden.

„Was für ein Gebäude war das?“

Konstantin lachte – abgehackt, gehässig und eigentlich zutiefst resigniert.

„Eine Grundschule. Im Nachbargebäude war der Kindergarten untergebracht.“

Bei diesen Worten erschrak Alex. Er musste postwendend an die Schulen seiner Jungs in Frankfurt denken und in seinem Kopf lief ein Film ab, wie sie bombardiert wurden und in die Luft flogen.

„Ist jemand verletzt worden?“

„Hier nicht. Unser Luftalarm funktioniert hervorragend. Im Gegensatz zu den Bewohnern normaler Wohnungen und Häuser ist das Leitungspersonal von Behörden sehr vorsichtig.“

„Zum Glück.“

Konstantin machte eine Geste mit seiner rechten Hand durch die Windschutzscheibe. „Wir sind bald da." Wieder nestelte er an seiner Uniform herum und holte eine schwarze Augenbinde heraus. „Die musst du dir umbinden. Der Standort unseres Regiments ist streng geheim."

Tausende Fragen schossen Alex durch den Kopf. Musste Bill auch eine Augenbinde aufziehen? Woher kam dieses Misstrauen? Sie alle spielten doch auf derselben Seite. War es nur professionelle Vorsicht oder handelte es sich um reine Schikane?

„Bitte!"

Konstantin schien in diesem Punkt keinen Spaß zu verstehen und schaute trotz Fahrens ganz genau zu, wie sich Alex die Augen verband. Gerade, als es schwarz geworden war, vibrierte das Handy. Sicherlich Natascha, die wissen wollte, wo die Kaviarvorräte lagerten, um sie ihren Beschützern anbieten zu können. Über diese Spesen würde er bald lachen können. Nun gut, das musste warten.

„Hoffentlich habt ihr nicht noch weitere Sowjet-Devotionalien in eurer Ladung dabei", sagte Konstantin und es war an seiner Stimme nicht herauszuhören, wie ernst er diese Aussage meinte. Aber bei der Frage nach der Güte ihrer Ware überlief Alex ein leichtes Schaudern. Damit verhielt es sich wie mit einer Wundertüte.

42.

Alex war eingenickt. Plötzlich bemerkte er ein unangenehmes Rütteln und kam wieder zu sich. Die Schwärze umfing ihn immer noch und er fühlte sich in dieser vollkommenen Dunkelheit unsicher und flau im Magen. Seitdem er, wie befohlen, die Augenbinde aufgesetzt hatte, war zwischen Konstantin und ihm kein Gespräch mehr in Gang gekommen. Er spürte, dass die entscheidende Phase der Operation begonnen hatte und eine Gänsehaut legte sich zart über seine Arme.

„Ah, du bist wieder wach", schien sein Begleiter sein Erwachen bemerkt zu haben. „Entschuldigung für die schlechten Wege, aber wenn wir uns nicht gut verstecken, machen die Russen uns sofort den Garaus."

Er gähnte und brummte zustimmend.

„Dauert auch nicht mehr lange."

Maximal fünf Minuten fuhren sie weiter, bis Bills Cousin ihn bat, die Augenbinde wieder abzunehmen. Er blinzelte heftig, um klar sehen zu können. Sie befanden sich auf einer Schotterpiste, die durch den Wald führte. In einiger Entfernung sah er die ersten Soldaten in Tarnuniform und Tarnnetze, die trotz des Waldes über Panzer und leichte Artillerie ausgebreitet waren. Wohin zum Teufel hatte Konstantin ihn gebracht?

„Dieser Krieg wird maßgeblich durch Drohnen entschieden", behauptete Konstantin. „Alles eine Frage der militärnachrichtendienstlichen Aufklärung. Wer hier die Nase vorn hat und die wichtigsten Ziele als erster markiert und zerstört, hat gewonnen."

Alex verstand nur Bahnhof, aber so schien der moderne Krieg abzulaufen.

„Verfügt ihr über ausreichend Drohnen?", erkundigte er sich.

Doch der Fahrer legte lediglich den Zeigefinger auf seine schmalen Lippen.

„Es wäre auf jeden Fall hilfreich, wenn ihr uns auch so ein Zeug liefern könntet", kommentierte er.

Alex verstand – keine weiteren Fragen, militärische Geheimnisse …

„Wenn ich mir die Bundesregierung so anschaue, müssen wohl andere Quellen erschlossen werden."

Der Ukrainer lachte ausgiebig.

„Da sind hohe Gewinnmargen drin", nahm er die Steilvorlage auf. „Aber jetzt wollen wir erst einmal sehen, was ihr uns dieses Mal liefert."

Zwei schwer bewaffnete Soldaten standen an einer Art Eingang des klandestinen Camps. Sie trugen Abzeichen auf ihren Uniformen, die Alex in der Tat an nationalsozialistische Symbole erinnerten. Der LKW fuhr ein Stück weiter und blieb kurz vor den ersten Zeltunterkünften stehen.

„Da wären wir. Jetzt heißt es abladen und die Ware prüfen", verkündete Konstantin.

Mit Mühe versuchte Alex, sich das Blut in die Beine zurück zu stampfen. Er wedelte mit den Armen. Zu seiner Zufriedenheit stellte er fest, dass Bill seinem Fahrer eine schwarze Augenbinde übergab. Also hatte er keine Sonderprivilegien genossen. Das beruhigte ihn. Er erinnerte sich an das Vibrieren seines Handys. Voller Schrecken stellte er fest, dass Kommissar Höcker sich erdreistet hatte, ihm eine Nachricht zu schicken. Das gehörte sich nicht. Entweder telefonisch oder postalisch, aber auf diese Weise …

Bitte setzen Sie sich dringend – auch noch vor Ihrer Rückkehr nach Frankfurt – mit uns in Verbindung. Wir haben einige Fragen an Sie, die Ihre letzten geschäftlichen Unternehmungen und Ihre aktuelle Abwesenheit betreffen. Ebenso möchten wir mehr über Ihre Beziehung zu Franjo erfahren. KHK H.

Keine Anrede, keine Grußformel, das alles stimmte ihn nicht positiv. Vermutlich war es das Beste, sich sofort nach Ankunft in Frankfurt mit der Familie aus dem Staub zu machen. Er würde es Natascha und den Kindern als Wiedergutmachungsurlaub verkaufen, da er in letzter Zeit mehr unterwegs war als zu Hause. Parallel würde er die besten Rechtsanwälte, die Hessen zu bieten hatte, diesem Höcker auf den Hals hetzen und von der Ferne genüsslich zuschauen, wie sie ihn grillten. Mit mehr als einer Geld- oder Bewährungsstrafe war ohnehin nicht zu rechnen, solange sein Waffenkonvoi nicht bekannt wurde und deshalb eine Anklage gegen das Kriegswaffenkontrollgesetz im Raum stand.

„Entschuldigung", rempelte ihn ein Mitglied der Asow-Brigade beinahe an, um Zugang zur hinteren Ladefläche zu erhalten. „Ich muss …"

Alex entschuldigte sich und machte den Platz selbstverständlich frei. Er sah, wie kräftige Soldaten, alle in Tarnuniformen, aber ohne Helme, die Kisten aus den getarnten Rot-Kreuz-LKWs luden.

„Hast du eine Kippe, Partner?", hörte er Bills Stimme – freundlich und ausgeglichen.

Er hielt ihm die Packung Davidoff hin und nahm sich auch eine.

„Du weißt gar nicht, wie dankbar ich dir bin, dass du so schnell Schutz für meine Familie besorgen konntest", wurde Alex endlich das los, was ihm schon die ganze Zeit auf dem Herzen lag.

Bill zog lange an der Kippe und schaute ein wenig misstrauisch den zahlreichen Soldaten zu, die mit den Kisten nicht gerade zimperlich umgingen.

„Hoffentlich explodiert nichts beim Entladen und hoffentlich funktioniert bei den Tests alles“, sagte er ein wenig abwesend, aber dann hellte sich sein Gesicht wieder auf. „Die Geschichte mit deiner Familie ist eine Selbstverständlichkeit. Nichts zu danken.“

Er überlegte, ob er bereits jetzt Bill mitteilen sollte, dass er ihm als Dank einen größeren Anteil als ausgemacht zu geben gedachte, schwieg aber vorläufig.

„Können wir uns hier frei bewegen?“

Bill zuckte mit den Schultern, aber Konstantin, der wohl einen hohen Rang einnahm und die Soldaten bei ihrer Arbeit beaufsichtigte, hatte die Frage gehört.

„Zurück in Richtung Straße geht aus Sicherheitsgründen nicht“, beschied er. „Aber ihr könnt ein Stück weiter ins Lager laufen. Seht ihr den Panzer da hinten? Bis dorthin ist kein Problem. Aber nicht weiter. Dahinter sind die Gefangenen untergebracht. Es dient ausschließlich eurer Sicherheit.“

Das Thema Sicherheit erinnerte Alex an die Tokarev. Er ging zum LKW, holte die rote Schachtel heraus und versuchte sie so beiläufig wie möglich zu tragen.

„Ich muss mich ein bisschen bewegen“, meinte er zu Bill. „Kommst du mit?“

Der Rotschopf schüttelte den Kopf.

„Nein. Sorry. Diese Phase ist mir ein wenig zu heiß. Ich möchte beim Entladen dabei sein. Und bei den anschließenden Tests sollten wir beide anwesend sein.“

Wieder bemerkte Alex ein ungutes Gefühl im Hals. Ja, diese verdammten Tests. Hoffentlich ging alles glatt über die Bühne. Er klopfte seinem Partner freundschaftlich auf die Schulter und ging in Richtung des Gefangenenlagers.

Die Anzahl der im Camp vorhandenen Soldaten erstaunte ihn. Überall standen Großraumzelte. Uniformen und Unterwäsche hing von Leinen herab. Hier und da gab es riesige Suppenküchen und alles strotzte nur so vor Waffen. Wozu benötigten die ausgerechnet ihre Waffen? Vielleicht gaben sie diese an weniger elitäre Verbände weiter. Aber das war nicht sein Problem. Die Soldaten hinterließen bei ihm bleibenden Eindruck. Harte, schmale Gesichter. Blicke, die sich vor nichts und niemandem fürchteten. Menschen, die vermutlich jedes erdenkliche Leid gesehen und vielleicht auch verursacht hatten.

In einiger Entfernung vor dem besagten Panzer saßen acht Mann um einen Baumstumpf herum und spielten ein Würfelspiel. Banknoten wechselten ständig den Besitzer, aber die Gewinner und Verlierer zeigten weder Freude noch äußerten sie Beifalls- oder Missgunst-Bekundungen. An den Baumstämmen lehnten moderne Kalaschnikows. Die Magazine trugen die meisten Soldaten direkt am Körper in dafür vorgesehenen Taschen. Verstreut lagen Panzerfäuste herum.

„Kamerad, was hast du da?"

Ein unrasierter Soldat mit hagerem Gesicht und ausgeprägten Geheimratsecken zeigte auf die rote Schachtel, die Alex immer noch mit sich herumtrug. Ihm fuhr der Schreck in alle Glieder. Konstantins Warnungen hallten nach. Was sollte er antworten?

„Ein Geschenk meiner Frau", entschied er sich und wunderte sich einmal mehr darüber, dass so viele Ukrainer gut Deutsch sprachen und offensichtlich über seine Herkunft Bescheid wussten.

„Haha, vielleicht ein paar Nacktbilder? Damit du ihr nicht untreu wirst."

Er machte eine unverhohlene Wichsgeste, während seine Mundwinkel sich nach oben zogen. Alex überlegte, ob er den Typen in seine Schranken weisen sollte. Aber ihm fiel wieder der brisante Inhalt der Schachtel ein und dass er allein auf weiter Flur stand. Was konnte er gegen ein Dutzend Soldaten ausrichten?

„Gut erkannt", antwortete er und versuchte zurück zu grinsen. „Aber meine Frau hat gesagt, ich muss es unbedingt allein aufmachen. Sonst bringt es Unglück."

Es ertönte ein schallendes Lachen.

„Siehst du, habe ich es dir doch gesagt. Gehst du da hinten hin, da stört dich niemand. Aber nicht weiter als die Kanonenspitze von dem Panzer. Da fängt das Sperrgebiet an. Dort sitzen die bösen Jungs, die Bomben auf unschuldige Mütter, Frauen und Töchter werfen …"

Als der Soldat weiterging, atmete Alex auf. Was hatte es mit diesen ominösen Gefangenen auf sich? Wurden sie gefoltert, wie die prorussische Presse behauptete? Warum durfte er sie nicht zu Gesicht bekommen? Oder hatten sie dort militärisches Spezialgerät wie Drohnen gebunkert, das niemand sehen sollte, da diese Informationen für den Feind von immensem Wert waren?

Alex schüttelte den Kopf. Es spielte keine Rolle, er wollte und würde keine Probleme verursachen.

Seltsamerweise sah er niemanden in der Nähe des Panzers, der wie verwaist in der Gegend stand. In einiger Entfernung sah er Gebilde, die wie Holzkäfige aussahen. Waren das diese angesprochenen Gefängnisse? Er blickte sich sorgfältig um und stellte sicher, dass ihn niemand beobachtete, bevor er die alte Pistole aus der Verpackung holte und sie so am Rücken unter den Gürtel seiner Cargo-Hose stopfte, dass sie von außen quasi unsichtbar war. Einige Schritte weiter blickte er sich wieder um, nach rechts, nach links. Mit den Füßen scharrte er ein kleines Loch und legte die Verpackung hinein. Natascha würde es ihm hoffentlich verzeihen, aber wenn er ihr erklärte, dass es um sein Leben gegangen war, würde sie die Notwendigkeit ein- und über den Verlust des Erbstücks hinwegsehen. Das Loch schüttete er sorgfältig wieder zu.

„Alex?“

Er schreckte zusammen. Hatte ihn jemand beobachtet oder litt er unter akustischen Halluzinationen?

„Alex?“

Bills Stimme. Rasch entfernte er sich von der Stelle, an der er die Schachtel vergraben hatte, und lief in Richtung des Camp-Zentrums zurück. Der Amerikaner kam ihm hektisch entgegen, wieder eine Kippe im Mund.

„Los, Mann! Die Ukrainer warten. Jetzt geht es um die Wurst.“

„Wird schon schiefgehen“, antwortete er. „Ich eile, ich eile.“

Als wäre ein Schalter umgelegt worden, schien Bill von jetzt auf gleich furchtbar unter Strom zu stehen. Es war doch ein Ding der Unmöglichkeit, dass die gesamte Lieferung bereits entladen worden war.

„Ist was passiert?“

„Jetzt geht's um alles." Bill reckte theatralisch beide Arme gen Himmel. „Die LKWs wurden in Rekordzeit entladen und Konstantin möchte die Waffen stichprobenweise überprüfen. Damit keine Irritationen entstehen, ist unsere Anwesenheit erforderlich."

Das Argument verstand er.

„Okay, bringen wir es hinter uns", sagte er. „Je schneller wir hier wegkommen, umso besser."

„Dein Wort in Gottes Ohr", fügte sein ansonsten nicht sonderlich fromm wirkender Kompagnon hinzu. „Und am besten beten wir, dass es jetzt keine Probleme gibt, sonst …"

„Sonst was?"

Bill warf die Kippe auf den Waldboden, wandte sich ihm zu und fuhr sich mit dem rechten Zeigefinger an der Kehle entlang.

Alex hatte verstanden. Er konnte nicht verhindern, dass sein Körper anfing, wie Espenlaub zu zittern.

Sein amerikanischer Freund führte ihn zu einer Stelle, die ihm bisher nicht aufgefallen war. Es handelte sich um eine kleine Lichtung, die künstlich angelegt worden war. Zielscheiben waren aufgebaut, kleinere Krater im Boden wiesen darauf hin, dass hier nicht zum ersten Mal Waffen auf ihre Funktionalität hin getestet wurden. Er überschlug die Anzahl der Männer, die sich im Halbrund aufgebaut hatten. Mindestens dreißig Mann. Im Hintergrund der Lichtung, teilweise hinter Baumstämmen versteckt, waren noch mehr Soldaten zu sehen, die dem Spektakel aus der Distanz beiwohnten.

Die Männer hatten sich offenbar mit Waffen und Munition aus ihrem Transport bewaffnet. Sie klickten die Magazine rein und raus, sahen die Waffen aus allen möglichen Richtungen an, visierten Ziele an und überprüften die Läufe. Zu seiner großen Erleichterung schien es keinerlei Probleme zu geben. Aber die Nagelprobe würde erst noch kommen.

„Wir sollten uns neben Konstantin stellen", flüsterte Bill ihm ins Ohr.

Langsam gingen sie über die Lichtung zu dem Cousin, der breitbeinig die Aktivitäten seiner Männer überwachte. Alex hatte jetzt nicht mehr den Hauch eines Zweifels – dieser Mann war der Anführer.

„Er wird jetzt Befehle geben“, kommentierte Bill. „Hoffen wir, dass alles okay ist.“

Konstantin bellte einige Sätze auf Ukrainisch, und die Männer mit den Langwaffen, den Bazookas und den Granatwerfern traten einige Schritte zurück.

„Zuerst die Pistolen“, erklärte Bill überflüssigerweise. Er legte gerade ein ungeheures Mitteilungsbedürfnis an den Tag.

Sieben Männer schossen – zuerst nacheinander, dann parallel – aus angemessener Entfernung auf die Zielscheiben. Zunächst ein Schuss, gefolgt von einem weiteren und dann das restliche Magazin auf einmal.

Alex atmete innerlich auf. Die Pistolen schienen keine Ladehemmung zu haben und in Ordnung zu sein.

„Dann wollen wir mal sehen“, meinte Konstantin, tätschelte Bills Schulter und trat an die Zielscheiben, um sie genauestens zu inspizieren. Eine Minute später strahlte zu ihrer großen Freude sein Gesicht und er sagte ein paar Worte zu seinen Männern, die beinahe freundlich klangen.

„Die erste Runde haben wir überstanden“, frohlockte Bill, „die Pistolen und die Munition sind durch.“

In Alex' Innerem brodelte es wie in einem Vulkan. Es würde nicht mehr lange dauern und all seine Träume gingen in Erfüllung. Träume, die ihn aus der Hölle in himmlische Sphären katapultieren würden.

Jetzt kamen die Soldaten mit den Schnellfeuer- und Sturmgewehren. Es war nicht schwer zu erkennen: Jeder der Männer hatte ein anderes Modell bekommen. So konnten sie in minimaler Zeit effektiv die Güte aller Waffen kontrollieren.

„Alles gut“, meinte Konstantin, der zu ihnen zurückgekehrt war. „Bis jetzt“, hängte er vielsagend an.

Er stellte sich wie ein Oberbefehlshaber auf und kommandierte die Soldaten, die sogleich den Sitz der Magazine prüften, die Waffen sicherten und anlegten. Es folgte der entscheidende Befehl. Ein ohrenbetäubendes Geräusch ertönte und aus allen Gewehren zuckten Feuerblitze.

Alex schloss die Augen während des Schießens. Jede dieser Patronen konnte Menschen töten. Ihm wurde erneut klar, dass an diesem Geschäft unglaublich viel Blut klebte. Und er zeichnete sich dafür mitverantwortlich. Falls er alles überlebte.

Wieder ging Konstantin zu den Zielscheiben, nachdem die Schüsse verhallt waren. Auch aus der Ferne erkannten sie, dass die Zielscheiben zerfetzt waren. Alex fragte sich, ob und wie er daraus auf die Güte der Waffen schließen konnte. Doch anscheinend war auch das kein Problem. Alle durften abtreten, bis auf den Soldaten, der das G 3 der Bundeswehr benutzt hatte. Er musste antreten und stillstehen. Konstantin packte das Gewehr am Kolben und prüfte den Lauf eingehend. Er legte an, schüttelte den Kopf und wiederholte die Prozedur.

„Kolja!"

Ein Mann, der wie der Mechaniker der Truppe aussah, kam blitzartig angesprungen. Er stand den Bruchteil einer Sekunde stramm, bekam das Gewehr in die Hand gedrückt und begutachtete es ausgiebig. Alex ließ den Blick in die Gesichter der Männer gleiten und hatte nicht den Bruchteil einer Sekunde einen Zweifel daran, dass sie ihn auf Konstantins Befehl hin sofort eliminieren würden, falls dieser es anordnen würde.

„Vielleicht ist der Lauf verbogen."

Kaum hatte Bill ihm diesen Hinweis gegeben, brachte ein Soldat ein anderes G 3-Gewehr mit neuem Magazin. Dieses Mal ließ Konstantin es sich nicht nehmen, es selbst zu testen. Einige Salven auf den winzigen, übriggebliebenen Papierfetzen folgten. Die Zielscheibe war nach den Feuerstößen pulverisiert. Zufrieden besah der Chef das Werk seiner Schießübung, bellte dem Soldaten, der das Exemplar mit dem verbogenen Lauf getestet hatte, einige unschöne Worte zu und fragte den Mechaniker, der den Daumen hob.

„Alles gut, meine Freunde", meinte Konstantin in ihre Richtung, „bei dem einen Exemplar war der Lauf verbogen, aber nichts, was mein Mechaniker nicht hinkriegt."

Unisono atmeten Bill und Alex auf. Sie vermeiden es, sich anzusehen, da die beiden Angst hatten, sich durch ein überglückliches Grinsen zu verraten.

„Jetzt noch die Bazooka und die Granatwerfer, dann dürften wir durch sein", flüsterte Bill. „Bruder, dann haben wir es geschafft und stellen die Rechnung …"

Sekunden später kam ein Soldat, der ein blaues Tuch um seine Stirn gebunden hatte, und schulterte die Bazooka wie einen dünnen Ast. Das Ziel bestand offensichtlich in einigen aufeinandergestapelten Holzkisten. Der Mann legte sich mit Leichtigkeit die Bazooka über die Schulter, klappte das Zielvisier auf und drückte ab. Ein Feuerschweif war am hinteren Ende der Bazooka zu sehen, es gab eine Explosion und die Kisten flogen krachend auseinander – alles wie gewünscht.

„Gleich ist es soweit, Mann", meinte Bill und legte freundschaftlich den Arm um seine Schultern. „Dann müssen wir feiern."

Auch der letzte Akt des Spektakels ging ohne Allüren vorüber. Der Granatwerfer funktionierte, auch wenn es zu Beginn einige Irritationen gab, da er angeblich zu weit schoss. Aber Kolja schaltete sich ein, schraubte ein wenig herum, justierte neu und der zweite Versuch schien zu aller Zufriedenheit abzulaufen. Die Glückshormone und das Serotonin, die Alex' Körper ausschüttete und ihn durchfluteten, waren ein unbeschreibliches High. Er sah vor seinen Augen die Zahl mit den sechs Nullen, die er nun vollständig erhalten und die den Beginn eines neuen Lebens für ihn und seine Familie bedeuten würde.

43.

„Wir werden jetzt den letzten Teil der Transaktion vollziehen", meinte ein gut gelaunter Konstantin. „Dafür begeben wir uns in das Kommandeurszelt."

Einerseits fühlte Alex sich geehrt durch das Angebot, ins Zelt des Kommandeurs zu gehen, andererseits hätte er die Geldübergabe lieber schnell und unkompliziert an Ort und Stelle abgewickelt. Er wollte es endlich hinter sich bringen und dann verschwinden.

„Meine Kommandantur liegt im Sperrgebiet, aber keine Angst", lachte Konstantin und wies in die Richtung, in welcher sich der Panzer und die Gefangenenlager befanden.

Als Alex sich auf dem Weg dorthin umblickte, sah er, wie ihnen zwei schwer bewaffnete Soldaten folgten. Das sorgte nicht für gute Vibes, aber er verstand, dass der Chef beschützt sein wollte. Als sie den Panzer passiert hatten, fielen Alex' Augen auf die Holzkäfige, die mit Stacheldraht umwickelt waren. Es handelte sich um zehn Käfige, in denen Häftlinge zusammengekauert in einem Eck vor sich hin vegetierten. Kaum ein Anzeichen menschlichen Lebens ging von ihnen aus. Sie hatten nicht einmal genug Platz, um sich ganz zu erheben.

„Die Schweine haben es verdient", behauptete Konstantin, nachdem er Alex' Blick gewahr worden war, und spuckte voller Verachtung auf den Boden. „Das sind Piloten, Hubschrauberinsassen und Teilnehmer von Spezialkommandos hinter den Linien. An ihren Händen klebt unschuldiges Blut. Sie haben sich nicht davor gescheut, Frauen, Kinder und Männer auf brutalste Art und Weise umzubringen. Wir werden sie zu gegebener Zeit dafür bestrafen. Wenn sie Glück haben, werden wir sie für einen Gefangenenaustausch benutzen."

Bei diesen Worten lief es Alex eiskalt den Rücken herunter, denn es war keine Frage. Die Männer warteten auf ihren Tod, es sein denn, sie hatten das Glück, für einen wichtigeren ukrainischen Gefangenen ausgetauscht zu werden. Am liebsten wäre er weggerannt, er konnte dieses Horror-Szenario, das sich ihm hier bot, nicht länger ertragen. Dass sein Handy in der Tasche vibrierte, ignorierte er. Konnte nichts Wichtiges sein. Natascha und die Familie befanden sich in Sicherheit. KHK Höcker konnte warten. Alles andere interessierte ihn nicht.

Vor dem Zelt, in dem Konstantin seinen Befehlsstand hatte, stand ein weiterer Wachsoldat.

„Ihr müsst euch jetzt durchsuchen lassen", forderte Konstantin. Alex war froh, dass diese Anweisung nicht nur für ihn, sondern gleichermaßen für Bill galt.

Professionell tastete sie der Soldat ab und stieß auf die Tokarev und das Handy. Alex übergab die Pistole dem Kommandeur, ebenso das Handy. Wegen Letzterem wollte er protestieren, ließ es aber, da Bills Smartphones ebenso eingesammelt wurden.

Die Einrichtung des Zelts schien Alex beinahe luxuriös zu sein. Es gab bequeme Bänke, die mit Teppichen ausgekleidet waren, die ihn an denjenigen in seinem Arbeitszimmer erinnerten. In der

Mitte thronte ein großer Samowar, auf dem Schwarztee vor sich hin köchelte und einen angenehmen Duft verbreitete.

„Ich denke, wir sollten das Geschäft nicht mit Tee, sondern mit Wodka begießen", meinte Konstantin jovial und obwohl Alex überhaupt nicht nach Alkohol zu Mute war, widersprach er nicht, ebenso wenig wie sein amerikanischer Freund.

Beinahe feierlich füllte Bills Cousin drei Wassergläser aus einer Flasche, die kein Etikett hatte.

„Auf uns!"

„Auf uns!"

„Auf uns!"

Sie stießen feierlich an, darauf bedacht, nichts von dem wertvollen Stoff zu verschütten. Der Wodka war edel, schmeckte wie hochwertiges Wasser und besaß kaum Eigengeschmack. Er brannte im Abgang nicht, aber nachdem er die Speiseröhre passiert hatte, breitete sich eine wohlige Wärme im ganzen Körper aus.

„Ich bitte, Platz zu nehmen."

Bill und Alex leisteten der Aufforderung Folge und machten es sich so bequem wie möglich. Die Sitzordnung der drei Männer entsprach einem beinahe gleichschenkligen Dreieck. Alex stellte das Glas ab und entzündete sich eine Davidoff. Die beiden anderen Männer zündeten sich ihre eigenen Zigaretten an. Er nahm einen weiteren Schluck Wodka, da der erste ihm ein angenehmes Gefühl im Kopf beschert hatte. Konstantin verfolgte es offensichtlich mit Wohlgefallen, ging aber nicht auf die Herkunft oder Güte des Wodkas ein.

„Nun, meine Herren, ich danke euch für eure Mühen und eure wertvolle Arbeit."

Aufgrund des Lobes nickten Bill und Alex sich stolz und zufrieden zu. Sie hatten in den letzten Wochen beinahe Übermenschliches geleistet und während der letzten drei Tage war es zu einem puren Kraft- und Willensakt geworden, den sie mit Bravour gemeistert hatten.

„Nur dank internationaler Unterstützung wie eurer ist die Ukraine überhaupt in der Lage, den russischen Invasoren standzuhalten. Wenn wir keine Waffen erhalten, können wir uns nicht wehren. Natürlich sind die von euch gelieferten Waffen nicht State of the Art, aber wir sind sicher, die meisten der europäischen Staaten werden uns in absehbarer Zeit mit modernen Waffensystemen unterstützen und damit eine entscheidende Wende in diesem furchtbaren Krieg einleiten. Um bis dahin überleben zu können, sind wir auf solche Lieferungen wie von euch angewiesen. Womit wir zum eigentlichen Thema kommen: der ausstehenden Bezahlung."

Alex' Herz machte einen Freudensprung. Nur noch eine elektronische Geldanweisung und er konnte allen Adieu sagen und sich auf den Heimweg machen. Dass dort neue und ganz andere Probleme auf ihn lauerten, verdrängte er für den Moment. Darin war er schon immer ein Meister gewesen.

„Wie vereinbart habe ich nach Überschreiten der Grenze bereits die Anzahlung jeweils einer halben Million Euro angewiesen."

Einträchtig nickten die beiden Lieferanten. Alex fühlte sich beinahe artig wie ein Streber, der sich als besonders gelehrsamer Schüler unbedingt eine Eins sichern wollte.

„Und nun steht eine weitere Zahlung von einer halben Million aus."

Konstantin machte eine bedeutungsvolle Pause, sah sie nacheinander an.

„Wenn ihr beide damit einverstanden seid, werde ich nun in eurem Beisein und unter euren Augen die Geldanweisung vornehmen."

„Sehr gerne", meinte Alex und biss sich leicht auf die Zunge, da er nicht zu gierig erscheinen wollte, aber sein Unterbewusstsein hatte ihm einen Streich gespielt. „Ich meine, ich freue mich …"

Bills eiskalter Blick ließ ihn mitten im Satz stoppen – was hatte der denn plötzlich?

„Einspruch!", erhob Bill seine Stimme und Alex dachte, er hätte sich verhört. Aber der Ami machte munter weiter. „Ich bin für eine andere Aufteilung der noch ausstehenden Zahlungen und eine Umverteilung der bereits geleisteten Zahlungen", sagte Bill mit einer Miene, die keinerlei Regung erkennen ließ.

Konstantin tat überrascht, aber er war kein sonderlich guter Schauspieler.

„Das ist mir neu. Davon hast du mir nichts gesagt. Wovon redest du und was sind deine Gründe?"

Ein Schwindel im Kopf verhinderte, dass Alex sich einschalten konnte. Er fühlte seinen Stuhl, auf dem er saß, wanken. Aber er konnte den Mund nicht öffnen, um sich zu beschweren.

„Sorry, Alex, du kleiner Fucker", setzte Bill mit einer, wie ein Rasiermesser klingenden Stimme an, „aber du warst von Anfang an der Verräter in unserem Team."

Alex war, als zöge sich eine Schlinge immer enger um seinen Hals, der Schwindel schien ihn umzuhauen, er fand keinen Halt. Alles drehte sich plötzlich. Die ganze Welt drehte sich. Was war hier los? Was wurde hier gespielt? Wollte Bill ihn verarschen?

Er versuchte, sich nichts anmerken zu lassen, aber er bemerkte, wie ihm seine Gesichtsmuskeln entglitten, und er hatte ernsthafte Probleme zu atmen. Deshalb griff er nach dem Wodka-Glas und gönnte sich einen fetten Schluck.

„Hast du noch alle Tassen im Schrank?", brachte er schließlich hervor und versuchte die Balance zwischen streng und konziliant zu finden.

Als sein Blick auf Konstantin fiel, hatte er den Eindruck, dieser würde beinahe belustigt dem Schauspiel folgen.

Bill riss die Arme nach oben. „Hahaha! Klar doch! Aber immer! Nur du nicht, du kleine Ratte. Konstantin, nimm mein Handy und sieh es dir selbst an. Und dann entscheidest du!"

Bill erhob sich, ging zu Konstantin, entsperrte das ihm gereichte Handy, suchte eine Datei und drückte auf Play, wobei er ihm einen triumphierenden Blick zuwarf.

„Sehr geehrter Herr Kommandeur", hörte Alex eine Stimme, die er sofort als diejenige von Max Schildbach identifizierte, „so leid es mir tut, Sie und Ihre Männer in Gefahr gebracht zu haben, aber bei dem Waffenüberbringer Alex Schutz handelt es sich um einen Verräter. Ich habe meine Kontakte zu Ausschussmitgliedern der Geheimdienst-Bundestagsausschüsse spielen lassen und durfte mehrere aufschlussreiche Dossiers einsehen. Herr Schutz hat eine Russin geehelicht, was ja nicht weiter schlimm wäre. Aber sein Schwager Sergej Popov arbeitet für den russischen FSB. Aus gesicherten Quellen wissen wir, dass Popov versucht hat, Herrn Schutz mit Geldangeboten von dem Konvoi abzuhalten. Doch als Herr Schutz dies vehement ablehnte, hat Popov seine Pläne geändert. Mit dem Einverständnis und dem Wissen von Herrn Schutz hat er einen Verräter und FSB-Mitarbeiter in das Fahrer-Team eingeschleust. Die Wahl auf einen Mann namens Nikolai hat die Frau von Herrn Schutz vollzogen, aber in den Akten steht, dass es letztlich Herr Schutz und der Rat seines Schwagers waren, die dazu führten, diesen Nikolai einzustellen. Bill Fox, der nicht nur zu mir enge Beziehungen pflegt, sondern auch zu den deutschen Geheimdiensten, hat mich sofort darüber informiert. Er ist über jeden Verdacht erhaben."

Die Welt drehte sich immer schneller. Auch der Wodka machte sich in seinem Kopf bemerkbar. Alex drohte wegzukippen. Das alles war mehr als ungeheuerlich. Es war eine Verschwörung gegen ihn. Wie sollte er das widerlegen? Hatten die Gerüchte etwa doch gestimmt und Bill war Mitarbeiter eines US-amerikanischen Geheimdienstes?

„Herrn Fox ist wie gesagt in keiner Weise irgendein Vorwurf zu machen. Er hat den Spion sogar – und dafür ist ihm ein großer Verdienst einzuräumen – auf eigene Faust unschädlich gemacht. Aber leider hat diese Aktion nicht ausgereicht, denn Herr Schutz stand während der gesamten Fahrt über in Kontakt mit seinem Schwager, wie wir Dank der Auswertung der elektronischen Spuren herausgefunden haben."

Bill nickte eifrig.

„Ich habe mehrfach mitgekriegt, wie er auf seinem Smartphone mit Popov kommuniziert hat."

Am liebsten wäre Alex dem Schwein an die Gurgel gegangen. Konstantin pausierte den Film und machte mit den Händen beruhigende Bewegungen in seine Richtung.

„Immer mit der Ruhe. Wir werden diese Vorwürfe gleich anhand deines Handys überprüfen."

Alex hatte das Gefühl, ein Millionenheer kleiner Nadeln würde in seinen Körper gestochen.

„Auch die deutsche Kriminalpolizei sucht inzwischen nach Herrn Schutz", fuhr die Speichelleckerstimme des Grünen-Abgeordneten fort. „Laut den Unterlagen aller Behörden hat Herr Schutz über viele Jahre hinweg enge Beziehungen zu russischen Motorrad-Clubs unterhalten, die mehr oder weniger der direkten Befehlsgewalt von Wladimir Putin persönlich unterstehen. Aus diesen Kreisen hat er einen Anteil der Anschubfinanzierung für die Waffenlieferung erhalten. Immer unter der Prämisse, dass Herr Popow den Konvoi mit einem Spezialtrupp überfällt und die Waffen somit in russische Hände fallen.“ Bei den letzten Sätzen hatte sich Konstantins Gesicht dunkelrot verfärbt. Ihm war die Wut über die neuen Informationen deutlich anzusehen.

Nach Hause, ich möchte nur noch nach Hause, flehte Alex innerlich. Doch er wusste genau, dieser Situation war er so hilflos ausgeliefert, wie er es nie mehr in seinem Leben hatte sein wollen. Er fühlte sich ohnmächtig wie schon seit Ewigkeiten nicht mehr und das wollte etwas heißen. Die Gesamtsituation trieb ihm Tränen des Zorns in die Augen.

„Sieh nur, wie das Verräterschwein seine Taten bereut“, frohlockte Bill. „Er weiß, dass seine Verbrechen nur eine Strafe nach sich ziehen kann: eine Kugel in den Kopf.“

„So weit sind wir noch nicht“, bremste Konstantin, aber seine Mimik, Gestik und Intonation sprachen eine andere Sprache.

Alex krallte seine Hände in den Teppich, der über der Holzbank lag und für ein angenehmes Sitzgefühl sorgte. Wieso hatte er Schildbach, der ihn schon einmal verraten hatte, wieder trauen können? Hatte er nicht einige Warnungen erhalten, der Typ spiele falsch, sei Päderast und werde deshalb von allen möglichen Akteuren erpresst und deshalb zu beinahe jeder Aussage zu bewegen?

„Natürlich muss ich als gestandener Demokrat der Bundesrepublik Deutschland darum bitten, Herrn Schutz gut zu behandeln und den deutschen Behörden zu überstellen. Er wird von der Kriminalpolizei wegen Mordes, der im Zusammenhang mit dem Konvoi steht, gesucht. Meine Quellen sagen, dass er deshalb eine langjährige Gefängnisstrafe zu erwarten habe.“

Das Handy-Video brach ab und Bill zeigte ihm seine diabolischste Grimasse.

„Warum?“, fragte er den einstigen Freund. „Warum tust du mir das an?“

Bill zuckte mit den Achseln.

„Weil du von Beginn an mit falschen Karten gespielt hast, mein Freund. Du glaubst doch nicht im Ernst, auf allen Hochzeiten tanzen und dich mit allen, auch verfeindeten Akteuren gut verstehen zu können.“

„Das ist eine erbärmliche Lüge!", brüllte Alex außer sich, stand auf, stoppte aber sofort, als er sah, dass Konstantin eine Pistole gezogen hatte, die in seine Richtung zielte. „Ich habe meinen Vertrag erfüllt, habe nichts und niemanden verraten und verlange auf der Stelle meinen ausstehenden Geldbetrag. Danach werde ich verschwinden und ihr werdet nie mehr von mir hören."

Bill lachte gehässig. Konstantin gab Bill nun Alex' Smartphone, der es ihm zum Entsperren brachte. Kurz überlegte er, ob er über Bill herfallen oder sich weigern sollte, das Handy zu entsperren, verwarf aber beide Optionen, da er das Handy spätestens dann entsperren musste, um nachzuschauen, ob der Betrag auf seinem Konto eingetroffen war. Die Hoffnung starb bekanntlich zuletzt.

„Interessant", murmelte Konstantin, als er durch den Verlauf des Handys surfte und diverse Apps öffnete.

Inzwischen hatte Alex sich wieder setzen müssen, da er zu wacklig auf den Beinen war. Ihm war immer noch schwindlig und zudem speiübel. Er zwickte sich und hoffte, jede Sekunde aus diesem Albtraum wieder aufzuwachen.

„Die letzte Nachricht" – dies musste das Vibrieren kurz vor dem Betreten des Befehlsstands gewesen sein – „ist von einem Kriminalkommissar Höcker. Er erinnert dich an den dringenden Gesprächsbedarf. Zudem weist er auf internationale Implikationen des Mordes an einem gewissen Franjo hin und nennt in diesem Zusammenhang deinen Schwager Popow, der für den FSB arbeitet."

Oh, hätte er doch nur noch seine Waffe. Dann hätte er so oder so kurzen Prozess gemacht. Wahlweise sich selbst eine Kugel in den Schädel gejagt oder zuerst die beiden Verräter erschossen. Konstantin schien es nicht eilig zu haben, und die Ratte Bill gab ihm einen Hinweis nach dem anderen, wo er was in seinem Handy finden konnte. Woher hatte dieser Typ diese Informationen? Es gab eigentlich nur eine Antwort. Das Schwein arbeitete für einen Geheimdienst, der sein Handy geknackt hatte, das nun wie ein offenes Buch für alle dalag.

Schließlich räusperte sich Konstantin und verwies Bill auf seinen Platz. „Meine Herren", verkündete er mit staatstragender Stimme, „die Situation ist äußerst prekär, die Beweislage eindeutig. Es kann kein Zweifel daran bestehen, dass Herr Schutz für die russische

Seite gearbeitet hat. Nur dem vorbildlichen Einsatz meines Cousins Bill Fox ist es zu verdanken, dass diese Transaktion einen glücklichen Ausgang gefunden hat. Auch wenn wir aufgrund der Ereignisse gezwungen sein werden, den Standort schnell zu wechseln, bevor uns Iskander-Raketen als Grüße des Schwagers von Herrn Schutz ausradieren."

Alex sah Rot und war kurz vorm Durchdrehen.

„Bill ist ein CIA-Schwein und arbeitet für die Amerikaner. Der will uns aufs Kreuz legen!", brüllte Alex im Wissen, es würde nicht viel ändern, aber es tat ihm gut, diesen Verdacht in die Welt geschrien zu haben.

Konstantin schien wenig beeindruckt.

„Ich kenne meinen Cousin und kann mich deiner Meinung nicht anschließen. Aber selbst, wenn er für die CIA arbeiten würde, ändert das nichts an der Gesamtlage."

Alex konnte die Tränen nicht länger unterdrücken. Er legte sein Gesicht in beide Hände und fing hemmungslos an zu weinen. Obwohl er sich geschworen hatte, dies als erwachsener Mann nie mehr zu tun. Die Blöße, die er sich dadurch gab, war ihm schnurz, er benötigte die befreiende Wirkung des Weinens, um überhaupt weitermachen zu können.

Wie durch Watte drang die Stimme des Kommandeurs an sein Ohr: „Jetzt stehen wir vor der Frage, wie wir mit diesem Häufchen Elend verfahren werden. Wir müssen zügig eine Lösung finden."

44.

Als Alex wieder aufblickte, standen Bill und sein ukrainischer Cousin nebeneinander in einer förmlichen Pose da. Konstantin signalisierte ihm, sich zu erheben und es ihnen gleich zu tun. Er wischte mit dem Ärmel seines Hemds die Tränen aus dem Gesicht und stellte sich vor die beiden.

„Im Namen des Asow-Regiments", erklang Konstantins Stimme, „verkünde ich das sofort gültige Sonderurteil, das ich als Kommandeur in besonderen Gefahrenlagen auch ohne Kriegsgerichtsverhandlung auszusprechen befugt bin: Herr Alexander Schutz wird dazu verurteilt, die bereits an ihn gezahlte halbe Million an Herrn Bill Fox zu überweisen, der uns für die Kosten des Verfahrens eine noch festzulegende Summe bezahlen muss."

Aus Alex' Mund drang ein Urschrei, der lauter kaum hätte ausfallen können. Dieses durch und durch korrupte und verschworene Dreckspack! Bill sackte die gesamte Kriegsbeute ein und natürlich erhielt der Ukrainer seinen Anteil. Das hätte er sich vorher denken können. Doch das waren momentan seine geringsten Probleme, wie er augenblicklich den folgenden Worten vernehmen konnte.

„Hiermit verurteile ich Herrn Schutz zum Tode durch den Strang. Einem Verräter wie ihm gebührt nicht die Ehre, wie ein anständiger Soldat erschossen zu werden."

Alex schloss verbittert die Augen. Er spürte einen immensen Druck auf der Blase und sah sich bereits an einem der Bäume baumeln, den Kopf schief nach rechts geneigt, das Genick gebrochen und alle Kanäle in einem letzten Akt entleert. Die Ukrainer würden sich über sein erbärmliches Bild kaputtlachen.

Was würde nun folgen? Fesseln konnten sie ihn schlecht. Um die Überweisung auf seinem Smartphone zu tätigen, bräuchte er seine Hände. Vielleicht war dies seine letzte Chance – aber wie sollte er diese nutzen?

„Die Todesstrafe kann allerdings in eine Bewährungsstrafe umgewandelt werden. Diese Variante werde ich verkünden, nachdem Herrn Fox – wie durch das Urteil beschlossen – die halbe Million überwiesen wurde."

Hatte er sich verhört? Eine Bewährungsstrafe? Er konnte sich nichts vorstellen, was er tun könnte, um sich von den Ukrainern freizukaufen. Stellten die Bluthunde ihm etwas in Aussicht, damit er ohne aufzumucken das Geld zurücküberwies? Letztlich spielte es keine Rolle, da er ohnehin in jeder Hinsicht gefickt war.

Auf diesen Trick falle ich nicht herein, dachte Alex. Sobald ihr die Kohle habt, werdet ihr mich am nächsten Baum aufknüpfen.

Die beiden kamen auf ihn zu, Konstantin mit vorgehaltener Pistole. Aber auch ohne diese hätte Alex keine Chance gehabt. Vor dem Zelt warteten schwerbewaffnete Wachsoldaten. Ein abgekartetes Spiel. Vermutlich hatte der Kommandeur vorher den Befehl gegeben, die Gegend um das Zelt sorgfältig zu bewachen. An Manpower und Waffen mangelte es jedenfalls nicht.

„Nun gehen wir in die Vollen: Klick deine Bank-App an und überweis mir die 500.000. Wir haben genug Zeit mit dir vertrödelt“, sagte Bill mit schroffer Stimme und Alex bereute seine Offenheit diesem Verräter gegenüber. Auf der Fahrt hatte Alex ihm dargelegt, welche Bankprogramme er benutzte und dass für ihn sofortige Direktüberweisungen auch in dieser Höhe kein Problem darstellten.

„Einen Scheißdreck werd ich!“

Für den Bruchteil einer Sekunde schien seine Ankündigung die beiden Männer aus dem Konzept zu bringen, doch dann folgte ein höhnisches „Hahaha“.

„Jetzt macht er einen Zwergenaufstand“, spottete Bill und stieß seinen Cousin, oder was immer Konstantin war, in die Seite. „Das wird ihm schnell vergehen.“

Alex schloss die Augen und sah sich bereits auf einem Folterstuhl: Zangen, Nägel, Hämmer, Elektroden für die Hoden und eine Gartenschere, mit dem seine Finger einzeln … Es war ihm kaum noch möglich, gerade zu stehen und er kippte nach hinten weg, aber die Bank fing ihn glücklicherweise auf.

Konstantin lachte laut: „Hat die Hosen gestrichen voll.“

Bill zeigte nun sein wahres Gesicht. „Dabei weiß er doch gar nicht, was ihn erwartet.“

Ich will hier raus, nur hier raus, bitte, flehte er irgendein höheres Wesen an und bereute, nicht öfter an Gott gedacht zu haben. Bitte lass mich hier in dieser Hölle nicht krepieren, ich will meine Lieben in den Arm nehmen, nur einmal noch.

Niemand antwortete, seine Wünsche wurden nicht erhört und würden auch nicht in Erfüllung gehen. Soviel war klar. Als er die Augen öffnete, sah er, wie Bill eine Kurzwahltaste drückte, das Gerät laut stellte und den Bildschirm vergrößerte.

„Wenn du dich weigerst, wird dich das hier vielleicht überzeugen.“

Er hielt ihm das Smartphone so hin, dass er das Display gut im Auge hatte. Was sich ihm darbot, erwischte ihn wie ein elektrischer Schlag. Er sah das verwackelte Bild seines Wohnzimmers.

„Na?“ Bills fiese Stimme ging ihm durch Mark und Bein.

Natascha saß mit den drei Jungs auf dem größten Sofa des Wohnzimmers. Ihre Hände waren gefesselt, ihr war der pure Schrecken ins Gesicht geschrieben. Während die beiden größeren Jungs einigermaßen Haltung bewahrten, weinte Alexej herzerbärmlich und bettelte darum, dass sie ihn in Ruhe lassen sollten. Die Kamera-Perspektive wechselte um 180 Grad und Alex blickte in eine Maske, die auf Augenhöhe zwei Schlitze und am Mund eine Öffnung hatte. Allein der Anblick des Maskierten ließ ihm das Blut in den Adern gefrieren. Die angeblichen Militärpolizisten. Offensichtlich eine bitterböse Falle. Erneut schwenkte die Kamera und zeigte nun einen Schrank von einem Mann in Camouflage-Uniform, ebenso mit einer Maske auf dem Kopf. Dieser hatte ein Sturmgewehr umgehängt und ein Pistolenhalfter umgeschnallt.

Bitte tut meinen Lieben nichts, flehte Alex innerlich. Tut alles, nehmt alles, aber nicht meine Familie.

„Möchtest du deiner Familie kurz ‚Hallo' sagen?", fragte Bill. „Könnte das letzte Mal sein, dass du die Möglichkeit dazu bekommst."

„Natascha … Kinder …" Nicht nur seine Stimme zitterte, sein ganzer Körper war in Aufruhr. „Ist … Ist bei euch alles … alles in Ordnung?"

Sofort kam ihm in den Sinn, wie dämlich diese Frage war. Natürlich war das Gegenteil der Fall. Aber ihm fiel verdammt nochmal nichts anderes ein, was er hätte sagen sollen.

„Alex? … Alex? … Bist du das?", hörte er Nataschas Stimme, die nicht weit vom Schluchzen entfernt war.

„Aus Sicherheitsgründen können sie dich nicht sehen, aber sie hören dich gut", erklärte Konstantin – für Alex der endgültige Beweis, dass dieser von Beginn an mit Bill und Schildbach gemeinsame Sache gemacht hatte, um ihn aufs Kreuz zu legen.

„Ja, ich bin es, mein Engel. Es tut mir so leid. Haben die euch was getan?"

Als Natascha realisierte, dass es sich tatsächlich um ihren Ehemann handelte, begann sie hemmungslos zu weinen und Alexej stimmte ein, während Dimitri und Wassili so viel Körperkontakt zu ihrer Mutter wie möglich suchten, vermutlich um ihr Sicherheit zu geben oder sich selbst welche zu holen. Was für tapfere Jungs er doch hatte, doch das Weinen seines Jüngsten brach ihm das Herz. Endlich schien es Natascha wieder möglich zu sprechen.

„Nein … Nein, sie haben uns nichts … Bisher haben sie uns gut behandelt. Aber sie haben uns … Dinge angedroht, schreckliche Dinge, wenn … wenn du nicht tust, was sie verlangen."

Die Kameraeinstellung fokussierte nun den stylishen Wohnzimmertisch, worauf ein Foltersortiment vom Feinsten, inklusive Säge, lag … In diesem Moment liefen seine Eingeweide Amok und er nässte sich ein. Er konnte es nicht länger zurückhalten. Verzweifelt presste er den Schließmuskel zusammen, bis es nachließ. Es waren nur einige Tropfen. Er musste weitermachen, das war er seiner Familie schuldig. Schließlich war es sein Unvermögen gewesen, das sie in diese ausweglose Situation gebracht hatte. Der Mann, der nicht die Handykamera führte, nahm einen furchterregend aussehenden Schraubenzieher in die Hand und bewegte sich Richtung Alexej.

„Nein!", entfuhr Alex ein Schrei. „Ich werde alles tun, was ihr wollt. Lasst meine Familie in Ruhe!"

„Siehst du, er kommt zur Vernunft, der gute Alex", triumphierte Bill, zog das Handy zurück, während Alex noch hörte, wie seine Gattin seinen Namen schrie, und drückte erbarmungslos die Austaste.

„Nun?", fragte Konstantin und hielt ihm sein eigenes Handy hin.

Klarer Fall. Entweder Geld oder Familie. Es blieb ihm nichts übrig, als die Kohle endgültig loszulassen. Und wenn es blöd lief, verlor er dreifach: Geld futsch, Familie eliminiert und er an einem Baum baumelnd in der Ukraine …

„Beeil dich!", ermahnte ihn der Kommandeur. „Wegen dir verräterischem Schwein steht die Sicherheit meiner Männer auf dem Spiel. Sobald wir das hinter uns haben, wirst du zurück nach Deutschland geschickt und wir werden schnellstens unseren Standort wechseln …"

War das ein Silberstreif am Horizont? Wie pflichtbesessen schnappte er sich das Handy und tat, wie ihm befohlen. Es dauerte keine Minute und die Überweisung war durch. Die beiden Männer hatten die Transaktion argwöhnisch beobachtet und ihm nach dem Logout das Handy aus den Händen gerissen. Sie verkrümelten sich wieder auf ihre Plätze.

„In spätestens fünf Minuten müsste das Geld da sein", sprach Konstantin zu Bill. „Dann überweist du mir den Betrag, den wir ausgemacht haben."

Die Minuten glichen einer Ewigkeit. Schließlich schien alles vollbracht, denn Konstantins Gesicht erhellte sich.

„Bitte erhebt euch", sagte der Kommandeur erneut mit staatsmännischer Stimme. „Ich verkünde nun die Bewährungsstrafe für Alex Schutz. Es liegt an ihm zu entscheiden, ob er sie annehmen oder den Tod durch Erhängen bevorzugen will ..."

Konstantins letzte Worte lösten sich im Sprachgewirr auf. In Alex' Ohren klang es wie purer Hohn. Keine Strafe der Welt konnte es geben, die das eigene Leben nicht wert war.

Während er noch darüber sinnierte, legten ihm zwei schwerbewaffnete Soldaten eine Augenbinde an und schoben ihn vor sich her. Sie mussten ihn fast tragen. Er weigerte sich zu gehen, aber Stück für Stück kamen sie voran. Hinter den Soldaten folgten Bill und Konstantin, die sich auf seine Kosten zu amüsieren schienen. Die Bewährungsstrafe würde ihm das Genick brechen, so viel stand fest.

Der Trupp ging eine Weile geradeaus auf weichem Boden, und bevor sie stehenblieben, bogen sie einmal links ab.

„Halt!", hörte er Bills Stimme.

Der Amerikaner schloss zu ihm auf, holte die Tokarev hervor, schob das Magazin rein und drückte sie ihm in die Hände.

„Komm auf keine dummen Gedanken!", wies er ihn zurecht. „Da ist nur eine Kugel drin."

Damit könnte ich dich in die ewigen Jagdgründe schicken, dachte Alex, aber sofort kam ihm seine ausweglose Situation und die seiner Familie in den Sinn.

„Da ist der Kriegsverbrecher", schaltete sich Konstantin ein. „Nehmt ihm die Augenbinde ab. Bill, du spielst Regisseur und nimmst ein schönes Souvenir-Video auf."

Er zückte augenblicklich sein Huawei-Handy und reichte es dem Angesprochenen.

Nachdem Alex wieder freie Sicht hatte, realisierte er, wo er war. Ein Stück weiter rechts lagen die Käfige mit den Gefangenen, dahinter fing der Wald an. Sie waren von Bäumen umringt. Die Pistole in seiner Hand fühlte sich an, als würde sie Hunderte Kilo wiegen. Was er sah, ließ ihm das Blut in den Adern gefrieren. In zehn Metern Entfernung erblickte er einen Mann, der auf dem sandigen Waldboden kniete. Er trug eine andere Uniform als die Mitglieder des Asow-Regiments. Sie hing ihm in Fetzen vom Leib. Alex glaubte zu erkennen, dass es sich um die Uniform eines Mitglieds der russischen Luftstreitkräfte handelte, vielleicht eines abgeschossenen Piloten. Auf Oberarmhöhe konnte er eine russische Flagge erkennen. Der Mann hatte die Augen mit einem orangefarbenen Tuch verbunden. Seine Lippen bebten. Vielleicht betete er. Als er hörte, wie Alex in winzigen Schritten weiter nach vorne geschoben und von den ukrainischen Soldaten angefeuert wurde, zitterte er am ganzen Leib.

Alex sah sich vollkommen überfordert mit der Situation. Verfluchte Hacke! Aus dieser Nummer würde er nicht mehr rauskommen, das war klar.

„Jetzt beweist du uns, und vor allem deinen Lieben, dass du ein ganzer Mann bist und ob du deine Bewährungsstrafe verdient hast", raunte ihm Bill ins Ohr.

Alex zögerte, bevor er sich zu dem Gefangenen hinunterbeugte und ihm etwas zuflüsterte. Einer der Soldaten brüllte ihn an. Alex wich rasch zurück, erhob seinen Oberkörper und stellte sich aufrecht hin. Er umklammerte die Tokarev mit beiden Händen, holte tief Atem und setzte sie oberhalb der orangenen Augenbinde an die Schläfe des Piloten …

Kapitel 5

45.

Alex' Wahrnehmung war gedämpft und die Erinnerung an die letzten Stunden und Tage war wie weggewischt. Was er noch wusste: Er hatte sich bewährt und die ihm auferlegte Strafe gemeistert. Wie im Traum hatte er die Ereignisse wahrgenommen ab dem Zeitpunkt, als Bill ihm seine Tokarev in die Hand gedrückt hatte bis zum Vollzug der Bewährungsstrafe. Danach hatten sie ihm zwangsweise zwei Tabletten eingetrichtert, die ihn sediert hatten. Keine Ahnung, um welche Art Substanz es sich gehandelt hatte. Aber die Wirkung hatte ihn umgehauen. Dennoch war er bei vollem Bewusstsein und auf den Beinen geblieben.

Sie hatten ihm die Hände zusammengebunden, in sein eigenes Rotkreuzauto geschoben und ihn daran erinnert, keine Dummheiten zu begehen. Sein Mord sei für alle Zeit digital festgehalten, sicheres Faustpfand gegen ihn und seine Familie.

Zu seiner großen Überraschung hatten sie ihn in Lwiw von den Fesseln befreit, zum Flughafen gebracht und bis zu den Sicherheitskontrollen begleitet. Danach war er wie in Trance zu seinem Gate gelaufen. Eine freundliche Stewardess hatte ihn gefragt, ob alles mit ihm in Ordnung sei. Offensichtlich sah sie ihm an, dass er nicht auf der Höhe war. Trotz seines mehr als lädierten Zustands – diese verdammte Chemie! – hatte er ihr Hilfsangebot, ihn zum Flugzeug zu bringen, abgelehnt.

Direkt nach dem Start war er weggekippt und eingeschlafen. Kurz vor der Landung in Frankfurt wachte er auf. Rechts neben ihm saß ein Mann, dessen Body-Mass-Index alle Maße sprengte und der wie ein Springbrunnen in dem winzig wirkenden Sitz schwitzte. Hinzu kam ein völlig unpassender, brauner Jägerhut, aber immerhin nickte der Mann ihm freundlich zu. Links von ihm befand sich eine Mutter, die alle Hände voll zu tun hatte mit ihrer kleinen Tochter. Er fühlte sich beengt und wunderte sich, dass er bei dem Lärm nicht aufgewacht war. Dann fuhr ihm urplötzlich der Schreck in die Glieder. Hatte er überhaupt noch seinen Geldbeutel und den Personalausweis bei sich? Wenn ich keinen Personalausweis bei mir hätte, könnte ich mir Handschellen sofort selbst anlegen. Hastig tastete er sich ab. Nachdem er sich erhoben hatte, atmete er erleichtert auf. Im Geldbeutel fand er den Personalausweis. Da sich sein Mundraum schlimmer als die Sahel-Zone anfühlte, bat er um Entschuldigung und ging nach hinten zu den Stewardessen.

„Eine Dose Cola, bitte“, sagte er.

„Das geht nicht mehr. Wir befinden uns bereits im Landeanflug. Sie müssen bis nach der Landung warten, so leid es mir tut.“

„Darf ich wenigstens aufs Klo? Ich muss mal ganz dringend. Ist auch nur für kleine Jungs.“ Er legte ein Lächeln auf.

Die Stewardess schaute ihn skeptisch an. Er sah erbärmlich aus, hatte seit Tagen keine richtige Körperhygiene betrieben und war von den Ereignissen mehr als mitgenommen.

„Beeilen Sie sich!“

„Okay.“

In der Toilette beugte er sich runter zum Wasserhahn, ließ das köstliche Nass in seine Hand laufen und schlürfte es ein. Das tat gut. Die Wüste im Mund begann sich zu verflüchtigen. Er wischte sich den Mund ab und verließ die Toilette.

„Bitte gehen Sie rasch zu Ihrem Platz zurück, schnallen Sie sich an und stellen Sie Ihren Sitz gerade“, zischte ihm die Stewardess entgegen.

„Natürlich“, versicherte er.

Als er saß, kramte er erneut seinen Geldbeutel hervor und sah noch einmal nach: Der Personalausweis befand sich zum Glück immer noch an seinem Platz. Zusätzlich hatten die Schweine ihm noch knapp 80 Euro gelassen. Alle Bank- und Kreditkarten waren weg. Ebenso wie die Geldkatze in seinem Body-Bag, in der sich immer noch ein nicht unerheblicher Barbetrag befunden hatte. Nun gut, es war ohnehin an der Zeit, so ziemlich alles abzuschreiben. Hauptsache er war am Leben und konnte zu seiner Familie zurückkehren. Er musste an Natascha und die Kinder denken. Hoffentlich hatten die Schweine ihnen nichts getan.

Seine Gedanken schweiften ab zur nächsten Baustelle: Was mache ich, wenn die Bullen am Flughafen auf mich warten und Höcker wegen meiner Person bereits Himmel und Hölle in Gang gesetzt hat?, fragte er sich und sah vor seinem inneren Auge, wie er in einem engen, sterilen Raum scharf verhört und schließlich abgeführt wurde.

Er verwarf dieses Szenario, vielleicht unter Mithilfe der Tabletten, und kurz vor dem Aufsetzen des Flugzeugs schoss ihm ein neuer Gedanke in sein Gehirn: Wie soll ich mit meiner Familie fliehen, wenn ich über keinerlei Geld verfüge? Das Handy fiel ihm ein. „Zum Teufel, wo ist es eigentlich?“, murmelte er halblaut vor sich hin, doch aufgrund der Landesituation beachtete ihn niemand.

So gut er dies im Sitzen konnte, durchsuchte er alle Taschen. Das Handy war verschwunden. Wäre auch zu schön gewesen. Nun war klar, dass Konstantin und Bill auch über den Onlinezugang zu seinen wichtigsten Bankkonten und –Depots verfügten.

Verdammt, dachte er, es ist wirklich an der Zeit, Abschied zu nehmen und zu neuen Ufern aufzubrechen. Aber zuerst muss ich meine Liebsten retten. Womöglich waren die beiden angeblichen Militärpolizisten noch in seinem Haus. Er musste vorsichtig sein.

46.

Zu seiner großen Verwunderung gab es am Flughafen in Frankfurt keinerlei Probleme. Er redete sich ein, dass sein Gesamtbild, das er abgab, akzeptabel, also noch im Normalbereich, zu sein schien. So unauffällig wie möglich durchlief er alle Sicherheitsschleusen. Da er kein Gepäck dabei hatte, musste er auch nicht am Kofferband warten und war als erster am grünen Bereich des Zolls, wo es nichts zu verzollen gab. Der Beamte gähnte, streckte sich und musterte ihn kritisch von oben bis unten. Er wusste nicht, ob es besser war, schneller zu werden oder besonders gelassen zu wirken. Er entschied sich für Letzteres und bereute die Entscheidung sofort, da der Zöllner ihn ansprach.

„Woher kommen Sie?“

Er war selbst erstaunt, wie cool er nach außen hin wirken musste.

„Aus Lwiw.“

„Was haben Sie dort gemacht?“

„Ich war geschäftlich und als Berater unterwegs.“

Der Beamte musterte ihn noch einmal kritisch.

„Dann wünsche ich noch einen guten Heimweg.“

Als er in der Ankunftshalle des Flughafens stand, atmete er durch. Sollte er ein öffentliches Telefon suchen, falls es so etwas überhaupt noch gab, oder jemanden bitten, ihm das Handy zu leihen? Dann fiel ihm ein, dass dies alles nichts nutzen würde. In seinem derzeitigen Zustand würde er keine einzige Nummer auswendig zusammenbringen. Also blieb ihm nichts übrig, als so schnell wie möglich nach Hause zu fahren, wobei er dort zunächst die Gegend scannen musste – nicht, dass die Kripo ihn in eine Falle laufen ließ. Es wäre keine Überraschung, wenn ihn Höcker persönlich vorm Haus empfangen würde.

Er beugte sich zu dem Taxifahrer mit dem dicken Daimler herunter, nannte ihm die Adresse und erkundigte sich nach dem Preis.

„Siebzisch“, sagte der Taxifahrer. Vorderer Orient oder Naher Osten tippte Alex. Er war so erleichtert, nicht die S-Bahn, die ihm seit jeher ein Graus gewesen war, nehmen zu müssen, dass er gar nicht bemerkte, wie großzügig der schnauzbärtige Taxifahrer den Preis nach oben getrieben hatte.

„Sie bitte anschnallen“, gab der Taxifahrer noch einen Sicherheitshinweis, den er umgehend befolgte, denn nun galt vor allem eins: nur nicht auffallen.

Zum Glück gehörte der Fahrer nicht der gesprächigen Sorte an, sodass er wieder in einen süßen Schlummer fiel. Doch während er döste, drängten sich immer wieder unschöne Szenen aus seinem Unterbewusstsein nach oben.

„Hey, sind da!“, weckte ihn der Taxifahrer ein wenig unsanft.

Er öffnete die Augen, orientierte sich und blickte sich wie in Zeitlupe um. Die Luft schien rein zu sein. Keine Menschenseele war in seiner Straße zu sehen, auch keine verdächtigen Fahrzeuge.

„Alles in Ordnung?“, zeigte sich der Chauffeur neugierig, da ihn das Verhalten seines Fahrgastes irritierte.

„Bestens“, konterte er mit noch schläfriger Stimme.

Alex übergab ihm 70 Euro, seine letzten knapp 10 Euro beäugte er misstrauisch.

Er stieg aus. Während das Taxi losfuhr, sprintete er an die Haustür und klingelte wie ein Verrückter, doch niemand öffnete. Er bemerkte, wie sein Puls nach oben schnellte. Hoffentlich war Natascha und den Kindern nichts passiert. Vielleicht waren sie gerade in der Stadt und ließen es sich gut gehen, um die Schrecken der vergangenen Stunden auf ihre Art zu bewältigen. Als er sich bereits fragte, ob er nicht den Nachbarn unangenehm auffallen würde und sie vielleicht veranlasste – da sie ihn in diesem Aufzug unmöglich erkennen konnten – die Polizei zu rufen, beendete er die Klingelei.

„Wo ist nur der Notfallschlüssel?“, fragte er sich laut, da er diesen bisher niemals gebraucht hatte.

Zum Glück fiel es ihm ein. Er ging zu einer seinen Garten zierenden griechischen Statue, hob beim danebenstehenden großen Blumenkübel den Topf ein wenig an und fand das gute Stück. Hastig ging er zur Tür und schloss auf. Das Erste, was ihm entgegenschlug, war ein muffiger Geruch. Musste er sich einbilden, denn seine Frau und die Kinder waren ja bis vor Kurzem noch hier gewesen. Daran konnte kein Zweifel bestehen.

„Natascha? Wassili, Dimitri, Alexej? Papa ist zurück!“

Sein lautes Rufen blieb unbeantwortet. Er spürte, wie die nackte Angst in ihm hochkroch. Wenn seine Familie nun doch weg war, dann hatte er die schlimmste Sünde, deren ein Mensch sich schuldig machen konnte, völlig umsonst begangen.

„Jemand zu Hause?“, brüllte er, so laut er konnte, während er in schnellen Schritten durchs ganze Haus rannte. Weder in der Küche noch im Wohnzimmer fand er sie. Immerhin war auch das Folterset vom Wohnzimmertisch verschwunden. Bevor er das obere Stockwerk inspizieren würde, musste er eine Pause einlegen. So außer Puste war er. Er stützte sich auf der untersten Treppenstufe am Flurgeländer ab und holte verzweifelt Luft. Die Kurzatmigkeit machte ihm zu schaffen. Wenn das anhielt, würde er bald einen Herzanfall kriegen oder einem Schlaganfall erliegen und wenn die Angst, keine Luft mehr zu kriegen, nicht wieder verschwand, wäre ein Besuch beim Psychologen angeraten.

Er riss sich zusammen, nahm immer zwei Treppen auf einmal und stürmte ins eheliche Schlafzimmer. Auch hier sah alles normal aus. Das Bett war ordentlich gemacht. Er öffnete die Kleiderschränke und atmete erleichtert aus. Auf den ersten Blick befanden sich noch alle Kleider an Ort und Stelle, auch Nataschas Lieblingskleider. Aber wo um alles in der Welt waren sie und die Jungs? Sie musste ihm doch eine Nachricht hinterlassen haben, im Erdgeschoss hatte er keine entdecken können.

Blieb noch das Arbeitszimmer. Ihm war ziemlich mulmig zu Mute, als er die Klinke nach unten drückte. Als er aber durch die Tür schritt, atmete er erleichtert auf. Auch hier schien alles wie gewohnt zu sein. Er schärfte seinen Blick und erkannte ein Blatt, das auf seinem Schreibtisch lag, das aber dort garantiert nicht hingehörte. Er spürte, wie sein Herz bis zum Hals schlug. Mit einem Satz war er dort.

Es handelte sich um einen handschriftlichen Brief Nataschas. Bevor er die erste Zeile gelesen hatte, spürte er, wie Tränen an seinen Wangen herunter kullerten. Da ihn niemand sah, schämte er sich nicht.

Hallo Alex,
du weißt gar nicht, wie schwer es mir fällt, dir diese Zeilen zu schreiben. Mein letzter handgeschriebener Brief an dich, ein Liebesbrief, ist schon lange her, ich habe ihn zu Beginn unserer Beziehung geschrieben. Seither hat sich leider einiges geändert. Ich muss und möchte es kurz machen. Unsere Beziehung leidet seit einiger Zeit daran, dass du nie für uns als Familie da bist. Ständig läufst du irgendwelchen zwielichtigen Geschäften hinterher, angeblich, um die Familie glücklich zu machen. Dabei ist das Finanzielle doch nur ein geringer Teil des Glücks, oder? Doch jetzt musste ich vor wenigen Tagen feststellen, dass meine Kreditkarten gesperrt sind. Weißt du, wie peinlich das für mich war?
Mein Unglück mit einem einfacheren Lebensstandard, als den, den du uns bisher geboten hast, ist jedoch nicht das Thema. Geh bitte in dich, reflektiere, wie es in letzter Zeit um unsere Beziehung bestellt war. Hast du meine flehentlichen Bitten, dir mehr Zeit für mich und die Kinder zu nehmen, wirklich nicht vernommen? Ist dir trotz meiner überdeutlichen Zeichen nicht in den Sinn gekommen, dich mir zuzuwenden? Alex Schutz, muss ich als Gattin wirklich darum bitten, dass du mit mir schläfst? Bitte überlege dir diese Punkte genau. Wenn ich es für zeitlich richtig halte, werden wir uns eines Tages darüber unterhalten können …

Bereits an dieser Stelle war Alex am Boden zerstört. Er fiel in seinen Sessel und weitere Tränen, die verhinderten, dass er weiterlesen konnte, schossen ihm aus den Augen. Seine Natascha wandte sich von ihm ab. Das konnte nicht sein. Sie machte ihm Vorwürfe, sie und die Familie vernachlässigt zu haben, wo er doch jede Minute dafür gekämpft hatte, alles zusammenzuhalten und ihnen ein schönes Leben zu ermöglichen. Das war nun der Dank dafür. Mit zitternden Händen zündete er sich eine Davidoff an. Sein Leben lag in Scherben. Es machte keinen Sinn mehr, weiterzumachen. Für wen? Und warum? Da fiel ihm der Weimaraner ein. Wo war der eigentlich? Egal, das Vieh spielte keine Rolle, interessierte ihn nicht, aber hoffentlich war die Hundeleine noch da, damit er dem Elend baldigst ein Ende bereiten konnte.

Er wischte sich die Tränen weg und las weiter.

Die beschriebenen Punkte sind aber nicht ausschlaggebend. Das hätten wir mit ein paar ernsthaften und tiefgehenden Gesprächen bereinigen können. Was du aber nie mehr gutmachen kannst, ist, dass du das Leben deiner Kinder für deine schäbigen Geschäfte riskiert hast, Alex! Allein dafür hast du das ewige Fegefeuer verdient. Es geht nicht um mich. Aber weißt du, was für Todesqualen ich durchlitten habe? Als Geisel von durchgeknallten Militärpolizisten? Wie kannst du uns das als Vater und Ehemann auch nur ansatzweise zumuten?

Diese letzten Ereignisse haben mich veranlasst, einen Schlussstrich zu ziehen. Ich gehe zurück nach Russland. Bitte versuche nicht, mich zu finden. Es wird dir nicht gelingen. Vielleicht werde ich mich in Zukunft einmal bei dir melden, aber rechne nicht damit. Der Schmerz und die erlittenen Verletzungen sitzen so tief, dass ich nicht anders kann. Verzeihe mir, Alex, aber wir sind ab sofort geschiedene Leute. Die Zeit heilt alle Wunden, heißt es, ich glaube in unserem Fall aber nicht daran.

N.

Kein versöhnliches Wort. Kein Mut machendes Schlusswort. Keine liebevolle Abschiedsformel. Kein nettes Adieu. Nur ein vager Hinweis auf eine fragliche Kontaktaufnahme irgendwo, irgendwann.

Das alles war eine Nummer zu viel für ihn. Er warf die Kippe auf den Fußboden und trat sie aus. Es war an der Zeit, es wie ein

Mann zu ertragen und den Abgang zu machen. Nicht erst anfangen zu grübeln und wie ein Hosenscheißer in letzter Sekunde noch zu kneifen. Jetzt! Jetzt war der Zeitpunkt gekommen. Er, Alex Schutz, hatte alles in die Waagschale geworfen. Und verloren. Das gestand er sich ein. Und es war gut zu erkennen, wann der Schlusspunkt gezogen werden musste.

Er verließ sein Arbeitszimmer und huschte hinunter in den Flur. Die Hundeleine hing an ihrem Platz. Erleichtert seufzte er. Immerhin etwas. Er schnappte sie sich vom Haken. Überlegte, wie er am besten die Schlinge formen sollte. Wollte nicht, dass sein letzter Gnadenakt in die Hose ging und er noch mehr als Loser dastehen würde.

Beinahe froh öffnete er die Kellertür. Obwohl es keine große Rolle spielte, wollte er sich nicht in jenem Teil des Hauses erhängen, in dem er so viele glückliche Stunden mit seiner Familie verbracht hatte. Um solche Dinge zu erledigen, gab es schließlich den Keller. Irgendjemand würde ihn irgendwann einmal finden, wenn seine Leiche schon heftig stank.

Als er die Treppenstufen herunterstieg, kam ihm Oma Emma in den Sinn. Aber auch die konnte in der jetzigen Situation nichts mehr für ihn ausrichten. Er wusste genau, wo er sich erhängen würde. Im Heizungskeller gab es einen massiven Haken an der Decke, der sein Gewicht zu tragen in der Lage schien. Perfekt. Er öffnete die Tür, erspähte einen Stuhl und zog ihn herbei, sodass er direkt unterhalb des Hakens stand. Er kletterte hinauf und befestigte die Hundeleine, die ihm als Strick diente, mit einem Knoten am Haken. Er zog an der Leine. Stabiler ging nicht. Für sein letztes Lebenswerk auf dem Weg in den Tod völlig ausreichend. Er holte ein letztes Mal Luft, legte sich die Schlinge um den Hals und schaute nach unten. Er brauchte nur mit dem rechten Fuß gegen die Lehne des Stuhles zu treten, sodass er umfiel. Das war's dann! Er hob den Kopf, blickte nach vorne die verputzte, weiße Wand an und wollte schon mit seinem Fuß ausholen, als er einen Duft schnupperte. Er sog mehr Luft ein. Es roch nach Zigarre. Havanna. Das irritierte ihn. Aber er durfte und wollte sich nicht ablenken lassen.

„Einfach durchziehen“, murmelte er vor sich hin, als er plötzlich ein Geräusch vernahm. Ein Knarzen. Die Tür. Jemand hatte sie geöffnet.

47.

„Dobro pozhalovat' domoy!"

Er zuckte zusammen, wackelte auf dem Stuhl hin und her, so erschrocken hatte er sich, und wäre beinahe heruntergefallen. Hörte er jetzt schon Stimmen in seinem Kopf, die ihn auf Russisch zu Hause willkommen hießen?

„Dobro pozhalovat' domoy!"

Keine Einbildung. Seiner erbärmlichen Lage bewusst, wandte er sich um, drehte den Kopf, um über die Schulter einen Blick auf den Störenfried erhaschen zu können. Und es traf ihn wie ein Schlag.

Sergej! Er stand neben ihm mit einer Flasche Wodka in der Hand, in der anderen eines der edlen Wassergläser und seinen vornehmen Aschenbecher. Eine Havanna steckte zwischen seinen Lippen in der rechten Mundecke.

Alex' Augen schienen nicht den intelligentesten Eindruck zu vermitteln, denn der Schwager fing schlagartig an zu lachen und es klang, als wolle er nie mehr aufhören.

„Hau ab, du Arsch!", erboste sich Alex. „Lass mir wenigstens in der letzten Sekunde meines Lebens die Ruhe!"

„Du gibst ein lächerliches Bild ab, sogar noch kurz vorm Tod. Armes Würstchen!", erwiderte Sergej, nachdem er sich halbwegs eingekriegt hatte.

Die Situation entglitt Alex. Er kam sich klein vor. In Sergejs Augen musste er tatsächlich wie der Totalversager Nummer eins wirken.

„Komm da runter!", befahl Sergej. „Oder soll ich dich etwa abbinden?"

Sergej zog einen zweiten Stuhl herbei und schwang sich darauf auf seinen Hintern.

Alex zögerte. Die Situation war ihm peinlich. Er auf dem Stuhl mit der Hundeleine um den Hals im Heizungskeller seines leeren Hauses, verlassen von seiner Frau und seinen Kindern. Beschissener konnte sich niemand fühlen. Sein Tod wäre die Erlösung. Vielleicht hatte er sogar eine Chance auf den Himmel. Vielleicht würde er eines Tages Natascha dort begegnen. Vielleicht würde er zu einem guten Menschen werden. Vielleicht …

Trotz allem wand er den Kopf aus der Schlinge, zog den Rotz in der Nase hoch, wischte sich weitere Tränen ab und trocknete sein Gesicht. Im nächsten Moment stieg er vom Stuhl und stand wieder mit beiden Füßen auf dem Boden.

„Setz dich!", vertauschte Sergej die Rollen und deutete auf den Stuhl, auf dem Alex eben noch dem Tode entgegen gesehen hatte.

Zu seiner eigenen Überraschung widersprach Alex nicht, nahm Platz und wusste nicht, wohin mit der Hundeleine, was Sergej belustigt mit flinken Augen verfolgte.

„Genau das hab ich kommen sehen", behauptete Sergej ein wenig stolz. „Ist ja auch keine große Kunst, nach allem, was dir passiert ist."

Genüsslich paffte sein Schwager Ringe in die Luft und trank einen Schluck.

„Natascha wollte mir nicht glauben", fuhr er fort. „Sie weigerte sich, zur Kenntnis zu nehmen, dass du ein Versager bist und dass du dir selbst etwas antun könntest. Sonst wäre sie hier geblieben. Also habe ich sie in dem Glauben gelassen und bin unter Einsatz meines Lebens zurückgekehrt."

In diesem Augenblick drohte Alex zu explodieren. Er wusste nicht, wofür er seinem Schwager lieber den Hals umdrehen wollte. Dass er Natascha nicht von ihrer Flucht zurückgehalten hatte oder dass er mit russischer Seelenlässigkeit behauptete, seine Selbstmordpläne vorhergesehen zu haben.

„Wenn ich mich umbringen will", sagte Alex und blickte ihm offen ins Gesicht, „ist das allein meine Entscheidung und nichts und niemand kann mich davon abhalten."

Er stand auf, schnappte sich seine Flasche Wodka, setzte an und trank, bis ihm das Wässerchen links und rechts aus dem Mund schwappte.

Zu seiner Überraschung zuckte sein Schwager mit den Achseln.

„Niemand kann verhindern, dass du dich aus dem Leben stiehlst, Alex."

Diese Formulierung war der Gipfel. Alex merkte, dass seine Lust, sich das Leben zu nehmen, sank. In gleichem Maße stieg die Begierde, seinem Schwager den Garaus zu machen.

„Was tust du dann hier?"

„Ich möchte sicherstellen, dass du vor deinem Abgang noch die Wahrheit erfährst."

„Die Wahrheit und nichts als die Wahrheit ..." Alex schrie ihm ins Gesicht und krächzte dabei vor Lachen. „Was soll das sein?"

Sergej blieb ruhig. „Ich denke, das bin ich dir schuldig."

Alex blickte ihn eine Weile an und schöpfte eine schwache Hoffnung, jemanden für seine Misere verantwortlich machen zu können und den Selbsthass in Abscheu auf jemand anderen transformieren zu können, was ihm wenigstens ein wenig Seelenmassage bescheren, auch wenn es ihn nicht retten würde.

Er hob die Hand als Geste: Erzähl! Teile dein Wissen mit mir!

Doch Sergej hatte es anscheinend nicht eilig. Er zog voller Wonne an der Havanna, schloss eine Weile die Augen, und als er sie wieder öffnete, entriss er Alex die Flasche und nahm einen großen Schluck.

„Du bist in eine böse Kiste geraten. Leider hast du meine Warnungen, und ich betone, sie waren allesamt gut gemeint, in den Wind geschlagen. Aber ich bin nicht umsonst beim FSB. Wir wissen so ziemlich über alles und jeden Bescheid."

Alex blinzelte zur Hundeleine. Sergej erwartete wohl eine Erwiderung, doch Alex schwieg eisern. Seine Augen signalisierten zum ersten Mal eine Art Interesse.

„Der Waffendeal war von Anfang an ein Spiel mit mehrfachem Boden. Auch wenn es dir so vorkam, dass du zufällig Bill Fox kennengelernt hast. Er hatte dich schon länger auf dem Radar und wärt ihr euch nicht an diesem alkoholseligen Abend im Moseleck über den Weg gelaufen, hätte er dich später woanders abgepasst."

„Das war kein zufälliges Treffen?", warf Alex zum ersten Mal wirklich interessiert ein.

„Frankfurt ist ein Dorf. Jeder kennt jeden. Die CIA überlässt nichts dem Zufall. Sie waren auf der Suche nach einem moralisch flexiblen Geschäftsmann, dem das Wasser finanziell bis zum Hals steht. Du scheinst der richtige Kandidat gewesen zu sein. Bill Fox ist übrigens der Leiter einer CIA-Spezialeinheit, die so geheim ist, dass selbst innerhalb der CIA nur wenige Personen darüber Bescheid wissen. Diese Einheit ist darauf spezialisiert, durch Black Ops viel Geld in geheime Kassen zu spülen. Diese Kassen sind dazu da, in anderen Ländern Putsche zu finanzieren oder Regierungen zu kaufen."

Alex sehnte sich nach Ruhe. Endgültiger Ruhe. Vielleicht wollte er gar nicht die Geschichte seines Scheiterns hören. Sondern einfach abtreten. Aber es konnte auch nicht schaden, wenn er vorher mehr wusste, wofür auch immer.

Nachdem Sergej einige genüssliche Züge an seiner Zigarre und einen weiteren Schluck genommen hatte, fuhr er fort. „Diese von Bill Fox durchgeführte Aktion diente der Destabilisierung Russlands. Die USA und ihre NATO-Partner wollen krampfhaft an der alten Weltordnung der One World festhalten. Sie sind nicht in der Lage, sich eine multipolare Weltordnung mit wichtigen Akteuren wie China, Russland, Brasilien und Indien auch nur vorzustellen. Oberstes Ziel ist es, aus dem Nichts Geld zu machen, dessen Existenz in keinen Büchern auftaucht. Der Deal entfaltete sogar doppelte Relevanz. Er lieferte Waffen gegen Russland und verschaffte einen sechsstelligen Betrag, der wiederum im Kampf gegen Russland eingesetzt werden kann."

In diesem Moment fiel Alex tatsächlich eine Frage ein, die ihn in diesem Zusammenhang brennend interessierte. „Wieso hat die CIA diesen moralisch durch und durch verkommenen Schildbach rekrutiert?"

Alex griff sich die Flasche und musste zu seinem Bedauern feststellen, dass sie leer war. Er schmiss sie in die Ecke, wo sie in mehrere Teile zersprang.

Sergej deutete mit dem Zeigefinger auf ihn, als habe er mit seiner letzten Frage den Nagel auf den Kopf getroffen.

„Schildbach ist wirklich ein besonders bedauernswerter Fall. Er befindet sich in der Hand so ziemlich aller westlichen Geheimdienste und zudem der Ukrainer. Es gibt Beweismittel gegen ihn. Bei seiner letzten öffentlichen Bundestags-Reise in die Ukraine haben sie ihm wohl einen zehnjährigen Jungen zugeführt und dabei heimlich ein Video gedreht. Schildbach muss also alles mitmachen, was man ihm befiehlt. Sie haben ihn in der Hand. Er ist lediglich eine Marionette. Würde das Material gegen Schildbach öffentlich gemacht, wäre ihm eine mehrjährige Haftstrafe sicher. Du kannst dir bestimmt vorstellen, was sie mit einem Päderasten, der gleichzeitig Bundestagsabgeordneter ist, im Knast machen würden."

Für einen Moment wünschte Alex sich nichts sehnlicher, als an das Material gegen Schildbach zu gelangen. Rache war süß … aber der Tod auch. Er versprach Erlösung …

„Wieso hast du den Konvoi nicht überfallen lassen?", fragte er seinen Schwager. „Du hast doch mein Handy präpariert und wusstest immer, wo ich mich aufhalte, oder?"

Um Sergejs Mund zeichnete sich ein feinsinniges Lächeln ab.

„Verzeih mir! Der Sender und die Abhörwanze waren nur zu deinem Schutz. Und dem deiner Familie natürlich. In der Tat lauteten meine Anweisungen aus den oberen Etagen, ich sollte den Konvoi mit Spezialtruppen hinter der polnischen Grenze abfangen und vernichten."

„Und?"

„Ich habe meine Vorgesetzten angelogen und wahrheitswidrig davon überzeugt, dass eine solche Aktion zu gefährlich sei und die Sicherheit unserer Männer aufs Höchste gefährde." Sergej schüttelte den Kopf. „Mir ging es darum, dich am Leben zu lassen, damit meine Schwester nicht zur Witwe wird. Außerdem sollten meine Neffen ihren Vater behalten … Und irgendwie mag ich dich auch …"

An dieser Stelle musste Alex heftig schlucken. Nach all dem Erlebten kam es ihm seltsam vor, dass jemand für ihn Sympathien zu haben vorgab. Immerhin hatte ihn seine Familie als Vater abserviert.

„Alex, du musst von hier verschwinden."

Die plötzliche Aufforderung seines Schwagers erreichte ihn unvorbereitet. Er hatte mit vielem gerechnet, damit nicht. Und er wusste auch nicht, wie er dazu stehen sollte.

„Ich möchte zu meiner Familie. Ich muss sie finden. Ich will mich nur mit ihnen gemeinsam aus dem Staub machen. Du hast doch Nataschas Brief nicht gefälscht?"

Sergej setzte einen ernsten Blick auf.

„Der Brief ist echt. Ich soll dir von deiner Frau ausrichten, dich in jedem Fall an ihre Worte zu halten. Solltest du dem nicht Folge leisten, ist der Ofen für immer aus. Vielleicht überlegt sie es sich eines Tages, auch wenn es momentan nicht danach aussieht …"

Alex spürte, wie es ihm zugleich warm und kalt ums Herz wurde.

„Sie hat mich außerdem gebeten, dir mitzuteilen, auf mich zu hören. Alex, du musst hier weg. Ich kann dir den Weg in die Freiheit zeigen. Ich will dir helfen."

Obwohl er wusste, wie aussichtslos die Situation war, sträubte sich in ihm etwas, darauf einzusteigen. Was erdreistete sich Sergej, ihm zuerst den Suizid zu vermasseln und ihn danach zur Flucht zu bewegen?

„Ich möchte selbst über mein Schicksal entscheiden. Zur Not …"

„Alex, du verstehst nicht. Du bist zu weit gegangen. Du hast dich aus dem Fenster gelehnt und wärst beinahe rausgefallen. Ich, und einige andere, sind daran interessiert, den Scherbenhaufen unter den Teppich zu kehren. Auch ich stehe in der Verantwortung und es ist deine Pflicht, mir zu helfen, so wie ich über dich schützend die Hand gehalten habe." Sergej schüttelte wieder den Kopf, heftiger. „Wenn du hier bleibst, wirst du in den Knast einfahren. Die Geldeintreiber werden dich aufspüren und dich so verunstalten, dass du den Rest deines Lebens im Rollstuhl verbringen wirst, vorausgesetzt du überlebst. Und wenn du Pech hast, wird der Staat nach der Verurteilung sogar den Schlüssel wegwerfen und Sicherheitsverwahrung anordnen."

„Wovon redest du? Es geht maximal um ein paar strafrechtliche Aspekte, du übertreibst maßlos."

„Ich meine nicht nur diesen Kriminalkommissar Höcker. Wir haben Konten von Lennox Abel von Krauss-Maffei gehackt. Erinnerst du dich an den ausgebombten Konvoi, den ihr auf eurer Strecke gesehen habt?"

Wie könnte er diesen schrecklichen Anblick jemals vergessen?

„Das war ein von Krauss-Maffei in Auftrag gegebener Waffen-Transport. Ich konnte meine Chefs davon überzeugen, dass er das relevantere Ziel darstellt, da dort modernere Waffen an Bord waren. Also haben wir diesen durch Raketenbeschuss eliminiert und deinen verschont. Abel behauptet nun, du hättest uns, also den Russen, die Informationen über den Krauss-Maffei-Transport zukommen lassen, um lästige Konkurrenz loszuwerden. Abel hat dich bei allen deutschen Geheimdiensten und überall sonst angeschwärzt. Inzwischen stehst du auf so ziemlich allen roten Listen der westlichen Welt. Abel hat der von uns ausgewerteten Korrespondenz zu Folge sogar Kontakte zu Söldnern hergestellt und sie gebeten, sich um das Problem zu kümmern. Mit anderen Worten: Dein Leben ist keinen Pfifferling mehr wert."

Dieses ständige Wechselbad der Gefühle gab Alex den Rest.

„Und um es komplett zu machen: Ich weiß auch, dass du in der Hand deiner ukrainischen Freunde vom Asow-Regiment und diesem Bill Fox bist. Wir haben Konten hacken können und sind an das unschöne Video gelangt, in dem du einem unserer tapferen Piloten das Lebenslicht ausbläst."

Alex fühlte sich wie paralysiert. Eine tonnenschwere Last drückte ihn in den Stuhl.

„Du bist von allen Seiten gefickt. Sieh es ein! Dieses Mal gibt es kein Entkommen. Die warten nur darauf, dass du aufmuckst, um dir den Gnadenschuss zu geben. So oder so, du bist geliefert."

Alex konnte all das nicht mehr hören. Mit letzter Kraft hob er die Hundeleine auf und wedelte ein wenig übertrieben mit ihr. „Genau deshalb wäre ich dir verbunden, wenn du mich jetzt allein lassen könntest, Sergej. Ist das denn zu viel verlangt?"

„In der Tat. Ich habe es dir schon begreiflich zu machen versucht. Meine Mission ist, dich in Sicherheit zu bringen. Wir warten eine Weile ab, bis sich die Wogen geglättet haben, und beobachten, wie die Dinge sich weiter entwickeln. Vielleicht ergibt sich ja noch eine Möglichkeit mit Natascha."

„In Sicherheit? Hahaha, dass ich nicht lache. Dein Verein wird mich wegen Kriegsverbrechen gegen russische Gefangene drankriegen. Ende ich dann im Gulag oder am Galgen? Sergej, ich habe für all das keine Kraft mehr. Irgendwann ist Schluss. Und dieser Moment ist genau jetzt."

„Du hast mein Wort als dein Schwager und Ehrenmann: Die Russen können und werden dir nichts anhaben. Ich werde beeidigen, dass du keine Wahl hattest. Du wirst unserem Geheimdienst zudem von Nutzen sein, wenn du uns alles, aber auch wirklich alles, von deinem Trip erzählst."

„Ach so, du hast mich als Kronzeuge für den FSB vorgesehen?"

„So könnte man es nennen."

„Gibt's bei euch auch ein Kronzeugenschutzprogramm?" Alex fing an, über seinen eigenen Witz zu lachen. Da Sergej sich nicht regte, fuhr er fort: „Und wohin möchtest du mich in Sicherheit bringen? Nach Moskau?"

Sergej grinste.

„Den Gefallen kann ich dir nicht tun. Später vielleicht. Aber wir alle sind der Meinung, du solltest bei deiner Großmutter Emma für eine Zeit lang untertauchen, bis sich die Dinge beruhigt haben."

Die Erwähnung seiner Großmutter löste in ihm ein Gefühl von Heimat aus. Er stellte sich ihr hageres Gesicht und das einfache, aber heimelige Haus vor. Er würde als gebrochener und vom Leben geprügelter Mann zu ihr zurückkehren. Aber sie würde ihn dennoch lieben, das stand fest. Und sie wenigstens noch einmal im Leben zu sehen und in den Arm zu nehmen, das wäre schon was.

„Wenn du einverstanden bist, sollten wir lieber jetzt als in einer Minute aufbrechen. Je mehr Zeit verstreicht, desto prekärer wird die Lage. Wir haben eine sichere Fluchtroute ausgearbeitet. In spätestens 48 Stunden wirst du hier raus und in deinem neuen, alten Zuhause sein."

Alex stiegen erneut Tränen in die Augen, die ihm kurz darauf über die Wangen liefen. Es waren Tränen der Dankbarkeit, Tränen des Zorns und Tränen des Hasses.

„Lass uns gehen!", stellte er plötzlich fest. „Hier hält mich nichts mehr."

„Ein Mann, ein Wort", entgegnete Sergej und erhob sich von seinem Stuhl.

Sie verließen den Heizungskeller und gelangten über die Treppe ins Erdgeschoss. Er blickte sich noch einmal in dem Haus um, das ihm jahrelang alles bedeutet und aus dessen Wert und Präsenz er seine eigene Wertigkeit bezogen hatte. Nun blieb von alldem nichts mehr.

Sie hatten ihm alles genommen, alles geraubt, sein Hab und Gut, seine Liebe, seine Ehre und sein Gesicht. Er musste alles, was ihn ausgemacht hatte, zurücklassen.

Epilog

Ende Juni 2022, in der Nähe von Minsk

„Alex, kommst du bitte in die Stube, hier ist ein Herr, der dich sprechen möchte."

Alex lag im ersten Stock in seinem ehemaligen Kinderzimmer und jetziger Residenz, die er in den letzten Wochen aus Sicherheitsgründen kaum verlassen hatte. Das dunkle Holz hatte er früher als düster empfunden, jetzt strahlte es für ihn Geborgenheit aus. Die angenehme Stimme seiner Oma klang ihm wie ein himmlischer Chor in den Ohren. Da das Haus hellhörig war, musste sie nicht einmal die Treppen nach oben steigen, um ihn zu benachrichtigen. Für eine Sekunde glaubte er, Natascha und die Jungs würden ihn besuchen, aber dann kam ihm in den Sinn, dass erst knapp über zwei Monate nach seiner Abreise aus Frankfurt vergangen waren.

Im einzigen Raum im Untergeschoss, den seine Großmutter liebevoll Stube nannte, saß ein Mann mit Mondgesicht am Esstisch. Eine Kaffeekanne mit Handfilter stand auf dem Tisch. Der starke Kaffeegeruch erfüllte das Zimmer. Seine Großmutter goss Wasser nach und wartete, bis es durchgesickert war.

„Alex, mein Sonnenschein", sagte sie und seltsamerweise war es ihm nicht einmal unangenehm, vor einem Fremden so genannt zu werden. „Dieser Mann ist sehr höflich. Er hat gesagt, dass er dir helfen wird."

Alex betrachtete ihn skeptisch. FSB? CIA? Deutscher Zielfahnder? Sergej hatte ihm doch versichert, dass er das Haus seiner Oma gegen jegliche Feindseligkeiten beschützen wollte.

„Ich werde mich zurückziehen", sagte Emma, nahm den Handfilter und verschwand in der direkt daran angrenzenden Küche.

Alex musterte den Mann genauer. Ende vierzig, adipös, mit ausgeprägter Deckelglatze und Nickelbrille. Vermutlich niemand vom Geheimdienst. Nach Killer sah er auch nicht aus. Vom Typ her vermittelte er eher den Eindruck eines Intellektuellen, die überall auf der Welt gleich aussahen.

Alex nahm die Kaffeekanne, schenkte ohne zu fragen dem Mann ein und machte mit einer Geste deutlich, er solle sich mit Sahne und Zucker selbst bedienen. Er selbst trank seinen Kaffee inzwischen schwarz.

„Sie wissen sicher, wer ich bin", begann er das Gespräch und der Mann nickte eifrig. „Und mit wem habe ich die Ehre?"

„Maksimilian Puschkin von der Prawda", stellte der Mann sich formvollendet vor. „Es ist mir eine große Ehre, Sie zu treffen, Herr Schutz."

Alex nickte, als sei es das Selbstverständlichste der Welt, dass ein Journalist der wohl größten und renommiertesten russischen Zeitung ihm gegenüber saß. Sein Gehirn begann sofort, auf Hochtouren zu arbeiten. War das die Chance auf einen Neubeginn? Er konnte sich nicht dagegen wehren, aber er sah vor seinem inneren Auge Rubel- und Eurozeichen.

„Es ist eine große Ehre für mich, dass Sie den weiten Weg auf sich genommen haben", erwiderte er. „Doch ich weiß nicht genau, inwiefern ich Ihnen zu Diensten sein könnte."

Der Dicke räusperte sich, nahm einen Schluck Kaffee und ein Plätzchen von dem Teller, den seine Oma vor dem Mann hingestellt hatte.

„Ihr Schwager, Sergej Popov, hat uns auf Sie aufmerksam gemacht", begann der Mann und kleine Keksstücke flogen aus seinem Mund. „Was Sie erlebt haben, wird unsere Leser brennend interessieren. Wir sind in der Redaktion übereingekommen, dass es an die Öffentlichkeit gehört. Wir können und werden natürlich nicht alles berichten, sondern nur ausgesuchte Teile Ihrer Geschichte. Das dient auch Ihrer …" – er legte eine kurze Pause ein – „… eigenen Sicherheit und Reputation."

„Absolut", sagte Alex.

„Wir möchten eine mehrteilige Titel-Story in der Prawda mit Ihnen und Ihrer Geschichte machen, damit wir ein Gegengewicht zur Feindpropaganda herstellen können."

Alex senkte den Kopf und biss sich vor Ungeduld auf die Zunge. Nein, er würde nicht in die Falle tappen und von sich aus auf seine Entlohnung zu sprechen kommen.

„Natürlich sollen Ihre Bemühungen nicht umsonst sein. Mit der Unterstützung der Institution, für die Ihr Schwager arbeitet, sind wir sogar in der Lage, Ihnen ein angemessenes Honorar anzubieten …"

„Angemessen?", hakte Alex nach.

„Sogar mehr als das. Wir sprechen über eine Summe – sagen wir – im sechsstelligen Bereich."

„In Rubel?"

„Wo denken Sie hin? In Euro natürlich!"

Alex hörte schon gar nicht mehr zu. Er sah Geldscheine vom Himmel regnen und wusste sofort: Das war sein Startkapital. Ein neues Leben winkte. Der Beginn seiner Rückkehr. Zu seinen Lieben. Zu neuen Geschäften und neuem Reichtum. Zu Vergeltung und Rache.

Nur mit Mühe war es ihm möglich, die Freudentränen zu unterdrücken.

Nachwort

Das Verhältnis von Dichtung und Wahrheit hat Literaturschaffende und Literaturwissenschaftler seit jeher beschäftigt. Bereits das Mimesis-Konzept von Aristoteles besagt, Literatur sei die Nachahmung der Natur. Einig ist sich die herrschende Lehre heute darin, dass Literatur eine Simulation der Realität sein soll. Aber die Realität abbilden bedeutet nicht, dass die im Kunstwerk dargestellte Wirklichkeit der außerfiktionalen Realität eins zu eins entsprechen muss oder soll. Dies eröffnet dem Autor die Möglichkeit einer beinahe unendlich vielfältig gestaltbaren erschaffenen Wirklichkeit.

„Seitenwende" ist ein Polit-Thriller. Als politischer Roman ist er eindeutig dem weiten Feld der Belletristik zuzurechnen. Der Auslöser, dieses Projekt gemeinsam als Freunde und einander wertschätzende Autoren zu beginnen, war der russische Einmarsch in der Ukraine im Februar 2022. Bei unserer eingehenden Beschäftigung mit der Thematik fiel uns auf, dass es schwierig ist, die scheinbar klar in Schwarz und Weiß zu trennende Realität auch dermaßen simplifiziert im Thriller abzubilden, da das reale Leben dafür viel zu komplex ist. Das beginnt bereits bei der Anlage der Hauptfigur. Alex Schutz ist ein sogenannter Spätaussiedler aus Belarus. Unpolitisch bis in die Haarspitzen ist ihm lediglich an ökonomischer Prosperität und dem Wohlergehen seiner Familie gelegen. Daraus folgen seine Sicht der Dinge auf den Krieg, seine wirtschaftlich motivierte Parteinahme in dem bewaffneten Konflikt und seine persönliche Wandlung durch das, was zur Kernkompetenz des Kriegs gehört, das Töten.

Einiges in „Seitenwende" mag den Lesern abwegig und vielleicht sogar ein wenig unrealistisch erscheinen. Dabei können Gerd Fischer und ich bezeugen, dass beinahe alles in „Seitenwende" Dargestellte, durchaus einen außerliterarischen Bezugspunkt besitzt.

Das Gerücht um ein Waffenlager in der Nähe von Frankfurt am Main kursiert bis heute unter ehemaligen Linksrevolutionären. Die Betrugsmaschen im Zusammenhang mit dem Coronavirus sind vielfach belegt. Bitcoin-Jünger jagen weiterhin der Illusion des schnellen Geldes nach und auch illegale Waffentransporte in die Ukraine sind verbürgt. In Sachen Börse haben wir es uns einfach gemacht und das von Alex' Freund Valentin empfohlene Engagement an der Börse mit dem Label „Nordstream 2-Aktien" versehen. Als gesichert gilt wiederum, dass das ukrainische Asow-Regiment in Kriegsverbrechen involviert war. Und natürlich agiert der russische Geheimdienst FSB auf deutschem Territorium.

Insofern haben Gerd und ich uns auf die Suche nach der Realität im Fiktiven begeben. Auf diese Reise wollen wir alle unsere Leser herzlich einladen. Allerdings sei ex Post eine Warnung ausgesprochen. Nicht allen wird die Wirklichkeit in der Fiktion zusagen, denn genauso wie die Lebenswelt ist diese vielfältig und erfährt viele Seitenwenden.